Het stille graf

Tove Alsterdal

Het stille graf

Vertaald door Bart Kraamer

2015 Prometheus Amsterdam

Eerste druk 2013
Vijfde druk 2015

Oorspronkelijke titel *I tystnaden begravd*

Omslagontwerp Bart van den Tooren
Foto auteur Nikolaj Alsterdal
Opmaak binnenwerk ZetSpiegel, Best
www.uitgeverijprometheus.nl
ISBN 978 90 446 2867 4

I

Eigenlijk heeft hij geen papier nodig om de saunakachel aan te steken, maar de brieven moeten branden. Hij houdt de ene envelop opgerold in zijn hand en drukt er een lucifer tegenaan. De andere vouwt hij op en duwt hij direct in het vuur. Hij wacht even voor hij het luik sluit. Zit met zijn jas aan op de bank en kijkt toe terwijl de vlammen beginnen te dansen. Als het hellevuur, denkt hij terwijl die vervloekte makelaarsbrieven tot as verbranden. De dag des oordeels nadert.

Wanneer de saunastenen genoeg verhit zijn, trekt hij zijn handschoenen aan en tilt er zeven uit. Hij wikkelt ze in handdoeken en neemt ze mee naar de slee. De sneeuw heeft zijn spoor bijna uitgevaagd. Er staat een wind over het erf die de berken doet kraken, het is de *ryssätuuli*, die de ijskou meevoert van de Barentszzee. Vanaf de Finse kant hoort hij het eeuwige gedreun van de spoorweg. Maar er is ook iets anders, een soort onrust over Rauhala.

Hij gespt zijn ski's vast en vindt het spoor tussen de berken. Er is geen beweging te zien op de andere hoeves. Hij steekt de kachel bijna nooit aan voordat de oudjes zijn gaan slapen, zodat niemand hem lastig komt vallen.

...Daar gaan alle vrienden van de wereld naar de hel, want de vriendschap van de wereld is haat tegenover God. Maar wee u die nu lacht, want eens zult u huilen!

Voor hem rijzen de donkere muren van Rauhala op uit de sneeuw. Het woonhuis staat als bevroren in de aarde, verlaten en koud, maar de stemmen zijn er nog. Hij gaat er niet meer naar binnen. Alle ramen zijn bedekt met rijp en je kunt naar buiten noch naar binnen kijken, maar hij weet dat de roepende stemmen wachten op de zondaar, ze wachten daarbinnen.

Hij skiet snel langs de stal, waarvan het dak is ingestort. De hele klerezooi mag in de afgrond storten voordat hij de duivel van de gierigheid en de duivel van het hoerendom en de duivel van de eer

Rauhala binnenlaat. Mooi dat ze de boerderij niet van de doden af zullen pakken.

Het graanhuis staat afgezonderd achter op het erf. Dat heeft geen ramen. Niemand kan bij hem naar binnen kijken en hij denkt dat God hem daar ook niet ziet. Hij gespt zijn ski's af en stopt ze tussen de boomstammen waarop de houten schuur gebouwd is. Pakt de warme bundel met stenen van de slee en trekt de deur open. De stenen zal hij naar de zolder sjouwen en aan het voeteneind van zijn bed leggen, dan blijft het warm tot de ochtend. Hij doet de kachel 's nachts uit om gas te sparen. Voorlopig heeft hij nog geld genoeg om het te kopen, maar hij stapt niet op de bus om een gasfles te halen als het niet nodig is. Mensen staren. Soms komen ze ook naar je toe om vragen te stellen. Maar als dat Lars-Erkki Svanberg niet is? Of het ergste: *Lap-Erik! Jij bent toch Lap-Erik?*

Het is afschuwelijk dat een mens niet met rust kan worden gelaten.

Hij heeft de bundel net naar binnen getild als hij een geluid hoort. Een vrachtwagen buldert voorbij in de verte, onderweg naar Haparanda in het zuiden, maar daar luistert hij niet naar.

Hij hoort duidelijk het gekraak van een sneeuwlaag die breekt. Een stap die neerzakt in verse sneeuw, en dan nog een. Er is geen dier dat zulke zware stappen zet. Ze komen dichterbij uit de richting van de sauna, vanaf de ijswegen op de rivier. Hij stapt vlug het graanhuis in en trekt voorzichtig de zware houten deur dicht. Het wordt donker als in een graf. Hij zoekt in zijn zak naar lucifers, maar beseft dan dat hij de petroleumlamp niet aan kan doen. Het licht zou zichtbaar zijn door de kieren tussen de boomstammen en dan zouden ze weten dat hij wakker was. Ze wilden hem vast in zijn bed pakken, die duivels, maar Lars-Erkki laat zich niet overrompelen. Hij heeft al eerder mensen van de boerderij gejaagd, jong en oud, die zich met hem kwamen bemoeien. Zijn ze vergeten dat hij ooit iedereen aankon? De natuurkracht uit het noorden, schreven de kranten. Een heleboel artikelen. Hij heeft de muren van de zolder ermee geïsoleerd.

Zijn buks hangt aan een broodhaak van het plafond. Hij voelt langs de balken tot hij hem vindt en haalt hem eraf. De patronen liggen in de kist achterin, daar bewaart hij alles wat belangrijk is.

Het gereedschap en het brood en de sleutels van Rauhala. Hij heeft alles op orde, alle spullen liggen op hun plek. De kist vindt hij direct, maar zijn handen beven en hij laat de patronen vallen. Hij hoort niet waar ze naartoe rollen. Er liggen vier tapijten over elkaar heen op de grond, alle vloerkleden van Rauhala heeft hij hiernaartoe gesleept als isolatiemateriaal. Hij kruipt rond door het donker, maar vindt ze niet. De stappen zijn nu vlak bij het graanhuis. De man daarbuiten beweegt zich langzaam voort, zoals wanneer je sporen zoekt tijdens de jacht.

Hij geeft het zoeken naar de patronen op en kruipt naar de gaskachel, waar zijn bijl hoort te staan. Tast met zijn handen langs de grof houten muur, maar hij is er niet. Verdomme, hij heeft de bijl bij de sauna laten staan. Hij herinnert zich dat hij hem tegen de saunabrug had gezet nadat hij het hout had gehakt. Het geluid is nu bij de hoek gekomen, stel je verdomme voor dat ze naar binnen komen. Hij heeft de deur niet op slot gedaan of vergrendeld en hij heeft hierbinnen alles wat een mens nodig heeft. Niemand mag dat van hem afpakken. Of misschien komen ze hem halen. Hij gaat nergens naartoe. De dag des oordeels, denkt hij terwijl hij zijn weg teruggzoekt over de tapijten. Lars-Erkki Svanberg is niet bang voor de levenden. Alleen de doden op Rauhala jagen hem angst aan, en de vuren van de hel. Dus pakt hij de buks, ongeladen, en komt moeizaam overeind. Zijn rug is gekromd en zijn benen zijn stijf, maar hij loopt in het pikkedonker naar de deur en schuift hem open. Het zwakke sneeuwlicht valt naar binnen. Hij tuurt naar buiten, luistert in de wind. De sneeuw ligt er stil bij, er is nergens een beweging te zien. Langzaam daalt hij de vier treden af.

Hij wil net de buks opheffen en omkijken als de schaduw van een lichaam over de sneeuw valt, ademhaling. Iemand die daar staat te wachten, in elkaar gedoken achter de deur toen hij hem opende. Hij draait zich om en ziet een mens zonder gezicht, de muts neergetrokken zodat alleen de duivelsogen eruit steken. De angst stijgt als stoom uit de afgrond en hij beweegt de buks heen en weer. 'Ga weg van mij, vervloekten. Vlucht voor de rechtvaardige rechter, de straf voor de zonden zal jullie zielen verzengen... het is niets dan duivelsgebroed... duivelsgebroed.'

Dan ziet hij een arm die boven zijn hoofd wordt opgeheven. De schaduw van een werktuig.

Verdomme, is zijn enige gedachte, ze hebben de bijl gevonden.

En dan wordt het weer stil op Rauhala.

Ze draaide de sleutel om van het appartement. Twee keer herinnerde haar hand zich, twee keer zodat je zeker wist dat hij goed op slot zat.

De stank sloeg haar tegemoet. Ze deed een stap naar achteren en haalde adem, geuren van stront en verrot afval.

Bedomptheid en eenzaamheid en opgedroogde urine.

Katrine hield haar sjaal voor haar gezicht en zette haar koffer in de hal. Ze trok snel de deur achter zich dicht. Wilde niet dat de geur zich door het trappenhuis zou verspreiden, zodat de buren zich af zouden vragen wat ze daar deed. *Waarom ze niet eerder was gekomen.*

Op de vloer waren de post en reclamefolders over elkaar heen geschoven tot slordige stapels. Daar was het bekende bureau in namaak-rococostijl, het bruin-roze behang dat nooit was vervangen en de hoedenplank waarop mama's oude bontmuts lag. Aan de muur hing de kunstkalender die Katrine als kerstcadeautje vanuit Londen had gestuurd, met afbeeldingen uit het Tate Modern.

Er was niet één velletje omgedraaid. De tijd was stil blijven staan.

Ik ben meteen gekomen toen ze belde, zei ze tegen zichzelf, de verdedigingsrede zoemde door haar hoofd terwijl ze van kamer naar kamer liep en de ramen wijd openzette. Ik woon in Londen. Ik kan niet elke week naar huis vliegen om mijn moeder te bezoeken. Waarom heeft Ante niet voor haar gezorgd? Ik heb een broer, ik heb verdomme een broer die hier maar drie kilometer vandaan woont. Ik kan niet de hele schuld op me nemen.

Ze liet zich op een stoel in de keuken zakken en haar blik viel op verbrande resten die rond het broodrooster lagen. Wat was dat? Rookworst?

Ze hadden in het ziekenhuis gezegd dat Ingrid Hedstrand ondervoed was, wat haar dementie vermoedelijk had verergerd. Een buurman had alarm geslagen. De buitendeur had opengestaan en Ingrid lag op de grond en kon niet meer overeind komen. Haar been was niet het ergste. In het ziekenhuis hadden ze seniele dementie van het alzheimertype geconstateerd. Misschien had Ingrid Hedstrand ook een kleine beroerte gehad. Er werd nu onderzocht of ze verzorging nodig had.

Vergeef me, mama, dat ik er niet was. Vergeef me dat ik het niet wist.

Ze zat lang op de hoekbank in de woonkamer te huilen. Beelden van haar moeder in deze kamer, belachelijke details. Hoe ze daar op de bank zat, altijd helemaal op de rand, en wanten breide terwijl de tv aanstond, of een sjaal of een vest haakte, het maakte niet uit welk programma, altijd met iets in haar handen. 's Avonds een kopje suikerwater en een cracker, suikerwater! Alleen maar warm water en wat suiker. Ze trok 's avonds haar lichtgroene ochtendjas aan om haar kleren niet onnodig te verslijten. En haar haar, altijd keurig om rollen gewikkeld als ze naar bed ging, ze maakte zich 's ochtends op voordat ze naar de apotheek ging. Katrine herinnerde zich dat ze een jongere moeder had willen hebben, maar niet waarom het toen zo belangrijk was geweest.

Buiten viel een grauwe schemering.

Ze liep naar het balkon en bleef lang in de vochtige kou staan. Keek uit over de buitenwijk, Månadsvägen, Västerby, Jakobsberg. Het land van haar jeugd, een veld tussen wegen en woonwijken, een modderige brij van gesmolten sneeuw en klei. Was het niet altijd nat en vies geweest, modder die tegen je spijkerbroek op spatte? Ze had erdoor afgesneden op weg naar school en was ermee besmeurd door de jongens van haar klas. Ze had er contactlijm gesnoven achter het handenarbeidlokaal en voor het eerst gerommeld met Jojje. Haar hele schooltijd lag aan de andere kant van het veld, platte gebouwen van de lagere tot de middelbare school, waar ze meer dagen had doorgebracht dan iemand ooit uit kon rekenen. Op de laatste schooldag was ze stomdronken geworden van een afschuwelijk mengsel dat ze had samengesteld uit gestolen bodempjes uit Ingrids kast, en was wakker geworden in een vreemd bed, kotsmisselijk en met maar één gedachte in haar hoofd. Vrij.

De voetpaden kruisten elkaar, maar ze leidden uiteindelijk allemaal naar het centrum, naar de pendeltrein, de route hiervandaan. Het was zeventien minuten naar Stockholm Centraal. Ze was van plan geweest om nooit meer terug te keren.

Hoewel ze het vreselijk koud had, bleef ze staan en probeerde dat gevoel terug te krijgen. Dat alles voor haar lag, dat alles mogelijk was. Maar het was er niet meer.

Ze had acht jaar in Londen gewoond. Had gewerkt als freelancejournalist en moeilijke jaren doorgemaakt met slechte artikelen over geëmigreerde Zweden terwijl ze ervan droomde daar een toekomst op te bouwen. Ze was van de ene woning naar de andere verhuisd, alles was goed als ze er maar kon blijven, tot ze het geluk had dat ze een contract als freelancejournalist kreeg bij de Zweedse staatsradio. En daarna had ze Alastair ontmoet. De psychotherapeut met zijn eigen praktijk aan Harley Street, ze hadden elkaar toevallig ontmoet, op een feest van een bekende van een bekende. Het was nu vijf jaar geleden dat ze voor het eerst bij hem thuis was geweest in zijn appartement in Harley House, een gebouw met torens en conciërges aan Marylebone Road, een adres dat mensen de wenkbrauwen deed optrekken.

Ik moet me herpakken, dacht ze, en ze klemde de balkonleuning vast. Het koude staal beet in haar handen, veranderde haar vingers in ijs.

Ze had de mededeling vlak na kerst gekregen. Er moesten twintig banen verdwijnen. Haar contract bij de radio zou niet worden verlengd. Het loon van deze maand zou haar laatste zijn. Ze had nog niet eens tijd gehad om naar andere opdrachten te zoeken toen het volgende rampgesprek kwam.

Katrine liep het appartement weer in. Moest ergens beginnen. Met het ergste, begin altijd met het ergste, had mama dat haar niet geleerd? In de slaapkamer vond ze verfrommelde nachtkleding onder het bed. Stijf van opgedroogde poep. Ze kneep haar neus dicht terwijl ze het in een plastic zak duwde. Die was te klein. Ze zocht in kasten en laden en vond een zwarte rol vuilniszakken. Propte alles in een zak, knoopte hem dicht en gooide hem in de stortkoker in het trapportaal. In de badkamer stonk het ook. Boven op de wasmand lagen enkele keurig opgevouwen schone handdoeken. Eronder meerdere nachthemden met vlekken erop. Ze trok nog een vuilniszak los en zag haar moeder voor zich, hoe ze er wanhopig schone handdoeken op legde om haar schaamte te verbergen. Probeerde zich de angst voor te stellen die je voelde als je jezelf voelt verdwijnen. Om van de ene naar de andere kamer te gaan en te vergeten waar je naartoe moest.

Katrine waste haar handen, schrobde tot boven aan haar armen. Daarna ging ze aan de slag met de post.

Ze ging aan de keukentafel zitten, opende en sorteerde alles en voelde zich weer rustig worden. Dit waren concrete rampen waar je mee om kon gaan. Ze was goed met papieren, getallen en analyses.

Er waren herinneringsbrieven over onbetaalde rekeningen van maanden geleden, dreigementen over incassobureaus en zeven aanmaningen van de belastingen. Terwijl haar moeder de rekeningen altijd twee weken te vroeg betaalde om de schuldeisers te laten zien dat ze heus wel aan haar verplichtingen kon voldoen. Nu was die keurige huishoudboekhouding veranderd in de eerste ring van Dantes inferno.

Ze wilde net een brief van een makelaarsfirma op de stapel met reclame gooien toen ze het adres las. Het was gericht aan huiseigenaar Ingrid Hedstrand. Katrine scheurde de envelop open en las de paar regels steeds opnieuw.

'Omdat de koper er veel aan gelegen is het pand te verwerven...'

Het pand? Welk pand? Ingrid Hedstrand had in het appartement aan de Månadsvägen in Jakobsberg gewoond vanaf het moment dat het gebouwd was in 1961. Katrine wist niet wat ze verdiend had bij de apotheek, maar het was vast niet genoeg voor een zomerhuisje. Katrine had in postorderbroeken moeten lopen terwijl alle anderen merkspijkerbroeken kregen, elk kaaskorstje moest bewaard worden voor de volgende dag, verbrand brood was ook brood.

Ze las de brief nog een keer.

Het pand dat de koper zo graag wilde bemachtigen was in Kivikangas, in de gemeente Haparanda.

Kivikangas was de naam van het dorp waar haar moeder was geboren.

Katrine leunde achterover in de harde houten stoel, sloot haar ogen. Ze kon de plek op de kaart aanwijzen, boven in Norrland, en dan naar rechts, ten oosten van het blauwe lint dat de grensrivier tussen Zweden en Finland voorstelde.

Na de basisschool was ze opgehouden met vragen of ze ernaartoe konden gaan. Er had een kaart aan de muur in het klaslokaal gehangen waarop de kinderen spelden moesten prikken op de plekken waar ze waren geweest, en daarna vertelde de juf over de bloemen die het symbool van de gewesten waren en over de provinciehoofdsteden en over riviertjes en bergen. Katrine had graag helemaal bovenin een speld willen prikken, maar Ingrid zei dat het te duur was. 'Ik begrijp niet zo goed wat je daar zou willen doen.' Ze sprak altijd langzaam en overdreven precies, sprak elk woord in een zin keurig uit. 'We kunnen de familie bezoeken,' probeerde Katrine, want ze had gehoord dat andere kinderen dat met de kerstdagen en in de zomervakantie deden. 'Er is geen familie die we kunnen bezoeken,' zei haar moeder, 'er is daar niets meer.'

Katrine staarde naar het bedrag dat de koper wilde betalen voor een huis dat er niet was.

1,1 miljoen kronen. Eronder was het uitgeschreven met de nullen: 1.100.000. Ze zocht verder in de stapel post. Dit was blijkbaar niet de eerste brief. 'Omdat u geen antwoord hebt gegeven op eerdere brieven...'

Ze vond nog drie witte enveloppen van de makelaarsfirma in Luleå. Het is een vergissing, dacht ze. Het kan niet waar zijn.

Ingrid Hedstrand lag op de geriatrische afdeling, in een zaal met vier bedden. Neergelaten jaloezieën, gedoofde lichten. Het was nog maar iets na acht uur, maar hier was de nacht al gearriveerd.

Katrine sloop naar binnen en zette de stoel voorzichtig bij het voeteneind.

Ging aan de rand van het bed zitten.

'Mama,' fluisterde ze.

Vlinderlichte bewegingen onder de oogleden. Haar hand bewoog zich over het laken. Katrine pakte hem beet en voelde hoe haar moeder in haar hand kneep.

'Je bent toch nog gekomen.'

'Ik was er vanmiddag al, mama, ik had mintchocola bij me, ik was zo snel gekomen als ik kon, herinner je je dat niet?'

Ingrid probeerde overeind te komen in het bed maar zakte weer terug. Ze was zo mager. Haar hand broos als bakpapier.

Dit is mijn moeder, zei Katrine bij zichzelf, en ze probeerde door de rimpels heen te kijken. Dit was de vrouw die haar het meest na moest staan van iedereen in de wereld.

'Neem me niet kwalijk dat ik je wakker heb gemaakt, maar er is iets wat ik je moet vragen.'

Het grijze haar waaierde uit over het kussen. Geen krullen meer, alleen rechte slierten. Er moet hier een kapper te vinden zijn, dacht Katrine, ze hoeft er niet zo uit te zien. Ingrid die haar haar altijd mahoniebruin had geverfd, die er altijd zo op lette dat ze er netjes uitzag.

'We moeten het over het huis in Kivikangas hebben, mama.'

Ingrids blik dwaalde rond door de kamer. Ze zag er bang uit.

'Zullen we zo gaan?'

'Waarom heb je ons nooit verteld dat je een huis hebt?'

Katrine legde voorzichtig haar hand tegen de wang van haar moeder. Die voelde koud aan. Ze keek haar in de ogen, maar dat lukte niet echt. Er zat een vlies voor haar ogen, alsof ze een stukje dieper in zichzelf was gezonken.

Anders, haar broer, had ook nooit iets over een huis gehoord. Katrine had hem gebeld en hem over de brieven van het makelaarsbedrijf verteld. Het laatste bod was 1,3 miljoen kronen. De makelaar had Ingrid Hedstrands zwijgen opgevat als een onderhandelingstactiek en het bod met elke brief verhoogd. De taxatiewaarde was 36.000 kronen, volgens het afschrift van mama's laatste declaratie. Katrine had alle laden in de woning doorzocht tot ze het registratieformulier vond, de boedelbeschrijving, declaraties, alles. Daar stond helder en duidelijk dat Ingrid Hedstrand in 1974 een pand had geërfd, van de overleden juffrouw Siri Kankanranta. Het huis was 78 vierkante meter, het perceel 2432. Ingrid werd genoemd als enige erfgenaam.

Katrine probeerde haar moeder in de ogen te kijken en voelde zich bedrogen.

'Er is iemand die je huis wil kopen, mama. Begrijp je wat ik zeg? Ze hebben er alles voor over, wat moet ik antwoorden?'

Er klonk gejammer van een van de andere bedden, verdomme ook, zo meteen zouden al die oudjes wakker zijn. Katrine was binnengelaten op voorwaarde dat ze niet zou storen.

'Nee, nu gaan we weg,' zei haar moeder luid en duidelijk. Het breekbare lichaam kwam overeind. Katrine pakte de beker met sap die op het nachtkastje stond.

'Hier, drink wat.'

Haar moeder duwde haar hand weg, zodat het rode sap op het laken spatte.

'Lieve mama, je kunt niet weggaan. Je bent in het ziekenhuis.'

Ze trok aan Katrines arm. '*Onko se täällä?*' Katrine trok haar arm weg en staarde naar het tengere lichaam, dat half overeind in het bed zat, de vreemde woorden die uit haar mond kwamen. Er stroomde iets ijskouds door haar heen. De oude vrouw zwaaide met haar armen, greep Katrines bovenarm met een scherp klauwtje vast.

'Lieve mama, rustig maar.'

'*Onko se täällä nyt? Onko se tullu?*'

Het klonk als Fins, natuurlijk was het Fins. Ingrid Hedstrand had nog nooit Fins gepraat. Ze is gek, dacht Katrine, mijn moeder is gek geworden en ik kan er niet tegen.

'Wat zeg je? Praat Zweeds, zodat ik begrijp wat je zegt.' Ze probeerde haar blik weer te vangen, maar de ogen van haar moeder dwaalden rond zonder iets te zien.

'*Se lupasi tulla mutta, ei se tullu.*'

Ze schreeuwde en kronkelde nu, zodat Katrine haar vast moest pakken.

'Ik ben het, Katrine,' zei ze en ze moest vechten om haar tranen binnen te houden. 'Zie je niet dat ik het ben?'

In de andere bedden begonnen de mensen heen en weer te schuiven.

Katrine drukte op de rode knop.

Toen het ziekenhuispersoneel het over had genomen en haar moeder iets had gegeven waarvan ze in slaap viel, toen ze weer rustig in haar bed lag, met het haar uitgespreid over het kussen en haar handen onder de deken gevouwen, toen haar ademhaling kalm was en zo zachtjes dat je haar nauwelijks kon horen, vroeg Katrine, bezweet en met bonkend hart, of iemand misschien verstond wat haar moeder probeerde te zeggen.

De ziekenverzorgster kwam uit Eritrea en de assistente van de Filippijnen, maar de verpleegster was geboren in Helsinki.

'"Is hij er nu," zegt ze, "is hij gekomen? Hij zou komen, maar hij kwam niet."'

Het was zevenentwintig graden onder nul.

De oude vrouw leek zeker van haar zaak te zijn. Svanberg stak de kachel altijd aan, zei ze, elke avond van november tot het ijs weer wegging. Vanuit het keukenraam van Haara's huis had je vrij zicht op de sauna bij de rivier, helemaal nu de jonge bomen en struiken verdwenen waren. Dus wist ze dat de kachel in de sauna op Rauhala al twee avonden niet was aangestoken.

Daarom had ze ondanks het late uur Thore Palo gebeld.

'Het is vast niet nodig om agenten helemaal vanuit Haparanda te laten komen,' zei ze door de telefoon. 'Als er niets aan de hand is.'

'Ja,' zei hij, want daar had ze gelijk in. Ze hadden het al druk genoeg in Haparanda, met al die reorganisaties en zo.

Thore Palo zette zijn leesbril op. Dacht dat ze zich voor niets zorgen maakte, het oude mens, ze zou binnenkort eenentachtig worden en hield de dagen vast niet meer zo goed uit elkaar. Hij keek op zijn digitale thermometer, die hij met de kerst van zijn kleinkind had gekregen en die zowel de binnen- als de buitentemperatuur liet zien. Het oudje had gelijk. Het was zevenentwintig graden onder nul.

'En omdat we toch politie in het dorp hebben,' zei Anna Haara.

'Dat stelt niet zoveel meer voor tegenwoordig,' zei Thore, maar het deed hem duidelijk goed dat ze het zo zag. Elf jaar na zijn pensioen werd hij nog steeds 'de politie' genoemd en er waren nog steeds mensen in het dorp die hem belden om raad, zelfs om iets aan te geven. Van de zomer had hij nog uit moeten rukken om te bemiddelen in een vechtpartij tussen twee oude broers.

'Ik had ook zelf kunnen gaan,' zei Anna Haara, 'maar dat doe ik niet meer.'

'Ik zal wel even gaan.'

Thore kleedde zich warm aan en reed met de vierwieler naar Rauhala. Dan is de weg ook meteen sneeuwvrij, dacht hij. Ook al is er niets aan de hand.

Hij liet het voertuig aan de rand van de weg staan, voelde de bijtende kou tegen zijn wangen. Het was niet slecht om er even uit te zijn. Een aanleiding te hebben.

De oude boerderij stond er verlaten bij. Hij zag dat het woonhuis nu ook begon te verzakken, het kleinere huis stond al veel langer scheef en het dak van de stal was ingestort. Jammer van zo'n mooie hoeve. Hij herinnerde zich hoe het ooit was geweest, vol kinderen. Al die boerderijen die in de steek werden gelaten. Ze stortten in of werden gekocht als zomerhuisje door Stockholmers die de rivieroever lieten verwilderen. Maar Rauhala had niemand kunnen kopen, niet zolang Lars-Erkki Svanberg nog op de hoeve woonde.

Hij ploeterde verder naar het graanhuis. Daar waren geen sporen te zien. Svanberg was blijkbaar al een paar dagen niet naar buiten gegaan, maar dat was niet helemaal onverwacht. De ouwe had zich geïsoleerd, hij was een eenling, een beetje vreemd, zoals je er in elk dorp een had. Vorig voorjaar had hij Anna Haara met zijn buks bedreigd toen ze hem een stuk taart kwam brengen dat over was van haar tachtigste verjaardag. Niet vreemd dat niemand er meer naartoe wilde.

Thore bonkte op de houten deur. Wachtte en bonkte weer. Daarna drukte hij het handvat omlaag en trok de deur open. Liep naar binnen, zoals je in Tornedalen doet als de deur open is. Riep in de pikzwarte duisternis.

'Svanberg? Ik ben het, Thore Palo. Svanberg, ben je daar?'

Het was onder nul binnen. De kou was door de houten muren gedrongen. Het duurde even voordat zijn verdomd slechte ogen gewend waren aan het donker, maar de sneeuw wierp een zwak licht naar binnen en toen hij de bundel op de grond zag, wist hij meteen wie daar lag.

Het waren dezelfde jas en hoge laarzen die Lars-Erkki Svanberg altijd droeg wanneer hij een enkele keer in het dorp kwam.

Het gezicht kon Thore niet herkennen. Dat was er niet meer.

Zijn hoofd was in tweeën gespleten, precies tussen de ogen door. Wat eens Lars-Erik Svanbergs gezicht was geweest, was aan flarden gereten. Thore kon niet zien wat zijn mond of zijn kin was, want alles boven de sjaal was doordrenkt met bloed, dat stijf en zwart was geworden, en er zat rijp op het bloed en in zijn haar, dat in dikke slierten op de grond lag.

Thore greep de deurpost beet en stapte achteruit, struikelde de trap af en moest zich met zijn handen in de ijskoude sneeuw opvangen. Zijn hele lichaam trilde toen hij op de idioot kleine knopjes probeerde te drukken van de mobiele telefoon die hij van de jongen had gekregen.

Achtenveertig minuten later kwam de auto uit Haparanda. Thore zat stijf bevroren op de trap van het graanhuis. Kon niet meer mee naar binnen, weigerde zijn plek te verlaten. De tranen hadden strepen van ijs over zijn wangen getrokken.

'*Herra jumala*,' kermde hij toen de jonge politieman hem naar de auto bracht, 'ik heb hem gezien toen hij over de finish kwam op de vijftien kilometer in Boden. Ik heb hem gezien toen hij over de finish kwam.'

'Heb je enig idee wat de huizen daarboven kosten?'

Zweet liep langs Anders Hedstrands keel. Hij was een zwaarlijvige man van middelbare leeftijd geworden, waardoor ze zich zorgen begon te maken over zichzelf, al was ze dan vijf jaar jonger.

'We zouden wel gek zijn als we het niet verkochten,' zei hij en hij ging moeizaam op de hoek van de bank zitten. Hij liet zijn blik door de kamer gaan zonder acht te slaan op de moeite die zij zich had getroost om de boel schoon te maken en bleef hangen bij mama's oude klok van donker hout, waarvan de pendule niet meer bewoog. De wijzers waren op twintig voor twaalf blijven staan. Er kwam een herinnering bij Katrine boven, van toen ze hem op moest winden. Mama had haar hand op de hare gelegd terwijl ze het sleuteltje ronddraaide. Dat was een van de weinige voorwerpen geweest die haar moeder had meegenomen uit haar ouderlijk huis, het tikken, de doffe klank als hij sloeg. Uur na uur, jaar na jaar. Een geluid waarbij ze hadden leren kruipen en lopen, zij en Ante.

'We kunnen het niet verkopen,' zei ze. 'Het is ons huis niet.'

Haar broer zuchtte diep.

'Nee, het is ons huis niet, maar wij moeten het besluit nemen. Het is nu onze verantwoordelijkheid.' Hij leunde achterover en vouwde zijn handen achter zijn nek.

Hoe durf jij het verdomme over verantwoordelijkheid te hebben, dacht Katrine, maar ze zei niets. Kon niet nog meer zenuwslopende verwijten en ruzies aan. Waarom heb je mama niet vaker bezocht, en waarom jij niet?

Gunilla, zijn vrouw, was hier het vaakst geweest, meerdere keren per week, en had haar schoonmoeder geholpen met boodschappen doen, schoonmaken, alles. Anders had niet willen inzien hoe slecht het met zijn moeder ging, en thuishulp had ze geweigerd. Ze zou zichzelf wel redden, zoals ze altijd had gedaan. 'Wat had ik moeten doen? Had ik haar moeten dwingen?' En Katrine had de telefoongesprekken korter en korter laten worden, had gerapporteerd zoals ze voor de staatsradio had gedaan, haar leven in anderhalve minuut.

Ze gluurde naar haar broer.

Ante ontweek haar blik en krabde in zijn nek, leek te groot voor de bank en voor de hele kamer, kon hij niet gewoon weggaan? Weg uit haar leven? Hij belichaamde alles wat ze achter zich had gelaten, het gevoel dat het leven in een antwoordenboekje stond opgeschreven. Op zijn twintigste had hij een vaste baan gekregen bij Philips Electronics NV. Daarna was de fabriek verkocht en verschillende keren opgekocht, op het ogenblik heette ze Saab Teletronics, maar Ante zat er nog steeds. Laatst was hij gepromoveerd tot projectleider voor de invoering van de elektronische ontvangst van het leverancierssubgrootboek, halleluja. Hij had het drie keer moeten zeggen voordat ze begreep dat ze hem moest feliciteren. Hun moeder was altijd trots geweest op wat haar zoon had bereikt. Twee kinderen en Huize Gunilla. (Ja, het was waar. Hij had zijn huis echt naar zijn vrouw vernoemd.) Wat hun vader ervan vond, hadden ze nooit geweten. Hij was naar Sandviken vertrokken voor een constructieklus toen Katrine vier was en nooit meer teruggekomen. Drie jaar later kregen ze bericht dat hij was omgekomen bij een bedrijfsongeval. Zijn nieuwe vrouw weigerde bloemen voor de begrafenis te accepteren. Katrine had geen enkele herinnering aan hem.

'Een komma drie miljoen voor een vervallen, oud huis,' zei Ante, 'zo'n kans krijgen we nooit meer. Jij hebt misschien geld, maar wij hebben leningen, afbetalingen.'

Katrine keek door het raam naar buiten. Zou Saab Teletronics failliet gaan zoals de rest van Saab, of was het een heel andere afdeling? Een kind in een rood skipak klom boven op een berg vieze sneeuw, ging plat op de grond zitten en gleed naar beneden. Ze kon de harde sneeuw bijna voelen, het grind wanneer je op de grond eronder landde.

'Het huis moet heel veel voor mama hebben betekend,' zei ze, 'aangezien ze het al die jaren heeft gehouden.'

'Als ze er zoveel om gaf, zou ze er wel een keer naartoe zijn gegaan.'

Ze zag dat zijn mond zich vertrok, de kaken die zich spanden als hij zich verbeet. Een golf van tederheid door haar lichaam. Haar broer. Nog even en ze zouden alleen over zijn.

'Hoe dan ook zal ik het in orde moeten brengen,' vervolgde hij. 'Want jij moet zeker terug naar Londen?'

'Ja, natuurlijk moet ik dat.'

'En wij zullen het hoe dan ook erven.'

'Ze is nog niet dood.'

'Ik weet verdomme ook wel dat ze niet dood is.' Ante sloeg met zijn vuist op tafel en kwam overeind. 'Houd op met alles wat ik zeg te verdraaien en zo verdomd bijdehand te doen.' Hij verdween naar het toilet, sloeg de deur hard achter zich dicht.

Katrine liet zich op de bank zakken. Hoewel hij de halve woonkamer in beslag nam, had hij toch te krap geleken om met hem te delen.

Ze strekte haar hand uit naar de papieren op tafel, het bod dat steeds hoger werd van de makelaarsfirma in Luleå. Ante kuchte en trok de wc door terwijl de telefoon overging. Jerker Nyberg heette de makelaar. Zijn stem was hoog als die van een jongenssopraan.

'Wat goed, ik vroeg me juist af of we in contact met jullie zouden kunnen komen.'

'Ingrid Hedstrand is helaas ziek, daarom vertegenwoordig ik haar belangen.' Katrine nam de toon aan die ze gebruikte om een afspraak te maken voor een interview met een politicus. Ze was altijd bang dat ze haar zouden doorzien, zelfs door de telefoon.

'Ja, ik en mijn broer,' voegde ze eraan toe toen Ante de kamer weer binnenkwam. Ze wees naar de brief van de makelaarsfirma en zijn gezicht begon te stralen. 'We willen alleen weten of het bod nog actueel is.'

'Uiteraard,' antwoordde de makelaar enthousiast, 'uiteraard.'

'Maar we weten nog niet of we willen verkopen. We hebben alleen een paar vragen...'

'Ik heb een mandaat gekregen om te onderhandelen over de prijs,' onderbrak de makelaar haar, 'als jullie niet tevreden zijn over het laatste bod.'

'Wie wil het kopen?' vroeg Katrine. 'Waarom zijn ze zo geïnteresseerd in dit huis?'

Het bleef even stil in de hoorn. De makelaar schraapte zijn keel aan de andere kant van de lijn. Anders fronste zijn voorhoofd en fluisterde: 'Zeg dan dat we geïnteresseerd zijn.'

'De koper wil anoniem blijven,' zei Jerker Nyberg. 'Alle contacten gaan via mij. Ik heb een volledig mandaat om de zaak tot een einde te brengen.'

'Ik moet het met mijn broer bespreken.'

'Een komma vijf miljoen,' zei de makelaar.

'U hoort van ons.'

Ze drukte hem weg en liet de hoorn zakken.

'Wat zeiden ze?'

Katrine keek hem een halve minuut zwijgend aan voordat ze in staat was om het bedrag te noemen.

'Allemachtig.' Ante greep naar zijn hoofd en liet zich weer op de bank vallen. 'We zouden het huis kunnen laten renoveren...' Hij hield op met praten en ging verder op een licht smekende toon die onder je huid kroop. 'En mama beleeft er toch geen plezier meer aan.'

'We kunnen geen huis verkopen dat we niet eens hebben gezien. Je weet niet eens welke kleur het heeft. Wat het uitzicht is.'

'Moeten we er dan naartoe gaan om het uitzicht te bekijken, bedoel je dat? Ik kan niet zomaar alles in de steek laten.'

'Ik kan gaan,' zei ze.

'Naar Kivikangas?' Hij keek haar verbaasd aan. 'Maar jij weet toch niets van huizen?'

'Wat weet jij ervan wat ik van huizen weet?'

'Maar heb je het niet druk daar in Londen?'

Ze haalde haar schouders op.

'Het is een rustige periode,' zei ze. 'Ik kan het in een paar dagen afhandelen. Als jij voor mama zorgt.'

De eenzaamheid was een vreemde gewaarwording. Om jezelf te horen ademen.

Aleksej Sjaporin was zijn eigen lijfwachten te slim af geweest en was via de binnenplaats weggeslopen. Ze dachten dat hij ziek in het appartement aan de oever van de Neva lag, terwijl hij zich in werkelijkheid verborgen hield in een erker aan de Oelitsa Roebinsteina met uitzicht op de straat. Twee van de rivieren in Sint-Petersburg stroomden tussen hen in. Hij zou zijn leven nooit meer in handen leggen van zulke *kozly*, waardeloze geiten.

Hij herkende de zwarte auto die zich losmaakte uit de stroom en voor de deur stopte, de lijfwachten stapten uit. Het waren mannen die hun tatoeages niet verborgen, een glimp ervan was al genoeg om te zorgen dat mensen op het trottoir snel doorliepen, terwijl de uitlaatgassen van het namiddagverkeer zich verdichtten en vermengden met de wolken boven Sint-Petersburg.

Daarna werd een kale schedel zichtbaar toen Dima van de achterbank kwam, zijn vriend, zijn compagnon, de grote zakenman Dmitri Olegovitsj Rykov, wiens manier van lopen de laatste jaren steeds logger was geworden naarmate zijn corpulentie toenam. De lijfwachten keken hem na terwijl hij naar de deur liep, speurden de straat nog een laatste keer af voordat ze weer in de auto gingen zitten. Het kleine vrouwenbeeldje op de radiator van de Rolls verdween, de Spirit of Ecstasy van 24-karaats goud, dat betekende dat de sleutel uit het slot was gehaald. De mannen zouden in de auto blijven wachten terwijl Dima het huis binnenging, net als afgelopen donderdag toen hij zijn minnares bezocht aan de Oelitsa Roebinsteina zonder te weten dat hij in de gaten werd gehouden.

Aleksej liep vlug en stil door het lege appartement het trappenhuis in. Gleed de schaduwen in, drie treden omhoog op de volgende trap, waar hij onzichtbaar was voor de degene die naar boven kwam.

Een vriend verandert gemakkelijk in een vijand die te veel van je weet.

De oude stommeling had het niet kunnen laten om op te scheppen. Zijn minnares was een danseres van het Mariinski-theater geweest, maar nu danste ze alleen nog voor Dmitri Olegovitsj! En zoals ze danste! Aleksej kon de opwinding van zijn vriend als een tweede hartslag in zijn eigen aderen voelen.

Wat irritant dan dat de lift buiten dienst was door een doorgeknipte leiding.

Hij hoorde Dima twee verdiepingen onder hem vloeken, tegen de liftknop bonken. Zoiets wekte woede en irritatie op, maar geen argwaan. Dit was het oude Sint-Petersburg, met donkere steegjes en binnenplaatsen uit een prerevolutionaire tijd. Deuren die verschillende kanten op leidden, labyrinten waarin een mens kon verdwijnen. Een lift die geïnstalleerd was in de Sovjettijd en nooit gerepareerd werd, een elektricien die onderweg was maar nooit kwam.

Aleksej stak zijn handen in zijn jas, de goedkope jas die hij in een warenhuis had gekocht omdat die nooit opgespoord zou kunnen worden. Even stond hij het zichzelf toe aan de minnares te denken. Hoe ze daar lag, drie trappen hoger, zacht en naakt, en kronkelde omdat ze van alle kanten genomen wilde worden tot ze schreeuwde van de pijn, schreeuwde om meer. Een brandend gevoel schoot omhoog vanuit zijn onderlijf en zette al zijn zintuigen op scherp. Hij sloot zijn vingers om de kolf. Hoorde de voetstappen van de man op de trap tussen de eerste en de tweede verdieping, het gehijg en gemompel, terwijl Dima bij zichzelf vloekte op werkmannen die nog in de Sovjetsamenleving leefden en nooit iets voor elkaar kregen.

Zijn verbazing was compleet toen het schot hem trof. Wanneer je ogen naar buiten dringen en je weet dat je verloren bent. De mond die openging, de woorden die de laatste zouden zijn die hij uitsprak.

Wat doe je hier, Aleksej... broer...?

Een reutel, en het was voorbij.

Aleksej ving hem in zijn armen op toen hij viel. Trok de plastic zak over het hoofd van de dode om de bloedsporen te beperken en sleepte het zware lichaam een appartement in dat hij speciaal voor dit doel had gekocht. Er werd een deur geopend op de verdieping erboven en even snel weer gesloten. Als er buren waren die het schot met de geluiddemper hadden herkend, kozen ze ervoor om het direct weer te vergeten. De inwoners van Sint-Petersburg hadden hun les geleerd: ogen sluiten, zwijgen en overleven.

Hij spoelde het bloed van zich af en trok andere kleren aan. Rolde de besmeurde kleren in een plastic zak. Daarna maakte hij het orthodoxe kruisteken boven Dmitri Olegovitsj' lichaam en verliet het appartement voor altijd. Het zou nooit terug te voeren zijn naar Aleksej Sjaporin. In het contract stond een werkloze toneelspeler die drie weken eerder ongelukkig genoeg in de Neva was gevallen. Misschien zou hij boven komen drijven, misschien niet. Het zou hoe dan ook gauw vergeten zijn. Het zou hooguit een moment van onbehagen opleveren voor degene die zich op die dag aan de kade van de Neva bevond.

Via de achterdeur verliet hij het huis aan de Oelitsa Roebinsteina, door de kelder en over een van de donkere binnenplaatsen die naar afval stonken en kronkelde verder door een smalle tunnel naar de volgende binnenplaats en de volgende, tot hij aan de andere kant van de wijk uitkwam, waar de Vladimir Prospekt dreunde van het verkeer. Al dat lawaai. Zijn migraine werd erger door slapeloosheid, door harde geluiden en scherp licht en sterke geuren. De laatste jaren was hij de stilte gaan missen waarmee hij was opgegroeid. Mensen die zwegen, nachten waarin de stad stilstond.

Hij liet zich meevoeren door de mensenmassa die in de richting van de paradestraat Nevski Prospekt stroomde. Geen auto die bleef staan, niemand die vermoedde wie hij was. Niemand zou denken dat iemand op deze manier vluchtte. Gekleed in een zwarte leren jas van het model dat je mannen uit de voorsteden vaak zag dragen, met een wollen muts over zijn oren getrokken en zijn handen in zijn zakken, liep hij licht voorovergebogen, als een arbeider op weg naar huis na het werk.

De lijfwachten zaten vast en zeker nog in de auto. Hij wist dat hun leider, Rodja Nasajev, een afbeelding van het pasgeboren Jezuskind in zijn huid gekerfd had staan. Dat was de tatoeage voor wie in de gevangenis geboren was, maar toch was hij een *sjestjorka* geworden, een loopjongen van dieven. Hij zou zijn baas nog urenlang niet lastigvallen. En de minnares? Hoe lang duurde het voordat zo'n vrouw alarm sloeg omdat haar minnaar niet was gekomen? Zou ze iets doen? Of wachten, en wachten, tot haar creditcard niet meer werkte?

Hij sloeg snel af naar weer een andere donkere binnenplaats. In een vuilniscontainer waar zelfs de hongerigste dakloze niet in de stank zou gaan wroeten, gooide hij de zak met kleren waar Dmitri Rykovs bloed op zat.

De Nevski Prospekt baadde in zijn onwerkelijke licht. Hij liep langs een bedelaarster, volgde de stroom toeristen en werd zich ervan bewust dat dit de laatste keer was dat hij over de straat liep die Sint-Peterburgs droom van grootheid was, zijn verraderlijke hoop. *De Nevski Prospekt liegt altijd en vooral wanneer de nacht er als een dichte wolk op neerdaalt en de witte en lichtgele muren van de huizen naar voren treden, wanneer de hele stad vol licht en lawaai is...* De etalages die schitterden en hun parfumgeuren over je uitstortten, schoenen met hoge hakken, overal die schoenen waar de Russische vrouwen nooit genoeg van kregen, de winkels die nooit dichtgingen, de mensen die niet sliepen. Hij liep door de glazen deuren het Majakovski-station binnen, betaalde 25 roebel en kreeg zijn muntje, dat werd opgeslokt door de machine.

Geen spoor.

Gleed met de roltrap omlaag naar het duizelingwekkende tunnelsysteem van Sint-Petersburg, waarin iemand spoorloos kon verdwijnen. Het kabaal, het geratel wanneer de metro schuddend de tunnels in ging. De luchtstroom van de ventilatie, het fletse licht dat de gezichten in de wagon lichtgeel kleurde en de mensen dodelijk vermoeid maakte. Hij stapte drie keer over voordat hij eindelijk weer omhoogging naar het straatniveau. Als iemand zich tegen alle verwachtingen in een man zou herinneren die geen indruk had gemaakt, dan zou niemand zeker weten waar hij vandaan kwam of welke kant hij op reisde. Op straat voor het Vitebsk-station stonden baboesjka's sokken en paraplu's te verkopen, altijd weer die sokken en paraplu's, de droom om warm en droog te blijven in een stad waar de gure vochtigheid omhoogkwam uit de grond en neerdaalde uit de hemel.

Het kaartje kostte 71 roebel. De lokale trein reed schuddend door de grauwheid van de zuidelijke randen, het land van de vervallen fabrieken en containerdepots. Er waren industrieën bij waar hij mee gewerkt had of die hij over had genomen, met wapens en bedreigingen of door middel van het georganiseerd opkopen van aandelen, van hun waarde had ontdaan en daarna in de steek had gelaten. Al die zaken die voorbij waren gekomen, het was allemaal zo duizelingwekkend snel gegaan. Hij kon de zuigkracht van de onderwereld voelen, de godvergeten moerasgronden waar Sint-Petersburg op gebouwd was, voelde hoe hij weer in het slijk werd gezogen. De financiële markten vielen. De banken werden bedreigd met onderzoeken, niets was nog bestendig.

Hij stapte na vijfendertig minuten uit in Poesjkin. Ademde de heldere lucht in en liep met grote stappen verder, een strofe uit de oude dievenwet in zijn hoofd zingend, een van de allerbelangrijkste regels van de *vor v zakones*. Niet dat hij zich ooit had moeten voegen naar de wetten van de Sovjet-Russische gevangenissen, hij had zich altijd vrij kunnen kopen en zelfs de nieuwe *vor* hielden zich niet langer aan hun eigen wetten, maar de strofes waren er evengoed nog, als een achtergrondmelodie.

Je eigen gevangenis moet je niet bouwen.

Hij naderde de Chroesjtsjovwijk, ver achter het paleis en de parken die de ziel van Poesjkin vormden. Het was een plek waar niemand naar een man als Aleksej Sjaporin zou zoeken, een plek voor het alledaagse en troosteloze. Stofgrijze bakstenen gebouwen van vijf verdiepingen, met balkons, die door heel Rusland exact hetzelfde waren gebouwd en onherroepelijk in verval waren. Aleksej deed de deur open en liep de kleine eenkamerwoning met keuken binnen, waar het gebloemde tafelzeil van een oude vrouw nog op tafel lag. Er was geen kapstok en dus gooide hij zijn jas over een stoel.

Het appartement was een overblijfsel van een van zijn en Dima's minder geslaagde zakenprojecten, een agentschap voor thuisservice aan ouderen. De bejaarden moesten hun woningen nalaten aan het agentschap, als onderdeel van de betaling, wat een prachtig zakenidee had geleken aangezien de onroerendgoedprijzen elk jaar met miljoenen roebels toenamen, maar ze hadden de kracht onderschat van mensen die de terreur van Stalin en het beleg van Leningrad hadden overleefd, ze weigerden gewoon dood te gaan. Het appartement in de

Chroesjtsjovwijk was het enige wat overbleef toen het agentschap dezelfde weg ging als duizenden andere bedrijven in Ruslands nieuwe economie, opging in lucht en onbetaalde salarissen.

De radio was er nog, vastgeschroefd aan de muur sinds de tijd van Chroesjtsjov. Gemaakt voor maar één zender. Hij zette hem aan en liep naar de badkamer. Drukte de grijze verf uit de tube terwijl muziek het appartement vulde.

Zelfs het beroerde apparaat kon de schoonheid van Prokovjevs derde pianoconcert niet verhullen.

Zijn haar moest drogen in de nieuwe kleur terwijl hij een diepvriespizza opwarmde. Daarna keerde hij terug naar de badkamerspiegel, de schaar en het scheerapparaat.

Een halfuur later was hij iets ouder en slecht geknipt. *Niet precies mooi, maar ook niet lelijk... wat zijn leeftijd betreft kon je niet echt zeggen dat hij oud was, maar aan de andere kant ook niet dat hij jong was.*

De jas, duur noch goedkoop.

De koffer zwart en zo gewoon dat meerdere mannen ernaar zouden grijpen in het bagagerek, in de veronderstelling dat hij van hen was.

Ten slotte stopte hij de paspoorten, alle drie, weg in verschillende vakken van zijn bagage. Het enige wat hij in stukken knipte en wegspoelde in het Russische rioleringssysteem was dat van Aleksej Sjaporin.

Ze stoof zuidwaarts over de E4 door een kaal, kleurloos winterlandschap. Golvende witte velden met zwarte boomstammen tegen een verbleekte hemel.

Ten oosten van Kalix gaf de gps aan dat ze moest afslaan in de richting van Björkfors. De weg werd smaller, de hoeves stonden steeds dichter bij elkaar. Borden gleden voorbij en wezen naar ondoorgrondelijke plaatsen als Vitvattnet en Lappträsk, Kattilasaari en Kukkola.

Een tegemoetkomende vrachtwagen blies een wolk van sneeuw op, die haar het zicht ontnam. Katrine minderde vaart tot de nevel was gaan liggen en het landschap om haar heen weer naar voren trad, bevroren en leeg.

Er zijn mensen die ervoor kiezen om hier te wonen, dacht ze.

Ze volgde de aanwijzingen van de satellieten naar Kärrbäck en Tossa, reed de laatste vijf kilometer langs een onnatuurlijk lang recht stuk dat eindigde bij Weg 99, de route die de grensrivier tussen Zweden en Finland volgde.

Dit was Tornedalen.

Het landschap werd vlak, leek zich tot aan de hemel uit te strekken. Weilanden en berken, wat moest het hier 's zomers mooi zijn, dacht ze terwijl ze links afsloeg, het laatste stukje naar Kivikangas.

Volgens Wikipedia was er ook een Kivikangas aan de Finse kant van de grens, de dorpen lagen als elkaars spiegelbeeld in hun eigen land, in tweeën gespleten door de landsgrens die na de Zweeds-Russische vrede in 1809 was getrokken. Tot Finlands onafhankelijkheid was het tsaardom Rusland aan de andere kant van de rivier begonnen, de donkere bosrand aan de horizon.

Katrine reed naar een gesloten winkel met één benzinepomp ervoor, stopte en zocht tevergeefs naar iemand om de weg te vragen. De gps had zich niet willen inlaten met de vergeten, oude bouwval van haar moeder. Het adres dat ze had gevonden, was misschien niet eens een adres. Ze stapte uit de auto. De kou prikte op haar huid en veranderde haar neus in ijs.

Ze klopte aan bij het dichtstbijzijnde huis waar licht brandde, er was geen bel. Een hond blafte. Iemand riep iets van binnen uit het huis.

'Ja?'

Katrine wachtte even, maar ze hoorde geen voetstappen en probeerde daarom het handvat omlaag te drukken, de deur ging open.

'Neemt u me niet kwalijk, ik wil alleen de weg vragen,' riep ze.

Een grijze hond sloop naar haar toe, snuffelde voorzichtig aan haar benen. Hij was halfblind, met een bruin en een lichtblauw, nietsziend oog.

'Wie is daar?'

De man zat aan de keukentafel met een krant voor zich, hij was in de zeventig, met zijn overhemd binnenstebuiten en wenkbrauwen die alle kanten uit staken.

'Gaat het over Svanberg?' vroeg hij terwijl hij over zijn leesbril heen keek.

'Nee, neem me niet kwalijk,' zei Katrine, 'ik kan hier alleen de weg niet vinden. Ik kom naar een huis kijken.'

'Zo, wie gaat er nu weer verkopen?'

'Ik kom niets kopen,' zei ze en ze zette haar muts af zodat hij haar beter kon zien. Mama's oude bontmuts die ze op het laatste moment nog had gepakt, toen ze besefte dat ze alleen kleren in haar koffer had voor een natte Stockholmse winter.

'Het is het huis van mijn moeder. Ik denk dat het ergens bij moet liggen dat Matalaniemi heet, hier in Kivikangas. Ik heb een kadasterinschrijving...'

De ogen van de man lichtten op.

'Zo, van wie ben jij dan?' vroeg hij.

Wat was dat voor idiote vraag? Van wie wat dan?

'Mijn naam is Katrine Hedstrand,' zei ze. 'Ik kom uit Stockholm, al woon ik tegenwoordig in Londen, ik ben journalist.'

'En van wie ben je de dochter?' vroeg hij.

'Mijn moeder heet Ingrid Hedstrand, maar ze heeft hier niet meer gewoond sinds ze klein was...'

Hij fronste zijn voorhoofd, bekeek haar van top tot teen.

'Ingrid...' zei hij. 'Is dat het meisje van Kankanranta?'

'Nee,' zei Katrine verward. 'Maar mijn grootmoeder die het huis hiervoor bezat heette zo...'

'Dus jij bent Ingrids dochter, laat me je eens bekijken.' Hij kwam overeind, stijfjes maar toch op een of andere manier krachtig, alsof hij zijn spieren op peil had gehouden. Hij lachte en stak zijn hand uit, breed en grof.

Hij hield haar hand stevig vast. 'Nu zie ik het. Het is iets in de blik, hè? Ze was bijzonder, je moeder, maar het had voor mij geen zin om bij de Kankanranta's naar haar hand te dingen. Je moet vragen of ze zich Thore Palo nog herinnert. Ik was nog maar een snotjongen in die tijd. Maar nu moet jij vertellen hoe het met je moeder gaat daar in Stockholm. Want daar zit ze vast nog?'

Katrine staarde hem aan. De man liep plotseling over van woorden en gastvrijheid, alsof hij een oude bekende was, alsof hij wist wie ze was. Naar haar hand dingen? Haar moeder was naar Stockholm verhuisd toen ze nog een kind was, maar de ouwe haalde vast dingen door elkaar. Ze trok haar hand terug.

'Is het ver van hier? Ik wil er graag naartoe voordat het donker wordt.'

Hij volgde haar naar het trapje buiten en wees. Recht vooruit en dan de eerste weg nemen die naar de rivier leidde, links aan het eind van de weg en dan uitkijken naar een huis aan de rechterkant.

'Maar je kunt er nu niet naartoe,' zei hij toen ze hem bedankte en haar muts weer opzette. 'Er is te veel sneeuw. Morgen komt de jongen van Haara misschien langs met de tractor.'

'Dank, ik red me wel,' zei Katrine.

Het huis leek bevroren te zijn in de tijd.

Het stond ongeveer twintig meter van de smalle weg, tussen berkenstammen, de sneeuw reikte tot aan de raamdorpels.

Het bestond echt. Een eenvoudig huisje. Het was lang geleden rood geweest, maar de verf was er nu af gesleten en de vorst boorde zich door de houten betimmering. De ramen waren bedekt met ijs.

Katrine stapte in de onaangeroerde sneeuw en zakte tot aan haar dijen weg. Al na de eerste stap zaten haar lage schoenen vol sneeuw. Toen ze bij de achterkant van het huis kwam, of was het de voorkant, was ze door en door bezweet en voelde de kou nauwelijks meer, dankbaar voor alle rondjes die ze door Regent's Park had gelopen en die haar beenspieren hadden gesterkt.

Een trapje leidde omhoog naar een ingebouwd voorportaal, een deur die groen was geweest. Haar hart bonkte terwijl ze de sleutels in haar zak vastklemde, de enige die ze in de ladekast van haar moeder had kunnen vinden.

Ze schoof de sneeuw voor de deur met haar voet weg, moest graven met haar handen en ijs wegtrappen met haar hak, maar ten slotte was hij vrij. De derde sleutel paste in het slot, ze duwde met haar schouder tegen de deur en draaide de sleutel om, en het slot werkte mee. De deur zat vastgevroren en ze rukte en trok eraan, vloekte ten slotte luid, 'ga verdomme open', en de deur liet eindelijk zijn verzet varen, langzaam en knarsend ging hij open. Katrine keek het voorportaal in. Een aan de muur bevestigde bank was blauwgeverfd. Het was koud als in een vrieskist. Ze kon het niet laten op een bakelieten schakelaar aan de muur te drukken. Natuurlijk gebeurde er niets.

Ze zette een paar stappen vooruit, een kamer in die het grootste deel van de oppervlakte van het huis in beslag nam, met ramen naar drie kanten. Een geur van hout en oude tapijten. Daar waren het houtfornuis en een kleine eettafel met een gebloemd tafelzeil. Dunne, witte gordijnen met ajourranden. Een secretaire met ingelijste zwart-witfoto's. Erboven hing een gebarsten spiegel.

Katrine liep ernaartoe om de foto's in de duisternis te bekijken en zag de ernstige blik van een meisje achter een laagje fijn stof, een schoolmeisje in haar zondagse kleren met de hand van een vrouw op haar schouder. Ze ademde op het glas en probeerde het stof met haar mouw weg te wrijven, maar het zat vastgevroren. De enige foto die ze van haar moeder als jong meisje had gezien, was een foto van haar diploma-uitreiking op de commode thuis. Het was absoluut hetzelfde meisje. Nukkige gelaatsuitdrukking, mooie trekken. De vrouw naast haar was gekleed in een rechte jurk, met kortgeknipt haar en een blik die op een punt achter de fotograaf was gericht, afwezig.

Siri Kankanranta, haar grootmoeder.

Katrine zette de foto voorzichtig weer neer. Er waren nog een paar foto's van mensen die meer dan honderd jaar oud konden zijn, ze zocht in hun zwijgende gezichten naar familietrekken. Een trouwfoto uit 1904, die moest van grootmoeders vader en moeder zijn. Daar stonden ze met hun kinderen, vijf stuks, voor het huis, alleen de kleinste zat op zijn vaders arm. Waar zijn jullie allemaal naartoe gegaan, dacht ze, ergens moest het krioelen van kinderen en kleinkinderen, waarom was niet een van hen hier geweest om het huis te verven?

Ze trok een paar laden open maar vond alleen pennen en een oude kassabon, schudde het gevoel van zich af dat er iets engs binnensloop. De schemering wiste de hoeken uit en daardoor leek de kamer te krimpen.

Ze maakte een snel rondje door de twee kleine slaapkamers achter de keuken. Twee smalle bedden in de ene en een bredere in de andere, behang met een bloemetjespatroon en een ijzeren kachel. Het was niet moeilijk te bedenken dat haar moeder de kamer aan de kant van de weg had gehad, er stond een klein, wit geschilderd bureau dat van een meisje geweest kon zijn. Vanuit de hal leidde een trap naar de zolder. Er was sneeuw naar binnen gewaaid door een gebroken ruit, een paar traptreden waren vermolmd. De vloer lag vol dode vliegen.

Ze schrok toen een gebulder de stilte verbrak, het gerommel van een motor.

Voor het huis, waar een weiland zich uitstrekte naar de bevroren rivier, stond een buitenproportioneel grote tractor. De man die op de plaats van de bestuurder zat was van haar leeftijd, gekleed in een donkerblauwe overall en met grote laarzen aan.

'Wat ben je aan het doen?' vroeg Katrine en ze keek om zich heen. Er liep nu een brede sneeuwstraat naar de weg toe, hopen sneeuw versperden het uitzicht naar de buurhoeve verderop.

'Ik moest toch met 'r naar buiten.' Hij klopte op het stuur, alsof het voertuig een lastdier was. Deed zijn muts af, die alleen zijn gezicht vrijliet, en schudde zijn haren, halflang met een haargrens die opkroop.

'Dus jij bent het meisje van Kankanranta,' zei hij en hij knikte in de richting van het huis. Katrine schoot in de lach. Ze moesten hier een nieuwsvoorziening hebben die effectiever was dan de staatsradio.

'Thore Palo belde en zei dat je hulp nodig had.' Hij gleed van de tractor af. 'Thomas Haara,' zei hij en hij stak zijn hand omhoog zonder hem uit te strekken, wees in de richting waarin de smalle weg verderging. 'We wonen daar, het huis voor Rauhala. Kom morgen koffiedrinken met moeder. Ze durft nauwelijks nog naar buiten te gaan.'

'Rauhala?' zei Katrine verward.

'Waar ze Svanberg hebben doodgeslagen,' zei hij.

'Wie?'

'Hebben jullie niets over hem gehoord in Stockholm? De skikoning, Lars-Erkki Svanberg.'

'Is hij vermoord?'

'Ze hebben hem maandag gevonden. Had een bijl in zijn hoofd gekregen. Maar ze hebben geen bijl gevonden. De politie heeft hier vanochtend de versperringen weggehaald. Het heeft in alle kranten gestaan. De *Kuriren* en de *Norrländskan* en de *Nordnytt* natuurlijk ook. De avondkranten zijn hier ook geweest om moeder te interviewen.'

Katrine besefte dat ze de laatste dagen alleen de voorpagina's had gelezen, de radio had ze helemaal vermeden.

'Moeder heeft alarm geslagen.' Hij haalde een doosje uit zijn zak, schoof tabak in zijn mond. 'Ze heeft je moeder gekend. Ze zaten in dezelfde klas.'

Katrine keek hem sprakeloos aan, probeerde de brokstukken aan informatie te verwerken. Haar moeder had hier op school gezeten. Ze was een meisje geweest met klasgenoten, een meisje dat op een schoolplein gehinkeld had. Het sneed door haar ziel wanneer ze dacht aan het breekbare lichaam in het ziekenhuisbed. Was er iemand vermoord, hier, een eindje verderop?

'Hebben ze degene gepakt die het gedaan heeft?' vroeg ze.

Tomas Haara schudde zijn hoofd.

'Ze is nu natuurlijk bang,' zei hij. 'Wil dat ik 's avonds thuisblijf.'

Hij klom weer op de tractor.

'Hoeveel moet ik je betalen?' vroeg Katrine onhandig.

Hij glimlachte naar haar. 'De eerste keer is gratis,' zei hij terwijl hij de tractor startte. Bleef een paar seconden zitten terwijl de motor stationair draaide, met zijn blik op het koude huis gericht.

'Je blijft daar toch niet slapen?'

'Nee,' zei Katrine en ze zag de dode vliegen voor zich. Een bijl in zijn hoofd. Het was bijna dertig kilometer naar Haparanda.

'Weet je een goed hotel?'

Hij fronste zijn voorhoofd en keek om zich heen, alsof hij er hier een kon zien. Katrine kon twee donkere huizen aan de ene en een dun begroeid bos aan de andere kant onderscheiden. Voor hen was alleen een vlakte, grond die geleidelijk een paar honderd meter naar beneden afliep voordat de rivier achter de sneeuwlaag begon. In de verte zag ze een zwak schijnsel aan de horizon, de lichten van het Finse Kivikangas.

'Palo heeft een soort logies, maar dat is meestal in de zomer,' zei hij ten slotte.

'Thore Palo?'

'Nee, jezus, zijn zoon, Åke. Hij is getrouwd met mijn nicht.' Tomas Haara wees in de richting van Weg 99. 'Er staat een bord langs de weg.'

'Is iedereen hier familie van elkaar?'

'Ja, dat denken jullie daarbeneden zeker,' zei hij en hij maakte een rondje op het erf om te keren. 'Kom moeder opzoeken,' riep hij en Katrine zag hoe het laatste onaangeroerde deel van de sneeuwlaag omgewoeld en verpletterd werd voordat hij de hoek omsloeg en het geluid van de motor langzaam wegstierf.

Toeschouwers in zwart-wit, met petten en hoeden, wachtten ongeduldig bij de eindstreep. De gouverneur uit Gävle was er en Nisse Karlssons vrouw was er, die was helemaal uit Mora gekomen! En toen kwam hij: 'Nisse Karlsson! Mora-Nisse, met startnummer 74, met ongehoorde voortvarendheid en strijdlust!' De stem van de commentator riep historie en Zweedse tradities op, journaalbeelden en nostalgie naar de verzorgingsstaat. 'Een pure propagandarit! Aan de streep in 51 minuten en 43 seconden en de overwinning lijkt zeker!'

'Maar het was nog niet voorbij,' zei Åke Palo enthousiast en hij richtte de afstandsbediening op de tv.

Katrine glimlachte beleefd en nam kleine slokjes van haar koffie, die heet en slap was. In het keukengedeelte van de grote kamer rammelde Eva-Lena Palo met de vaat, het was gezellig en liefdevol ingericht met seringkleurig behang en familiefoto's aan de muren. Katrine had de logeerkamer op de bovenverdieping mogen huren. Eigenlijk werd de zomerkeuken op de hoeve verhuurd, had Eva-Lena uitgelegd, maar die was nu niet verwarmd. 'Niet met deze stroomprijzen,' had haar man gemopperd. 'En de winst pikken ze in, van de krachtcentrale in Luleälven, en die sturen ze naar het zuiden. Het is godgeklaagd.'

Nu flakkerde er een journaalfilm van het Zweeds kampioenschap langlaufen in 1951 voor haar ogen en ze hoopte dat het niet lang meer zou duren. Åke Palo had trots verkondigd dat hij alle wedstrijden van Lap-Erik Svanberg had gedownload die er op internet in het open archief van de staatsomroep te vinden waren.

'Hij was een soort lokale beroemdheid,' zei Eva-Lena. 'Zoveel hebben we er niet uit Kivikangas.'

'Nu komt het.' Åke gaf Katrine een por met zijn elleboog en leunde voorover op de bank. 'Let op.'

Er dook nog een skiër op en het publiek had alle reden om zich te verbazen! De commentator sprak met een hoge stem. Want daar kwam de nog maar twintigjarige Lars-Erik Svanberg als een duveltje uit een doosje en vloog onder het finishdoek door in een tijd die dertien seconden sneller was dan die van Mora-Nisse!

'Niemand wist wie hij was,' zei Åke terwijl de commentator Nils Jerring de paniek onder het fotografenkorps beschreef. Er was plotseling een nieuwe sterskiër die ze moesten introduceren: Lars-Erik Svanberg, Zweeds kampioen langlaufen op de vijftien kilometer in 1951.

Katrine zag een jonge man met een muts op, een week gezicht dat nu eens de ene en dan weer de andere kant op keek, terwijl de flitslichten in zijn gezicht explodeerden.

'Fantastisch,' zei ze terwijl ze nog een plakje cake pakte. 'Wat een doorbraak.'

Ze nam een hap en had er meteen spijt van, ze werd misselijk als ze vol zat, ze had de neiging om te veel te eten als ze niet wist wat ze moest zeggen. Met een mond vol vleessoep en brood had ze kunnen knikken en verontschuldigend naar haar mond kunnen wijzen wanneer de Palo's vriendelijke vragen stelden over haar moeder en familie. Åke zei dat hij zich Siri Kankanranta nog heel goed kon herinneren, hoewel hij nog maar iets over de veertig was en dus een jaar of vijf moest zijn geweest toen haar grootmoeder stierf. 'Een degelijke vrouw, al waren er die zich afvroegen waarom ze geen man in huis had...'

'Of je herinnert je wat mensen je verteld hebben,' streek Eva-Lena het glad. 'Zo werkt het geheugen vaak. Je hoort verhalen van mensen die ouder zijn en dan denk je dat je er zelf bij was.' Katrine wilde nog meer vragen, maar het stuk vlees in haar mond groeide. Er waren herinneringen die haar moeder nooit ter sprake had gebracht. Waarom had ze dat niet gedaan?

Daarna was het gesprek weer over de moord op Lars-Erik Svanberg gegaan. Ze waren nog steeds in shock in het dorp. 'Vader heeft hem gevonden,' zei Åke Palo en Katrine schrok. De oude man die haar de weg had gewezen, Thore Palo?

En toch was de deur niet op slot en had hij haar binnengelaten.

'De politie is rondgegaan en heeft met iedereen gepraat, maar voor zover ik weet heeft niemand iets gezien,' zei Eva-Lena en ze schudde haar hoofd. 'Wij waren naar de opera wezen kijken in Haparanda, het Metropolitan wordt rechtstreeks uitgezonden in het Folkets Hus. Ze speelden die avond *Don Giovanni*.'

'Hebben ze helemaal geen sporen gevonden?' vroeg Katrine.

'Het duurde drie dagen voor ze hem gevonden hadden. Toen waren de sporen al weggewaaid.'

'Het zijn de Russen,' zei Åke.

'Dat weten we niet zeker.'

'We hebben hier eerder een reeks diefstallen gehad. Dus voortaan doen we de deur op slot.'

''s Nachts in elk geval. En de jongens waren die avond buiten met hun scooters. Ze hadden die verschrikkelijke mensen tegen kunnen komen.'

Eva-Lena sperde haar ogen open bij die gedachte en haalde beide handen door haar kroeshaar, onbeheersbare lokken die op haar schouders neerdwarrelden. Ze had het over haar zoon, Matti, een drieëntwintigjarige jongen die nog thuis woonde en zich maar heel even had laten zien om zijn kom met vleessoep en een stapeltje klaargemaakte boterhammen te halen. Er was ook een achttienjarige dochter in een joggingpak, Sofia, met geblondeerd haar en kohl rond haar ogen, die naar haar kamer was gestuurd om haar huiswerk te maken.

'Ik kan het nog steeds niet begrijpen,' zei Eva-Lena, die met een koffiekopje en schoteltje in haar hand ging zitten terwijl de zwart-witbeelden van het journaal elkaar aflosten. 'Hij deed niemand kwaad. Zat daar helemaal geïsoleerd op Rauhala.'

'Maar er waren er een boel die kwaad op hem waren in die tijd,' zei Åke.

Zijn vrouw sloeg haar ogen ten hemel.

'Dat is echt iets voor mannen, om te denken dat iemand vermoord wordt om de Olympische Spelen van 1952.'

'Wat is er gebeurd op de Olympische Spelen van 1952?' vroeg Katrine.

'Hij is nooit naar Oslo gegaan,' zei Åke. 'Hij bleef thuis, die eikel.'

'Åke!'

'Hij was geselecteerd voor het Zweeds olympisch team maar bleef op het laatste moment thuis. Verscheen gewoon niet. Ze vonden hem twee dagen later in een jachthuisje boven Tossa.'

Hij keek van zijn gast naar zijn vrouw en weer terug naar Katrine, op zoek naar iemand die begreep waar hij het over had.

'Maar dat was een ramp voor Zweden! Onze langlaufers hadden alles gewonnen in Sankt Moritz in '48, alles! Maar in Oslo in '52 skiede Mora-Nisse met een keelontsteking en de andere grote langlaufers begonnen oud te worden, hun tijd zat erop. Alle hoop was gevestigd op Lap-Erik Svanberg!' Åke zakte een beetje in elkaar op de bank, alsof hij zich de nederlaag persoonlijk aantrok. 'We gingen naar huis zonder ook maar één medaille in de noordse disciplines. Het duurde tot '56 in Cortina voordat Sixten Jernberg de Zweedse eer redde.'

'Hij heeft zich daarna teruggetrokken,' zei Eva-Lena. 'Keerde terug naar het bos. De kranten waren natuurlijk naar hem op zoek... Wacht.'

Ze kwam overeind en liep naar een vitrinekast, haalde er een map met kranten uit.

'Ik heb het meeste bewaard. We dachten dat er misschien een keer een tentoonstelling zou komen, in het dorpshuis of...' Ze keek naar haar man en zweeg.

Op het tv-scherm was het tijd voor de estafette geworden. Zeven graden onder nul en droge, verse sneeuw, ideale omstandigheden en geen waxproblemen.

'Hij was de laatste van de ouderwetse langlaufers,' zei Åke. 'Die waren opgegroeid met bosarbeid. En in de zomer maaiden ze de moerassen. Dan had je geen trainingskampen nodig.'

'Maar waarom is hij niet gegaan,' vroeg Katrine, 'naar de Olympische Spelen bedoel ik?'

Åke haalde zijn schouders op. 'Er is gespeculeerd dat het met de afstand te maken had, ze reden in die tijd 18 kilometer op de Olympische Spelen, en Svanberg was het sterkst op de 15, maar ik weet het niet. Het werd veranderd in 1956, maar toen was het al te laat voor hem.'

Katrine keek naar de *Norrbottens-Kuriren* en zag de ernstige blik van de jonge Lap-Erik. De foto moest zestig jaar oud zijn. 'Ski-ster vermoord in Kivikangas' was de kop. De politie was terughoudend. De resultaten van de autopsie werden op zijn vroegst maandag verwacht. Er was nog geen verdachte. De dorpsbewoners beschreven het slachtoffer als een rechtschapen man die erg op zichzelf was. Er werd gezegd dat hij geld verborgen had in het graanhuis, heel veel geld zelfs. Foto's van onbekende mensen, nietszeggende informatie, de regels vloeiden in elkaar over.

'Het moeten in elk geval mensen van buiten zijn geweest die het hebben gedaan,' zei Eva-Lena.

Katrine schrok en besefte dat haar ogen weer dicht waren gevallen, ze doezelde bijna in.

'Hoe kunnen jullie dat weten als ze nog geen sporen hebben gevonden?'

De vrouw wisselde een blik uit met haar man, die rechtop ging zitten op de bank.

'Matti heeft ze gezien,' zei hij, 'met zijn vriend, toen ze rond negen uur naar huis gingen. Russen die door het dorp reden. Langzaam zoals alleen zij dat doen, daarom trok de auto hun aandacht. Niemand anders rijdt er 's avonds dertig wanneer er geen kinderen buiten zijn.'

'Maar misschien moeten we het er niet over hebben,' zei Eva-Lena, 'we weten verder ook niets.'

'Iedereen rijdt hier maar kriskras rond,' zei Åke. 'Het heeft natuurlijk voor een opleving van Tornedalen gezorgd, met Ikea en zo, maar het levert ook problemen op, dat moeten we niet onder stoelen of banken steken.'

'Neem me niet kwalijk,' zei Katrine en ze probeerde niet te gapen. 'Ik moet nu echt naar bed.'

Overdag was de stilte minder beangstigend.

Ze had scooterlaarzen mogen lenen en een donzen jas en alleen haar gezicht was ijskoud terwijl ze de sneeuw van zich af stampte op de trap. De huurauto had ze bij de Palo's laten staan, veilig verankerd aan een verwarmingspaal.

De verblindend witte zon werd weerspiegeld door de sneeuw, zodat het licht vermenigvuldigd werd en in je ogen sneed. Het was de nawinter, had Eva-Lena enthousiast verklaard, *kevättalvi*, het vijfde jaargetijde wanneer het licht terugkeerde. Er waren hier acht jaargetijden, een rijkdom die niemand hun af kon nemen, zoals ze het erts en het hout en de kracht van de rivieren hadden ingepikt. Deze les werd gegeven door Åke. Tijdens het ontbijt.

Katrine had het gevoel dat de deur minder weerstand bood toen ze de sleutel omdraaide, alsof het huis zijn verzet had opgegeven. Er alleen maar stond, kalm zijn lot afwachtte.

Ze trok de rits van haar jas omlaag. Stel je niet aan, zei ze tegen zichzelf terwijl ze het huis in liep. Er zijn vier muren en een dak. Heeft geen enkele waarde op de markt, volgens Åke. Misschien konden ze een paar honderdduizend voor het perceel krijgen omdat het uitzicht had op de rivier, maar het was te laat om nog iets van het huis te maken. Katrine had niets gezegd over het duizelingwekkende bod, maar toen ze 's avonds in bed lag en had moeten slapen tussen lakens waarop monogrammen waren geborduurd, had ze het beluit genomen om alle persoonlijke dingen die er waren te verzamelen. De foto's en zo, aandenkens die ze in de rolkoffer zou stoppen. Daarna zou ze contact opnemen met de makelaar in Luleå. Waarschijnlijk was het allemaal een misverstand, dat opgehelderd zou worden wanneer ze het gingen bezichtigen. Alleen al de gedachte aan een met geld overladen speculant die door de vermolmde trap naar de zolder zakte was zo surrealistisch dat ze moest glimlachen.

Maar toch. Misschien was het iemand die een zwemparadijs met roetsjbanen wilde bouwen en de perfecte plek had gevonden. Er waren wel vreemdere dingen gebeurd, zoals toen wethouder Bucht in Haparanda de plattegrond aan Ingvar Kamprad liet zien en een Ikea-vestiging in de stad kreeg. Nu kwamen er mensen uit het hele gebied boven de poolcirkel, Finnen, Noren en Russen, in een gestage stroom Billy-boekenkasten kopen en de grensstad beleefde een nieuwe bloeiperiode. De wereld verandert, dacht ze. Alleen hierbinnen heeft hij stilgestaan.

De ramen glinsterden van de ijskristallen, verspreidden spikkeltjes zonlicht over de vloer. Er was een luik, verborgen onder een vloerkleed, dat ze de vorige dag niet had gezien. Katrine trapte het kleed weg en pakte een klein handvat beet, trok het omhoog. Een ladder leidde het donker in, het rook naar een kelder, koel en bedompt. Ze stelde zich voor dat ze omlaag zou klimmen en dat het luik boven haar dicht zou slaan, opgesloten in het donker, hoe lang zou het duren voordat iemand haar kwam zoeken? Ze liet het luik voorzichtig weer zakken.

In de keukenkast was alleen eenvoudig vaatwerk, een paar niet bij elkaar passende kopjes, Duralex-glazen. Ze zette een messingkandelaar en een serveerschaal met rozen op de tafel, misschien wilden Ante en Gunilla een paar van die prullen hebben.

In de bureaula in haar moeders oude meisjeskamer vond ze drie schriften van de lagere school, een onregelmatig handschrift. Ze ging op het bed zitten en las een heel slecht opstel over een schooluitstapje naar Haparanda. Er waren geen kleuren, er zat geen gevoel in. Ze vertrokken met de trein vanaf het station van Karungi. Daarna gingen ze naar de kerk. Daarna gingen ze naar het gemeentehuis. Ze sloeg het schrift dicht. Wie was je, dacht ze en ze streek met haar hand over de matras, waarvan al het beddengoed was verdwenen, hoe was je leven? Een herinnering aan Ingrid in haar apothekersjas, de witte stijve, de sleutelbos in haar hand omdat ze bezig was af te sluiten. Katrine had iets over oma gevraagd, was ze streng, was ze aardig, en hoe was Ingrid zelf toen ze klein was, wat wilde ze worden? Onschuldige vragen van een kind. Geen echte antwoorden, maar er was iets wat onder de woorden verborgen bleef. 'Wat zal ik over mijn moeder zeggen? Ze was mijn moeder. En nu is ze toch weg.' Katrine had toen al aangevoeld dat Ingrids jeugd verboden terrein was. 'Wat nu gebeurt, is belangrijk. Er is een reden voor dat je neus vooruitwijst.'

Ze zag haar eigen blik in de spiegel aan de muur. De barst in het glas liep schuin over haar wang en spleet hem in tweeën. Het stof verzachtte iets van het langwerpige, hoekige in haar gezicht.

Ik lijk op haar, dacht ze, ik ga steeds meer op mijn moeder lijken. Ze slikte, het was voor het eerst dat ze die gedachte niet meteen verjoeg. Het was niet alleen haar gezicht, er was nog iets. Boven haar neus? Het koele en beheerste daar?

Rond de secretaire leken de gezichten duidelijker naar voren te treden dan de vorige dag. Ze pakte de foto's één voor één op. Ze waren verbazingwekkend goed bewaard gebleven. Katrine bekeek ze met nieuwe ogen. Er was geen enkele twijfel over dat er iemand ontbrak. Niet één foto van Ingrid met haar vader, geen trouwfoto van Siri en haar aanstaande man. 'Hij staat niet op de foto,' had haar moeder een keer gezegd, en verder was ook dat nooit uitgelegd.

Ze wreef met haar wijsvinger over de wang van haar oma. De foto van haar toen ze jong was, misschien op de dag van haar diploma-uitreiking. Ze was mooi geweest. Ze had haar haar los gedaan voor de fotograaf, lokken die op haar schouders vielen, een plagerige blik, alsof ze elk moment in lachen uit kon barsten. Op de foto ernaast was ze een volwassen vrouw met kortgeknipt haar, een doffe en ontwijkende blik.

Twee momenten maar, dacht Katrine. Twee seconden uit haar leven.

Het grote, wit geschilderde houten huis van de Haara's lag een kleine kilometer verderop, aan het eind van een berkenbosje, waar het vlakke land zich uitstrekte naar de rivier. Verder weg, op de landtong, kon ze Rauhala zien liggen. Grijs geworden gebouwen die opgeslokt werden door de sneeuw, zwaar op de grond drukten, vooroverhellend, tot op het bot bevroren. Er waren nog maar een paar dagen verstreken sinds de laatste bewoner de plek verlaten had, maar de hoeve leek al lang voor hem te zijn gestorven.

'*No niin! Nyt ko sie tuleet!*'

Anna Haara stond met gespreide armen in de deuropening om haar welkom te heten. Ze was een gerimpeld vrouwtje dat nauwelijks tot Katrines schouders kwam. Haar heupen waren daarentegen drie keer zo breed.

'*No voi voi ... Tulee nyt sisäle että mie saan kattoa sinua.*' Ze gebaarde dat Katrine de hal in moest komen. '*Vai niin, siekös solet Kankaanrannan Ingridin tyäär.*'

'Het spijt me, maar ik spreek geen Tornedals Fins.'

'Nee?' Anna Haara leek een beetje in elkaar te zakken. Ze keek onzeker om zich heen, alsof ze zich ervan wilde vergewissen of haar huis wel geschikt was om naar binnen te gaan, haar stem werd voorzichtig. 'Maar koffie wil je wel?'

'Ja, graag,' zei Katrine terwijl ze een enthousiaste bordercollie probeerde af te weren die de hele tijd rond haar benen slingerde terwijl ze naar de keuken liepen.

'Houd daarmee op,' riep Tomas Haara naar de hond. Hij zat aan de keukentafel in een werkbroek en een fleecetrui, met de krant opengeslagen voor zich. De hond droop af onder de tafel. 'Let maar niet op hem,' zei hij en hij boog voorover, krabde de hond in zijn nek zonder zijn blik van Katrine af te wenden. 'Moeder heeft op je gewacht.'

‘Ga toch zitten,’ zei Anna Haara en ze zette kopjes op tafel, een bosbessenvlaai, haverkoekjes, ze sneed de vlaai in grote stukken. ‘Je lust vast wel een stuk bosbessenvlaai.’

Zelf bleef ze met de koffie in haar hand staan en bekeek Katrine met een oplettende blik.

‘Dus jij bent het meisje van Ingrid Kankanranta.’

Katrine schoot in de lach, het was bespottelijk dat iedereen haar als een minderjarige behandelde.

‘Ja,’ zei ze, ‘dat ben ik. Maar ze heet Ingrid Hedstrand.’

Anna Haara kreeg er een diepe rimpel tussen haar wenkbrauwen bij. ‘Zo,’ zei ze en ze keek haar zoon aan. ‘*Oleks sie kuullu ette soon försvenskanu nimen.*’

‘Maar dat is toch niet zo vreemd, als ze naar Stockholm is verhuisd.’ Hij wendde zich tot Katrine. ‘Er zijn er een heleboel die dat hebben gedaan.’

‘Die wat hebben gedaan?’

‘Die hun naam hebben verzweedst. Ze wilden niet dat mensen zouden denken dat ze Fins waren.’

‘Ik weet niet waarom ze de naam Hedstrand heeft gekozen,’ zei Katrine. ‘Papa heette Eriksson, ze wilde vast iets originelers.’

‘Weet je het niet?’ Tomas Haara lachte.

‘Nee, zou ik het moeten weten?’

Hij stopte een suikerklontje in zijn mond, nam een slok. Ze dacht dat het een gewoonte was die ongeveer honderd jaar geleden uit de mode moest zijn geraakt.

‘Kankanranta,’ zei hij, terwijl hij op het suikerklontje zoog. ‘Hedstrand. Kankanranta. Ze vertalen het gewoon en dan zijn ze Zweeds. In de ogen van de anderen in elk geval.’

Katrine staarde hem aan. Ze hoorde de stem van Alastair in haar hoofd, de therapeut, dit was een moment waarop hij haar erop gewezen zou hebben dat het tijd was om aan de slag te gaan met *the hidden traumas of your childhood.*

‘Zo, hoe gaat het met je moeder?’ vroeg Anna Haara.

‘Goed.’ Katrine beet in een haverkoekje en glimlachte tegen de oude vrouw. Er was geen enkele reden om hier bij de koffie te beginnen over dingen als dementie.

'Dat je je haar nog herinnert,' zei ze. 'Het moet toch meer dan zeventig jaar geleden zijn sinds ze hier weg is gegaan.'

'Nee, *niin*,' zei Anna Haara en ze kwam overeind. 'Zo oud ben ik nog niet.' Ze pakte de percolator, vulde de kopjes bij en ging aan het eind van de tafel zitten. '1948 was het.' Ze fatsoeneerde haar dunne, zilverwitte haar. 'Of was het '49... Zeventien was ze toch? Je kunt je afvragen wat er zou zijn gebeurd als ik hetzelfde had gedaan. Maar ik heb een goed leven gehad. Vijf gezonde kinderen. Al woont nu alleen Tomme nog thuis.' Ze klopte haar zoon op zijn arm.

'Iemand moet toch op haar letten.' Hij trok gegeneerd zijn arm terug en wees met zijn duim naar Rauhala. 'Vooral na wat er gebeurd is.'

'Ja ja,' zei Anna Haara. 'Maar daar wil ik het niet meer over hebben. Ze zijn langs geweest om me te ondervragen, zowel de politie als de kranten.'

Katrine keek uit over het erf, naar het langgerekte witte sneeuwdek dat de rivier verborg, probeerde haar gedachten te ordenen. Zeventien jaar toen ze vertrok. Dat klopte met wat Thore Palo had gezegd over naar haar hand dingen in de boerderij van de Kankanranta's. Het klopte absoluut niet met het beeld waarmee ze was opgegroeid. Waarom had haar moeder daarover gelogen, gedaan alsof ze als klein meisje was verhuisd en 'eigenlijk altijd in Stockholm had gewoond'. Omdat ze er niet over wilde vertellen, dacht Katrine, het misschien wilde vergeten. Omdat ze wie ze was achter zich wilde laten en iemand anders wilde worden.

'En Siri Kankanranta bleef alleen achter,' ging Anna Haara verder. 'En er was geen uitnodiging voor de begrafenis in de overlijdensadvertentie, niet in de *Norrländskan* of de *Kuriren*, zelfs niet in het *Haparandabladet*. Maar Ingrid was wel gekomen?'

Katrine maakte een vage, wiebelende beweging met haar hoofd.

'Heerlijke koekjes,' zei ze en ze nam er nog een.

'Ik weet wel waarom ze wegging.' Er kwam een verdrietige toon in de stem van Anna Haara, de woorden werden zwaarder. 'Ze waren niet aardig tegen haar. Maar de jongeren verzinnen dat niet zelf. Ze zeggen alleen maar wat ze thuis te horen krijgen.' Ze trok een zuinig gezicht en liet haar stem zakken. 'Dat het Siri's eigen vader was die... de ouwe Kankanranta. Nou ja, zoals er gepraat werd.' Anna Haara wuifde met haar hand alsof ze het geroddel uit de lucht wilde halen. 'Nou ja.' Ze nam een miniem hapje van een koekje en legde het weer neer.

'En toen begon ze zelf verhalen te verzinnen, Ingrid, het was allemaal onzin. Dat haar vader heel bijzonder was... Hij zou haar komen halen en ze zouden voor altijd weggaan, alsof hij een soort sprookjesprins was.' Anna Haara lachte mild, maar Katrine dacht dat ze de echo van iets scherpers hoorde, de lach van het kind onder die van de vrouw, spot.

Tomas Haara verontschuldigde zich en ging de hond uitlaten. Katrine schoof de koekjesschaal weg zodat ze er niet meer bij kon.

'En er speelde nog iets anders tussen ons,' ging de vrouw verder. 'Dat zij op de overblijf moest eten en dat ik naar huis kon. Omdat wij het thuis net redden. Mijn opa zat in het bestuur van de armenzorg en was daar min of meer verantwoordelijk voor. Ik vond niet dat die kleren veel verschilden van andere kleren, maar iedereen wist toch waar ze vandaan kwamen.'

Ze zweeg. Katrine hoorde alleen het tikken van de klok, de hond die buiten blafte. Het kwam bij haar op dat het dezelfde geluiden konden zijn als vroeger, dezelfde klok, andere honden. Ze probeerde het beeld op te roepen van haar moeder als meisje in deze keuken, gekleed in weggeschonken kleren, maar Anna Haara zette haar kopje met een kleine bons neer en het moment van tijdloosheid was voorbij.

'Ja, Siri Kankanranta was ook streng. Zoals toen we boven in de zolderkamer bij de Kankanranta's speelden, ze kwam de trap op en sloeg met de handdoek, zo...' Anna Haara zoefde met haar hand door de lucht. 'Wegwezen, kinderen, hier mogen jullie niet komen. *Ulos*!'

'Er is dus een kamer op de zolder,' zei Katrine. Ze had niet de moeite genomen om de vermolmde trap te proberen. Åke Palo had gezegd dat de zolder toch niet ingericht was, zolders werden vroeger meestal gebruikt om voorraden op te slaan, een plek waar je 's winters de was kon hangen.

'Ja, daar woonde zij in de zomer, de moeder, Siri dus. De zolder was natuurlijk niet geïsoleerd. Normaal gesproken gaan de kinderen daar wonen, voordat ze het huis uit gaan. Maar zij wilde een kamer voor zichzelf hebben.'

De blik van de vrouw gleed weg, door het raam, over de weilanden buiten.

'Maar ik heb altijd gedacht dat ze iets hadden, die twee.'

'Wie dan?' zei Katrine verward. 'Siri en...?'

'Nee, nee, Ingrid en die jongen van Svanberg, maar dat was pas later, toen we tieners waren. Ze was zeg maar geïnteresseerd, Ingrid.'

'Svanberg? Bedoel je Lap-Erik, de skikoning?' Ze bedacht dat de man negenenzeventig was geweest toen hij stierf, hij moest een klas lager hebben gezeten, of in dezelfde klas. Misschien was er maar één klas.

Anna Haara knikte langzaam, elke rimpel leek te glimlachen.

'Ja, toen zeiden we natuurlijk Lars-Erik. Ze zaten altijd met zijn tweeën achter het schoolgebouw. Ik heb een keer gevraagd wat ze daar deden. Hij leert me over God, zei Ingrid, maar haar gezicht werd helemaal rood, dus je vroeg je af of het alleen maar woorden van God waren die daar uitgewisseld werden. Ik zag tenslotte wat ik zag.'

'Wat zag je?'

'Ja, je begrijpt het wel.'

De vrouw giechelde en legde haar hand tegen haar keel, haar ogen glansden.

'Maar daarna werd het hem verboden met haar te praten. Ingrid zei niet waarom, maar dat begrepen we wel. Het ging immers tegen God en de religie in. Zijn zussen bespioneerden hem natuurlijk.' Anna Haara veegde zorgvuldig wat kruimels van tafel, die op de grond vielen. Bezorgdheid in haar stem. 'Maar je moeder heeft je er vast veel meer over verteld?'

Katrine overwoog te vertellen hoe het werkelijk zat, dat Ingrid Hedstrand alles had verdrongen wat met Kivikangas te maken had, inclusief haar oude vriend en eventuele liefde, maar op datzelfde moment sloeg de deur dicht en was Tomas terug.

Anna Haara kwam snel overeind. 'Maar ik zit hier maar te bazelen.'

Ze begon de kopjes en schotels af te ruimen. Ze maakte de koffiekopjes zorgvuldig schoon voordat ze ze in de afwasmachine zette. Katrine maakte aanstalten op te staan om haar te komen helpen. 'Nee, nee, blijf zitten!'

Tomas Haara nam op de keukenbank plaats.

'De schoorsteen moet gecontroleerd worden,' zei hij terwijl hij zijn benen strekte. 'Maar je kunt brandhout van ons krijgen. Voor als je de haard aan wilt maken.'

Een gedachte ging door haar hoofd: waarom val ik nooit voor dit soort mannen? Zelfopofferend, aardig, die hun oude moeder verzorgen.

'Ik ga morgen alweer weg,' zei Katrine en ze kwam overeind. 'Maar bedankt voor de koffie.'

'Het is niet goed voor huizen om niet verwarmd te worden.' Anna Haara schoof wat er over was van de bosbessenvlaai in een plastic schaal. 'Kijk maar naar die ellende daar.' Ze knikte in de richting van Rauhala. 'Dat wil niemand nu kopen.'

'Nee,' zei Tomas Haara, 'Eva-Lena en Åke zijn vast ook niet meer geïnteresseerd, na alles wat er gebeurd is.'

'Wilden ze de hoeve kopen?' vroeg Katrine verbaasd. 'De Palo's?'

Anna Haara snoof.

'Nou, dat is niet iets wat behouden moet blijven. Rauhala! *Siinä saatanan talossa ei ole koskhaan ollu rauhaa niin kauon ko minä olen elänny.*'

Katrine keek vragend naar Tomas Haara.

'Ze zegt dat zolang als ze leeft er nooit vrede heeft geheerst in die vervloekte hoeve.'

De wolken gleden laag vanuit het oosten deze kant op en de temperatuur was gestegen, al was het nog steeds een flink stuk onder nul. Katrine verbaasde zich erover dat de hemel zo dichtbij was. Het leek alsof hij over de huizen heen wilde zakken, ze wilde begraven.

De sneeuw knarste onder haar zolen terwijl ze de lange route terug nam.

Rauhala was een gesloten hoeve, met de huizen naar elkaar toegekeerd. Ze had het gevoel dat de vorst in de muren van binnenuit kwam, dat de hoeve ingekapseld was in zijn eigen kou.

Een scheve brievenbus op een stok gaf aan waar de ingang was geweest. De sneeuw was weer samengedreven nadat de politieagenten de plek hadden verlaten en de binnenplaats lag er wit en schijnbaar onaangeroerd bij, omringd door vier huizen. Het woonhuis, met een ingebouwd voorportaal dat langzaam verzakte, een voorraadschuur, een stal met een ingestort dak en een kleiner huisje. De zomerkeuken, dacht Katrine. Eva-Lena had uitgelegd dat de familie 's zomers uit het woonhuis trok wanneer dat moest worden schoongemaakt na de winter. Eén ruimte met een keuken waarin ze allemaal sliepen, gezinnen met soms wel elf kinderen en met doeken aan waslijnen zodat de jongens en de meisjes van elkaar afgescheiden werden.

Een vijfde huis lag een beetje terzijde ongeveer twintig meter verderop, leek te zweven op de sneeuw. Katrine huiverde terwijl ze ernaartoe liep. Een smal en hoog opslaggebouw van stevig hout, rustend op balken die een meter boven de grond uit staken. De voorzijde was helemaal dicht, geen ramen.

Het graanhuis. Daar had hij gelegen.

Een kapotgetrokken stuk tape van de afzettingen fladderde aan een berk. De deur was van massief hout met stevige scharnieren. Direct onder het dak zat een houten luik, bedekt met sneeuw en ongetwijfeld lang niet geopend. Ze stelde zich de duisternis daarbinnen voor, het isolement van de buitenwereld. De ademhaling van de eenzame man. De angst, in de seconden voordat hij stierf.

Er werd gezegd dat Lars-Erik Svanberg meteen naar het graanhuis was verhuisd nadat zijn moeder was gestorven en hij alleen op de hoeve achterbleef. Waarom? dacht ze. Alles laten vallen, het huis, de overwinningen, de liefde, voor dit?

Ze stapte op een hoop sneeuw om een auto voorbij te laten die dichterbij kwam. Een blauwe Mazda die bleef staan, het ruitje ging omlaag en Tomas Haara keek naar buiten.

'Volg je me?' zei Katrine.

'Ik zag dat je hiernaartoe ging.'

Ze keek naar zijn huis, op zijn hoogst honderdvijftig meter verderop. De hond had blijkbaar ontdekt waar zijn baasje zich bevond en kwam over de weg aan galopperen.

'Neem je altijd de auto als je zo ver weg gaat?'

'Ik dacht dat je misschien zou willen kijken.' Hij gebaarde met zijn hoofd naar het graanhuis. 'Daarbinnen.'

Katrine rilde.

'Is het niet afgesloten?'

'Jawel.'

Hij stapte uit de auto en liep naar het graanhuis. Je mocht aannemen dat ze hier pas geleden hadden rondgelopen, de sneeuw was niet meer dan tien centimeter diep. De bordercollie rende rond op de plekken waar de sneeuw het hoogst was, als een harige, zwarte dolfijn sprong hij op en dook hij neer en verdween. Tomas Haara bukte en voelde met zijn hand onder de trap. Hield triomfantelijk een grote, ijzeren sleutel omhoog, bevestigd aan een stukje touw.

'Die hangt al op dezelfde plek sinds ik klein was. Hilding Svanberg werd gek als hij ons betrapte. De duivel had op ons gescheten en we gingen naar de hel en zouden branden in het hellevuur. Jezus, wat renden we.'

'We kunnen toch niet zomaar naar binnen gaan,' zei Katrine en ze keek om zich heen. Ze voelde de nieuwsgierigheid prikkelen en de overhand krijgen, de roes om iets onwettigs te doen. Een vleug van het gevoel uit haar tienerjaren toen er nog verlaten bouwvallen in de bossen bij Jakobsberg stonden en je naar binnen kon klimmen om te rommelen op een smerig matras.

'Het is privé-eigendom,' zei ze. 'Het is een plaats delict.'

Tomas Haara haalde zijn schouders op.

'Het was maar een idee,' zei hij en hij hing de sleutel terug op zijn plek. Hij zag er teleurgesteld uit. Ze had er al spijt van.

'De politie heeft toch alles al bekeken,' zei hij.

'Was er iets gestolen?'

'De buks heb ik gehoord. Het gerucht ging tenslotte dat hij geld had.'

'Dan had hij toch niet zo gewoond?'

'Zijn familie was er heel duidelijk over, ze zeiden ook dat hij spullen uit de hoeve gehaald en verkocht had...'

'Hij had dus familie?'

'Ze wonen in het zuiden. Een van hen was hier na de kerst, maar Svanberg had haar weggejaagd.'

'De Palo's lijken er zeker van te zijn dat het iemand van buiten was.'

'Ja,' zei hij, 'maar ik heb eens na zitten denken...'

Katrine wachtte op het vervolg. Nu weet ik, dacht ze, waarom ik nooit op dit soort mannen val. Het lukt ze nooit om te zeggen wat ze willen zeggen.

'Er is niemand in het huis geweest,' zei hij ten slotte, 'alles zat op slot. Hoe wisten ze dat hij hier woonde? En waarom zouden ze denken dat iemand die zo woonde geld had? Als het iemand van buiten was.'

Ze dacht even na over de vraag.

'Zoiets gaat rond,' zei ze. 'Misschien heeft iemand het op Facebook gezet.'

'Mm.' Hij floot de hond, die rondneusde tussen de planken en andere troep onder het graanhuis. Sloeg met zijn hand tegen zijn been. 'Kom, Poker, kom!' De hond gaf met tegenzin zijn pogingen op om een ski los te krijgen. Katrines blik bleef bij de trap hangen, de bergplaats eronder.

'Hoe is hij daar weer teruggekomen?'

'Wat?'

'De sleutel,' zei ze. 'Was het op slot toen ze hem vonden of... En hoe zijn ze in dat geval binnengekomen?'

Tomas Haara zag er verbluft uit. 'Ik weet het niet... Thore Palo moet hem daar hebben gehangen.'

'Dus hij weet ook waar die hangt? Weet het hele dorp waar mensen hun sleutels verbergen?'

'Ja,' zei hij alsof dat vanzelf sprak, 'dan kunnen ze naar binnen als er iets gebeurt.'

Hij deed het portier van de auto open en de bordercollie sprong erin.

'Kan ik je ergens heen brengen?' Ze hoorde hoop in zijn stem.

'Dank je, ik ga lopen,' zei Katrine.

Het huis voelde minder verlaten, bijna verwelkomend vergeleken bij de kou van Rauhala.

Katrine stampte de sneeuw van de lompe scooterlaarzen, trok de rits omlaag van haar donzen jas.

... daar woonde zij in de zomer...

De zoldertrap, die omhoogleidde vanuit de hal. Ze kon zich meisjesbenen voorstellen die eroverheen renden, nieuwsgierig, opgewonden door het spel, ongehoorzaam.

... wilde een kamer voor zichzelf hebben...

Ze haalde diep adem en zette een voet op de eerste trede.

Die kraakte maar hield het. Het was slechter gesteld met nummer zes, zeven en acht. Het hout had losgelaten door sneeuw en vocht en er waren diepe gaten in gekomen, ze kon recht omlaagkijken naar het kastpapier van de opslagruimte die eronder lag. Trede nummer zeventien stond ook op het punt het te begeven. Ze probeerde zoveel mogelijk op de leuning te steunen, die onrustwekkend heen en weer zwaaide, stapte over drie treden heen en trok zichzelf omhoog. Ging op de rand van de zolder zitten, voelde de kou tegen haar gezicht. Een raam liet een beetje daglicht binnen, genoeg om te kunnen zien dat de zolder in twee stukken verdeeld werd door een muur. De deur was klein en smal. Katrine liep er over een balk naartoe, maakte zich klein en ging naar binnen.

Een paar bleke strepen zonlicht over de vloer. Een kleed. Het dunne gordijn was in flarden gescheurd en stukjes ervan lagen verspreid over de vloer, er moest een dier binnen zijn geweest.

Er was een blauwe bedbank met een nachtkastje. Een stoel en wat rommel in de hoek, een gebroken bezem, een houten emmer.

Ze liet zich op de rand van de bedbank zakken. In tegenstelling tot de bedden op de benedenverdieping was deze opgemaakt. Een witte, gehaakte sprei. Ze tilde hem met kloppend hart op, onthulde beddengoed met een geborduurd monogram. S.K., met sierlijke letters, zomerbloemen op een verschoten bies.

Zou ze hem mee moeten nemen? Mama's bed ermee opmaken in de woongroep als ze de haar beloofde plek daar kreeg?

Laat hem liggen, zei ze tegen zichzelf. Ingrid Kankanranta heeft ervoor gekozen om hier weg te gaan en haar naam te veranderen, ze wil dit niet hebben, misschien haatte ze haar moeder, wat weet ik ervan.

Katrine kwam overeind en liep naar het raam, staarde naar een klein kerkhof voor dode geiten.

De nawinterzon had een paar kleine gaten in het ijs aan de andere kant van de ruit gesmolten. Ze kon gedeelten van de sprietige takken van de berken onderscheiden als ze haar ogen vlak bij het glas half dichtkneep.

Een eigen kamer, dacht ze. Je hoefde Virginia Woolf niet gelezen te hebben om te begrijpen wat dat betekende. '*A woman must have money and a room of her own.*'

Alleen met een kind, vader onbekend. Het tweepersoonsbed beneden moest van haar ouders zijn geweest, ze hadden muur aan muur geleefd, met Siri en haar dochter ieder in hun eigen bed in de andere kamer. Niet verwonderlijk dat ze geen andere kinderen op zolder wilde.

Siri Kankanranta had geen geld gehad, maar ze had de vrijheid gegrepen die ze krijgen kon, al was het dan alleen in de zomer.

Op het nachtkastje lag een stapeltje kranten. Katrine pakte een exemplaar van de *Lyckoslanten* uit 1941 op. Het thema was vaderlandslievende liedjes uit het Noorden. 'In deze tijd van de grote beproevingen moet de saamhorigheid tussen het volk van het Noorden nog meer versterkt worden...' Ze bladerde erdoorheen en verbaasde zich over de ongegeneerde ophemeling van het vaderland, die hand in hand leek te gaan met de tweede boodschap van de krant: 'De sleutel van het hart heet lied en de sleutel van succes spaarzaamheid.'

Er moest meer zijn, dacht ze terwijl ze de krant neerlegde, waar heb je het verborgen, Siri Kankanranta? Een dagboek, brieven die je nooit hebt verstuurd, gedichten die je nooit iemand hebt laten lezen? Zelf schaamde ze zich als ze dacht aan haar eigen oude teksten, die nu verborgen waren onder drie lagen boeken in een kartonnen doos in haar kleerkast thuis in Londen.

Ze doorzocht elke hoek van de kamer. Keek achter balken en vond een gebroken lamp. Tilde een losse plank op: poep van een onidentificeerbaar dier. Onder de matras: niets. Ze gluurde onder de bedbank: bingo! Stak er een been onder en duwde een versleten koffer tevoorschijn, een Amerikaanse koffer. Katrine veegde het stof eraf en nieste toen ze het deksel openklapte.

Bovenop lag een paar schoenen, nette, hoge hakken, van rood fluweel, ze streelde ze, in de sfeer van de jaren twintig in Amerika, maat 37, de vintageverkopers van Camden Lock zouden ervan kwijlen. Zelf had ze maat 40. Eronder lag een glanzende jurk van donkergroene zijde, met een ronde kraag, bepaald niet van de armenzorg, dacht ze en ze tilde er nog een keurig opgevouwen, zijdeachtig kledingstuk uit. Er viel een boek uit, klein en dun. Verbaasd bekeek ze de voorkant.

Wat ze ook had verwacht te vinden tussen de zijden jurken, het was in elk geval niet *Het communistisch manifest*.

Op het schutblad stond vaag met potlood een naam: G Pelttari. Ze las de beroemde eerste zin: ‘Een spook waart door Europa – het spook van het communisme.’

Sloeg het weer dicht.

Dus dat waren de enige geheimen die je had, Siri Kankanranta? Dat je op zomeravonden het communisme bestudeerde en zijden jurken paste die ergens vandaan kwamen?

Katrine bleef doodstil zitten, wachtte op een antwoord dat er niet was. Ten slotte deed ze de koffer dicht en klom voorzichtig weer van de zolder naar beneden. Wierp nog een blik op de kamer. Nietszeggende voorwerpen, de stilte die achterbleef nadat iedereen was weggegaan. Ze probeerde zich haar moeder als zeventienjarige voor te stellen, toen ze hiervandaan ging, haar grootmoeder die hier waarschijnlijk alleen was blijven wonen. Alles werd teruggebracht tot twee alternatieven, dacht ze. Blijven of vertrekken.

Ze ging naar buiten en sloot het huis af. Bij de rivier maakten een paar sneeuwscooters lawaai en gierden voorbij. De leegte wikkelde zich om haar heen.

Tja, dacht ze. Dan verkopen we het maar.

Eva-Lena stond met haar hoofd diep onder de motorkap van een van de auto's en scheen met een zaklamp. De schemering was ingevallen.

Katrine praatte zachter in haar mobieltje terwijl ze de binnenplaats op liep. In de tijd dat het gesprek met Alastair duurde was ze het halve dorp doorgelopen. Twintig minuten. Ze bevond zich in twee werelden, zonder in een ervan echt aanwezig te zijn. De kou tegen haar gezicht, de stem in haar oor.

'Het is goed voor je om in contact met je wortels te komen, Katie darling.'

'Ik ben verdomme niet op zoek naar therapie. Ik moet een huis verkopen.'

'Wanneer kom je naar huis?'

Naar huis, dacht ze, wat definieert een huis? Ze zag het appartement voor zich, witgeverfde muren, de kunstmatige gloed in de haard.

'Ik laat het je weten,' zei ze.

'Love you.'

'Love you too.'

Toen de verbinding werd verbroken, bedacht ze dat ze dat nog nooit in het Zweeds had gezegd. 'Love you' kwam zo gemakkelijk je mond uit. Houden van was een veel ingewikkelder woord.

Eva-Lena keek op van onder de motorkap.

'God weet wat er nu weer mis is met dat ding.' Ze wreef met haar arm over haar gezicht en kreeg een zwarte veeg op haar wang. 'Ik moet Matti maar vragen of hij ernaar wil kijken.'

Ze liet de motorkap dichtvallen en trok de handschoenen uit.

'Zo, heb je al iets gegeten vandaag?'

Katrine nam een lange douche op de bovenverdieping terwijl ze wachtte tot het eten klaar zou zijn. Ze liet de warmte over zich heen spoelen en sloot haar ogen, probeerde aan Alastair te denken, hem voor zich te zien, wat deed hij nu? Zat hij achter zijn bureau, verwarmde hij eten voor zichzelf, of waren de jongens er? Hij had twee zoons van tegen de twintig, Eric en Elliot, die af en toe naar Londen kwamen om de weekenden bij hen door te brengen. Alastair wilde niet nog meer kinderen, hij leed er te zeer onder dat hij de twee die hij had in de steek had gelaten.

Ik heb op het ogenblik te veel aan mijn hoofd, dacht ze terwijl ze de trap af liep naar de geuren uit de keuken. Daar komt het door. Als dit allemaal voorbij is, zal ik weer naar hem verlangen.

Het eten stond op tafel, gekookte aardappels en gerookte marene uit de Tornerivier, 'dat krijg je niet in Londen hè'.

'Ik geloof dat mijn oma een communist was,' zei Katrine.

'Ja, ja,' zei Åke, 'dat waren er veel in die tijd.'

'Ze was het misschien in het geheim.' Katrine strekte zich uit naar de boter en prakte een klontje door haar aardappels terwijl ze vertelde wat ze in de koffer had gevonden. 'Er stond Pelttari op het schutblad, G Pelttari.'

Het kauwen hield op aan tafel.

'Pelttari...' zei Eva-Lena, 'dat is geen ongebruikelijke naam, maar ik ken niemand in het dorp die zo heet.' Ze keek van de een naar de ander om hulp te krijgen. Haar man schudde zijn hoofd. 'Nee, niet in Kivikangas,' zei hij, en at weer verder. Sofia, de dochter, schoof haar aardappels aan de kant. Matti at des te meer, de zoon die eigenlijk Mattias heette. Katrine verbaasde zich over die gespletenheid, dat ze hun kinderen Zweedse namen gaven en ze met de Finse afkortingen aanspraken.

'Wacht eens, Aili!' Eva-Lena begon te stralen en gebaarde met haar vork naar haar man. 'Heette zij als meisje niet Pelttari?'

'Welke Aili?' vroeg Åke.

'Aili Svanberg!'

Katrine hield meteen op met kauwen.

'Svanberg?' zei ze. 'Zoals Lars-Erik Svanberg?'

'Ja, ze was zijn moeder. Aili was getrouwd met Hilding Svanberg, maar als ik me niet vergis was ze geboren met de naam Pelttari. Maar ik kan me niet voorstellen dat ze communistisch waren.'

'Nee, dat waren ze zeker niet,' onderbrak Åke haar. 'Die verdomde godsvruchtigen.'

'Ze waren laestadianisten,' verduidelijkte Eva-Lena. 'Van het strengste soort, westlaestadianisten, die zijn hier niet zo gebruikelijk, zitten meer in het noorden en in de buurt van Kiruna.'

'Maar praat met vader als je het wilt weten,' zei Åke, 'hij weet bijna alles van de mensen hier. Maar pas op als hij eenmaal begint te praten.'

Sofia sloeg haar ogen ten hemel.

'Ik zou ook in Londen willen wonen,' zei ze, 'waar niet iedereen alles van je weet.'

'En wat zou je er gaan doen?' zei haar broer minachtend. 'Er is daar alleen maar stress en zo. Je zou er het spoor bijster raken.'

'Bij welk station woon je?' vroeg Sofia.

Katrine keek haar verbaasd aan, van alle vragen over Londen die ze van een achttienjarig meisje had verwacht, was dit zeker niet de meest voor de hand liggende.

'Baker Street.'

'Wow,' zei Sofia. 'Dat is de Bakerloo-lijn, hè?'

'Ben je er geweest?'

'Mm, voor een zwemwedstrijd toen ik twaalf was. Ik houd van de metro, hoe alle lijnen elkaar kruisen.' Ze tekende strepen en cirkels in de lucht. 'En je kan op de ene plek onder de grond gaan en ergens anders bovenkomen. Waar niemand je kent.'

'Je maakt eerst de middelbare school af en daarna zullen we wel zien.' Eva-Lena draaide de vis om, peuterde nog wat marenevlees los dat ze op het bord van haar zoon legde. 'Het is daar ook niet zo gemakkelijk om een baan te vinden.'

'Als we onze eigen hulpbronnen hadden mogen houden,' zei Åke, 'dan hadden we hier ook banen gehad. En nu moeten we onze kinderen wegsturen.'

'Het is wel beter geworden sinds Ikea is gekomen,' zei Eva-Lena, 'maar het is moeilijk om te zorgen dat de mensen blijven. Ze winkelen en gaan weer weg. De huisprijzen zijn natuurlijk omhooggegaan in de buurt van de stad, maar hier merken we er niets van.'

Nou, dacht Katrine, misschien toch wel.

'Ja, ik ben helemaal niet van plan om ergens anders naartoe te gaan.' Matti propte de laatste restjes naar binnen, stond op en liep weg. Zijn moeder begon af te ruimen.

'Je wilt het liefst wonen waar je bent geboren en opgegroeid,' zei ze.

Of niet, dacht Katrine terwijl er koffie voor haar werd neergezet.

'Word jij nu een Tornedaler?' vroeg Eva-Lena. 'Want jullie houden het huis toch zeker?'

Alle blikken werden op haar gericht. Katrine zei niets. Ze hield er niet van in het middelpunt van de belangstelling te staan, vragen te krijgen waarvan ze niet wist wat ze erop moest antwoorden. Het journalistenberoep paste perfect bij haar. Voorbereide vragen te kunnen stellen, jezelf nooit bloot te hoeven geven.

'Wat huizen betreft,' zei ze, 'ik hoorde dat jullie bezig waren Rauhala te kopen.'

Eva-Lena onderbrak haar bewegingen bij de aanrecht.

'Nee, dat is niet langer actueel,' zei Åke vanaf de bank.

'Mooi zo,' zei Sofia, 'want ik ben niet van plan in zo'n spookhuis te wonen.'

Ze zette haar bord met een klap neer en liep de trap op. Haar moeder keek haar na, droogde haar handen af en ging aan het korte eind van de tafel zitten.

'We waren niet van plan om er te gaan wonen,' zei ze, 'maar het was zo treurig om te zien hoe het in verval raakte. Het is zo'n rustige plek. Het is alsof het er op de een of andere manier stiller is. En ze zeiden dat hij naar een woning in de stad wilde verhuizen, anders waren we er niet aan begonnen.'

'Nee, maar dat is nu allemaal voorbij,' mompelde Åke.

'Weet je dat Rauhala rust betekent, of het huis van vrede?' ging Eva-Lena verder. 'We waren van plan om het "Stilte" te noemen en het open te stellen voor toeristen, die hiernaartoe konden komen om dit alles te beleven...' Een gebaar in de richting van het raam. Buiten was het donker geworden en het enige wat in het glas van het raam te zien was, waren de spiegelbeelden van henzelf. 'Maar nu kan dat niet meer.'

Dat moet je niet zeggen, dacht Katrine, een brute, plotselinge dood trekt meestal horden toeristen aan.

'Vertel de waarheid maar,' onderbrak haar man haar. 'De familieleden willen meer geld hebben, en we konden het niet eens worden en dat was dat.' Hij zette de televisie aan en legde zijn benen op de bank. Schudde het kussen op onder zijn hoofd. 'Nog even en heel Norrland raakt in verval omdat mensen ruziemaken over huizen die niet eens iets waard zijn.'

Katrine kwam overeind en bedankte voor het eten.

'Ik zou dat graag willen weten over Pelttari,' zei ze tegen Åke. 'Denk je dat het goed is als ik je vader bel om het te vragen?'

'Waarom zou je bellen? Hij woont hier maar vijfhonderd meter vandaan.'

De sneeuw schitterde zilverachtig in het maanlicht. Ze kwam langs een paar goed verzorgde huizen met twee auto's op elke garageoprit, warm licht achter de ramen, het kraakte onder haar schoenen terwijl ze liep. Het was nog maar kwart over acht, maar er was niemand buiten te zien. Katrine trok de bontmuts van haar moeder over haar oren. Hij was een maat te klein en bleef maar omhoogschuiven op haar hoofd.

Toen Ante belde, had ze gezegd dat ze de makelaar niet te pakken kon krijgen, maar in werkelijkheid had ze het niet eens geprobeerd. Iets in haar stribbelde tegen. Het oude huis hield zijn geheimen verborgen. En binnenkort zouden degenen die het zich herinnerden dood zijn.

Ze maakte een sprongetje toen een zwarte schaduw over de weg viel. Een kat sloop over de sneeuwrand en verdween.

De deur was ook deze keer weer open.

'Dus je wilt meer weten over de familie Pelttari.'

De oude politieman stond tegen het fornuis geleund terwijl ze haar schoenen uittrok. Keek nieuwsgierig naar haar vanonder de sprietige wenkbrauwen. 'Mag ik vragen waarom?'

'Ik heb dit tussen grootmoeders spullen gevonden,' zei Katrine en ze haalde *Het communistische manifest* uit haar tas. Ze liet de naam op het schutblad zien. 'Maar het is misschien een beetje laat om het nu terug te geven.'

'Ja, dat kun je wel zeggen.' Thore Palo liet een bulderende lach horen. 'Niemand zou bovendien toegeven dat het van hen was.'

Hij nam de kopjes mee naar de woonkamer en zette een halfvolle rol jamkoekjes op tafel voor bij de koffie.

'Iets sterkers zit er niet in, want daar kan ik niet meer tegen.'

'Dit is prima zo,' zei Katrine en ze ging op een bank zitten die er splinternieuw uitzag. Aan de muur hing een foto van Hjalmar Branting naast de familiefoto's, ze herkende Åke en Eva-Lena Palo op een trouwfoto, schoolfoto's van de kleinkinderen op steeds latere leeftijd. De halfblinde hond maakte het zich gemakkelijk tussen haar benen terwijl ze luisterde.

Aili Svanberg had inderdaad Pelttari geheten toen ze jong was. Ze was geboren en opgegroeid bij de Pelttari's. Niemand had het over Rauhala in die tijd. In Tornedalen namen ze de moeite niet om de hoeves een naam te geven, ze werden vernoemd naar de familie die er altijd had gewoond. Als iemand zijn hoeve verkocht, veranderde er niets. Zelf woonde hij bijvoorbeeld in het huis van Linna, hoewel de laatste Linna het aan het eind van de jaren zestig had verkocht en uit het dorp was vertrokken.

Hilding Svanberg was op het idee gekomen om de hoeve Rauhala te noemen. Hij kwam uit Kiruna. Vond zichzelf iets beter dan de anderen en wilde niet in een hoeve wonen die de naam van zijn vrouw droeg, die genoemd was naar mensen die er lang voor hem waren geweest.

'Aili had er natuurlijk niets over te zeggen. Ze liep als een schaduw met een hoofddoek om rond op haar eigen familieboerderij. Ze zou tenslotte alles erven nadat haar broer was verdwenen.'

'Verdwenen?'

Thore nipte van zijn koffie, genoot van de aandacht.

'Gunnar Pelttari,' zei hij en hij wees met een krachtige vinger naar het boek dat naast haar op de bank lag. 'Ik zou denken dat dat van hem is geweest.'

Hier tikte ook een klok, een zwaar, oud familiekleinood aan de muur.

'Wat is er met hem gebeurd?'

'Ik weet niet of ik daar zoveel over kan vertellen...' De woorden kwamen niet meer even gemakkelijk. 'Het is gebeurd voordat ik was geboren. Het betrof een van die zaken waar je niet over praatte...'

'Waar niet over? Waar praatte je niet over?'

'Over hen die weg zijn gegaan,' zei hij. 'Die naar de Sovjet-Unie zijn gegaan.'

'Naar de Sovjet-Unie?'

Thore knikte. Ze wachtte tot hij verder zou gaan. De oude man dronk koffie als een dame, met kleine slokjes. Veegde zijn mond af met de achterkant van zijn hand. Katrine verlangde naar haar bandrecorder. Iets om je aan vast te houden, een aanleiding om elke vraag te stellen die je maar wilde.

'Ja,' zei hij ten slotte. 'Er waren er toen drie die naar het oosten zijn gegaan, in het begin van de jaren dertig, maar ik kan er niet voor instaan wat waar is en wat niet.'

Hij had in de loop der jaren alleen brokstukken van het verhaal gehoord, door gefluisterde opmerkingen en geroddel. Er werd nooit openlijk over gesproken. Toch waren er uit heel Norrbotten mensen vertrokken, vooral uit Malmfälten, waar Finse communisten in ballingschap de boel ophitsten en propaganda bedreven. In Kiruna gaf de gemeente zelfs geld aan degenen die naar de Sovjet-Unie wilden vertrekken. Niemand wilde immers meer naar Amerika. De beurs op Wall Street was gecrasht en mensen vluchtten ervandaan, zelfs de economen dachten dat ze getuige waren van de dood van het kapitalisme.

In de kleinere dorpen zoals Kivikangas hadden de communisten nog niet echt wortel geschoten, maar er waren natuurlijk jongeren die het geloof in Stalin verkozen boven de werkloosheid thuis.

Degenen die Thore kende, waren de broers Björnfot. Oskar was de oudste en Empo de jongste, nog maar zestien jaar toen ze vertrokken. En dan was Gunnar Pelttari er nog.

Het begin van de jaren dertig, dacht Katrine en ze legde een hand op het manifest, Gunnar Pelttari's boek tussen Siri's dierbaarste kleren. En daarna was Ingrid geboren, in februari 1932.

De koffie was koud geworden, maar ze dronk hem evengoed op.

'Moeder vertelde dat de oude Pelttari de naam van zijn zoon nooit meer heeft genoemd,' ging Thore verder. 'Een bolsjewiek! De meeste boeren waren rechts in die tijd, maar de tegenstellingen werden scherper in de jaren dertig, met stakingen en de schietpartijen in Ådalen, ze dachten dat de ondergang van de aarde aanstaande was of dat de revolutie voor de deur stond. Er waren dorpen in het noorden waarvan een derde communist was en een derde nazi.'

'En de resterende een derde?'

'Laestadianisten. Of zelfs korpelianen. Ze hoopten en zwoeren en wachtten erop dat de zilveren ark in het Luossajärvi aan zou meren om hen naar het hemelse Jeruzalem te brengen.'

Ze lachte.

'Dat klinkt bijna leuker dan de andere alternatieven.'

'Ze wilden in een paradijs geloven. Ze konden niet anders.' Hij stak zijn hand uit naar het laatste koekje, brak het in tweeën en likte de jam eraf. 'Maar er kwam natuurlijk niets van die reis naar Jeruzalem. Ze werden in plaats daarvan naar Furunäset gebracht, het gekkenhuis in Piteå.'

'En degenen die naar de Sovjet-Unie zijn vertrokken, wat is er met hen gebeurd?'

'Empo Björnfot was na een paar jaar teruggekomen, weet ik nog, maar ik was nog maar een kind en hij is toen alweer snel vertrokken. Er werd beweerd dat hij een spion was geweest, maar niemand wist er het fijne van. Degenen die in de Sovjet-Unie waren geweest en terugkeerden, kozen ervoor om te zwijgen. Ze hebben het meegenomen in hun graf.'

'Waarom?'

'Niemand wilde de waarheid horen. Ze waren naar het paradijs gegaan en teruggekomen, de kameraden wilden niet weten dat het niet bestond. En het was bovendien verdacht dat ze terugkwamen. Ze hielden hen voor spionnen, voor de ene of voor de andere kant.'

Thore pakte een metalen voorwerp van tafel dat eruitzag als een spin van staal en begon zijn hoofd te masseren.

'Goed voor de bloedsomloop,' zei hij, 'je moet je hersenen aan de gang houden.'

Voor zover hij wist was Empo Björnfot nooit officieel aangeklaagd voor spionage. Waarschijnlijk werd hij net als de andere communisten geïnterneerd tijdens de oorlog, maar hij was niet betrokken bij iets crimineels, althans niet in Kivikangas, dat wist Thore vrij zeker omdat hij nogal wat oude misdaden had onderzocht, vooral de onopgeloste, zoals de beroving van de boerenleenbank in 1931. Hij vond het leuk om door de oude onderzoeken te bladeren en het politiewerk van die tijd te bestuderen, om te kijken of er een spoor was waar ze overheen hadden gekeken.

'Weet je wat er met Gunnar Pelttari is gebeurd?'

Hij schudde zijn hoofd.

'Ik denk niet eens dat ze op Rauhala te weten zijn gekomen wat er met hem is gebeurd. Hij was een *manalainen*, een spook.' Thore wreef over zijn ogen. 'Lars-Erkki moet die uitdrukking hebben gebruikt. Ik geloof dat ik hem lang geleden heb gevraagd waarom hij uit het hoofdgebouw was gegaan. Omdat de stemmen op zolder hem stoorden zodat hij niet kon slapen, zei hij. Ze zaten ook onder de trap. Ik vroeg wat voor stemmen dat waren en toen noemde hij onder meer Gunnars naam, maar ik mocht niets zeggen. Zijn vader had het hem verboden, hij had als kind op zijn donder gekregen tot hij zijn mond hield over spoken en andere wezens. Alleen God en de duivel bestonden.'

Thore Palo pakte de kop van de hond met beide handen vast, schudde hem zachtjes heen en weer. 'Je wilt uit, hè? Zullen we naar buiten gaan?'

Hij kwam moeizaam overeind uit de doorgezakte fauteuil en de hond huppelde gelukkig voor hem uit.

'Moet je de deur niet op slot doen?' zei Katrine toen ze hun jas aantrokken. 'Met het oog op wat er is gebeurd, bedoel ik.'

'Waarom zou ik dat doen, ik heb de deur nog nooit op slot gedaan. Wat zou iemand bij mij willen stelen?'

'Denk je dat het een roofoverval was? Dat ze Lap-Erik wilden beroven?'

'Waarom zou iemand dat willen doen?'

'Ik hoorde dat jij hem hebt gevonden.'

'Ja, dat was ik.'

Hij bleef op het voorportaal staan en keek in het donker. Naar de rivier, naar Rauhala dat iets verderop lag, ergens achter de huizen en de bomen.

'Er waren toch geruchten dat hij geld had?' zei Katrine.

'Ach, dat is allemaal onzin. Ze hebben het geweer meegenomen.

Toch moeten ze zich daar in deze situatie op concentreren, om het gestolen goed te vinden. Anders zou ik het niet weten.'

De hond stond trouw onder aan de trap te wachten tot zijn baasje moeizaam naar beneden was gekomen, alsof hij pijn leed.

'Maar ze zullen niet zo snel iets bij mij proberen,' voegde hij er met een glimlach aan toe. 'Iedereen weet dat ik agent ben geweest.'

'Het gezin van je zoon leek er zeker van te zijn dat het iemand van buiten was.'

'Dat wil iedereen altijd geloven, dat het ergste van buiten komt.'

'Geloof jij het niet?'

'Ik ben bijna veertig jaar politieagent geweest. Geloven doe je in de kerk.'

Op zijn jas lichtte een patroon van reflectoren op toen er een auto passeerde. Ze bedacht dat niemand haar langs deze weg kon zien, reflectoren had ze niet meer gebruikt sinds ze aan haar zak bungelden toen ze klein was. De hond sjokte gehoorzaam achter hen aan.

'Hij heeft het een keer over je oma gehad,' zei Thore.

'Wie?'

'Lars-Erkki.'

'Lap-Erik?'

'Zo wilde hij niet genoemd worden. Hij was niet Samisch, maar dat maakte de krantenkoppenmakers niet uit. Het was genoeg dat hij uit het noorden kwam.'

'Wat zei hij over mijn oma?'

'Ik heb het aan niemand verteld, vond niet dat het iets was wat naar buiten gebracht moest worden. Siri Kankanranta was een prima vrouw, geloof niets anders.' Hij liep ongelooflijk langzaam. Misschien was de wandeling met de hond alleen maar een voorwendsel geweest om het verhaal te kunnen vertellen, in het halfdonker waarin ze zijn gezicht nauwelijks kon onderscheiden, alleen de grote neus die tussen de oorkleppen uit stak.

Lars-Erkki Svanberg was niet altijd zo geweest als de laatste jaren. Nadat hij gestopt was met langlaufen, was hij teruggekeerd naar zijn baan in het bos en in de jaren zeventig was hij nog lid van de jachtgroep.

'Een prima schutter en verdomd goede spoorzoeker, maar hij nam nooit deel aan het gezwets dat de kop opsteekt tussen mannen in de sauna als ze wat hebben gedronken, over vrouwen en zo. En toen was er een keer iemand die zei dat ze naar Siri Kankanranta moesten gaan om...'

Thore keek opzij naar Katrine. 'Het gaat er soms wat grof aan toe tussen mannen.'

'Het geeft niet,' zei ze.

Hij ging verder.

'Maar ze is hartstikke oud, vond iemand. Leeftijd speelt geen rol als het daarop aankomt, zei een ander, omgekeerd juist, die oudjes weten hoe het moet. Ik sprak dat tegen, want Siri Kankanranta was niet iemand over wie geroddeld werd.'

Het liep uit op ruzie die avond in de sauna. Dat hij het zich zo goed herinnerde kwam doordat Lars-Erkki zich er anders nooit in mengde. Hij dronk ook geen alcohol. Zat er alleen zwijgend bij, in zijn eigen wereld. 'Hoe denken jullie dan dat ze haar kind heeft gekregen, door een maagdelijke geboorte?' gingen de andere mannen erop door.

Toen nam Svanberg het woord.

'Dat was het niet,' zei hij stellig. 'Het was geen maagdelijke geboorte.'

Ze hadden hem allemaal aangestaard, hij die nooit iets zei. Hij werd als een beetje achterlijk beschouwd, een *vanhapoika*, die nog thuis bij zijn ouders woonde.

'Nou, dan moet het haar vader zijn geweest,' zei iemand en de anderen lachten. Toen kwam Lars-Erkki overeind.

'Dat was niet zo. Het was haar vader helemaal niet.'

'Wat weet jij ervan? Je was toen nog niet eens geboren. Je weet helemaal niks van vrouwen. Zeg eens, Lap-Erik, heb je ooit een vrouw gehad?'

Toen pakte hij zijn jas en laarzen en liep recht het bos in.

'Het was twintig kilometer naar huis,' zei Thore, 'maar ik denk dat hij het hele eind gelopen heeft.'

Ze waren bij de brievenbus voor het huis van Åke en Eva-Lena gekomen. Katrine zag dat de lamp voor het raam in de logeerkamer brandde. De hond liep gewoontegetrouw naar de deur, maar keerde zich om en slofte terug toen hij merkte dat zijn baasje niet achter hem aankwam.

'Ik heb Lars-Erkki er later naar gevraagd. Ik was een van de weinigen met wie hij soms praatte, onder vier ogen. Ik stelde altijd vragen over het langlaufen, om hem uit de tent te lokken. Hij was tenslotte een idool toen ik jong was. En ik was nieuwsgierig geworden naar wat hij had bedoeld met wat hij in de sauna had gezegd. Of hij iets wist over dat waar niemand iets van wist.'

'Wie de vader van Siri's kind was?'

Hij keek haar aan, een onderzoekende blik vanonder de muts die tot op zijn wenkbrauwen omlaag was getrokken.

'Maar Ingrid weet het toch wel?' vroeg hij.

Katrine trappelde een beetje op de grond. Had spijt dat ze de scooterlaarzen niet opnieuw had geleend. Haar adem hing wit tussen hen in.

'Ik denk het niet,' zei ze. 'Ze heeft er tenminste nooit iets tegen mij over gezegd. En nu is het te laat.'

'O, dat wist ik niet... Is ze overleden?'

'Nee, of ja, op een bepaalde manier.'

Er ging een warmte, een intimiteit van de oude man uit waar ze voor terugschrok. Hij stapte perfect in de rol van vaderfiguur. Vulde een leegte bij haar, zou Alastair hebben gezegd.

'Helaas wilde Lars-Erkki er verder niets over vertellen,' ging hij langzaam verder. 'Hij zei dat de bewijzen achter slot en grendel zaten en dat hij in de hel zou branden als hij het aan iemand vertelde. Ik maakte eruit op dat zijn vader hem had bedreigd, want de skikoning was zelf niet zo religieus, hij was alleen vanaf zijn jeugd doodsbang voor alles wat met zonde en God en de hel te maken had. Ik denk dat hij daarom niet naar Oslo is gegaan in 1952. Hij voelde de duivel van de eer in zijn nek hijgen, dat denk ik tenminste. Dat hij rechtstreeks naar de hel zou gaan als hij zou smachten naar overwinningen.'

Thore werd onderbroken door een gierend gebulder van motoren. Twee scooters vlogen als zwarte reuzeninsecten over de weg, slalomden tegen de sneeuwrand aan. Hij hief zijn hand op en bij wijze van antwoord werd er met de lichten geknipperd.

'Dat is mijn kleinzoon,' zei hij en Katrine zag de trots in zijn glimlach. 'Het is een geluk dat ze de vrijheid hebben er zo op uit te kunnen trekken. Het is niet makkelijk voor hen om werk te vinden.'

Hij keek de scooters na tot ze werden opgeslokt door het bos en de duisternis.

'Terwijl je zelf maar zit te zitten,' zei hij met een zware zucht.

'Dank je voor wat je verteld hebt,' zei ze.

'Nou, dan gaan we maar naar huis.' Hij draaide zich om en vertrok zonder verdere plichtplegingen. De hond begreep het en ging snel voor hem uitsjokken, in hetzelfde langzame tempo.

De man in de hoek van het Front Room Café trok niemands aandacht.

Een eenvoudige ambtenaar van een of andere overheidsdienst, welke was niet duidelijk. Zo iemand die 's ochtends naar zijn werk ging en 's avonds naar huis, gekleed als een man die zijn plicht deed in dienst van de administratie, maar voor zichzelf niets hoefde... *niet overdreven corpulent en niet onnatuurlijk mager...* Gewoon een van de slapelozen in het Front Room Café, die niemand zich meer zou herinneren wanneer ze de grens met Polen waren overgestoken.

Met een kom *soljanka* voor zich zat hij de uren uit. Een miezerig stukje vlees dreef tussen kool en ui, te veel augurken en te zwakke bouillon, maar hij was niet iemand die over eten klaagde. Hij nam een kleine slok wodka en goot iets meer in de pot achter zich. Schonk water in het glas en keek uit over het restaurant, dat nooit dichtging. Muren en plafond van grenenhout, huiden van grote roofdieren aan de muren. Een scherp licht over alles, eeuwig daglicht terwijl de nacht buiten zwart lag te wachten, geuren van zuurkool en het zweet van iedereen die reden had om nerveus te zijn.

De grensovergang bij Shehyni-Medyka was niet wat die geweest was. De ene na de andere vrachtwagen uit de Oekraïne was daarlangs verdwenen om op te duiken in Polen, ontelbare vrachten sigaretten en heroïne en wapens waren erdoorheen gekomen sinds hij geopend was in de jaren negentig, maar niet één sprookje duurde eeuwig. Het IJzeren Gordijn was neergehaald en elke keer dat de deur werd geopend, stroomde de duisternis van de Karpaten naar binnen met de *losers*, Oekraïners en Kaukasiërs en andere ongelukkigen die er niet in waren geslaagd de grens over te komen. Ze bralden en dronken terwijl de laatste hoop doofde en het gespaarde geld van de familie in tranen opging.

Als iemand nuchter moest zijn als de zon opkwam was hij het wel, de man die zich nu Ivan Pogrebjnak noemde.

Hij herhaalde de procedure met het wodkaglas. Een kleine slok, meer water. Het smaakte eigenlijk nergens naar, maar het hield hem wakker, verzachtte de pijn achter zijn ogen en maakte de contouren van de ellendige wezens om hem heen iets onduidelijker.

Om zeven uur zou hij worden afgehaald, maar het was nog niet eens vijf uur. Aan de tafel naast hem viel een dronken Kazach van zijn stoel en bleef liggen. De serveerster stapte over hem heen, overdreven opgemaakt voor een Oekraïens dorpje, opgevulde borsten zodat ze het dienblad op eigen kracht konden dragen. Ze streek met haar heupen tegen de tafel waaraan gasten uit het Westen zaten, drie in jachtkleding gestoken mannen die op weg waren naar de wilde wolven van de Oost-Karpaten.

Hij was een eind verwijderd van Sint-Petersburg. Toch zag hij nog steeds geesten in de schaduwen, in de gelaatstrekken van onbekende mensen. Niemand die hij had gedood, had hem ooit eerder achtervolgd, hij vergat hun gezicht en naam zodra ze niet interessant meer waren, maar Dima Rykov steeg omhoog uit de nevelen tussen de tafeltjes en ademde in zijn nek.

De eerste jaren aan de Nevski! Herinner je je die nog, Aleksej Viktorovitsj?

Zwijg, Dmitri Olegovitsj, en keer terug naar de doden.

Hij vergat zijn voornemen en sloeg de verdunde wodka achterover.

Dima, de domme Dima.

Het was niet het schot dat hem achtervolgde, niet het bloed of de walgelijke stank van alles wat een lichaam uitscheidde terwijl Aleksej hem het appartement in sleepte. Het was de verbaasde uitdrukking vlak ervoor, de laatste belediging van zijn intelligentie.

Dima had in zijn dikke onnozelheid geloofd dat hij hem voor zou zijn.

Alsof Aleksej de geur van zijn honden niet had geroken, de schaduwen die zich terugtrokken wanneer hij zich omdraaide. Zou hij het niet merken dat iemand in zijn boeken zat wanneer hij sliep, dat Dima loog over zijn maaltijden? Dat hij in het geheim mannen uit de Oeral ontmoette? Aleksej wist waar het over ging, hij had lang genoeg geleefd om de leugens te kunnen doorzien, ook al vermomden ze zich alsof ze naar een bal gingen. De banken vielen, de economie van complete landen stortte in elkaar en ze waren niet immuun, ze maakten nu deel uit van het systeem, maar Dima was diep vanbinnen de ritselaar gebleven uit Hotel Pribaltiskaja. Hij was in het geheim bezig om weer vaste voet aan de grond te krijgen in de heroïnemarkt, de inheemse Russische markt die oncontroleerbaar groeide, het was veilig geld, het betekende macht, er waren er die samen wilden werken.

Pribaltiskaja! Dat je het dierbare oude Hotel Pribaltiskaja noemt! Wat een herinneringen, Aleksej Viktorovitsj, ah, toen waren we mooi.

Hij zette het glas met een klap op tafel en wenkte de serveerster. Ze zag hem niet. Nog een halfuur tot zonsopgang. De stoel schuurde tegen zijn kont en de nacht was gedoemd om nooit te eindigen.

Jij stond achter de bar en ik zorgde voor de contacten, de stromen alcohol die uit de bar vloeiden... herinner je je de hoeren in het Pribaltiskaja? Ah, die vergeet je nooit, zo vind je ze niet meer...

Ik had de contacten, Dima! Jij niet, broer, die secretaris van het *Komiteta Komsomola* op de universiteit was geweest. Zonder mijn contacten had je nog in de moerasgrond gezeten waaruit je tevoorschijn bent gekomen.

Maar wat deden we goede zaken met de hoeren in het Pribaltiskaja...

Het waren flutzaken, Dima.

Hij kreeg ten slotte een kop thee en nog meer wodka. De serveerster haalde zijn bord weg, bewaarde haar glimlach voor degenen die haar iets opleverden.

Hotel Pribaltiskaja! Die kolos uit het verleden, achter op het Vasilevski-eiland aan de buitenrand van Sint-Petersburg, waar de zakenmannen uit het Westen in de oude tijd naartoe werden verwezen. Het was zijn eerste en laatste baantje in een bar geweest, hij had geleerd centiliters weg te sluizen en daarna hele vrachten alcohol. Er was niet één kamer die niet afgeluisterd werd, niet één hoer die niet direct aan de KGB rapporteerde, maar hij en Dima hadden zich in allerlei bochten gewrongen, waren erin gesprongen en hadden de zaken met illegale alcohol aan het draaien gekregen. Aleksej had vrienden op de juiste plekken terwijl Dima de ritselaar was, en samen hadden ze zich opgewerkt, tot in het hart van Leningrad en de zwarte markthandel in het roemruchte, oude Gostiny Dvor. Ze organiseerden en legden hun wil op aan de ene markt na de andere en toen het oude systeem instortte, wemelde het in Sint-Petersburg van de dankbare winkeleigenaars die betaalden om hun winkels niet kapotgeslagen te laten worden. En daarna de havens en de olie en de jaren waarin ze zelfs de staat te slim af waren, tot de staat op zijn knieën viel en om hun diensten vroeg.

'Meneer Pogrebjnak?'

Hij schrok en wist een seconde lang niet wie hij was. Was hij in slaap gevallen? De man voor hem hield zijn pet in zijn handen zoals het een chauffeur betaamde, een *sjestjorka*.

'*Dobry ranjok*,' zei hij.

Een Oekraïner dus, hij moest zijn toekomst in de handen leggen van een Oekraïner. Hij kwam overeind en legde vijftig hryvnja op tafel, dat was meer dan genoeg voor de soep.

Buiten wachtte een *marsjroetka* op hem, een minibus die stonk naar sigarettenrook en die de enige passagier langzaam het korte stukje naar de grens bracht.

Er stonden vrachtwagens in kilometerslange rijen. De trein die piepte en afremde voordat hij bonkend weer op gang kwam, de nieuwe gebouwen en hoge hekken, de schijnwerpers. In de oude tijd mochten mensen er niet uit en nu mochten ze er niet in, een verschil dat bestond uit honderd meter geasfalteerd niemandsland.

'Derde loket,' zei de chauffeur en hij wees met een trillende duim naar de tourniquet, 'een ambtenaar met een snor. Zijn dienst begint om zeven uur en hij draagt een speldje met het embleem van FC Karpaty Lvivs op zijn borstzak.'

De zon was nog maar net boven de horizon uit geklommen toen Aleksej uitstapte. Hij gaf de chauffeur de envelop met geld en pakte hem bij zijn pols.

'Kijk achter je, naar het oosten,' zei hij zachtjes in het oor van de Oekraïner, 'daar zie je de weg die terugleidt naar Lvov.' Hij benadrukte de Russische naam van de Oekraïense stad om zijn woorden kracht bij te zetten. 'Daar zijn je kinderen, toch? Als je me bedriegt, was dit de laatste keer dat ze de zon hebben zien opkomen.'

De rij voor hem was niet eens een rij. Mensen die zich idioot gedroegen en drongen alsof ze op die manier sneller in de EU zouden komen. Hij wist dat zich daarbinnen, achter de glimmende tourniquets en het gepleisterde beton, alle moderne systemen bevonden om iemand te controleren die ertussendoor probeerde te glippen, en dat was de schuld van het voetbal.

De UEFA-bazen hadden complete snelwegen en een functionerende infrastructuur geëist als Polen en de Oekraïne de gastheren wilden zijn van het EK-voetbal in 2012. Er was in korte tijd heel veel gebouwd en na het Olympisch Stadion in Kiev was de beveiliging van de grensovergangen het belangrijkst. Dit was hem allemaal niet aangegaan. De tijd voor die manier van smokkelen was voorbij, ze waren verdergegaan, de blanke wereld in waar mannen zoals hij en Dima pakken droegen, en dat was niet iets waar hij verandering in wilde brengen.

Maar nu stond hij hier en liet zich voortduwen. Hij kreeg een elleboog in zijn zij en iemand ging op zijn voet staan.

Ivan Pogrebjnak kende niemand met de naam Dmitri Rykov.

Hij kende niemand uit Sint-Petersburg.

Hij was een man die naar de grond keek en geen vragen stelde, die zich langzaam mee liet voeren naar de tourniquets, en verder naar binnen door het glanzende staal.

De zon was een bleek schijnsel aan de horizon. Een witte nevel verborg het land aan de andere kant van de rivier. Ze liep langzaam langs de hoeve. De rust van de verlaten plek trof haar opnieuw, hoe de huizen bevroren leken te zijn in één moment. Het gevoel dat alles bewaard was gebleven en zou kunnen ontdooien, de mensen zouden zich weer gaan bewegen en Lars-Erkki Svanberg zou opstaan uit de dood.

Of het was zoals ze vermoedde, dat Gunnar Pelttari Siri's geheime liefde was, en of ze werkelijk aan seks toe waren gekomen, *dat moest dan lang geleden zijn geweest, in 1931, in mei, als je terugtelde, hetzelfde jaar als de schietpartijen in Ådalen, de revolutie heet en romantisch, opstand! En dan de dromen, de dromen, van iets anders, van een leven!*

Ze bleef voor het graanhuis staan en werkte de gedachte verder uit.

Ze konden familie van elkaar zijn. Zij en de kinderen die hier op Rauhala waren geboren, de meisjes die met een hoofddoek om hadden gelopen, en hun kinderen, waar ze nu ook waren. Neef en nicht, dacht ze. Haar eigen moeder en de vermoorde Lap-Erik waren in dat geval neef en nicht, of in elk geval voor de helft.

Het was volkomen windstil, de lucht onbeweeglijk.

Hij zou in de hel branden als hij het aan iemand vertelde.

Rustende hoeves, lege velden. Daarnet was ze een paar auto's tegengekomen die op weg waren naar het werk in Haparanda, een groepje jongeren die elkaar vergezelden naar de schoolbus. Nu was er niemand te zien.

Het idee was natuurlijk krankzinnig en volkomen logisch.

Ze zette een paar voorzichtige stappen in de sneeuw en zakte tot haar knieën weg. De sporen waren bijna helemaal weggewaaid sinds ze hier voor het laatst was. Het ergste wat er kon gebeuren, sprak ze zichzelf toe, was dat Anna Haara voor haar raam zat en haar in de gaten hield. En wat zou ze kunnen doen? Achter me aan strompelen met haar stok of de politie bellen, wat in dat geval neer zou komen op Thore Palo.

Hij zou het begrijpen.

Katrine boog voorover en stak haar hand onder de trap, voelde het koude ijzer in haar hand. Keek nog een keer om zich heen voordat ze de treden op liep en de sleutel in het stevige slot van het graanhuis stak. Hij draaide verbazingwekkend makkelijk rond. Lars-Erkki Svanberg had goed voor zijn huis gezorgd en het slot geolied, alleen een zwak knarsen terwijl ze de massieve deur opentrok. Ze glipte gauw naar binnen en liet hem weer dichtvallen. Donker als in het graf, dacht ze en ze had vijf seconden spijt. Daarna pakte ze de zaklamp die ze van de Palo's geleend had. Met trillende vingers liet ze de lichtstraal rondgaan door de kleine ruimte en genoot van haar eigen hartkloppingen, wanneer had ze voor het laatst iets verbodens gedaan?

Ze scheen over de brede vloerplanken van ruw grenenhout, maar zag geen sporen, geen donkere bloedvlekken. Hier had hij gelegen, vlak bij de deur. In een van de artikelen had ze gelezen dat er vloerkleden waren geweest. Die waren meegenomen om geanalyseerd te worden.

Langzaam en methodisch scheen ze om zich heen, onthulde de woning van de skikoning beetje bij beetje.

Er was een soort kachel in een hoek, een versleten fauteuil bij de warmtebron. Een kleine klaptafel met een krukje. Schilderijen aan de muren, een schip op een stormachtige zee en een afbeelding van koning Oscar II, direct in de boomstammen gespijkerd, die nooit waren geverfd. Aan het plafond hing een petroleumlamp en tegen de achterste muur waren een paar kisten bevestigd, voor zaden of aardappels. Meteen rechts van de deur leidde een steile ladder omhoog naar de zolder. Aan het plafond hingen haken en stangen voor ronde broden, of wat er honderd jaar geleden ook aan het plafond werd gehangen in een voedselopslagplaats.

Ze kreeg een prop in haar keel, de treurigheid van alles. Het was niet alleen het afschuwelijke einde, het had ook met de eenzaamheid te maken, het schilderij met de koning erop. De poging van de man om het gezellig te maken tussen de kisten met aardappels.

Ze liet het schijnsel van de lamp omhooggaan langs de ladder, die eindigde in een donker, vierkant gat. De planken waren betrouwbaar, hier was niets vermolmd of kapot. Voor de zekerheid klemde ze de zaklamp onder haar arm zodat ze zich met allebei haar handen vast kon houden terwijl ze langzaam omhoogklom.

De zolder was zijn slaapkamer geweest. Ze scheen langzaam in het rond. Er stond een smal bed achterin tegen de lange muur. Een petroleumlamp, een paar houten kisten. Haar blik bleef hangen bij de muur boven het bed. Hier was het niet alleen kaal hout dat de muren bedekte. De lichtstraal kwam net niet ver genoeg, dus klom ze uit het gat in de vloer en kroop er op handen en voeten naartoe, op de een of andere manier voelde het veiliger om te kruipen, alsof ze zich op zwak ijs bevond.

Ze liet het licht over de muur glijden en het patroon kwam duidelijk naar voren: letters, foto's, zwarte koppen, 'Lap-Erik verrast opnieuw', 'De natuurkracht uit het noorden', 'Teleurstelling op Spelen', 'Schandaal in Oslo'. Ze ging verder naar de volgende muur, elke meter van de zolder was bedekt met krantenknipsels, tot aan het plafond. Het weke gezicht in genadeloos flitslicht, de man die zich in zwart-wit naar de onvermijdelijke teleurstelling worstelde. Ze had het gevoel dat de muren steeds dichterbij kwamen, ze schreeuwden hun boodschap uit. Ze scheen in de kisten naast het bed. Kranten, een paar boeken. Verbaasd tilde ze de bovenste op: *Biggles volgt het spoor*, *Biggles en de geheime basis*, *Biggles en het spookvliegtuig*, een hele stapel kapotgelezen uitgaven met geschilderde vliegtuigen en een man met een pilotenpet op de omslagen. De laatste ervan was uitgegeven in 1967. Toen was Lars-Erik Svanberg allang volwassen. Hij moest de boeken hebben gekocht op een moment dat anderen de jongensboekenwereld allang achter zich hadden gelaten, misschien pas nadat zijn ouders waren overleden. Katrine betwijfelde of er in hun fundamentalistische christendom plaats was voor Biggles. Met een gevoel van tederheid legde ze de boeken voorzichtig terug, schoof de kist weer op zijn plek aan het hoofdeinde van het bed. Heel even voelde ze hoe het zou zijn om de wereld gewoon buiten te sluiten. Een muur rond jezelf te bouwen.

Ze scheen nog een laatste keer om zich heen. Constateerde dat hij een extra plank tegen het enige vensterluik had gespijkerd. Voor de zekerheid. Ze klom naar beneden. De meeste bezittingen leek hij in de aardappelkisten te hebben bewaard. Ze hield de zaklamp in haar linkerhand en wroette rond met haar rechter, tussen spijkers en oud gereedschap, keukengerei van roestig ijzer, een platte pan en de bokaal van het Zweedse kampioenschap van 1951 in Söderhamn. Ten slotte had ze niet minder dan drie verschillende sleutels gevonden.

Ze bleef een poosje zitten, woog ze in haar hand.

Mama's neef, of niet. Wat was ze in dat geval zelf, in relatie met de dode, was er een naam voor hun verwantschap? Ze vroeg zich af of Ingrid het wist. Of ze haar hele leven had verzwegen wie haar vader was, of dat ze het nooit te weten was gekomen. Katrine zag haar moeder voor zich, hoe ze leek te krimpen in het witte ziekenhuisbed, bijna doorschijnend werd. Je mag nu niet doodgaan, ik weet niet of ik het aankan als je doodgaat.

Ze stopte de sleutels in haar jaszak.

Ik heb er in elk geval een soort van recht op, dacht ze terwijl ze met stijve vingers het graanhuis achter zich afsloot. Trapte haar sporen in de sneeuw weg en hing de sleutel weer op zijn plek, voordat ze verder ploegde naar het hoofdgebouw van Rauhala.

Het slot ging zwaarder. Het moest lang geleden zijn dat iemand iets aan dit huis had gedaan, maar ze slaagde erin de deur twintig centimeter open te duwen, tot de sneeuw hem een halt toeriep. Katrine perste zich naar binnen, haar jas bleef aan het slot haken en scheurde, en toen stond ze in de voorkamer, die alle huizen hier leken te hebben. De volgende deur zat ook op slot maar werkte beter mee, en ze was binnen in Rauhala.

Ze keek snel om, durfde hier niet te lang te blijven.

Twee kamers aan de linkerkant, één recht voor haar en de keuken rechts. Er was vocht binnengedrongen, er zat ijs aan de binnenkant van de ramen. De keuken moest in de jaren vijftig zijn gerenoveerd, te oordelen naar de kasten met schuine luiken. Ze opende ze één voor één, glazen en vaatwerk stonden er nog, en ging verder met de provisiekast, trok zelfs het luik van de koude opslagplek onder de vloer open, scheen erin en huiverde door wat ze zag, de blikjes die nog steeds gevuld waren met iets onbestemds, geconserveerd eten van God weet waarvandaan. De sneeuw viel van haar zolen en liet witte sporen achter op de vloer terwijl ze doorliep naar de slaapkamers.

De overheersende indruk was die van gemis. Er waren nergens gordijnen, geen siervoorwerpen die zomaar ergens waren neergezet. Alleen kale oppervlakken, zware meubels. Slechts één klein schilderijtje van Jezus in een van de slaapkamers. Gordijnen waren het ondergoed van de duivel, had Eva-Lena Palo vanochtend verteld, terwijl ze de wintergordijnen naar beneden haalde en de lichtere voor het voorjaar ophing. Al die dingen, alle spullen waarmee je je omringde omdat ze mooi en gezellig waren, waren in de strenge leer zonden die de mens dik maakte, te dik om door de smalle poort van het hemelrijk te komen.

Er waren zeven kinderen geweest op Rauhala, maar Lars-Erik was als enige achtergebleven op de hoeve toen zijn ouders stierven, Hilding Svanberg in 1988 en Aili vijf jaar later, in 1993. Verrassend genoeg was Sofia Palo met deze gedetailleerde inlichtingen gekomen. Ze had een zomerbaantje op het kerkhof gehad, grind en gevallen bladeren geharkt bij elk graf in Kivikangas. 'Weet je dat er hier meer doden dan levenden zijn? Wat zegt dat over Kivikangas?'

'Is dat niet overal zo?' had Katrine geantwoord, maar nu begon ze in te zien dat het meisje een punt had gehad. De doden waren hier niet echt dood, ze leefden nog steeds in hun hoeves, ze waren schaduwen en herinneringen die konden doen en laten wat ze wilden met de levenden.

Ze liep weg van het raam dat dichtgemetseld was door sneeuw en ijs, het donker van de hal in. Daar waren twee deuren, één die naar het toilet leidde en één onder de trap. Ze deed de zaklamp aan en scheen naar binnen. Een krappe opslagplek. Helemaal achterin stond een brandkast. Het omhulsel was van zwaar, donker hout, solide gebouwd. Geen codeslot, maar een echt sleutelgat.

Ze trok haar donzen jas uit en liet die op de grond liggen, ging op haar knieën zitten en haalde de sleutels uit haar zak. De laatste paste.

Allemachtig, dacht ze, als er nu iemand binnen zou komen.

Erin lagen een stapel papier en schrijfblokken, een geldkistje.

Ze strekte haar hand uit en de absurde gedachte aan vingerafdrukken kwam in haar hoofd op. Ze trok de mouwen van haar trui omlaag zodat ze het kistje eruit kon pakken zonder die achter te laten.

Wie kan het wat schelen, dacht ze terwijl ze het opende, iedereen is dood. De hel bestaat niet.

Er lagen een paar munten en drie bankbiljetten in, twee oude tienkroonbiljetten en een vijftigkroonbiljet met Gustaaf III erop die ze al jaren niet had gezien, jaren zeventig? De biljetten hadden er gelegen tot ze niet meer geldig waren.

Katrine pakte de schrijfblokken er één voor één uit, nauwkeurig gemarkeerd. Boerenleenbank 1931, boerenleenbank 1932 en dan de huishoudboeken van meerdere decennia. Ze bladerde er een beetje doorheen, een keurig, ouderwets handschrift had alle kosten opgevoerd, etenswaren, mest, elektriciteit, er waren niet veel inkomsten en uitgaven elke maand, de jaren vlogen gecomprimeerd voorbij. Katrine zag de naam in het voorbijgaan en moest terugbladeren. S. Kankanranta, stond er echt in een rij. Honderd kronen. Oktober 1944. Katrine bladerde terug en vooruit, maar S. Kankanranta kwam niet meer voor.

Onder de kasboeken lag een stapel met trouw- en doopaktes, Hilding Albert Svanberg was in februari 1932 met Aili Lovisa Pelttari getrouwd. Er was een notariële akte die hetzelfde jaar was gedateerd, september 1932. Daarmee had Carl Pelttari met beverige hand de hoeve op naam van Aili en Hilding Svanberg gezet.

Toen al, dacht ze, ze kunnen op dat moment nog niet oud zijn geweest.

Helemaal onderop, onder nog meer schriften van de boerenleenbank, lag een dubbelgevouwen grof stuk papier. Toen ze het openvouwde, viel er een dun bundeltje brieven uit, met een rood lint eromheen dat helder afstak tegen al het strikte en kale. Katrine voelde hoe haar wangen begonnen te gloeien, ze had er eigenlijk helemaal geen recht op, om te wroeten in de geheimen van deze mensen, huisvredebreuk, inbraak, haar journalistenbrein somde alle mogelijke rubrieken en strafmaten op.

Toen hield ze er plotseling mee op.

Alles hield op.

De bovenste brief was geadresseerd aan mejuffrouw Siri Kankanranta. Postadres Kivikangas. Met potlood geschreven, een onregelmatig handschrift.

Ze staarde naar het rijtje postzegels. Zwart-wit getekend en met dezelfde afbeelding: een enorm luchtschip dat over een stad vloog. De tekst was cyrillisch, maar er waren vier letters die ze helder en duidelijk kon lezen: CCCP. De Sovjet-Unie.

Ze pakte de bovenste brief voorzichtig van het stapeltje, voorzichtig zodat ze door de aanraking niet uit elkaar zouden vallen van ouderdom, voor haar ogen tot stof zouden vergaan. Drie brieven waren het in totaal, alle geadresseerd aan mejuffrouw Kankanranta. Ze deed ze weer in het grove papier en stopte dat in de band van haar broek. Daarna legde ze de rest terug in de brandkast en sloot hem. Haar ene been sliep en het was alsof er naalden in staken terwijl ze het huis vlug verliet en de deur met haar schouder dichtduwde.

Toen zag ze dat ze was gadegeslagen.

Een gestalte op een stepslee bij de weg. Doodstil, met het gezicht naar haar gewend. Een klein, rond lichaam. Het was de buurvrouw, natuurlijk was het Anna Haara, die alles zag.

Er is altijd een leugen, dacht Katrine terwijl ze in haar eigen sporen terugploegde, een leugen voor elke gelegenheid, een of andere aanleiding om op de verkeerde plaats te zijn.

Ze bleef staan en pufte, glimlachte tegen de vrouw.

'Ik denk erover om een documentaire te maken,' zei ze. 'Over Lap-Erik. Voordat ik met de opnames begin, moet ik de plekken verkennen, de geluiden horen en de omgeving aanvoelen.'

'Ik dacht dat er dieven waren,' zei de oude vrouw.

Je liegt, jij ook, dacht Katrine, in dat geval was je niet blijven staan. Anna Haara had haar jas scheef dichtgeknoopt. Ze moest zich gehaast hebben om naar buiten te gaan. Katrine voelde de brieven tegen haar buik schuren.

'En de sleutels?' vroeg de vrouw en ze keek haar met half dichtgeknepen ogen aan. 'Hoe ben je daaraan gekomen?'

'Een familielid.'

Dat was op zich helemaal waar.

'Heb je ze van Gudrun gekregen? Heeft ze ze dan vanuit Stockholm gestuurd?'

Katrine glimlachte weer.

'Wat goed dat u in de gaten houdt wat er gebeurt,' zei ze, 'zodat niet iedereen zomaar naar binnen kan gaan. Dat moet een veilig gevoel zijn.'

Anna Haara keek Katrine met een oplettende blik aan. 'Je mag me best interviewen. Maar laat het van tevoren weten zodat ik mijn haar kan watergolven.' Ze gaf met haar hand een duwtje tegen haar haar onder de muts. 'Ik zag er verschrikkelijk uit in de *Expressen*, als een oud wijf.'

'Ik doe radio,' zei Katrine.

'Nou ja, laat het evengoed weten.'

Katrine zei 'Je hoort van me' en liep snel weg. De sleutels van Rauhala zwaar als lood in haar zak.

Petrozavodsk, 7 november 1931

Lieve Siri!

Vergeef me dat ik je niet heb geschreven. Ik hoop dat deze brief er voor Kerstmis is, zodat ik je een fijne kerst kan wensen. Ik moet je vragen om me geen kerstcadeaus te sturen omdat Kerstmis hier in de Sovjet-Unie niet wordt gevierd.

Hier in Petrozavodsk zijn de inspanningen om het vijfjarenplan te volbrengen overal zichtbaar. Er is geen gebrek aan werk. Velen spreken Fins, maar we willen allemaal de Russische taal leren.

Oskar Björnfot heeft een betrekking gekregen in Uhtua bij de grens met Finland. Empo en ondergetekende proberen daarnaar overgeplaatst te worden, omdat we in zijn ploeg willen werken.

Zodra er een woning is geregeld, dien ik een verzoek in voor Jouw overkomst.

Ik kom je halen, ik beloof het.

De jouwe,
Gunnar

Thore Palo plakte een nieuw briefje op de muur. Laceratie, schreef hij.

Het inslaan van de hersenen.

Lars-Erkki Svanberg was gestorven aan een bijlslag in zijn hoofd. Er was niet echt een forensisch patholoog-anatoom uit Umeå nodig geweest om dat vast te stellen, hij had het tenslotte met eigen ogen gezien, maar in elk geval was de autopsie nu klaar. Ze hadden het lichaam een etmaal in een koelkast moeten bewaren om het langzaam te laten ontdooien. Hij kon het beeld niet kwijtraken van het bloed dat samengevroren was met de baard, het gezicht dat in tweeën was gespleten.

Die vervloekte moordenaars.

Hij bekeek het patroon van briefjes op de muur. Niet dat hij het team in Luleå dat het politieonderzoek leidde niet vertrouwde. Ze werden natuurlijk geholpen door de politie van Haparanda, die de toestand ter plaatse kende. Ze deden alles wat ze moesten doen, maar evengoed had hij zijn twijfels. Het gevoel dat ze iets over het hoofd zagen.

En nu hij 's avonds toch niets te doen had. Overdag trouwens ook niet. Er zat een onrust in zijn lichaam, doordat hij niet naar buiten ging. Een jeukend gevoel aan de binnenkant van zijn huid, waar je niet kon krabben. De winter moest gevuld zijn met stilte in het bos en het geluid van ski's in het spoor en het gehijg van de hond op je hielen, kilometer na kilometer, spieren die pijn deden van de inspanning en het melkzuur. Nu deed het al pijn voordat hij zelfs maar uit bed was gestapt. Hij voelde zich een gevangene, in het huis waarin de eenzaamheid zich naar binnen vrat. Buiten op de veenmoerassen was het heel anders, waar de blauwe sterrenhemel zich over je heen welfde en je longen zich verwijdden, je ademde de ruimte in en werd één met het grote geheel. Hier was alleen gemis en het verleden, Kyllikki's dood aan die duivelse kanker. Een bitter verlangen naar iets sterks in je keel.

Hij hing de schets van Rauhala op. Plakte hem direct op het behang. Dat had al jaren geleden vervangen moeten worden, maar dit was Kyllikki's kamer geweest. Hij kon geen nieuw behang uitkiezen zonder haar goedkeuring.

Het tijdstip: 22.05-07.00 uur.

Negen uur. Negen uur waarin bijna heel Kivikangas sliep en niemand iets ongewoons gezien of gehoord had, in een dorp waar je normaal gesproken geen scheet kon laten zonder dat het meteen van hoeve naar hoeve werd doorverteld.

Bij het rode kruis was het gebeurd.

De streep was zijn laatste skitocht, van de sauna naar de dood.

Ze hadden bloed onder het *pakkasvitiä* gevonden, de droge sneeuw die in de strenge kou was gevallen en als een poeder over de sneeuwlaag lag.

Thore was zelf een stukje met de hond gaan lopen in de richting van Rauhala en had van een afstand naar het werk van de technische recherche staan kijken. Hoe ze de verse sneeuw van de bevroren sneeuwlaag veegden, de tijdstippen waarop de sneeuw gevallen was en de temperatuurschommelingen vaststelden.

Onder de dunne ijslaag op de sneeuw die boog noch barstte hadden ze voetafdrukken in maat 44-45 aangetroffen. Op meerdere plekken rond het graanhuis waren ze erdoorheen getrapt. Mogelijk waren het twee personen, maar dat was niet met zekerheid te zeggen. Lompe winterlaarzen, het type waar elke man in Noord-Zweden in rondliep, om het niet te hebben over Finland, Rusland en Noorwegen. Een paar afdrukken hadden ze niet veilig kunnen stellen. Thore was zelf ook met zijn voet door de ijslaag gegaan. Onder de laag was de oude sneeuw korrelig geworden en de sporen waren uit elkaar gevallen.

Het enige wat ze wisten was dat Lars-Erkki kleine voeten had voor een man en dat het dus zijn voetsporen niet waren, maar het was wel zijn bloed, alleen zijn bloed. Zowel buiten als binnen.

Hetzelfde gold voor de vezels die aan de traptreden en de drempel waren blijven hangen toen ze hem het graanhuis in sleepten, en voor het bloed op de kleden en voor de analyses van elke millimeter in de schuur. Geen DNA van iemand anders.

Dank je de koekoek, dacht Thore. Zelfs een volslagen idioot zou zijn handschoenen niet uittrekken als het dertig graden onder nul was, moordenaar of niet.

Toch was de autopsie geen teleurstelling, om de eenvoudige reden dat hij er niets van had verwacht. Alleen in politieseries stak de patholoog-anatoom zijn vinger in een lijk en zei 'overleden om 21.45 uur'. Al na twee, drie dagen traden er foutmarges op van meerdere uren en hier hadden ze te maken met een diep bevroren lichaam dat er drie etmalen had gelegen voordat het gevonden werd, plus nog twee etmalen voordat het ontdooid en in Umeå was, en ze überhaupt konden beginnen.

De post in de brievenbus, op dat soort dingen moesten ze zich oriënteren, etensresten en getuigen. Maar Lars-Erkki Svanberg had geen post gekregen in die dagen. In de sauna hadden ze verbrande papierresten gevonden, dat was alles.

De technische recherche uit Luleå had de verse sneeuw en de stuifsneeuw van elke vierkante meter op het erf van Rauhala geveegd, maar er waren niet meer sporen gevonden waaruit bleek van welke kant de moordenaars waren gekomen. Alleen Svanbergs skisporen vanaf de sauna. Dat versterkte het vermoeden dat ze met een auto waren gekomen. De weg lag tenslotte maar een paar meter van de deur van het graanhuis.

Het geweer was zonder twijfel weg, maar verder wist niemand wat er zich binnen voor spullen hadden bevonden. Er was alleen dat hardnekkige gerucht over geld.

Hij sloeg met een vuist tegen de muur. Het was jammer dat het technische onderzoek niet meer had opgeleverd. Hij had de uitkomsten van de analyse te horen gekregen in een vertrouwelijk gesprek met Anders Anttila, de politie-inspecteur in Haparanda. Thore had Dubbel-Antti zelf ooit opgeleid en hij was vastbesloten hem gedurende het hele onderzoek op de hielen te zitten als dat nodig was. Elk detail te onderzoeken, zodat ze niets misten door onervarenheid. Hij had tenslotte veertig jaar in het korps gezeten. Je sloeg niet ongestraft een oude man dood, niet in zijn dorp.

Hij hing het briefje met de informatie over de auto meer in het midden. Het enige concrete spoor.

Een blauwe Volvo 740, met Russische nummerborden en een kenteken dat eindigde op 51.

Hij was trots op zijn kleinzoon, die het politieonderzoek aan het belangrijkste spoor had geholpen, zijn ogen open had gehouden. De jongens waren zelfs met hun scooters naar de weg gegaan en hadden langzamer gereden om het goed te kunnen zien. Vroeger was het makkelijk geweest om een auto uit Rusland te herkennen, maar tegenwoordig hadden de Russen zich aangepast aan de samenleving, ze hadden dezelfde auto's en kleren als de Zweden en Finnen.

51 stond voor de provincie Moermansk.

Anttila had beloofd hem te bellen wanneer ze meer wisten. Thore sloot de deur van zijn kantoor en liep naar de keuken. Schonk een glas water in en ving de eenogige blik van de hond die Akka heette, net als de vorige. Akka twee had hij in het begin gezegd, maar daarna werd het gewoon Akka. Hij vulde de waterbak van de hond bij en schudde de pillen uit het potje, die de pijn moesten onderdrukken en hem moe maakten.

Hij stelde zich voor hoe ze de bestanden bestudeerden van de bewakingscamera's bij de douane in Torneå en de grensstations in Salla en Raja-Jooseppi boven bij Ivalo, van alle grensovergangen waarlangs je tegenwoordig het land binnen kon komen vanuit Rusland, en het verkeer van de afgelopen weken nagingen. Dat was het concrete, tijdrovende politiewerk. Ze zouden de auto vroeg of laat vinden. De oplossing lag tussen de waarnemingen, in het technische bewijs, politiewerk bestaat niet uit peinzen in je kamer, zoals hij tegen de jongeren placht te zeggen, het zijn feiten. Feiten! Het zit in wat we zien en wat we niet zien. Geen mens is onzichtbaar, een misdadiger ook niet, hij laat sporen na.

Hij slikte de pillen door en deed de deur open zodat de hond zelf naar buiten kon gaan. En hij bedacht dat hij dat op de avond dat Svanberg werd vermoord ook moest hebben gedaan.

Zonder iets te zien of te horen.

De garage lag aan de rand van het dorp, bij de laatste boerderij voordat Kivikangas ophield en een naamloze weg begon. Er stonden zeven auto's buiten, plus een oude tractor en een ondergesneeuwde landbouwmachine.

Toen ze het erf op draaide, zag ze het bord bij de brievenbus, met de hand geschilderd en in de grond gestoken.

Björnfot. Garage. Zomercafé.

Vreemde combinatie, dacht Katrine, jammer dat het geen zomer is. Zomercafé klonk heerlijk idyllisch, als het gezoem van hommels en de geur van een appelboom. Ze herinnerde zich dat er vrijwel geen appelbomen groeiden zo ver in het noorden, waar de natuur schraal en weerbarstig was en de vorst diep in de grond zat.

Onderweg had ze mogelijke gespreksopeningen geprobeerd, zonder te kunnen beslissen welke het minst beroerd was.

Ik zoek iemand van de familie Björnfot, ik heb een paar vragen... Ik ben journalist en ben bezig met een freelancereportage... Ik ben de dochter van Ingrid Kankanranta en ik denk dat een familielid van mij en familieleden van jullie misschien naar...

Katrine raakte compleet van haar à propos toen de deur openging. Voor haar stond een pikzwarte vrouw met een baby op haar schouder.

'Is het zomercafé hier?' vroeg Katrine dom. Het leek onlogisch om het over oude familieleden uit de jaren dertig te hebben met een vrouw die waarschijnlijk uit de Zuid-Sahara kwam.

'Ja,' zei de vrouw, 'maar we zijn nu gesloten. Koud, begrijp je.'

'Ja,' glimlachte Katrine, 'ik neem aan dat het te koud is.'

'Maar ik ben open.' De vrouw kwam in beweging en verdween in het huis, Katrine hoorde haar binnen iets roepen. Daarna kwam ze terug met de baby in een deken gewikkeld en een plastic kom in haar hand.

'Koffiebroodjes,' zei ze met een glimlach en ze liep voor Katrine uit over het erf naar een rood huisje, legde de baby op haar schouder toen ze de deur openmaakte.

'Niet klaar.' Haar Zweeds was hakkelend en gebroken. 'Situatie... Maar ik aanbieden, jij geeft geld als je wil.'

'Zeker,' zei Katrine en ze stapte een oud bakkershuisje binnen, met een enorme gemetselde oven in het midden. De kamer was netjes opgeruimd, er waren gordijnen en tuinmeubelen die binnen waren gezet, het was fris maar niet koud. Aan een stevige ijzeren haak aan de achterkant van de deur hing een paar goudkleurige ballerinaschoenen, dat er misplaatst uitzag.

Katrine ging op een wankele tuinstoel zitten.

Als iemand wist wat er met Gunnar Pelttari was gebeurd, dan waren het de broers Oskar en Empo Björnfot. Ze waren samen naar de Sovjet-Unie gereisd en in elk geval een van hen was teruggekomen. Hij moest iets hebben gezegd, verhalen die daarna waren doorverteld in de familie.

'Je woont hier, hè?' De vrouw legde de deken en de baby op de grond, stopte de stekker van een splinternieuwe espressomachine in het stopcontact en deed er vers water in.

'Nee, nee, ik woon in Londen.'

Het gezicht van de vrouw fleurde op.

'*Oh London, I'd really love to go to London someday*.' Ze ging rechterop zitten. Haar Engels was vloeiend, een grappige mengeling van Pigeon English en een beschaafd Brits accent. 'Is het goed als we Engels praten, mijn Zweeds is niet zo best. Ik moest stoppen met de cursus toen de baby kwam.'

'Natuurlijk,' zei Katrine.

'Het Engels van mijn man is niet erg goed, en zijn vrienden durven helemaal niet met me te praten, ze denken dat ik het niet begrijp, of iets dergelijks, ik weet het niet. Stig houdt er niet van als hij het niet begrijpt.' Ze glimlachte weer om de kritiek te vergoelijken, droogde haar hand aan haar rok af en stak hem uit.

'Ik ben Promise. Promise Björnfot.'

'Katrine Hedstrand.' Ze probeerde niet te lachen om de vreemde woordcombinatie. De vrouw legde koekjes uit de plastic kom op een bord en zette dat op tafel.

'Ik moet iets te doen hebben. Ik houd er niet van om alleen maar thuis te zitten, al vindt Stig dat juist goed. Voor het kind dan.'

'Hoe houd je het uit in deze kou?' vroeg Katrine.

'Binnen is het warm. Melk en suiker?'

'Kun je daar een cappuccino mee maken?'

Katrine keek om zich heen in de kleine kamer, terwijl Promise Björnfot bezig was met de koffie. De baby werd compleet in beslag genomen door zijn pogingen om zich van zijn rug op zijn buik te draaien. Aan de muren hingen verschillende voorwerpen, een wandkleed waarop 'oost west thuis best' stond, een paar kaboutertjes die omhoogklommen langs een touw, kerstslingers en stoffen bloemen.

Ze begreep nu pas dat Eva-Lena Palo hierop had gezinspeeld toen Katrine naar de weg vroeg, maar zonder dat ze het rechtstreeks durfde te zeggen. Stig had zijn vrouw gehaald, had ze gezegd, maar zo was het altijd geweest, ze hadden hun vrouwen altijd van over de rivier gehaald, van de Finse kant. Daarom had Tornedalen nooit last gehad van inteelt, zoals in de andere streken. 'En nu wordt alles veel mondialer, met internet en zo.'

Promise Björnfot zette een kopje en een gebaksschoteltje neer.

'Malla's chocoladekoeken,' zei ze in duidelijk gearticuleerd Zweeds.

'Wie is Malla?'

De vrouw stak haar arm uit naar een boekje dat op een plank stond, naast een kabouterkandelaar. '*Zeven soorten koeken*,' zei ze. 'Heb je dat ook?'

'Nee.' Een glimp van een omslag met koninginnenbrood erop, en ze had het meel af moeten meten, nauwkeurig, heel nauwkeurig, niet te veel, geen vingers in het beslag. 'Of toch, misschien.'

Haar gezicht begon te stralen.

'Het populairste boek van heel Zweden. Er zijn meer exemplaren van verkocht dan van welk ander boek ook. Of bijna het meest in elk geval.'

'Van welk boek zijn er dan het meest verkocht?'

'De Bijbel.' Promise Björnfot leunde tegen de bakoven en bekeek haar. 'Maar waarom ben je dan helemaal uit Londen hiernaartoe gekomen? Er is hier niet veel te doen.'

'Weet je...' Katrine veegde de kruimels van haar mond. 'Je bent de eerste in dagen die naar iets anders vraagt dan van wie ik ben.'

Promise lachte zachtjes.

'Dus jij hebt het ook gehoord?' vroeg Katrine.

'Ze willen weten of je er een van hen bent. Of je erbij hoort. Dat vragen ze altijd, wiens dochter ben jij, wiens zoon ben jij?'

'Vragen ze het ook aan jou?'

Het zwakke licht viel op haar gezicht.

'Nee. Iedereen weet van wie ik ben.' Ze boog voorover en tilde de baby op. 'En dit is Oskar. Zeg Katrine eens gedag.'

Het kind maakte een gorgelend geluid.

'De familie is hier belangrijk,' ging Promise verder. 'Net als in Nigeria, het is *same-same*.' Haar blik gleed naar de gouden schoenen bij de deur, haar gedachten leken ver weg te zijn.

'Mijn geluksschoenen,' zei ze en ze glimlachte. 'De eerste die ik in Europa vond.'

'Hoe ben je hier dan beland, *in the middle of nowhere*?'

'Hij is een goede man. Ik heb het hier goed. Nog meer koffie?'

'Is je familie nog in Nigeria?'

'Ik stuur ze geld.' Promise keek naar een glazen pot bij het fornuis, er zaten een paar briefjes van twintig en wat munten in. Katrine begreep het en viste geld uit haar portemonnee.

'Wist je dat er al eerder een Oskar op deze boerderij is geweest, in de jaren dertig?' vroeg ze nadat ze betaald had voor de koffie.

Promise schudde onzeker haar hoofd.

'Heeft je man niets over hem verteld? Of over Empo Björnfot, een ander familielid, heb je ooit iets over hem gehoord?'

'Ik denk dat het beter is als je met mijn man praat.'

'Is hij thuis?'

Promise knikte en spoelde het vaatdoekje af. Ze begon de espressomachine zorgvuldig af te drogen.

'*Actually, you ain't anyones*,' zei ze. 'Je hoort ergens bij, dat is alles. Voor korte tijd, als een lening. Je weet niet wat er daarna gaat gebeuren.'

Stig Björnfot zag er al achterdochtig uit toen ze de deur opendeed.

'Ja?'

Hij was een man van tegen de zestig met een buik die over de band van zijn broek hing. Promise was in het bakkershuisje gebleven, Katrine stond dus alleen op het trapje.

'Ik ben in het dorp om naar het huis van mijn familie te kijken,' zei ze. 'Siri Kankanranta was mijn grootmoeder.'

Deze variant had geen uitwerking op Stig Björnfot.

'Aha,' zei hij alleen en hij begon een paar stevige laarzen aan te trekken.

'Ik denk dat ze iets te maken had met twee familieleden van jou, Oskar en Empo Björnfot, die naar de Sovjet-Unie zijn gegaan, dus ik vroeg me af of ik...'

...binnen mag komen, had ze willen zeggen, maar de man onderbrak haar.

'Dat is iets waar niet in gewroet moet worden.'

Hij stapte op het trapje, zodat zij gedwongen was achteruit te gaan.

'Maar omdat je je zoon Oskar hebt genoemd...'

'Oskar ja, maar Empo zet verdomme nooit meer een voet op dit terrein.'

Met grote stappen liep hij weg over het erf, in de richting van het platte garagegebouw. Ze deed nog een laatste poging door hem na te roepen.

'Misschien is er een ander familielid dat...'

Maar Stig Björnfot draaide zich niet om.

De naam Björnfot gaf 488 resultaten. Er waren Björnfots in Kista en Korpilombolo, Pajala en Eskilstuna, maar Stig Björnfot was de enige in Kivikangas. Van zijn vrouw stond geen eigen telefoon geregistreerd.

Katrine zat op haar bed met de computer op haar knie en liet de namen voorbijrollen zonder ze te zien. Ellen, Elsa, Elsa, Emil, Erik, Erik, Erik, Erik, Erland, Estrid. Ze zocht ook op Google en kwam te weten dat een Anton Björnfot zijn honderdste verjaardag in Långelse had gevierd, een Jonas Björnfot was tweede geworden op de honderd meter in Emmaboda en een Carola Björnfot had haar eigen liedjes op MySpace gezet.

Ze gaf het op en tikte in plaats daarvan 'vliegtickets' in. Liet de computer zoeken naar vluchten van Luleå naar Stockholm terwijl ze naar het toilet ging.

Toen ze terugkwam zat Sofia op haar bed.

'Ga je weg?' vroeg ze met grote, zwartgemaakte ogen.

'Hoezo, heb je stiekem op mijn computer gekeken?'

'Het spijt me.'

Katrine trok de laptop naar zich toe en sloeg hem dicht.

'Ga je terug naar Londen?' vroeg Sofia.

'Ja... zo langzaamaan, hoezo?'

'Ik ben achttien, ik kan zelf beslissen wat ik wil.'

'Ja... en?'

Sofia frunnikte aan haar nagels, schraapte wat nagellak weg.

'Ik vroeg me af of je omdat je daar woont misschien zou kunnen rondvragen of iemand een baantje weet? Een plek om te wonen?'

Katrine lachte.

'Een plek om te wonen? In Londen? Vergeet het maar.'

'Maar jij woont er toch?'

'Ja... in de woning van mijn partner. Maar toen ik er voor het eerst naartoe ging, deelde ik een tweepersoonskamer met drie vriendinnen in een sjofel hostel in Bloomsbury.'

'Is dat de Circle Line?'

'Piccadilly,' zei Katrine en ze deed haar laptop weer open.

'Oké.'

Sofia stond op en liep weg.

De zoekmachine had voor de volgende dag stoelen gevonden op zes verschillende vluchten vanaf Luleå. Katrine kon geen besluit nemen welke het best was, 16.55 of 19.25 uur, en dus klikte ze terug naar Google en de Björnfots.

Hoorde Stig Björnfots vijandelijkheid als een echo in haar hoofd. *Empo zet verdomme nooit meer een voet op dit terrein.*

Hoe kon iemand zo kwaad zijn op een overleden, oud familielid? Of kwam het doordat ze met zijn vrouw had gesproken? Blijkbaar was alleen Empo in ongenade gevallen, Oskar had zelfs zijn naam mogen geven aan hun kind. Empo was teruggekomen, kwam het daardoor? Thore Palo had er iets over gezegd, het wantrouwen tegenover degenen die terugkeerden. Of misschien ging het om een doodgewone familieruzie, over wie recht op het huis had, van die dingen waar alle families ruzie over leken te maken. Ze verdrong de gedachte aan haar eigen broer, hun huis, mama's huis.

Empo zet verdomme nooit meer een voet op dit terrein.

Plotseling begreep ze wat er zo vreemd aan klonk.

Hij had in de tegenwoordige tijd gesproken. Alsof Empo nog leefde. Er ging een huivering door haar heen toen ze zich iets herinnerde wat Thore Palo had gezegd, rekende snel in haar hoofd.

Empo was de jongste. Hij was nog maar zestien jaar toen ze vertrokken.

Empo Björnfot zou nu zesennegentig zijn. Kon dat? Met bonkend hart ging ze terug naar het telefoonboek en scrolde door de namen met een E. Geen Empo.

Ze staarde een tijdje naar de namen. Daarna liep ze naar de tienerkamer aan de andere kant van de bovenverdieping, klopte en deed de deur open zonder te wachten tot ze uitgenodigd werd.

'Sorry, ik wilde je iets vragen,' zei ze. 'Is Empo een naam?'

'Wat zou het anders zijn?' Sofia legde haar arm voor het scherm en keek haar aan alsof ze een volslagen idioot was.

'Ik bedoel natuurlijk of het een echte naam is,' zei Katrine, 'of een koosnaam voor iets anders. Zoals Matti Mattias heet, Lars-Erik is Lars-Erkki, hoe zou iemand die Empo wordt genoemd in dat geval echt heten?'

Sofia haalde haar schouders op en draaide zich weer naar haar computer.

'Emil natuurlijk.'

Er was een Emil Björnfot. Malmuddsvägen 52 in Luleå.

De telefoon ging acht keer over. Daarna werd er op honderdveertig kilometer afstand opgenomen en ze hoorde een hese mannenstem aan de andere kant van de lijn.

'Hallo.'

Er klonk gekraak alsof hij met de hoorn in de weer was en hem dreigde te laten vallen.

'Spreek ik met Emil Björnfot?'

'Wie wil dat weten?'

De stem klonk knorrig en schel. Het dialect was absoluut Tornedals, hij zei 'wi' in plaats van wie en rekte de eerste lettergreep van 'weten' uit.

'Mijn naam is Katrine...'

'Ben je van de gemeente?' Langgerekte e met een minachtende toon die duidelijk maakte dat de gemeeeente niet hoog stond aangeschreven bij Emil Björnfot.

'Nee... kijk, mijn moeder komt uit Kivikangas. Ik ben op zoek naar Empo Björnfot uit Kivikangas.'

'Waar gaat het dan om?'

'Bent u het?'

'Je moet me verdomme niet met u aanspreken alsof ik een of andere heer ben.'

'Ben jij met Gunnar Pelttari naar de Sovjet-Unie gereisd, ergens in de jaren dertig?'

Het werd stil.

Katrine haalde diep adem.

'Ik ben de kleindochter van Siri Kankanranta,' zei ze. 'Ik denk dat zij Gunnar kende, ik denk dat ze hem heel goed kende.'

Uhtua, 6 mei 1932

Lieve Siri!

Dank je voor je brief met het goede nieuws. Het is fijn dat het een meisje is geworden, omdat ze in de Sovjet-Unie geen onderscheid maken tussen meisjes. Het onderwijs vindt in het Fins plaats, al zal ze ook Russisch leren. Maar het worden geen gebeden tot God. De kinderen leren over Lenin en Stalin en danken hen voor het goede leven.

We bouwen de nieuwe arbeiderswoningen als we klaar zijn met werken. Gezinnen krijgen twee kamers toegewezen. Ik schrijf je als de woning klaar is.

Ik kom je halen.

Ik beloof het.

De jouwe,

Gunnar

PS *Ingrid is een mooie naam. Geef haar jouw familienaam, ik wil de mijne niet gebruiken. Hier worden de meisjes ook bij de naam van hun vader genoemd en dat zou dan Gunnarovna worden. Dat kan eraan toe worden gevoegd wanneer we het staatsburgerschap aanvragen in de Sovjet-Unie.*

Het schrapende en sloffende geluid kwam dichterbij aan de andere kant van de deur. Het gerammel van sleutels.

Katrine stelde zich trillende handen voor die daarbinnen onhandig aan het friemelen waren.

Ze kneep in de bakkerszak die ze in haar hand hield. Ze had een flinke stapel klaargemaakte boterhammen gekocht bij een café op het plein waar de bussen stopten, vlak voordat ze een viaduct over de spoorlijn af reed en de gps knipperde dat ze in de Malmuddsvägen was gearriveerd.

De deur ging eindelijk open. De oude man stond gebogen, met een hand op de rollator, en keek haar met bleke ogen aan.

'Je bent dus niet oud,' zei hij.

Zijn gezicht was een wirwar van diepe rimpels en littekens, één over zijn wang en één waar zijn linkerwenkbrauw had gezeten. De neus krachtig en scheef als die van een oude bokser.

'Hier komen tegenwoordig alleen maar oude mensen,' mompelde hij terwijl hij achteruit de woning in liep en tegen de deurpost botste toen hij de keuken in wilde draaien. Ze liep achter hem aan de woning in. Het rook naar tabak en zweet en ongewassen kleren. Empo Björnfot rekte zich zo hoog uit als hij kon en pakte een fles van een plank boven het fornuis. Op de kookplaat stond een pan met resten macaroni erin. De aanrecht was keurig afgedroogd, met een bord en een paar glazen in het afdruiprek.

'Ik weet best waar ze op uit zijn,' zei hij en hij draaide de fles met zijn tanden open. 'Ze willen de woning hebben.'

'Ik wilde eigenlijk alleen een paar vragen stellen,' zei Katrine.

Empo Björnfot hield zich met een hand aan de aanrecht vast terwijl hij een vettig glas volschonk.

'Ze willen de woonrechten verkopen, begrijp je, en miljoenen binnenhalen. En mij willen ze naar zo'n vreselijk verzorgingshuis sturen. Om daar tussen de oude burgers naar het jaarlijkse muziekfestijn op Skansen te staren, nooit van mijn leven. En nu willen ze dat ik doodga, zodat ze winst kunnen maken over mijn lijk, die verdomde uitzuigers.'

Hij slofte met het glas in zijn hand naar de keukentafel en ging met veel moeite zitten. Sloeg het glas achterover en zette het met een klap neer.

'Elke avond een borrel,' zei hij. 'Daar word je sterk van.'

'Het is nog geen avond,' zei Katrine met een glimlach.

'Dan neem ik er nog maar een.' Hij lachte en kreeg een hoestaanval. Stak zijn hand uit naar het pakje shag en begon met een trillende hand een sigaret te rollen. Sliertjes tabak vielen op de keukentafel, een grenenhouten blad vol brandplekken.

'Nou, wat wil je?'

Katrine ging tegenover hem zitten en haalde diep adem. Daarna vertelde ze in grote lijnen alles over wat ze te weten was gekomen en wat ze vermoedde. Over Siri Kankanranta en Gunnar Pelttari, over het kind en de reis naar de Sovjet-Unie.

'Weet jij wat er met hem is gebeurd?'

Empo Björnfot stak de sigaret in zijn mond en keek om zich heen. Katrine pakte een lucifersdoosje uit een schaal en streek een lucifer af. Hij pakte haar hand en voerde de vlam naar zijn sigaret, nam een diepe haal en hoestte weer.

'Dus jij bent het kleinkind van Siri,' zei hij toen de aanval was afgezwakt.

'Mm. Dochter van Ingrid, die geboren is in februari 1932.'

Hij draaide zich naar de wodkafles die buiten zijn bereik op de aanrecht stond. Katrine kwam overeind en pakte hem.

'Wilde hij geen kinderen?' vroeg ze zonder hem aan te kijken. 'Heeft hij haar daarom in de steek gelaten?'

'Nee, dat had er niets mee te maken.'

'Ik heb boterhammen meegenomen,' zei ze. Zag de ogen van de oude man oplichten toen ze de boterhammen met kaas en ham en brie en salami en tonijnsalade uit de zak haalde.

'Het was toen allemaal te veel,' zei hij.

'Ik wil alleen weten wat er is gebeurd,' zei ze. 'Ik zal het aan niemand vertellen als je dat niet wilt.'

Empo Björnfot at zo gretig dat de kruimels hoopjes vormden op de tafel.

'Ik begrijp dat het moeilijk is om je alles te herinneren,' zei Katrine, 'maar vertel wat je nog weet.'

'Tuurlijk herinner ik het me,' zei hij schamper. 'Al denken die oudjes dat ik seniel ben.'

Hij snoof en blies rook naar het plafond.

'Oskar keerde terug uit Malmfälten... dat was in mei, nee, juni 1931, dat vreselijke jaar toen ze arbeiders neerschoten in Lunde. En aan de Finse kant marcheerden de fascisten van de Lapua-beweging, je kon het bijna horen rommelen van het gestamp van de laarzen.'

Hij maakte een wuivend gebaar met zijn hand en er kwam kleur op zijn gezicht. 'We wisten dat het voorbij was met het kapitalisme. Wanneer de revolutie Norrbotten bereikte, zouden we de fascisten eruit gooien en de Noord-Scandinavische Sovjetrepubliek oprichten.'

Zijn vuist zakte langzaam naar de tafel.

'Maar het ging zo verdomde langzaam.'

Hij ging een paar minuten op in zijn boterham met ham. Peuterde de slablaadjes eruit.

'En toen kwam mijn broer thuis en hij was gewaarschuwd. Tweehonderd man zouden in de herfst weg moeten bij het mijnbouwbedrijf en hij was als jonge man het eerst aan de beurt, maar dat was niet het enige wat hij te vertellen had. Nee, dat was niet het enige. Oskar was gerekruteerd!'

Hij lachte en leunde achterover, lachte met zijn mond open zodat ze zijn tanden kon zien, vergeeld en in slechte staat, er ontbraken er meerdere. Katrine glimlachte, maar begreep niet wat er zo grappig was.

'Mijn eigen broer had werk aangeboden gekregen in dienst van de Sovjetstaat! Iets groters was er tijdens ons leven nooit gebeurd in Kivikangas en daarvoor ook niet.'

'Gerekruteerd, hoe dan?'

'Door de Finnen daarboven in Malmfälten, Finse communisten, het stikte er daarboven van, ze hadden eigen dansen en cultuurverenigingen, van alles.' Empo Björnfot liet zijn stem zakken en boog zich naar haar toe, alsof hij zich er plotseling bewust van was geworden dat de muren oren hadden. 'Ze waren de fascistenstaat ontvlucht. In Finland hadden ze het communisme verboden en de Lapua-beweging wilde Tornedalen inlijven in een fascistische staat, een Groot-Finland dat zich uit zou strekken van de Kalixälven tot boven het Russische Oost-Karelië.'

'Was Gunnar Pelttari ook gerekruteerd?'

'Nee, hoe zou dat dan gebeurd kunnen zijn?'

Empo keek door het raam naar buiten, een rangeerterrein met goederenwagens, het zwarte silhouet van de staalfabriek achter de daken van de huizen. Drukte de peuk uit, waardoor de as over de tafel vloog en op de resten van de boterhammen terechtkwam.

'Oskar Björnfot uit Kivikangas zou op reis gaan om Stalin te helpen zijn vijfjarenplan te voltooien! Jezus wat waren we jaloers, wij die ons ophielden in de kuil daar bij Matalaniemi aan de oever van de rivier. Dat waren ik en Gunnar Pelttari en soms een paar van de jongens van Vestola, al waren dat geen echte communisten, en mijn broer dus. "Hebben ze de muggen ook afgeschaft in de Sovjet-Unie?" vroegen ze en ze lachten, ze dreven de spot met Oskar en alles wat hij vertelde over de arbeidersstaat, maar ze waren vooral jaloers. Je hoefde geen communist te zijn om te weten dat de werkloosheid was uitgeroeid in de Sovjetstaat. Dat schreven ze zelfs in de *Norrländskan*.'

Ja, hij herinnerde het zich nog, alles wat het waard was om je te herinneren.

Het was een soort innerlijke brand die zomer, een lopend vuurtje over de wereld.

Terwijl zij daar in de kuil naar de hemel en het nachtlicht lagen te staren, en wolkensluiers voorbij zagen trekken met die vervloekte muggen die waren uitgebroed in de moerassen.

'En Siri Kankanranta was er natuurlijk,' zei hij en hij keek haar met half dichtgeknepen ogen aan. 'Maar daar viel niets te halen.'

'Hoe was zij?'

Empo liet zijn ruwe lach weer horen.

'Hoe ze was? Nou, dat zal ik je vertellen. Ze was zo rood als de pest, al wisten haar ouders daar niets van.' Hij giechelde en er kwam iets schaamteloos in zijn blik. 'En ze wisten ook niet dat Gunnar Pelttari hun dochter naaide in de zolderkamer als zij buiten aan het hooien waren.'

Katrine glimlachte. Ze had gelijk gehad. De kamer op zolder, de blauwe bedbank. Siri's toevluchtsoord in het leven.

Er vielen een paar schijfjes tomaat uit de boterham in de hand van de oude man, maar hij merkte het niet, dromend daalde hij steeds verder af in zijn geheugen.

In de Sovjetstaat waren de vrouwen gelijkwaardig aan de mannen. Er waren kinderbedjes zodat de vrouwen konden werken en gemeenschappelijke eetzalen zodat ze bevrijd werden van de ketens van het huishoudelijke werk. Een onbemiddeld arbeidersmeisje kon ingenieur worden als ze een studiehoofd had!

Over dat soort dingen had Siri Kankanranta het, ze was honderd procent revolutionair en het knapste meisje van het dorp, god, wat waren ze jaloers op Gunnar Pelttari die eraan mocht komen. 's Nachts, als het zomerlicht alle dromen wild maakte, had Empo in zijn kussen gebeten en gefantaseerd over de vrije liefde in het socialistische paradijs en die zag er exact zo uit als Siri Kankanranta.

God, wat deed dat zeer.

Katrine kuchte en Empo kneep zijn mond dicht. Keek haar aan alsof hij moest nadenken over wie zij ook alweer was. Hij wreef over zijn ogen en keek weg. Bloosde hij?

'Maar ik begreep heel goed dat de arbeidersstaat niets aan mijn kennis had. Ze hadden mensen als Oskar nodig.'

Hij peuterde aan een stukje salami en stopte het in zijn mond, kauwde erop terwijl hij uitlegde wat hij bedoelde.

Oskar was een geschoolde machinereparateur. Er was een groot gebrek aan machines in de Sovjet-Unie, die er waren, waren versleten en van slechte kwaliteit. De bevolking had geen tijd gehad om het land op te bouwen, maar het vijfjarenplan zou de Sovjet-Unie verheffen tot welstand en industrialisme, had Stalin beloofd. Zelf had Empo voornamelijk tijdelijke baantjes gehad als hulpkracht na school, was natuurlijk het bos in gegaan om te helpen met het drooggeggen van de hooiweiden, maar hij kon zeker werken! Hij zou zeker de handen uit de mouwen steken als hij de kans kreeg, want in de Sovjet-Unie werkte je voor jezelf en niet voor een of andere kapitalistische uitbuiter.

En Gunnar Pelttari zou als werkloze verplicht te werk worden gesteld in Småland. Dat was niets anders dan slavenwerk in dienst van de staat. Wegen bouwen en sloten maken voor minder dan een half loon. Iedereen wist dat communisten de zwaarste klussen kregen van de Werkloosheidscommissie, terwijl de sociaalfascisten de ploegbazen werden. En het salaris was niet eens genoeg om van te kunnen roken. Het kwam zelfs voor dat zo'n arbeider in werd gezet wanneer er actie tegen een bedrijf werd gevoerd.

Dan verhongerde je nog liever.

'En zijn eigen vader had het geregeld.' Empo Björnfot beet zo hard op zijn tanden dat het kraakte. 'Zijn eigen vader had ervoor gezorgd dat hij werd geselecteerd door de Werkloosheidscommissie, zodat hij zou leren werken en op zou houden met die revolutionaire onzin.'

Kivikangas in de zomer. Katrine probeerde het zich voor te stellen. Lichtgroene berken, familieleden waar ze geen gezichten bij had.

Carl Pelttari was zowel verantwoordelijk voor de arbeidsbemiddeling als voor de boerenleenbank in het dorp. Net als de meeste boeren was hij rechts, maar de aarde zou spoedig het volk toebehoren en dat was precies wat Gunnar zijn vader vertelde. Daardoor werd hij uiteindelijk het huis uit gezet, want een 'duivelse bolsjewiek had niets op de Pelttari-hoeve te zoeken'. Hij raakte ook zijn baantje kwijt, als assistent bij de boerenleenbank in het kantoor op de hoeve thuis. Carl Pelttari had hem vervangen door de verloofde van zijn dochter, de godvruchtige Hilding Svanberg. Hij kon het geld van de boeren niet toevertrouwen aan een landverrader en bolsjewiek!

En in augustus zou de trein vertrekken naar Petrozavodsk in Sovjet-Karelië en Empo's eigen broer zou erin zitten. Het dreef hen tot waanzin dat een werkloze mijnwerker die niet eens lid van de Partij was ernaartoe mocht, alleen maar voor zijn vakkennis, terwijl Empo en Gunnar achter moesten blijven in de ellende en uitzichtloosheid van het vaderland.

Ze ontmoetten elkaar 's nachts en smeedden in het grootste geheim plannen. Gunnar was naar de zolder van Björnfots schuur verhuisd nadat hij uit huis werd gezet. Hij wilde Siri iets beters bieden, dat bleef maar door zijn hoofd spoken. Ze zou een echt huis moeten hebben, een eigen huis, warm en met een zacht bed, en wist Empo trouwens dat de elektrificatie van de hele Sovjet-Unie een groot succes was? Wie ernaartoe emigreerde, kreeg zelfs betaald verlof om naar huis te gaan en zijn familie te bezoeken. Als hij dat tenminste wilde.

Gunnar was zelfs bereid het land illegaal binnen te gaan als het niet op een andere manier kon, hij zou de grens bij Petsamo in Noord-Finland oversteken of zich verbergen op een boot die uit Narvik vertrok, maar in de Sovjet-Unie vertrouwden ze mensen niet die zonder papieren de grens overkwamen, ze vermoedden dat het spionnen waren.

Empo Björnfots blik dwaalde rond en hij keek Katrine onzeker aan.

'Je vertelt niemand hier iets over?'

'Nee,' zei ze en ze glimlachte, 'dat beloof ik.'

'Ik herinner me toch niet alle details,' zei hij en hij veegde wat tonijnsalade weg die hij op zijn knie had gemorst.

'Ik vind dat je een fantastisch geheugen hebt.'

Hij maakte een gebaar naar zijn hoofd en trok een grimas. Misschien ben je hier en daar een stukje kwijt, dacht ze, en wordt het moeilijk om je de juiste volgorde te herinneren. Ze wilde vragen stellen om hem een beetje op te laten schieten voor hij erdoorheen zou zitten, maar dan zou hij misschien in de war raken en vergeten wat hij nog wel wist.

'In elk geval zijn we met die vrachtboot uit Seskaro gekomen,' zei hij ten slotte. 'Op 3 september 1931, dat vergeet ik nooit. Dat was namelijk lullig voor Oskar, dat we Kivikangas voor hem verlieten.'

Er drong verkeerslawaai van de weg buiten de kamer binnen, een geruis van buizen ergens in het huis.

'En Siri?' vroeg Katrine voorzichtig. 'Waarom ging zij niet mee?'

Empo Björnfot trok de rollator naar zich toe.

'Die vervloekte blaas,' zei hij terwijl hij moeizaam overeind kwam, 'nog even en ik kan het helemaal niet meer ophouden.'

Katrine keek hem na terwijl hij naar de hal en het toilet slofte, gebogen en met een broek die veel te los hing. Probeerde zich een zestienjarige voor te stellen die onderweg was naar het avontuur van zijn leven. De volwassen man die na jaren in Stalins rijk weer thuiskwam, de geruchten dat hij een spion was. *Degenen die terugkeerden kozen ervoor om te zwijgen. Ze hebben het meegenomen in hun graf.* Katrine pakte een glas water.

'God, wat doen die benen pijn,' mompelde Empo Björnfot toen hij terugkwam van het toilet. Hij bleef in de deuropening staan. 'Je gelooft vast niet dat deze benen me naar huis hebben gebracht, helemaal vanuit Uhtua. Dwars door de Karelische bossen en heel Finland, grotere bossen zijn er niet.'

'Bedoel je dat je naar huis bent gelopen, vanuit de Sovjet-Unie?'

Hij staarde haar woedend aan.

'Omdat ik naar huis moest om moeder te helpen. Niet zoals die verdomde broodcommunisten die naar huis gingen omdat ze de suiker misten.'

'Hoe was het er? Hoe was het in de Sovjet-Unie?'

'Nou, over het geheel genomen was het er goed, maar wie een luxeleventje had verwacht, reisde ogenblikkelijk weer terug.'

'Over het geheel genomen was het er goed? Onder Stalin?'

De man rukte aan de rollator en botste tegen plinten aan terwijl hij koers zette naar de tafel.

'O, er zijn vast een paar vergissingen gemaakt in die tijd, maar dat kwam voornamelijk doordat hij slechte raadgevers had.' Hij veegde de laatste kruimels van de tafel in zijn opengevouwen hand, die hij daarna naar zijn mond bracht. Greep zijn glas, dat nog niet helemaal leeg was.

'*Nazdrovje*,' zei hij en hij hief zijn glas met een gebogen arm. Daarna nam hij langzaam plaats, waarbij hij zowel op de rollator als op de tafel leunde. 'Dat was het tweede woord dat je in het Russisch leerde.'

'En wat was het eerste?'

Empo schonk nog wat whisky in, met een trillende arm.

'*Tarakan*,' zei hij. 'Dat vergeet je niet snel.' Hij spoelde de alcohol rond in zijn mond alsof hij die vermengde met het woord en de herinnering proefde.

'Hoe ze over de vloer van de barak ritselden en wij sprongen ons bed uit, we hadden in Tornedalen nooit eerder kakkerlakken gezien. We bleven om de beurt wakker zodat een van ons rond kon rennen om ze dood te trappen.'

Hij lachte en ze zag hoe zijn oude ogen glommen.

'We konden niet geloven dat we in de hoofdstad van de Karelische autonome socialistische Sovjetrepubliek waren. Het stationsgebouw was nog kleiner dan dat van Karungi, zelfs kleiner dan dat in Vittattnet! En er waren geen trottoirs, nergens in Petrozavodsk, alleen planken die op de klei waren gelegd. We moesten over een soort evenwichtsbalk naar de barak lopen waar we de eerste tijd zouden wonen. En dan die lucht!'

Ze deed even haar ogen dicht, liet zich meevoeren door zijn herinneringen.

Er werden overal industrieën opgezet en nieuwe barakken gebouwd, arbeiders stroomden uit heel Rusland en uit Amerika toe, Finse en Noorse emigranten die de gaarkeuken van hun kapitalistische land ontvluchtten en de unie van de toekomst kwamen bouwen. En de enige plek waar ze hun behoefte konden doen, waren eenvoudige plees, waarin de poep recht naar beneden viel en de stank verspreidde zich door de hele stad, het was de stank van het oude tsarenrijk, zei hij, van armoede en onderontwikkeling, maar ze waren bezig een nieuw rioleringssysteem te bouwen, zoals er overal werd gewerkt! Stalin had het einddoel veranderd, het vijfjarenplan zou nu in vier jaar worden doorgevoerd en ze konden over de successen lezen in de *Punainen Karjala*, er was zelfs een eigen krant voor de Finstaligen!

'En we hadden al meer bijgedragen dan de meesten,' zei hij met een tevreden glimlach, 'Gunnar en ik hadden tenslotte voertuigen meegebracht met de vrachtboot uit Seskarö, een tractor en een personenauto die ergens in dienst van de Sovjetstaat rondreden.'

In ruil daarvoor hadden ze hun papieren gekregen, paspoorten en inreisvergunningen. Het werd allemaal geregeld, dankzij Oskars contacten uit Malmfälten. En ze mochten meteen beginnen met werken, in een zandgroeve aan de rand van Petrozavodsk, al dat zand dat nodig was om iets nieuws op te bouwen!

'Maar we hoopten op een overplaatsing naar Uhtua, we hadden een verzoek ingediend. Oskar was daar de chef van de wegenbouw... Weg 89 tussen Uhtua en Kem...'

Uhtua had er boven twee van de brieven gestaan... *Ik schrijf je wanneer de woning klaar is...* Ze lagen in de koffer in de huurauto op de parkeerplaats, ze had ze keer op keer herlezen.

'Wat is er gebeurd in Uhtua?'

Hij staarde haar met een lege blik aan. Katrine had de naam gegoogeld. Een klein plaatsje in Russisch Karelië, vijfhonderd kilometer ten noordoosten van Petrozavodsk, bij de Finse grens. In de jaren zestig was het omgedoopt in Kalevala, naar verluidt tegen de wil van de bevolking. Er werd beweerd dat de schrijver en volkenkundige Elias Lönnrot onder een boom in Uhtua had gezeten toen hij een paar verzen van de *Kalevala* opschreef. Het Finse nationale epos was voor een groot deel gebaseerd op volksverhalen uit dorpen die nu aan de Russische kant van de grens lagen. Karelië was steeds opnieuw in stukken gescheurd tijdens de oorlog, mensen waren van hun hoeves verdreven en nooit meer teruggekeerd, de naam zelf deed denken aan een verloren Samarkand.

'Wat is er met Gunnar gebeurd?' vroeg ze. 'Waarom is Siri hem nooit achterna gekomen?'

'Gunnar,' snoof hij, 'die bleef 's avonds alleen maar in de barak zitten, twaalf mannen in één kamer. De elektrificatie was nog niet tot daar doorgedrongen, hij zat in het donker zijn eeuwige brieven te schrijven en klepte maar over hoe het zou zijn wanneer Siri overkwam, het was Siri dit en Siri dat, je kon hem niet eens meekrijgen om te dansen...'

Empo's stem kreeg een andere toon.

'Hoe heette ze ook alweer?' Hij krabde in zijn nek. 'Ze was Fins en roodharig en ik heb haar in het Finse cultuurhuis ontmoet, ze was betrokken bij het toneel en het verenigingswerk, en kussen kon ze als de beste, dat gebeurde voor de barak toen ik haar een keer naar huis gevolgd was, en ze liet me aan haar borsten zitten...'

Hij snoot zijn neus met een stoffen zakdoek en verfrommelde die tussen zijn handen.

'Hoe kan ik in godsnaam haar naam zijn vergeten?'

Op dat moment werd er aangebeld. Een langgerekt geluid. Empo Björnfot leek voor haar ogen in elkaar te krimpen, werd een oude man zonder dat er een vonkje overbleef van de gloed van de revolutie.

'Die verdomde pisdrogers,' zei hij.

Katrine hoorde een sleutel in het slot, en de deur die openging, een energieke stem die dwars door de tijdlagen heen sneed.

'Hallo hallo, daar zijn we.'

Een vrouw keek naar binnen, met een vuurrode bril en kortgeknipt geblondeerd haar. Ze leek opvallend veel op de minister Maud Olofsson.

'O, wat leuk. Emil, je hebt bezoek?'

Empo Björnfot boog zich naar Katrine toe.

'Zeg niets over de Sovjet-Unie,' fluisterde hij, 'geen woord.'

'Ik heet Annbeth,' zei de vrouw luid en ze kwam de keuken binnen, gekleed in een blauw schort met het logo van een multinationaal zorgbedrijf. Ze deed de tl-buis aan het plafond aan. Het verleden vluchtte en veranderde in stofnesten in de hoeken.

'We gaan Emil alleen even met het een en ander helpen. Blijf vooral zitten als je wilt.'

'Nee, ze moet gaan,' mompelde hij en hij keerde de rollator om, waarbij hij over Katrines linkervoet reed.

'Kan ik later terugkomen?' vroeg ze. 'Dan kunnen we het gesprek afmaken.'

'Ik heb er niets meer over te zeggen.' Hij slofte langs de thuishulp de hal in. Ging met zijn rollator tegen de muur staan zodat hij de halve hal barricadeerde en keek niet naar Katrine terwijl ze haar tas pakte en haar hand uitstak naar haar jas.

'Stalin stierf in 1953,' zei ze. 'De Sovjet-Unie bestaat niet meer, er is niets meer van over, het is vergeten, je hoeft er niet langer over te zwijgen.'

Er fladderde iets blauws langs en Annbeth van de thuishulp stond in de hal.

'Zo, nu is het tijd voor de douche.'

Empo Björnfot draaide de rollator langzaam om, stootte tegen plinten en raakte verstrikt in schoenen. Katrine voelde de paniek opkomen wanneer alles uit je handen lijkt te glippen.

'Als je het niet vertelt, is er niemand meer die het kan doen. Dan komt niemand ooit te weten wat er met Gunnar Pelttari is gebeurd, of met je broer.'

In de halspiegel zag ze iets doven in de blik van de oude man.

'Hij was mijn broer niet meer.'

De zon werd weerkaatst in staal en chroom. Het plafond was zo hoog, zo wit en schoon dat ze erdoor verblind werd. Zoals wanneer je uit een grot komt en direct de zon in loopt, voor zover je uit het donker kon komen in een tweepersoonsappartement in Malmudden, waar de geschiedenis nooit geëindigd was.

De receptionist glimlachte met pas gebleekte tanden. Er gingen telefoons over. De korte rente was de dag ervoor met een half procent gedaald, daarom moest Katrine in een veel te lage stoel van leer en stalen buizen zitten wachten en bittere automaatespresso drinken, hoewel ze van tevoren had gebeld en een afspraak had gemaakt.

Ze bladerde in de *Kuriren*, die speculeerde over de auto met het Russische kenteken. Verder was er geen nieuws over de moord. In het stadspark aan de andere kant van de straat gleed een groepje kinderen van een reusachtige vogelsculptuur van ijs.

'Neem me niet kwalijk dat het wat langer duurde,' zei Jerker Nyberg toen hij eindelijk opdook, een gestalte in alleen maar grijze tinten. 'Ik kan de schuld geven aan het rentepeil dat alles in beroering heeft gebracht, maar het peil is natuurlijk perfect om zaken te doen.'

'Het gaat om mijn moeders huis,' zei Katrine en ze volgde hem naar zijn kamer. 'Ze heeft het geërfd van haar moeder. We willen graag weten wie het wil kopen.'

'Ik betwijfel of jullie van iemand anders een beter bod zullen krijgen.'

'Het gaat niet alleen om geld.'

Jerker Nyberg trok zijn wenkbrauwen op en pakte een vel papier. Draaide zich naar zijn computer en vond wat hij zocht. Hij was nog maar net over de dertig, met al dunnend haar, een stropdas om en foto's van twee kleine kinderen en een vrouw in een zomerjurk op zijn bureau.

Met recht een jongeman, dacht Katrine en ze ging zitten.

'Waarom willen ze juist dit huis kopen?'

'Ja, er zijn natuurlijk alternatieven als jullie niet geïnteresseerd zijn.'

'Welke dan?'

'Dat kan ik natuurlijk niet zeggen.'

Zijn glimlach was mild.

'Natuurlijk zijn we geïnteresseerd,' zei Katrine.

'Ik print de papieren uit, dan lopen we ze in alle rust door. Het is altijd moeilijk om bezittingen te verkopen, vooral als het om een oude familiehoeve gaat, met alles wat dat aan gevoelswaarde met zich meebrengt.'

De makelaar rende bijna de kamer uit om de uitdraaien te halen.

Ze boog zich over het bureau om op het scherm te lezen, keek of er een naam stond, maar het leek alleen een standaardoverdrachtscontract te zijn. Naast het toetsenbord lag het vel dat hij tevoorschijn had gehaald. Een telefoonnummer, met de hand in de marge geschreven. Begon met 08. Ze trok de *Kuriren* naar zich toe die opengeslagen op het bureau lag en schreef het nummer snel op.

De makelaar was terug en schopte met zijn hak tegen de deur zodat die dichtviel.

'Ik wil dat je dit heel zorgvuldig doorleest, dan kunnen we daarna je vragen behandelen.'

Katrine las de paragrafen vluchtig door.

'En bij de overdracht zelf is het natuurlijk goed als...' Hij keek in zijn papieren, las voor. '...als Ingrid Kristina Hedstrand zelf aanwezig kan zijn.'

'Ingrid,' zei Katrine. 'Ze wordt Ingrid genoemd.'

'Maar het kan ook opgelost worden met een volmacht, met getuigen natuurlijk.'

Katrine vroeg zich af of de koper überhaupt wel wist wat hij kocht. Moest ze iets zeggen, had ze een soort inlichtingenplicht? Niemand die het gammele huisje van de Kankanranta's had gezien, zou het een familiehoeve noemen. Ze vroeg zich af of haar moeder nog in staat zou zijn om haar handtekening te zetten.

'Ik moet dit ook met mijn broer bespreken.'

'Vanzelfsprekend. Dit zijn belangrijke beslissingen.'

'Mama wil vast weten wie de koper is.'

De glimlach werd geforceerder.

'Ik kan u verzekeren dat het een serieuze koper is. Al onze contacten gaan via de advocaat van de klant en dat is een heel gerenommeerde firma.'

Hij bladerde nerveus door de papieren, praatte iets te snel.

'Er zijn zoals gezegd andere objecten, maar neem de tijd die jullie nodig hebben. En dan kunnen jullie weer contact met me opnemen, ik ben de hele dag bereikbaar op mijn mobiele telefoon, of laat gewoon een mededeling achter bij onze secretaresse.'

'Het wordt misschien niet vandaag.'

Ze rolde de *Kuriren* op, hoopte dat hij niet zou merken dat ze hem meenam.

Jerker Nyberg keek om zich heen en liet zijn stem zakken.

'Ik jaag mijn klanten nooit op, maar ik wil je één ding in vertrouwen zeggen.'

Kiss my ass, dacht ze. Je jaagt al je klanten op, het is je werk om te zorgen dat mensen verkopen en kopen en steeds meer kamers willen hebben.

'Vraag niet zoveel,' zei hij. 'Verkoop het, nu jullie de kans hebben.'

'Niets?'

Thore keek zijn opvolger sceptisch aan, die zijn hoofd schudde.

'Niets.'

Antti Anttila ging op de keukenbank zitten zonder zijn jas uit te trekken. Hij was nog geen veertig, maar al kalend en hij zag er ouder uit dan hij was. Had de moderne gewoonte om alles af te scheren niet overgenomen en liet de plukjes op zijn schedel met rust.

'Jullie hebben het ook boven bij Petsamo gecontroleerd?'

Dubbel-Antti knikte. 'En de hele weg naar beneden.'

'En Noorwegen?'

De politie-inspecteur schudde zijn hoofd.

'Maar het is nog te vroeg om al conclusies te trekken. Er zijn nog een heleboel bestanden die bekeken moeten worden, van weken geleden.'

'Ze kunnen de nummerborden natuurlijk hebben verwisseld.'

'Of de jongens hebben het niet goed gezien.'

Thore tilde de kan op, gaf geen commentaar. De jongen wist waar hij het over had, hij kende de automerken al uit zijn hoofd voordat hij goed kon praten. Vovvo, zei hij, en Messa. Zijn opa had ze aangewezen en het hem geleerd.

'En niemand anders heeft iets gezien?'

'Niets.' Anttila keek door het raam. 'Je zou denken dat mensen elkaar in de gaten houden in een dorp, maar niemand, helemaal niemand behalve die jongens heeft iets ongewoons gezien of gehoord. Zitten naar hun tv te staren. Het is toch godgeklaagd.'

Thore schonk aarzelend koffie in een kopje. Bekeek de koffieprut en schonk het terug. Ook hij had die avond naar de tv gekeken en kon zich niet eens herinneren welk programma hij gezien had. Misschien was hij in slaap gevallen op de bank.

'Maar je durft hier vast niet te komen als je niet iets te vertellen hebt.'

Dubbel-Antti vouwde de *Norrländskan* op, die opengeslagen op de tafel lag. Thore had de artikelen drie keer gelezen sinds hij de krant om zes uur had gehaald, maar de enige nieuwe informatie was dat de analyse van de as uit de saunaoven niets had opgeleverd.

Zijn collega schoof de krant opzij.

'Hoe goed kende jij hem eigenlijk?'

'Svanberg?' Thore probeerde de koffie opnieuw. 'Beter dan de meesten, als iemand hem überhaupt kende. Wil je melk?'

'Nee, zwart.'

Hij zette het kopje voor Anttila neer en pakte het suikerkommetje. Zijn collega keek er somber naar.

'Diabetes,' zei hij, 'ook een ellende.'

'Wat wil je weten?'

'Waar leefde hij van?'

'Zijn pensioen zou ik denken.' Thore ging tegenover hem zitten. 'Hoezo?'

'Zoals je weet werd er beweerd dat hij geld in het graanhuis had, veel geld...'

'Dat was vast geklets. Dat soort geruchten doen over alle eenlingen de ronde, mensen willen graag geloven dat er iets merkwaardigs met ze is, dat ze niet gewoon eenzaam zijn.'

De politie-inspecteur glimlachte breed.

'Reken maar dat hij geld had.'

Hij haalde een papiertje uit zijn borstzak en legde het opengevouwen op tafel.

'Meer dan twee miljoen kronen op zijn rekening. Dat noem ik nog eens sparen van je pensioen.'

'Dat kan niet.' Thore probeerde zijn nek te strekken om het te lezen, maar de regels liepen in elkaar over. 'Hoe kan hij aan zo veel geld zijn gekomen?'

'Van de staat!' Dubbel-Antti leunde achterover en lachte luid. 'Dat zou je toch nooit hebben geloofd, dat iemand rijk zou kunnen worden van zijn ouderdomspensioen in dit land. Maar zeg het niet tegen premier Reinfeldt, want dan verlagen ze het weer voor de gepensioneerden.'

'Het is niet te geloven.'

'Hij heeft de rekening nauwelijks gebruikt sinds ze zijn begonnen het pensioen uit te betalen.'

'Dat moet vijftien jaar geleden zijn.'

'En een half. Kijk hier.' Anttila schoof het papier naar hem toe. Thore volgde de regels met getallen met een gefronst voorhoofd en probeerde zich te herinneren waar hij zijn leesbril had gelegd.

'De dag nadat het pensioen werd uitbetaald,' zei Dubbel-Antti en hij wees, 'de zestiende van elke maand, nam hij de ochtendbus naar Haparanda. Een dag later als het op een zondag viel. Hij ging naar de Swedbank en nam zeshonderd kronen in contanten op. Nooit een öre meer, nooit meer dan één keer per maand. Hij heeft nooit een bankpas opgehaald en had ook geen code voor internetbankieren.'

'Zeshonderd kronen? Per maand?'

'We hebben met Ica Maxu gepraat, waar hij boodschappen deed,' ging Anttila verder. 'Elke maand hetzelfde. Roggevlokken, boter, knäckebröd, kaas en aardappels. Iets onregelmatiger kocht hij gasflessen voor de kachel in het graanhuis. Dat is alles. Geen vuilnisophaal, geen elektriciteit, geen mobiele telefoon.'

Hij haalde zijn hand over zijn schedel, waardoor een paar sprieten dwars kwamen te liggen.

'Je zou niet denken dat het vandaag de dag mogelijk was.'

De stilte legde zich om hen heen. Thore voelde zich gedwongen overeind te komen.

'Dus hij had waarschijnlijk geen geld in het graanhuis liggen,' zei Dubbel-Antti. 'Als hij er niet op een andere manier aan was gekomen.'

Thore leunde tegen het fornuis, voelde hoe de warmte zich door hem heen verspreidde en dat kwam niet doordat hij de kookplaat aan had laten staan. Hij had dit gemist, het onderzoeksteam, de discussies.

God, wat had hij het gemist.

'Hij jaagde en viste,' zei hij. 'Plukte vossenbessen en kruipbraam. Ik kwam hem soms tegen in het bos. Daar moet hij van hebben geleefd.'

Dubbel-Antti vouwde het rekeningafschrift op en stopte het in zijn borstzak. Hij droeg een paars overhemd, dat moest zijn vrouw hebben gekocht.

'Wie was hij, Thore, wat voor leven leidde hij? Niemand van degenen met wie wij hebben gepraat, lijkt hem echt te kennen.'

'Je had meteen naar mij moeten komen.'

'Ik wilde niet storen.'

Thore pakte de waterbak van de grond. De hond kwam langzaam aansloffen, het gerasp van zijn poten over de vloer. Hij vulde de bak en zette hem weer neer, hield hem voorzichtig in evenwicht om niet te morsen.

Storen, wat dacht hij?

'Had Svanberg vijanden? Een oude liefdesrivaal, ruzie over grondgebied, wat was er gebeurd na die Olympische Spelen-geschiedenis, wat deed hij toen de situatie het meest gespannen was tijdens de Koude Oorlog? We hebben het natuurlijk gecheckt bij de veiligheidsdienst, maar ze hebben niets over hem, als ze tenminste alles zeggen wat ze weten.'

Thore sloeg zijn armen over elkaar, keek naar het plafond en genoot er een tijdje van om het antwoord uit te stellen. Wat deed Lap-Erik tijdens de Koude Oorlog?

'Hetzelfde als hij deed op de dag voordat hij stierf, zou ik denken. Hij skiede, elke dag vanaf het moment dat de eerste sneeuw gevallen was.' Thore wees naar buiten. Over die velden had hij geskied, van de rivieroever naar de bossen rond Tossa, dag in, dag uit, jaar in, jaar uit. Lars-Erkki moest die bossen beter hebben gekend dan wie dan ook.

'En ook in de zomer was hij daar, werkte elk jaar in de bosbouw tot ze hem ergens in de jaren zeventig hebben ontslagen. Ik geloof dat hij de laatste jaren een soort van werkverschaffing had, ontginnen en zo. Het leek alsof hij nooit met pensioen was gegaan. Trok elke ochtend het bos in, reed rond en verzamelde omgewaaide bomen... Een aantal landeigenaars hield er natuurlijk niet van. Je neemt niet zomaar prima hout mee uit het bos zonder het aan de landeigenaar te vragen, maar vijanden? Spionage? Dat kan ik me niet voorstellen.'

Antti Anttila volgde zijn blik door het raam, alsof Svanberg zich daarbuiten had gematerialiseerd, zijn geest nog steeds over de vlakten dwaalde.

'En de familie? Kan er een oude vijandschap zijn geweest, misschien iets wat niet direct tegen Lap-Erik gericht was maar tegen de familie, de hoeve?'

'Nee, dat weet ik niet.' Hij dacht even na. 'De buurman was wel een nazi in de oorlog, de vader van Anna Haara.'

'De vrouw die alarm heeft geslagen?'

'Er werd natuurlijk nooit over gesproken, je weet hoe het gaat. Maar ik heb nooit gehoord dat ze zich op Rauhala zouden hebben beziggehouden met de wereldpolitiek. Behalve dan de broer van Aili Svanberg, die naar de Sovjet-Unie is gegaan, maar van hem is sindsdien niets meer vernomen.'

Dubbel-Antti bleef een tijdje stil. Thore voelde pijnscheuten in zijn onderrug, staan was erger dan lopen. Viel er echt niet meer te zeggen over het leven dat een mens had geleid, dacht hij. Een uurtje op een namiddag. Wat zouden ze over hem zeggen als hij weg was? Het viel hem op dat het aandeel oudere vrijgezellen die op een gewelddadige manier om het leven kwamen hoog was in dit deel van het land. De broers in Rosvik die het slachtoffer waren geworden van een roofoverval, de broers in Kalamark, Svanberg. Maar hij was zelf weduwnaar en dan lag het toch anders. Bovendien was er tien jaar verstreken tussen de verschillende moorden.

'Ik vraag me af of Lars-Erkki ooit een vrouw heeft gehad,' zei hij en hij ging weer zitten.

'Er wordt gezegd dat hij niet van vrouwen hield,' zei Anttila.

'Ik denk dat hij te verlegen was, of te bang dat hij gestraft zou worden voor zijn zonden. Hebben jullie met de familieleden gesproken?'

'Niemand lijkt in de buurt te zijn geweest van Kivikangas.' Dubbel-Antti zuchtte en bracht zijn kopje naar de aanrecht. 'Het is zo verdomde jammer dat niemand iets heeft gezien.'

Zijn collega knikte naar hem en liep naar de hal, en de warmte verdween met hem. Thore pakte de hond bij zijn nek om te voorkomen dat hij ook naar buiten zou gaan.

'Laat het horen als jullie iets nieuws ontdekken,' riep hij.

Dubbel-Antti keek naar binnen met zijn pet op.

'Als je je bedenkt, is het geregeld met de psycholoog. Als je er behoefte aan hebt om met iemand te praten.'

Thore begroef zijn handen in de dikke vacht, krabde hard in zijn nek.

'Oké. Tot ziens.'

Ze hadden achter zijn rug om geregeld dat hij terechtkon bij de psychologische begeleiding van de politie, hoewel hij gestopt was. Hij had het bericht op zijn mobiele telefoon gehoord, maar niet teruggebeld.

Alsof een politieagent het niet zou kunnen verwerken om een misdaad te zien. Hij was gepensioneerd, maar geen oud wijf.

'Ik heb verdomme geen psycholoog nodig,' mopperde hij toen de deur al dicht was geslagen.

'Wat is er nu weer?'

Empo Björnfot stond in de hal met zijn overhemd binnenstebuiten en zijn haar overeind.

'Ik heb deze meegenomen,' zei Katrine en ze hield een fles Absolut omhoog. 'En deze.'

Hij keek naar de brieven in haar hand. Ze hield ze zo vast dat de postzegels duidelijk te zien waren, de rij met luchtschepen die boven de letters CCCP vlogen.

'Lieve Siri, lieve Siri, ik kom je halen, ik beloof het. Dat schreef hij, in de ene na de andere brief en ze is altijd blijven wachten. Wat zei je tegen Siri toen je terugkwam uit de Sovjet-Unie? Waarom ben je de enige die terug is gekomen?'

'Ik kan me natuurlijk niet meer herinneren wat ik precies heb gezegd.'

Empo keek strak naar de muur terwijl de lamp in het trappenhuis uitging en zijn gezicht donker werd, zonder contouren en uitdrukkingsloos, een schaduw van wie hij is, dacht ze terwijl ze discreet haar voet naar voren stak om te verhinderen dat hij de deur weer dicht zou doen. Was het zelfs wel mogelijk om zoveel later de waarheid van de leugen te onderscheiden, verbleekten herinneringen niet net als foto's of herinnerde je je alleen de herinnering aan een herinnering, een besef van wat je had meegemaakt, maar zonder de geluiden en de geuren en de angst? Of liep hij weer door die enorme bossen, steeds opnieuw, voor de rest van zijn leven?

'En Ingrid,' zei ze, 'hoe oud was zij toen je terugkwam? Heb je haar de groeten overgebracht van haar vader, had hij iets voor haar meegegeven?'

Ergens in het trappenhuis deed iemand het licht weer aan. De man knipperde vlug met zijn ogen, een paar keer achter elkaar. Ze had er niet eerder bij stilgestaan hoe mager hij was. Zijn handen waren alleen botjes rond het handvat van de rollator, vol levervlekken.

'Gunnar had de foto boven zijn bed hangen in de barak... Maar toen ik terugkwam uit Kondopoga was die weg. Dat was het eerste wat ik dacht, dat het kleine meisje er niet meer was...' Hij keek onrustig om zich heen. 'Ik kon het haar niet vertellen. Wat moest ik tegen Siri zeggen?'

'Siri is dood,' zei Katrine, 'wat het ook is, het kan haar nu geen pijn meer doen.'

'En het meisje? Leeft Siri's meisje nog?'

Empo deed een stap naar achteren met de rollator, maar reed zich vast tegen de vestibulekast.

'Ze leeft nog,' zei Katrine, 'maar waarschijnlijk niet zo lang meer.'

Hij snoof en veegde zijn neus met de achterkant van zijn hand af.

'Ik heb haar op de begrafenis gezien. Je zag direct dat zij het was. Ze hadden hetzelfde hier zo rond de mond...' Hij wees naar Katrines gezicht. 'En dan de ogen,' zei hij, 'maar ze glansden niet zoals die van Siri... En ze had een oudevrouwenkapsel en een dikke buik, zo dik op zijn minst.'

Hij liet een imposante ronding voor zijn buik zien, bewoog zijn hand heen en weer om er geen twijfel over te laten bestaan.

'Bedoel je de begrafenis van Siri Kankanranta? Was je uitgenodigd?'

'Ik zat helemaal achterin bij de deur van de kerk, zodat ik niemand zou storen. Glipte naar buiten voordat ze met het collectezakje aan kwamen zetten. De dominee begon natuurlijk met de woorden Gods, alsof Siri daarin had geloofd. Religie zou onmiddellijk worden opgeheven als de revolutie kwam.'

'Ik zat toen in haar buik,' zei Katrine. 'Mama was toen zwanger van mij.'

Empo Björnfot bestudeerde haar gezicht grondiger. Ze vroeg zich af of hij Ingrid in haar ogen herkende, of hij een glimp van Siri zag.

'Zit er hetzelfde in als verleden keer?'

Hij wees naar de zak van de banketbakker die uit haar tas stak.

'Nee,' zei Katrine, 'deze zijn met gehaktballen en bietensalade.'

Ze liep naar de keuken en haalde twee glazen en een bord. De afwas stond keurig en schoon opgestapeld, maar de geur van asbakken en afgedragen kleren had de thuishulp niet de baas gekund.

In de woonkamer had Empo Björnfot zich in een fauteuil laten zakken. Er brandden geen lampen, maar er viel een wit schijnsel naar binnen van de straatlantaarns, dat zijn gezicht een groenige glans gaf.

Ze legde de brieven op het bord voor hem.

'De twee laatste zijn uit Uhtua,' zei ze. 'Ik weet niet of er nog meer zijn gekomen, dit zijn de enige die ik heb gevonden.'

Hij strekte zijn hand uit en duwde ertegen zodat de onderste zichtbaar werd. De postzegels daarop lieten een rijzige Lenin zien die een menigte de weg wees.

'Weg 89 was een belangrijk project voor de hele unie,' zei hij, 'achttienhonderd kilometer zou die worden, van de bossen in Uhtua naar de haven in Kem...' Met bevende handen maakte hij de envelop open, trok er een van de brieven uit en staarde zwijgend naar de tekst zonder hem te lezen.

Katrine ging op de bank zitten.

'Gunnar schrijft dat Siri over moet komen zodra de woningen af zijn. Dat was in 1932.'

'Oskar had de brief gekregen en kwam ons van het station halen,' zei Empo terwijl hij aan de brief friemelde. Zijn nagels waren geel en waarschijnlijk in geen jaren geknipt. Zijn stem werd krachtiger terwijl de woorden aan elkaar toe werden gevoegd. 'We konden nauwelijks geloven dat hij het was die daar stond. Hij was sterker... was op een of andere manier volwassener geworden... We hadden besloten dat we samen aan de opbouw van de socialistische arbeidersstaat moesten werken, daarom zijn we naar Uhtua gegaan...'

Ze leunde achterover en liet hem praten.

Pas drie uur later, toen zijn ogen dichtvielen en zijn hoofd omlaaghing en het speeksel uit zijn mondhoeken droop, stond ze op van de bank. Klopte zachtjes op zijn schouder en zei zijn naam luid in zijn oor, zodat hij opschrok en in wilde paniek om zich heen keek.

'Ik weet niks heb ik gezegd, ik heb niets gedaan.'

'Rustig maar. Je bent thuis in Luleå, je bent in slaap gevallen.'

Ze hielp hem naar het toilet en daarna bracht ze hem naar bed. Met zijn kleren aan, hij weigerde ze uit te trekken. Hij ging erbovenop liggen en sliep binnen een paar seconden. Het gesnurk bleef in zijn keel steken alsof elke ademtocht zijn laatste was. Ze legde een deken met een elandpatroon over hem heen en verliet het appartement.

De nachtelijke kou, stil, fonkelend helder. Na drie glazen wodka moest ze de auto laten staan en wandelde in de richting van de slapende stad. Om haar heen alleen de rode ogen van de staalfabriek en een eenzame fietser, die langs haar gleed op de ijzige weg. Aan de andere kant van het station was een hotel.

Katrine schopte haar schoenen uit in de kamer, sloeg haar laptop open en begon te typen. Schreef alles op wat de krakende stem door haar hoofd liet malen. Ze vervloekte het dat ze geen bandrecorder in haar tas had verborgen, maar haar geheugen voor woorden was tenminste exact, ze kon citaten direct uit haar hoofd opschrijven en maakte nooit fouten, namen en gezichten waren het enige wat ze vergat.

Toen ze ten slotte tussen de versleten lakens kroop, in de geur van geparfumeerde wasverzachter, echode de stem nog steeds door haar hoofd en vermengde zich met andere stemmen en ze zakte weg in een droomtoestand die geen echte slaap was, zwierf aan de rand van dromen die haar buitensloten.

De namen, Emil Helmerovitsj, de namen...

Ze waren in mei 1932 aangekomen in Uhtua.

Een week na Empo Björnfots zeventiende verjaardag, bijna een jaar na hun komst naar de Sovjet-Unie.

De straten van het dorp waren één grote modderpoel en de huizen waren ongeverfd, het was alsof ze steeds dieper de grauwheid in waren gereisd, maar er school waarheid in dat grijs, had Gunnar beweerd, de huizen hoefden niet te pralen met rode verf, ze waren wat ze waren: woningen voor arbeiders en de een had het niet beter dan de ander. Ze waren direct begonnen in hun vrije tijd hun eigen woningen te bouwen, bouwden ze op een afstand van de lelijke barakken, maakten Zweedse huizen waarin iedereen een kamer voor zichzelf had en een gezin twee. De hele groep arbeiders uit Malmfälten was naar Uhtua gekomen, degenen die samen met Oskar waren gereisd, tien mannen en een paar meegekomen vrouwen en kinderen, het was een soort complete Zweedse kolonie tussen de Amerikaanse Finnen en Russische Kareliërs en overlopers, Finnen die illegaal de grens waren overgestoken. Oskar had ook een vrouw ontmoet, Hilja, een Finse die in de school werkte.

En hij was veranderd.

Het duurde tot de winter van het volgende jaar voordat Empo begreep wat het was, of misschien was het geleidelijk gebeurd en die winter erger geworden. Ze waren hiernaartoe gekomen om zowel aan Weg 89 als aan het socialisme te bouwen, maar het was alsof Oskar zich van hen terugtrok, van zijn broer en Gunnar, die hij zijn leven lang had gekend. Alsof het ploegbaasschap hem naar het hoofd steeg. Hij jaagde hen op alsof ze slaven waren, beschuldigde zijn eigen broer ervan slordig te zijn. Ze kregen meer dan eens ruzie als ze gedronken hadden en dan moest Gunnar tussenbeide komen. Het ergste was dat Oskar was gaan klagen, dan hierover en dan weer daarover. De ene keer waren het de leveranties voor de wegenbouw die niet kwamen, en hoe moest hij dan in godsnaam zijn doelstelling halen? Of toen ze de *snab* sloten (*inostrannoe snabzjenie*, de winkel voor buitenlanders waar ze boter en meel konden kopen en andere dingen die niet in de coöperatieve winkel te vinden waren), en ze moesten leven op zuurdesembrood, een ons per dag, zuur als de pest was het zodat je er blaasjes in je mond van kreeg, maar Empo begreep de klachten niet: waarom zouden zij voorrechten moeten hebben die de Russische kameraden noch de overlopers hadden?

's Nachts roeiden hij en Gunnar de Kuittijärvi op en visten op vlagzalm om de rantsoenen mee aan te vullen, en ze jaagden op alles wat ze konden vinden, al kwam het steeds minder vaak voor dat ze iets vingen. Later werd duidelijk gemaakt dat de vis in het meer en het wild in de bossen beschouwd moesten worden als staatseigendom. Een inwoner uit Kiruna die hij kende werd gearresteerd en veroordeeld tot een werkkamp wegens diefstal van twee vlagzalmen.

In september 1934 baarde Hilja het kind van Oskar, een jongetje dat al na drie maanden stierf. De dokter had het insmeren van zijn rug voorgeschreven, maar de koorts van het jongetje steeg tot hij ophield met ademen en toen lag hij daar in een kartonnen kist. Empo kon zich niet herinneren dat hij Oskar de naam van het jongetje ooit nog had horen noemen. Maar om eerlijk te zijn kon hij zich niet met absolute zekerheid herinneren dat het kind een naam had gekregen, maar dat moest hij wel hebben gehad, zonder gedoopt te zijn natuurlijk, met Oskarovitsj als vadersnaam.

Het was niet het enige kind dat was gestorven in de Zweedse kolonie. Een vrouw uit Kiruna verloor vlak na elkaar twee kinderen, en er waren anderen die hij zich niet meer kon herinneren, maar hij herinnerde zich het gehuil 's nachts dat door de muren van het Zweedse huis drong, het werd een gewoonte om te luisteren naar wat door de muren drong.

Vreemd genoeg viel de dood van het jongetje samen met de moord op partijsecretaris Kirov in Leningrad. Het was alsof alle slechte dingen die winter plaatsvonden.

De moord op Kirov maakte deel uit van een groter plan, een samenzwering tegen Stalin in eigen persoon. De saboteurs waren overal. Vijanden van de staat die er alles aan deden om neer te halen wat was opgebouwd. In Petrozavodsk werden voorzitter Gylling en de anderen in de Karelische partijleiding gearresteerd. Er werd gezegd dat ze zich hadden ingezet voor het Finse nationalisme. In de *Punainen Karjala* lazen ze over Finnen die een geheime nationalistische, witgardistische campagne voerden, maar daarna werd de krant opgedoekt. De Finse school werd gesloten, en al het onderwijs zou daarna in het Russisch plaatsvinden. Dat betekende dat Hilja moest vertrekken. Hij wist niet wat er van haar was geworden. Oskar trok zich terug en begon steeds meer te drinken. Veel Finse arbeiders werden overgeplaatst en vervangen door Russen. Uhtua lag tenslotte in een grensgebied met belangrijke militaire installaties en het vermoeden bestond dat er aan de Finse kant contacten waren geweest met spionnen van de fascisten.

Het was echt geen goede tijd om Siri en het kleine meisje over te laten komen.

En toen werden ze gescheiden. Empo werd overgeplaatst naar het papiercombinaat in Kondopoga, ongeveer vijftig kilometer ten noorden van Petrozavodsk.

Het was op een bepaalde manier een opluchting. Niet omdat hij

Oskar per se uit de weg wilde gaan, maar hij dacht steeds vaker aan dat meisje van het Finse cultuurhuis, dat hij voor de barak had gekust. Haar zachte borsten in zijn handen.

Toini, zo heette ze! Nu hij het na al die jaren weer over haar had, was haar naam teruggekomen. Toini.

Hij nam de trein naar de Karelische hoofdstad om Gunnar op te zoeken, maar ook om haar te vinden, zat in de coupé en keek naar zijn handen. Ze waren grof geworden de afgelopen jaren. Hard geworden. Hij vroeg zich af of zij het verschil zou voelen.

Hij liep naar het Finse cultuurhuis, maar dat was gesloten. Een regionaal bestuurslichaam had de zalen overgenomen. In het huis waar ze had gewoond, deed een Rus de deur open.

Niemand had van een Toini gehoord.

(Toen brak er iets in Empo's stem en Katrine moest naar het toilet, ze gooide koud water in haar gezicht en vroeg zich af of het ooit zou eindigen, of hij bij het einde zou komen voordat hij stierf, en toen ze terugkeerde in de woonkamer was ze bang dat hij dat ook werkelijk had gedaan, dat hij gestorven was, hij hing als een zak over de tafel. Maar hij richtte zich op toen hij het gekabbel van wodka in het glas hoorde.)

Wodka! De mensen zeiden dat ze hun zorgen verdronken, maar het was andersom, waarom zouden mensen met een zwak voor wodka anders van het weemoedige soort zijn? Nergens ter wereld bestond een dergelijk verlangen, een dergelijke innerlijke pijn als in de liederen van Karelië, dat beweerde Gunnar Pelttari tenminste wanneer hij wat ophad en wilde gaan zingen.

Hij had werk gekregen in de Onegafabriek in Petrozavodsk, schepte er een beetje over op dat hij werd ingezet bij de fabricage van kanonnen voor het Rode Leger, maar had het niet meer zo vaak over Siri, dat ze over zou komen. Het was duidelijk dat de woonruimte die hij had gekregen in de barakken bij de kanonnenfabriek niet geschikt was voor haar en het kind, ze verwachtte iets beters nu hij al meer dan vier jaar in de Sovjet-Unie was, hij had haar dat ook beloofd.

In een brief had ze een foto meegestuurd van het meisje. Als een engel waakte de blonde Ingrid over Gunnars afgescheiden ruimte in de kamer, een negen vierkante meter grote plek. Ze hadden op het bed gezeten, een fles gedeeld en daar was het geritsel van de kakkerlakken weer, maar niemand nam meer de moeite om ze weg te jagen. Bij een van die bezoeken hadden ze het over het staatsburgerschap gehad. Zweden die hun oude staatsburgerschap hadden gehouden, kregen tegenwoordig uitreisvergunningen, maar Empo had zich opgeven om Sovjetburger te worden. Gunnar twijfelde nu.

'Ik heb het gevoel dat het me nog verder van ze weg zal drijven,' zei hij en hij huilde een beetje toen hij dronken begon te worden. Hij had de foto van Siri tevoorschijn gehaald, die was verkreukeld en verbleekt, hij sliep er 's nachts soms mee gaf hij toe, dat kwam door dat verlangen in zijn bloed. En hij huilde omdat hij haar gezicht begon te vergeten, hij herinnerde het zich alleen nog zoals het er op de foto uitzag, niet hoe het echt was. Het was geen goed teken dat hij zo huilde, en in het Fins zong terwijl het Fins tegenwoordig verboden was, iemand die de barak binnenkwam zou per slot van rekening kunnen concluderen dat hij huilde over de toestand in de Sovjet-Unie.

'Maar ik kan nooit meer naar huis terugkeren, hoe het ook afloopt met dat staatsburgerschap.'

En dat was de laatste keer, of misschien de een-na-laatste? In zijn herinnering waren het in elk geval de laatste woorden die hij Gunnar had horen zeggen.

Op een van de witste nachten van de zomer (ze weet zeker niet hoe de witte nachten kunnen zijn aan de oevers van het Onegameer? Bijna hetzelfde als in Tornedalen, het is tenslotte hetzelfde zomerlicht! Alleen oostelijker, en dichter bij de zon), in de zomer van 1937 was het, kwamen ze op de deur van Empo's kamer in Kondopoga bonken. Hij was al wakker, iedereen werd wakker als je hoorde dat de zwarte auto's buiten bleven staan, als je tenminste al had kunnen slapen, iedereen lag stil te wachten en luisterde welke kant de laarzen uit zouden marcheren, naar een andere barak of naar die van hen. Langs hun kamer, of recht eropaf. Daar lagen ze als bange hazen in hun bed te beven, dacht Empo vaak, iedereen die iets te vrezen had. Zelf had hij nooit slecht gesproken van Stalin, nooit samengezworen of contact gehad met anti-Sovjetelementen, zelf hoefde hij niet bang te zijn, maar toch lag hij naar de laarzen te luisteren, probeerde te horen wie er aan de beurt was, wie van de kameraden het ideaal nu weer had verloochend voor wat extra brood, god, wat was de mens toch zwak.

Toen ze zijn deur openden, toen ze hem het bevel gaven uit bed te komen en twee van hen zijn spullen overhoopgooiden, de koffer die mee was gekomen uit Kivikangas en daarna de borden en kopjes, alles wat zijn moeder mee had gegeven omdat ze hadden gehoord dat er gebrek aan bijna alles was en hij had geprotesteerd, want natuurlijk hadden ze borden in het rijk van Stalin, zelfs toen ze de matras optilden en eronder keken, werd hij niet bang, want hij wist dat er niets te vinden was. En ook kort daarna, toen de borden in stukken op de grond achter hem lagen en ze hem naar de auto brachten en hij begreep waar ze naartoe reden, was hij er nog steeds zeker van dat het allemaal in orde zou komen. Ze hadden immers gezegd dat het alleen om een paar vragen ging.

Daarna zat hij in een verhoorkamer, met een vel papier voor zich. En het was alsof een deel van zijn leven eindigde. Als een explosie, waarvan alleen het gedreun in zijn hoofd over was gebleven. Alles wat Empo Björnfot tot dat ogenblik was geweest, hield op te bestaan en werd uit hem gerukt, zijn jongensjaren en ouderlijk huis en de zomeravonden in de kuil bij Matalaniemi, want Oskar was er altijd bij, altijd een paar stappen voor hem zodat Empo zich moest haasten om hem bij te houden.

Oskar Björnfot was drie weken daarvoor gearresteerd en aangeklaagd voor misdaden volgens paragraaf 58, punt 6 en 14 van het wetboek van strafrecht.

Sabotage tegen de Sovjet-Unie en contrarevolutionaire activiteiten.

Empo had zich genoeg Russisch eigen gemaakt om te kunnen lezen wat er stond. Maar hij zou het nooit begrijpen. Dat kwam door het gedreun in zijn hoofd. Door de NKVD-agent die hem aanstaarde. En door het schudden van zijn handen (wanneer was dat begonnen, in de stervenskoude winter van 1934? Toen hij in de diepe sneeuw in het bos voor Uhtua lag om een haas, een rat, alles wat maar eetbaar was te strikken?). Hij legde zijn ene hand op de andere, zodat ze niet zouden denken dat hij bang was, want wie iets te vrezen heeft moet wel schuldig zijn.

Hebt u meegedaan aan de samenzwering van uw broer tegen de Sovjet-Unie? Waarom heeft Oskar Helmerovitsj een uitreisvergunning aangevraagd, is dat om in contact te treden met de Lappo-militie aan de Finse kant, wie behoren er nog meer tot zijn contrarevolutionaire groep?

Empo staarde naar het vel, dat verdomde Russische alfabet. Wat hadden ze erop zitten ploeteren in Uhtua en nu vloeiden de letters in elkaar over en verwisselden van plaats.

Oskar, dat juist Oskar...

Er bestaat geen twijfel over, zei de veiligheidsagent. Oskar Helmerovitsj heeft bekend. We hebben documenten die zijn activiteiten bewijzen, getuigenverklaringen.

Nee, zei Empo, hij zei nee nee, zowel in het Russisch als het Fins, *njet*, *ei*, hij weet niets, absoluut niets. Hij is trouw aan de Sovjetstaat. Ze hebben het contact jaren geleden verloren. Hij is op geen enkele manier betrokken bij de contrarevolutionaire activiteiten van zijn broer.

Dus Oskar Helmerovitsj houdt zich bezig met contrarevolutionaire activiteiten?

Hebben jullie daarom het contact verbroken?

Praat Russisch!

De NKVD-agenten wisselen elkaar af, er komen nieuwe. Dezelfde vragen.

En hij hoort Oskar in zijn hoofd, hoe hij als hij gedronken had maar door bleef drammen dat er niets functioneerde in dit vervloekte land.

De namen, Emil Helmerovitsj, de namen. U die een Sovjetstaatsburger bent. De namen.

Na zeven dagen werd hij vrijgelaten.

Terwijl hij de plaats verliet waar hij gevangen had gezeten, vroeg hij zich af wat de mensen op straat zagen. Was het aan hem te zien? De schaamte, Emil Helmerovitsj, de schaamte! Hij ging meteen naar het station, waar de straten nu geasfalteerd waren. Er was dus toch sprake van vooruitgang.

In Kondopoga werd hij overgeplaatst naar slechter werk, in de schoonmaakploeg op de fabriek. Het werd moeilijk om vrij te krijgen. Ze hadden zijn binnenlandse paspoort ingetrokken, dus hij was eigenlijk niet gerechtigd om te reizen. Pas in oktober durfde hij weer op de trein naar Petrozavodsk te stappen, wachtte tot de *provodnik* was ingestapt en de deur had gesloten voordat hij op de treeplank stapte en hij bleef de hele reis aan de buitenkant van de trein.

Toen hij bij de barak van de Onegafabriek kwam, was Gunnars bed ingenomen door een ander. De foto van Ingrid was weg. Een Oekraïense vrouw op het erf ervoor zei dat de Zweed er allang niet meer woonde, hij had een echte kamer in een barak verderop gekregen, maar het had ook geen zin om hem daar te zoeken. Er waren veel aanhoudingen geweest, maar ze herinnerde zich de Zweed. Hij had haar in de winter een keer geholpen haar rantsoen in de winkel te krijgen, toen de medewerkster beweerde dat het al was afgehaald. De medewerkster was zowaar ook gearresteerd, wegens diefstal van voedselrantsoenen. Dat was meer dan terecht geweest. De Oekraïense wist niet waar de Zweed naartoe was gebracht, naar de staatsgevangenis of misschien naar Oleni Ostrov, het eiland in het Onegameer waar de aken degenen naartoe brachten die verbannen waren naar de kalkoven, of ergens anders naartoe, het was een groot land.

Empo keerde terug naar Kondopoga.

Hij vroeg nooit meer naar Gunnar. Met een broer in de staatsgevangenis, aangeklaagd volgens paragraaf 58 van het wetboek van strafrecht, was de aandacht al genoeg op hem gevestigd.

(Hier verhief hij zijn stem, brulde tegen Katrine, waardoor ze opveerde van de bank. ‘Dat moet je toch begrijpen, dat ik niet rond kon trekken om naar Gunnar te vragen? Dat moet Siri toch wel begrijpen?’ En het heden lag plotseling in scherven tussen hen in: dacht hij dat ze Siri was, dat dit de tijd was waarin hij teruggekeerd was uit de Sovjet-Unie om zijn gedrag uit te leggen? Laat hem dat dan denken!)

Daarna kreeg hij de brief uit Kivikangas. Die was drie weken eerder verstuurd. Zijn vader was overleden en zijn moeder had thuis hulp nodig, schreef ze, kon Oskar of Emil naar huis komen, want hun zus was te zwak na de polio.

Hij hoorde zijn moeder achter de woorden, haar angst.

Als ze mensen of God ergens om moest vragen, dan vroeg ze nooit te veel maar deed het heel bescheiden.

Kan een van jullie naar huis komen?

Er gingen maanden voorbij zonder dat er antwoord kwam op Empo's aanvraag voor een uitreisvisum. Hij had geschreven dat hij om familieredenen naar zijn oude vaderland moest reizen, maar van plan was zo snel mogelijk weer terug te keren naar de Sovjet-Unie.

In februari werd hij wegens incompetentie ontslagen bij het papiercombinaat.

Dat kwam vast door Oskar, dacht hij, of omdat hij een verzoek had ingediend om naar het buitenland te reizen, want incompetent was hij niet, maar nu stond het in zijn papieren, helder en duidelijk voor iedereen die kon lezen. En iedereen wist wat dat betekende. Niemand zou hem meer aannemen, want incompetent was hetzelfde als verrader van de Sovjetstaat.

Een dag later nam hij een trein naar Uhtua. Stapte in op het station na Petrozavodsk, nam plaats en deed alsof hij sliep, en wist zo nog een keer aan controle te ontsnappen. Vanuit Uhtua liep hij rechtstreeks het bos in, in westelijke richting. Hij kende de windstreken en de bossen na al die jaren waarin hij op klein wild had gejaagd. De volgende twee etmalen verborg hij zich voor de grenspatrouilles, at schors en bladeren en dronk gesmolten sneeuw.

De derde nacht stak hij de grens over.

Thore Palo werd wakker met een ochtenderectie, alsof je een oude vriend begroette die je lang niet had gezien.

Het veranderde niets aan zijn routine. Hij was evengoed gedwongen op te staan om te gaan plassen.

Daarna was het voorbij met de pret. Zijn lul hing weer zo slap als een garendraadje.

Hij zette de koffie op. Kleedde zich moeizaam aan en stopte zijn kleren van gisteren in de wasmand. Liet de hond naar buiten en hield hem gezelschap op het voorportaal, genoot van de ochtendlijke kou die in zijn wangen beet. Zag de tijd op zijn gemak over de aarde trekken en de zon boven de horizon uit stijgen.

Vreemd dat de stem van een vrouw door de telefoon gisteravond nog steeds het beeld op kon roepen van golvend bruin haar, dat naar goud neigde wanneer het werd gestreeld door de zon, als hars.

Saga Björklund.

Het was jaren geleden dat hij aan zijn oude vriendin had gedacht, op die manier tenminste, en nu kwam het lied ook weer boven, *Oi jospa kerran sinne satumaahan käydä vois...* Hij neuriede terwijl hij naar de brievenbus liep om de *Norrländskan* te halen. Stak een hand op naar de buurman, Niska, die buiten aan het sneeuwruimen was, hoewel het niet had gesneeuwd. Het was al kwart over zes 's ochtends. Als Lap-Eriks erfgenamen nog in Tornedalen hadden gewoond, had hij ze al bijna kunnen bellen om ze ter verantwoording te roepen, maar nu ging het om iemand die in Stockholm gevestigd was en dan moest je op zijn minst tot tien uur wachten.

...Lennä laulu sinne missä siintää satumaa... sinne missä mua oma armain odottaa...

Het was Henry Theels klassieke opname op krakend vinyl die zich in zijn achterhoofd had genesteld. Was die toen niet net uitgekomen, in de jaren dat hij naar Kukkola ging om naar haar hand te dingen? Hij had altijd gevonden dat 'Sprookjesland' in de Zweedse versie klonk als een plek waar je kinderen in de vakantie mee naartoe nam, het deed niet evenveel pijn, er zat niets van de zoete pijn van het verlangen in die in het eenvoudige woord *satumaa* school.

Hij was Saga Björklund ongeveer een halfjaar geleden tegengekomen in de supermarkt in Haparanda, en had zich erover verbaasd dat mensen van zijn eigen leeftijd zo oud begonnen te worden.

Thore brak het knäckebröd in stukjes en nam de artikelen door.

Er zat niets nieuws bij over de moord wat hij op zijn behang hoefde te hangen, vooral gezever over dat 'de politie meerdere sporen volgt'. De informatie over de auto met Russische nummerborden was uitgelekt en werd bij gebrek aan ander nieuws breed uitgemeten: 'Russische maffia bezig vaste voet te krijgen in Zweden'. Als voorbeelden noemden ze de handel in Russische vrouwen in Kapernaum, een camping in Kemi die na de val van het IJzeren Gordijn was veranderd in een bordeel, maar die nu al jaren gesloten was.

Russische maffia, mopperde hij zo luid dat de hond opschrok en kwispelend aan kwam lopen, dacht zeker dat het iets eetbaars was.

Wat zou de georganiseerde misdaad in godsnaam te maken kunnen hebben met Lap-Erik Svanberg? De speculaties liet hij graag over aan de derde staatsmacht, zoals het in Zweden heette. Al haalde je dan begrippen door elkaar. In de oorspronkelijke definitie van Montesquieu was de derde staatsmacht de rechtsprekende en veroordelende macht. Thore vond het zowel onrustwekkend als symptomatisch dat dit door elkaar was gehaald, dat de pers zich steeds vaker de macht en het recht toe-eigende om te veroordelen.

Hij sloeg de krant dicht en bekeek de weerkaart, wolken onderweg vanuit het westen met een mildere temperatuur.

Een gevoel dat er iets niet klopte met die auto. Dat niemand anders hem had gezien. Een auto dook niet uit het niets op en verdween dan weer. Ook al waren de Russen tegenwoordig geaccepteerd, de mensen hielden hen nog steeds in de gaten.

Hij nam een douche. Zette nog een keer koffie.

Precies om acht uur ging de telefoon.

En het lied nam in kracht toe.

'Je had gelijk,' zei Saga Björklund, nauwelijks tien kilometer bij hem vandaan, zuidwaarts langs de rivier. 'Maar zeg niet waar je het vandaan hebt.'

Haar stem klonk nog verbazingwekkend hetzelfde, maar in die tijd had ze Satu geheten. Daarna was ze getrouwd en verhuisd, had haar naam verzweedst – zelfs haar voornaam –, was weduwe geworden en teruggekeerd naar Kukkola. Alles voltrok zich in cirkels, keerde terug. Als trekvogels, van wie het hele leven zich afspeelde tussen het vertrek in het voorjaar en de terugkeer in de herfst.

'Nou?' vroeg hij.

'Je mag er met niemand over praten,' zei ze. 'Maria zegt dat ze hebben overwogen om ermee naar de politie te gaan, maar het moet eerst intern worden onderzocht, zodat het geen schending van de geheimhouding is.'

'Niet in een moordonderzoek,' verzekerde Thore haar.

Maria was haar dochter. Ze werkte bij de gemeentelijke sociale dienst, dat was ook de reden dat hij op het idee was gekomen om zijn oude vriendin op te bellen. Hij had haar gevraagd het gerucht te onderzoeken dat Svanbergs familieleden geprobeerd zouden hebben hem weg te krijgen van de hoeve. Geruchten hadden niets te zoeken in een onderzoek, ze moesten worden teruggebracht tot wat ze waren: de waarheid of kletspraatjes.

'Ze schreven dat Lars-Erik dement was,' ging Saga Björklund verder. 'Dat hij niet voor zichzelf kon zorgen. Ze wilden dat hij werd opgenomen in een woongroep of een verpleeghuis. Ze schreven dat hij in erbarmelijke omstandigheden leefde, zonder toilet of stromend water, dat hij niet wist welke dag het was.'

Stromend water, dacht Thore, hij had verdomme de Tornerivier om de hoek.

'En wat is er gebeurd?'

'De bijstandsmedewerkster werd weggejaagd toen ze hem kwam bezoeken, maar ze kreeg hem zover dat hij schreeuwde welk jaar en welke maand het was, dus het kwam onder op de stapel terecht, zou je kunnen zeggen.'

'Heeft je dochter verteld wie het verzoek heeft ondertekend?'

'Zoals ik al zei...'

'Ik vertel niets.'

'Het is godgeklaagd wat ze hun eigen familieleden aandoen. Ze wilden de hoeve natuurlijk.'

'Ik vraag het me af,' zei Thore. 'Rauhala is nauwelijks iets waard.'

Negentigduizend kronen. Dat was Åkes en Eva-Lena's bod op Rauhala. Hij was uitgevallen tegen Åke toen hij het hoorde, dat ze aan die koehandel waren begonnen terwijl Lars-Erkki er nog woonde. Hij had het natuurlijk tegen de politie moeten zeggen, maar dat was moeilijk als het om familie ging. Bovendien hadden de familieleden het bod afgewezen, ergens rond de kerstdagen. Hij herinnerde zich dat hij bij de spar bij Åke thuis had gezeten toen ze het vertelden.

'Het gaat niet alleen om het geld,' zei Saga Björklund, 'er komt een gevoel van onrecht en jaloezie bij kijken. Ze willen van de hoeve af voordat ze doodgaan, zodat de kinderen er geen ruzie over hoeven te krijgen.'

'Je kunt de hoeve niet verkopen,' zei Thore en hij zag haar ouderlijk huis voor zich, een prachtige Tornedalse hoeve die net op de plek lag waar het water begon te kolken en kracht verzamelde voor de stroomversnelling. Hij had haar daar ooit gekust, bij de rivier. Wist ze dat nog? Hij vroeg zich af of hijzelf nog zo knap als toen was in haar herinnering en hij voelde de verleiding, hoe het dwars door alle jaren heen begon te kolken in zijn liezen.

'Nee,' zei ze, 'natuurlijk kan ik de hoeve niet verkopen.'

Ze hingen op.

Verdomme, dacht Thore en hij stond even stil bij de vraag: als de gevoelens die hij een eeuwigheid geleden voor een bepaalde vrouw had gehad opnieuw gewekt konden worden, bestonden ze dan in het heden, of waren ze alleen een herinnering aan de liefde?

Daarna kwam hij overeind uit de fauteuil met een kracht die hij lange tijd niet had gevoeld. Ging met zijn armen over elkaar voor de namen van de Svanbergs op de muur staan.

Er waren zeven kinderen geweest op Rauhala, hoeveel kleinkinderen de volgende generatie had voortgebracht, was onbekend. Hij vroeg zich af of zijn jonge collega's de tijd hadden genomen om ze allemaal te verhoren. Of hadden ze een nieuwbakken assistent in

Luleå de opdracht gegeven om de obligate vragen te stellen en het daarbij gelaten?

Over de oppervlakte geveegd.

Het in het rapport geschreven.

Er genoegen mee genomen.

Hij had veel gedaan als agent, maar nooit ergens genoegen mee genomen. Hij deed de deur achter zich dicht, waagde zich zelfs aan een tangopas op weg naar buiten. *Ach, als ik nog één keer zou mogen vliegen over je...*

Katrine liep door een kilometerslange gang, volgde de pijlen op de grond. Het archief was gevestigd in een voormalig gezondheidscentrum in een villawijk buiten Luleå. Een zeurende kater achter haar slapen, het gevoel dat de gang nooit zou eindigen.

Dat de pijlen de weg naar de hel wezen.

Ze had de hele nacht liggen woelen, de beelden flakkerden door haar hoofd. Kleiige straten in Sovjet-Karelië, waar twee jonge mannen over planken moesten balanceren naar hun ongeverfde barak, ze moesten er een sport van gemaakt hebben om van de ene plank naar de andere te springen, om elkaar in de modder te duwen, jong en onoverwinnelijk. En dan de man die de barak bij de Onegafabriek verliet en verdween, een gedaante zonder gezicht, een *manalainen*. De details knaagden aan haar, de frustratie, dat waar ze niet bij kon. De dingen die niet klopten. De lege plekken en vraagtekens, alles wat Empo Björnfot verzweeg of was vergeten. Kon ze vertrouwen op ook maar iets wat hij had gezegd, een man die Stalin onvoorwaardelijk vereerde, een zesennegentigjarige die elke dag een of meer borrels nam? Hoeveel had hij de vorige avond eigenlijk gedronken?

Boven een bord yoghurt in de ontbijtzaal had ze in de *Kuriren* gelezen dat de politie nog geen spoor gevonden had van de moordenaar van Lars-Erik Svanberg. Natuurlijk drukte de woordvoerder zich niet zo duidelijk uit in het citaat, hij zei dat ze 'onbevooroordeeld' werkten en 'graag tips van het publiek' zouden krijgen, wat betekende dat ze geen enkel idee hadden. 'De politie volgt meerdere sporen' was het belangrijkste cliché in de concurrerende krant.

Ze bladerde de rest ook door, alles wat er stond fascineerde haar, de allerkleinste gebeurtenis die had plaatsgevonden in de dorpen leverde een bericht op, de strijd over straatlantaarns in Svanstein, een huiselijke ruzie in Hertsön in Luleå, het jubileum van de dorpsvereniging in Nedre Tväråsel, er school iets troostrijks in het feit dat zulke kleine dingen nog steeds meetelden, dat mensen zich er druk over konden maken. Ze bedacht dat het tachtig jaar geleden ook zo moest zijn geweest.

Ze nam de krant mee naar haar kamer en toetste het nummer in van de redactie. De telefoniste vertelde haar dat het archief gevestigd was in het voormalige gezondheidscentrum aan de Björkskatan. Tien minuten later was ze uitgecheckt en op weg om de auto te halen. De kleine, concrete handeling was genoeg geweest om haar professionele ik aan het werk te zetten, ze kon helderder denken en werd minder emotioneel, haar werk was als water dat door haar heen stroomde en haar hersenen schoonspoelde.

Feiten, dacht ze. Ik moet me niet verliezen in versies van de waarheid en de persoonlijke agenda van mensen.

Het zware pakket met kranten landde met een bons voor haar op tafel. Roodbruin karton. Tweede helft van het jaar 1931.

Hoe lang duurde een nieuwtje in die tijd?

Ze zocht 10 september op, een week na het vertrek van Empo Björnfot en Gunnar Pelttari uit Seskarö en ging langzaam, dag na dag, terug in de tijd. Nam de artikelen uit een ver verleden vluchtig door.

De krijgsraad had zich gebogen over kapitein Mesterton die het vuur had geopend op de demonstranten in Ådalen. De drie roofmoordenaars uit Älmhult waren nog op vrije voeten, er werd gezegd dat ze zigeuners waren en voortdurend de nummerborden van hun auto verwisselden. Ze hadden signalen ontvangen van de duikboot Nautilis bij Spitsbergen en een dominee was veroordeeld vanwege een slechte boekhouding, in China stroomde de rivier Jangtsekiang over.

Niets over een boot die op 3 september was vetrokken met de Sovjet-Unie als bestemming, maar misschien herinnerde Empo Björnfot het zich verkeerd, misschien waren ze toen aangekomen? Ze ging verder terug, de maand augustus in.

Hapte naar lucht toen ze bij de veertiende kwam. 'Sovjet-trein vertrokken uit Gällivare.'

De dag ervoor waren elf arbeiders begonnen aan hun reis naar de Sovjet-Unie. Meerderen van hen hadden hun gezin meegenomen. Er stond een foto bij, wazige grijze gezichten, keurig geklede, ernstige kinderen vooraan. Ze zocht tussen de namen, hij was de vierde van links, op de achterste rij: Oskar Björnfot, uit Karl Gustavs Landskommun! De foto was te klein om een indruk te kunnen krijgen van hoe hij eruitzag. Ze besefte dat er geen foto's van de broers in Empo's appartement hadden gestaan, alleen een van de ouders en een meisje dat misschien het zieke zusje was.

Hij was mijn broer niet meer.

Volgens de verslaggever was het enthousiasme groot, zowel onder de reizigers als onder degenen die zich op het perron hadden verzameld om afscheid te nemen. 'Als jullie weer terugkomen worden jullie doodgeschoten!' werd er vanuit de menigte geroepen. Degenen die uit Kiruna kwamen hadden een reissubsidie van de gemeente gekregen, honderd kronen per volwassene en vijftig kronen voor kinderen. Empo Björnfot had niet verteld hoe Oskar de reis had kunnen betalen, honderd kronen moest in die tijd gelijk hebben gestaan aan duizenden kronen. Een van de vele gaten die ze nooit zou kunnen vullen, was dat belangrijk?

Achter de reizigers waren op de foto de mensen te zien die naar het station waren gekomen om ze uit te zwaaien. Ze vroeg zich af of iemand naar Oskar zwaaide, zijn ouders misschien? Zijn broer en Gunnar Pelttari waren toen al onderweg, ze hadden Kivikangas voor Oskar verlaten, tot Empo's grote voldoening.

Op hetzelfde moment besefte ze dat het onmogelijk zo kon zijn. De boot uit Seskarö was op 3 september vertrokken, het klopte niet. Aan de datum op de krant te zien moest Oskar weken eerder zijn vertrokken. Empo Björnfot moest de dagen door elkaar hebben gehaald. Ze verafschuwde het als mensen dit soort elementaire dingen niet onder controle hadden. Wat had hij in dat geval allemaal nog meer verdraaid?

Ze liet de enthousiaste emigranten achter en ging nog een paar dagen terug in de tijd, misschien stond er op een andere dag nog iets over het vertrek uit Seskarö. Haar ogen volgden de teksten die voorbijgleden, bleven hangen als de naam Kivikangas opdook. 11 augustus. Het ging niet over emigratie, alleen iets over een beroving die in het dorp had plaatsgevonden. Ze wilde het net laten zitten en verdergaan toen ze de naam zag. Pelttari. Niet Gunnar, maar Carl Pelttari. Zijn vader, de boer die zijn zoon uit het huis had gegooid!

Ze las en haar hartslag nam toe.

De boerenleenbank in Kivikangas was beroofd. Carl Pelttari, die de bank beheerde, was brutaalweg neergeslagen. Met de sleutel hadden de dieven de brandkast geopend. (De brandkast. Dezelfde brandkast die ze twee dagen geleden zelf had doorzocht, de brandkast in Rauhala!) Het bestuur van de boerenleenbank was zeer geschokt. Carl Pelttari was nog niet ondervraagd, aangezien hij zich in het ziekenhuis van Haparanda bevond, maar hij verkeerde niet in levensgevaar.

Katrine las met bonkend hart verder en haar adem stokte toen er nog een bekende naam opdook, Oskar Björnfot, woonachtig in Kivikangas, had een getuigenverklaring gegeven. Hij was die avond langsgekomen om een inleg te doen en was neergeslagen, hij ook.

Ze leunde achterover, wreef over haar slapen.

Iets klonk bekend, had Thore Palo het er niet in verband met iets anders over gehad?

Ze stond op en liep een rondje door de stille zaal, haalde een kop koffie in de kleine kantine, aangeboden door het archief, er waren ook speculaasjes.

Had Empo Björnfot hier niet iets over moeten zeggen? Het klonk als een dramatische gebeurtenis voor het kleine Kivikangas, hoeveel kon daar eigenlijk gebeuren, in dezelfde maand dat ze naar de Sovjet-Unie zouden vertrekken? Misschien was dit verbleekt in vergelijking met al het andere. Het was tenslotte tachtig jaar geleden, ze kon zich zo'n tijdspanne niet voorstellen. Maar toch.

Wat had Anna Haara ook alweer gezegd? *Zolang als ik leef heeft er nooit vrede geheerst in die vervloekte hoeve.*

Katrine vroeg om kopieën van de twee artikelen, haalde haar jas en verliet het archief.

Ze vloog altijd met een omboekbaar ticket.

Dwanggedrag, had Alastair het genoemd, dat ze duizend kronen meer betaalde voor een vrijheid waar ze geen gebruik van maakte. Het was meestal, bijna altijd, weggegooid geld. Toch deed ze het elke keer, en op dit moment, terwijl ze in de auto zat en zich door de gps de E4 naar het oosten op liet leiden en tegelijkertijd de luchtvaartmaatschappij belde, was ze er heel tevreden over dat ze nooit iets had gedaan aan dat dwanggedrag. Was dit niet waar ze al die jaren voor had betaald? De inhaalstrook op te gaan en voort te stuiven waarheen ze maar wilde, zich niets aan te trekken van wat de anderen vonden en wat verstandig leek, alleen maar rijden, in haar eentje door dit weidse landschap, op drift, op de vlucht, tot een snelheidsmaniak vlak achter haar opdook en met zijn grote licht knipperde, zodat ze gedwongen was naar de rechterstrook te gaan, achter een vrachtwagen.

Ze minderde vaart tot tachtig kilometer per uur en drukte op de eerste sneltoets van haar mobieltje.

'*Going back?*'

Alastair klonk niet blij. Hij klonk zelfs behoorlijk kwaad, wat niets voor hem was. Maar hij trok na die eerste reactie al bij.

'Sorry, Katie, maar overdrijf je dit niet een beetje?'

'Ik heb nog maar een paar dagen nodig.'

'En daarna? Wat gebeurt er daarna?'

'Dat weet ik niet.'

'Dat weet je niet.'

'Op een of andere manier moet het allemaal samenhangen.' Ze miste de afslag naar Björkfors en bleef rechtdoor rijden, dan maar de omweg via Haparanda. 'De moord op die oude man waar ik je over vertelde, en een misdaad op dezelfde hoeve in 1931... Ik geloof niet dat het allemaal toevallig is.'

Hij zuchtte zachtjes.

'Iedereen wil altijd dat er een samenhang bestaat, toch? Maar meestal zijn het gewoon willekeurige dingen die gebeuren, er zit geen grote samenzwering achter, geen gedachte die de wereld verklaart.'

'Nee, misschien niet.'

Ze zat gevaarlijk dicht achter de auto voor haar, een roestige bak die met moeite de zestig haalde. Terwijl ze hem voorbijreed zag ze in een flits dat het laatste cijfer van het kenteken 51 was, en ze hoorde geen woord van wat Alastair zei over de wil van de menselijke geest om chaos in orde te veranderen.

'En wanneer keer je terug naar je eigen leven?' vroeg hij.

'Gauw, heel gauw.'

'Oké, ik wacht.'

'Het gaat maar om een paar dagen.'

'Goed, ik kijk ernaar uit om het hele verhaal te horen wanneer je naar huis komt.'

Naar huis, dacht ze en ze keek naar het landschap dat zich voor haar uitstrekte, de borden die overgingen op het Fins. Weet ik wel waar dat is?

Een eenzame man met een hond voor haar, vlak bij de sneeuwrand, ze ging langzamer rijden, maar het was Thore Palo niet. Katrine zwaaide evengoed naar hem en de man deed hetzelfde naar haar. Hij keek haar na tot ze het erf van het huis van de familie Palo op draaide.

Hij weet dat ik het meisje van de Kankanranta's ben, dacht ze, iedereen weet het.

Er deed niemand open toen ze aanbelde.

Ze belde nog een keer aan, daarna drukte ze het handvat omlaag. De deur was open. Eva-Lena had gezegd dat ze altijd welkom was.

Katrine bracht haar tas naar de kamer op de bovenverdieping, waar het opgemaakte bed stond. Ging zitten en haalde de krant eruit die ze mee had genomen uit het makelaarskantoor, met het nummer dat ze op had geschreven maar daarna was vergeten te bellen.

Een antwoordapparaat nam het gesprek over voordat de telefoon zelfs maar over had kunnen gaan.

'U probeert advocaat Helene Miele bij Averbach & Miele te bereiken. Ik ben op het ogenblik bezet, maar laat een bericht achter dan neem ik contact met u op. Neem bij dringende aangelegenheden graag contact op met onze receptie op telefoonnummer...'

Hetzelfde werd herhaald in het Engels. Katrine liet een kort bericht achter of de advocaat haar zou willen bellen, maar ze zei niet waar het over ging. Het was tenslotte niet eens zeker dat het nummer iets te maken had met de koper van haar huis, misschien was het gewoon iets wat de makelaar genoteerd had... Wanneer is ze begonnen eraan te denken als haar huis?

Ze pakte een schone handdoek uit de kast en liep naar de badkamer, trok de deur open en gilde luid toen ze de man zag die daar stond.

'Jezus, wat schrok ik,' zei ze terwijl ze achteruit de hal in liep en probeerde te glimlachen naar Matti Palo. 'Ik dacht dat ik alleen in huis was.'

'Aha.'

'Ik wilde nog een nacht blijven. Je moeder zei dat het goed was.'

De jongeman bekeek haar, of jongen was het nog, met zijn spijkerbroek afgezakt als de eerste de beste grote stadsjongen en zijn fleecesweater open over een verschoten Metallica-T-shirt, een drieëntwintigjarige die thuis bij papa en mama op kousenvoeten rondliep en veel te lang leek, alsof hij deze zolder met zijn iets te lage plafond ontgroeid was.

'Waar ga je over schrijven?' vroeg hij. 'Onzin over hoe de Tornedalers zijn?'

'Ik ga helemaal niets schrijven.'

'Ze zeggen dat je journalist bent.'

'Ik ben hier om een huis te verkopen. En ik wil iets over de familie weten, je grootvader weet per slot van rekening alles van iedereen.'

Hij droogde zijn handen af. Katrine deed een stap opzij om hem langs te laten.

'Zwets alleen niet zoveel tegen Sofia,' zei hij.

'Hoezo, wat bedoel je?'

'Nou, dat met in Londen wonen en zo. Londen, Stockholm, dat maakt niet uit. Mensen denken alleen maar aan geld verdienen en beroemd worden, ze praten verdomme niet met elkaar.'

Matti draaide zich om en verdween in de richting van de trap.

'Tot ziens,' zei Katrine, maar ze kreeg geen antwoord.

Thore Palo was niet thuis, dus stapte ze weer in haar auto en reed naar de rivier, remde voor het huis van de Kankanranta's.

Het was misschien een illusie, maar ze had het idee dat de kou haar grip had verloren. De sneeuw was zwaarder geworden en van de raamdorpels gevallen, de ramen waren donker geworden nu de vorst afnam. Ze bleef lang zitten en probeerde zich Siri daarbinnen voor te stellen, hoe ze haar leven lang had gewacht, de brieven die niet meer kwamen, de antwoorden die ze nooit had gekregen.

Empo Björnfot had weinig gezegd over zijn terugkeer naar Kivikangas. Dat was in het voorjaar van 1938, toen de rivier zich net loswrikte en zijn enorme ijsblokken op de oevers stortte. Hij had hier achter de berken voor het huis gestaan en Siri daarbinnen gezien, en het meisje, Ingrid, die naar buiten was komen rennen om te zien wat dat voor vreemde man was. Siri was achter haar aan gekomen. Hij herinnerde zich het moment waarop hij haar zag scherper dan al het andere, hoe ze haar handen aan haar schort afdroogde en naar hem staarde alsof hij een spook was, ze was nog steeds mooi, maar ze waren allebei ouder geworden, misschien kwam het doordat de revolutionaire gloed een beetje was bekoeld, en ze was vast boos dat het Empo was die terug was gekomen en niet Gunnar. Velen in het dorp keerden zich in die tijd van hem af, sloten de deur alsof hij besmet was met een ziekte, maar Siri liet hem binnen en gaf hem tafelbier en ze wilde alles weten over Gunnar en over de Sovjet-Unie en de revolutie, want Empo ging nu zeker zeggen dat de revolutie daar volledig gerealiseerd was? *Maar wat moest ik haar vertellen? Er was niets wat ik kon zeggen. Dat het er goed was, en dat Gunnar toch had geschreven, maar misschien kwamen de brieven niet altijd aan, want de grenzen werden nu scherp bewaakt, er mocht geen spionage doorheen glippen en er waren er een heleboel die de arbeidersstaat op valse gronden binnen waren gekomen, overlopers en contrarevolutionairen. Het was een onrustige tijd en Siri moest begrijpen dat het heel riskant was om haar nu met het kind over te laten komen, maar wanneer de oorlog voorbij was, als de oorlog kwam, dan zou Gunnar ongetwijfeld doen wat hij had beloofd.*

De kou kroop de auto binnen, de pijn in Empo Björnfots stem toen ze hem naar zijn terugkeer had gevraagd. Alsof de woorden met de hand uit zijn geheugen opgedolven moesten worden.

Op een avond, vlak nadat hij was teruggekeerd, waren twee leden van de partij opgedoken, ze hadden op de deur van zijn huis gebonsd en hij had zijn moeder moeten vragen om naar de andere kamer te gaan. Ze zeiden dat ze hem in de gaten hielden. Als hij valse geruchten verspreidde en tegen de Sovjet-Unie propageerde, zou de partij het zeker te weten komen, en dan zouden degenen die achter waren gebleven het moeilijk krijgen. En overigens zou niemand naar dat soort leugens willen luisteren, tenzij hij een lakei werd van de sociaalfascisten en de veiligheidsdienst natuurlijk, dat waren de anderen die waren teruggekeerd geworden, trokken rond om op bijeenkomsten te spreken en tegen betaling hun leugens over de Sovjetsamenleving te verspreiden. En dus had Empo Björnfot gezwegen. In de oorlog was hij geïnterneerd geweest in het kamp in Storsien, maar dat was veel communisten overkomen. Hij was daarna nooit meer teruggekeerd naar Kivikangas. Volgens de Zweedse staat was hij een communist en een bedreiging voor de veiligheid van het land, maar voor zijn eigen mensen was hij een deserteur en dat was veel erger, dat maakte Katrine op uit hoe zijn stem brak en zijn handen trilden.

Ze zette de motor aan om het warmer te krijgen. Liet hem stationair draaien en keek naar het huis van de Kankanranta's, dat daar voor eeuwig stond te wachten. Ze hadden hier meer woorden voor verdriet dan in de Zweedse taal, had Eva-Lena Palo gezegd, net als voor sneeuw en verlangen.

In haar tas zaten de papieren van de makelaar. Over een of twee dagen zou ze Ante in Stockholm ontmoeten en de papieren invullen, alles in orde maken voor de verkoop. Hij was blij dat ze bij zinnen was gekomen. Katrine probeerde zich voor te stellen dat iemand erin zou trekken, het zou renoveren en er een gestroomlijnde keuken van roestvrij staal in zou bouwen, of alles met de grond gelijk zou maken.

Pas toen ze achter zich een motor hoorde, werd ze zich ervan bewust dat ze huilde.

Wreef met haar sjaal over haar gezicht en zwaaide naar Tomas Haara, die met de tractor was blijven staan.

'Dus je bent terug,' riep hij. 'Moeder heeft gebakken.'

Katrine keek in de achteruitkijkspiegel en veegde de mascara weg onder haar ogen, voordat ze langzaam achter de tractor aan naar het huis van de Haara's reed.

'In welk programma komt het?'

De vrouw ontving haar met krullen in haar haar en keurig gekleed in een bloemetjesblouse, alsof ze opgehaald zou worden voor een feest.

Katrine legde de goedkope digitale speler op tafel. Ze was in Haparanda gestopt en had hem gekocht in een gigantische elektronicazaak, een van de vele winkels die uit de grond waren gestampt rond Ikea.

Anna Haara liep rond en was druk in de weer met kopjes en koffie en cake.

'Ik luister altijd naar *Het Gedicht van de Dag* en natuurlijk naar het cultuurkwartier van de OBS.'

'Ze begon meteen te bakken toen je belde,' zei Tomas.

'Ik weet niet wanneer het zal worden uitgezonden,' zei Katrine, die zich schaamde voor het enthousiasme van de oude vrouw. Ze zou vast nog maandenlang de programmabladen uit zitten pluizen, wanneer Katrine hier ver vandaan zou zijn en de leugen waarom ze Rauhala in was gegaan er allang niet meer toe deed.

Katrine haalde diep adem. Kon net zo goed van de gelegenheid gebruikmaken.

'Ik zou lang geleden willen beginnen, zelfs voordat je geboren was. De hoeve hiernaast is toen beroofd en de rovers zijn met het geld van de boerenleenbank verdwenen. Heb je daarvan gehoord?'

'Natuurlijk.' Anna Haara duwde met haar hand tegen haar krullen en keek naar de recorder terwijl ze praatte. 'De oude Pelttari raakte daarna de boerenleenbank kwijt. Er werd over gespeculeerd dat hij er zelf op een of andere manier bij betrokken was. Maar jezelf beroven, dat is krankzinnig.' Ze schudde haar hoofd, doopte een stukje cake in de koffie. 'De ouwe Pelttari ging zich daarna vreemd gedragen, mensenschuw. Hij bleef er bij wijze van uitzondering met zijn Hilma wonen terwijl Svanberg de boerderij overnam. Daarna zijn ze naar een tehuis in Haparanda gegaan, wanneer kan dat zijn geweest? In de jaren zestig?'

Ze keek naar haar zoon, die zijn schouders ophaalde. 'Dat is niet belangrijk, mama.'

'Nee, maar het moet toch wel kloppen?' Ze richtte haar blik weer op Katrine, schoof de broodschaal naar voren. 'Je doopt helemaal niet.'

Katrine glimlachte en pakte een stukje.

'Je kunt Rauhala hier vanuit het raam zien, je heb vast veel meegekregen van wat er door de jaren heen gebeurd is?'

'Ja, zeker zie ik dat.' Ze schudde haar hoofd en kneep haar mond dicht, werkelijk geen aanblik waar je vrolijk van werd. 'Maar hij deed er alles aan om mensen ervandaan te houden. Liet Gudrun niet eens binnen toen ze uit Stockholm kwam. Kun je je voorstellen dat hij zijn eigen nichtje met het geweer wegjoeg?'

'Hij heeft moeder ook bedreigd,' zei Tomas vanaf de bank.

'Maar toch begrijp ik niet hoe iemand zoiets kan doen, een oud mens doodslaan, je vraagt je af wat het voor soort mensen zijn die zich hier tegenwoordig ophouden, er komen allerlei soorten mensen. Plukken bessen in het bos, helemaal vanuit Thailand. En denk maar niet dat ze er wat voor betaald krijgen.'

Tomas glimlachte naar Katrine.

'Maar er zijn natuurlijk geen bessenplukkers in maart,' zei hij.

'Het was iemand die uit was op zijn geld.' Een hardere toon in haar stem, tegen haar zoon gericht, ze wilde laten zien wie het ondanks alles voor het zeggen had in huis. 'En nu zijn ze al ver weg.'

'Als hij al geld had.'

Anna Haara haalde haar neus op en wierp hem een woedende blik toe. 'Je hebt haar het zelf horen vertellen. Dat hij spullen van Rauhala had verkocht en het geld in huis bewaarde. Hij had honderdduizenden kronen opgespaard daarbinnen, en de familie kreeg niet eens de waarde van de hoeve.'

'Wie vertelde dat?' vroeg Katrine.

'Gudrun. Ze kwam hiernaartoe toen hij haar had weggestuurd, dat was nog maar twee maanden geleden, vlak na Driekoningen. Ze wilde met hem praten over een woning in Haparanda en daar zou hij het veel beter hebben.'

'Dat weten we niet zeker,' onderbrak haar zoon haar. 'Dat zei ze alleen.'

Anna Haara zoog haar lippen naar binnen en richtte zich tot Katrine.

'Er zijn anderen die me wel geloven. Terwijl mijn eigen zoon beweert dat ik lieg.'

Ze staarden elkaar boos aan tot Tomas overeind kwam. Hij sloeg zijn ogen ten hemel terwijl hij langs Katrine de kamer uit liep. De hond huppelde vrolijk voor hem uit naar de buitendeur.

'Weet je waarom hij eruit gestapt is?' vroeg Katrine toen hij was vertrokken. 'Waarom is hij niet naar de Olympische Spelen gegaan, waarom gaf hij zijn hele carrière op?'

'Een mens mag zich niet zo verheffen,' zei Anna Haara. 'Niet ten overstaan van God en niet ten overstaan van Hilding Svanberg, want die heeft de religieuze tucht en orde er wel in geslagen bij zijn kinderen.' Ze keek door het raam naar buiten, naar de grijze gebouwen van Rauhala. 'De alziende God zag de zonden van alle mensen, dus hij zou ook de Olympische Spelen zien, en de mens moet klein zijn tegenover God.'

Ze pauzeerde om koffie bij te schenken en Katrine protesteerde niet, al begon ze pijn in haar buik te krijgen.

'Bij ons thuis waren ze niet zó religieus,' ging Anna Haara verder, 'maar toch was het voor ons allemaal een beetje hetzelfde. Je was doodsbang dat je ook maar iets deed wat zondig was.'

Katrine dacht dat ze een schelmse blik in haar ogen zag, alsof er kleine zonden waren die ze graag op zou willen biechten.

'Zoals toen jullie op de zolder van de Kankanranta's rondslopen,' zei ze glimlachend, 'jij en mama, terwijl dat niet mocht?'

'We hebben zeker wel wat dingen gedaan die niet mochten.' De rimpels in het gezicht van de oude vrouw vermenigvuldigden zich terwijl ze lachte.

'Hebben jullie daarboven ook kleren gepast, die in de Amerikakoffer lagen?'

Een paar seconden stilte, alsof Anna Haara overwoog of het in de ogen van de God van haar jeugd zondig zou zijn of niet. Daarna zegevierde de wil om te praten. Om voor even in de herinneringen te stappen, een minuut van haar jonge leven opnieuw te beleven.

Ja, ze hadden de kleren gepast, de zijden jurken, en gespeeld dat ze chique dames uit Amerika waren. Ze waren toen nog maar twaalf of dertien, het moest in het begin van de jaren veertig zijn geweest, in de oorlog.

De kleren waren van een tante van Siri Kankanranta geweest die na de beurskrach teruggekeerd was uit Amerika. De familie bij wie ze in dienst was geweest, was al haar geld kwijtgeraakt, maar de tante had een paar chique jurken van de vrouw des huizes gekregen toen ze terugkeerde naar Zweden, als een soort betaling. Ze had een tijdje op zolder gewoond, voordat ze een betrekking als huishoudster kreeg bij een boer in Hedenäset, en wat moest ze met zijden jurken in Hedenäset?

Erin rondlopen en zich belachelijk maken.

'Heb je de brieven ook gezien?' vroeg Katrine en ze leek te merken dat er een verandering bij de oude vrouw optrad, een waakzaamheid die erop wees dat ze goed had geraden. 'Want er lagen vast ook brieven in de koffer?'

'We hebben ze niet gelezen.' De vrouw kwam overeind en begon de kopjes en de schoteltjes te verzamelen. 'Maar Siri dacht van wel, ze werd helemaal wild en schreeuwde en jaagde ons weg. Alsof die brieven ons interesseerden, we wilden de hakschoenen proberen!'

Katrine keek naar haar terwijl ze wat over was van de cake in huishoudfolie wikkelde, die pijnlijke nauwkeurigheid, geen kruimeltje mocht verloren gaan.

'En ik begreep ook niet wat Siri Kankanranta met zulke mooie kleren moest,' ging ze een beetje zuur verder, alsof ze nog steeds beledigd was omdat ze op haar kop had gekregen. 'Ze gebruikte ze niet, liep in haar oude afgedankte kleren. En ze kregen nota bene hulp van de armenzorg! Daar werd ook steeds vaker over gekletst, dat ze niet zo arm waren, en dat ze zichzelf vooraan plaatste was wel wat vreemd.'

'Omdat ze wat kleren op zolder had?'

De oude vrouw maakt een gebaar met haar hand alsof ze daarvan af wilde zijn, iets wat in de lucht hing, beschuldigingen die waren blijven liggen.

'Hun toelage kon sowieso elk moment ingetrokken worden, om andere redenen. Het was midden in de oorlog, je wist van de ene dag op de andere niet waar je aan toe was...'

De betekenis drong tot Katrine door op het moment dat de afwasmachine startte en Anna Haara bleef staan zonder iets omhanden te hebben en naar de digitale speler staarde, die nog steeds liep.

'Dit komt toch niet op de radio?' vroeg ze ongerust. 'Dit heeft niets met Lars-Erik Svanberg te maken.'

Katrine stak haar hand uit naar de recorder en zette hem uit.

'Je bedoelt de bijdragen van het armenzorgbestuur?' zei ze zachtjes. 'Waar je grootvader in zat, want het was toch je grootvader? Heb je hem over Siri Kankanranta verteld, of heb je het tegen het hele dorp gezegd?'

De oude vrouw hield zich met haar ene hand aan de aanrecht vast. Haar blik dwaalde af naar ergens in de verte, in de richting van de rivier. 'Alles stond op zijn kop in die tijd, het was midden in de oorlog en er stonden boerderijen in brand...'

Katrine stond op en bedankte voor de koffie.

'Ik weet niet wanneer het op de radio komt,' zei ze, 'ik weet niet eens of het wel wordt uitgezonden.'

De schemering was gekomen met killere lucht en ze had het vreselijk koud terwijl ze Rauhala naderde. Dit was de enige manier, dacht ze, om het volkomen open te doen. Laat degene die haar zag maar denken dat het voor een radioprogramma was, alsof dat haar het recht gaf te doen wat ze nu deed. Vooroverbuigen bij de trap en de sleutel van het haakje pakken, de deur van het graanhuis openen en voor de tweede keer het huis van een dode man binnengaan. Beschaamd legde ze de sleutels van Rauhala weer op hun plek in de kist. Sloot de deur achter zich en hing de sleutel weer op zijn eeuwige plek.

Voor het hoofdgebouw bleef ze staan.

In de herfst van 1944 was Siri hiernaartoe gegaan. Toen was er geen duisternis geweest, de vlammen hadden de hemel verlicht terwijl de boerderijen aan de Finse kant brandden, de vergelding van de Duitsers omdat Finland van kant was gewisseld en een verdrag had gesloten met de Sovjet-Unie, ze waren minder dan een kilometer verwijderd van de oorlog.

Het was hetzelfde jaar als de aantekeningen in het kasboek in Rauhala. Het jaar waarin Siri de steun van de armenzorg was kwijtgeraakt, met een kind om in haar eentje te verzorgen. De brieven van Gunnar kwamen niet meer, in de tijd dat Stalins terreur op zijn hevigst huishield, maar Siri wist daar niets van, want ze wilde het niet weten, ze las de socialistische krant *Norrskensflamman* en wilde in het succes geloven, en overigens konden zelfs de ergste critici zich nog niet voorstellen wat de omvang was van wat er daar gebeurde, en hoe dan ook was die weg afgesloten omdat er een vurige oorlog tussen zat.

Siri was de weg afgelopen, naar Hilding Svanberg op Rauhala, of naar Aili. Ze probeerde vast eerst met Aili te praten, haar te zeggen dat Ingrid de dochter van je broer is, help ons. En ze laat de brieven zien zodat Aili er niet aan hoeft te twijfelen dat het waar is wat ze zegt. Maar Aili heeft geen geld, ze kan geen beslissingen nemen zonder dat de heer des huizes, Hilding Svanberg dus, zich ermee bemoeit. Hij neemt Siri mee naar zijn kantoor, opent de brandkast.

De prijs voor haar zwijgen. Zodat Ingrid nooit ofte nimmer aanspraak zou kunnen maken op de hoeve, zodat de godvruchtigen op Rauhala zich nooit zouden hoeven inlaten met zonde en hoerenkinderen, zodat Gunnar Pelttari voor altijd vergeten zou worden, uitgewist, alsof hij nooit had bestaan.

Honderd kronen.

'Goed, het is prima, blijf daar dan nu wachten verdorie,' riep Åke Palo vanaf de bovenverdieping.

Hij stampte de trap af en passeerde met een verbeten trek op zijn gezicht Katrine, die net binnen was gekomen en in de hal stond, hij wierp haar een blik toe maar groette niet, voordat de buitendeur weer dichtsloeg.

In de keuken stond Eva-Lena aan iets in de vriezer te trekken.

'We eten pizza vanavond, het spijt me, maar ik had geen tijd.' Haar stem klonk gestrest, diep in haar keel, op het punt van breken.

'Wat is er gebeurd?'

Haar gezicht begaf het en ze begon te huilen. Ze gooide de deur van de vriezer dicht.

'Neem me niet kwalijk, wat stel ik me aan.' Ze liet zich op de keukenstoel zakken, wees met de handdoek. 'Misschien kun je zelf koffie zetten, ik ben er niet aan toegekomen.'

'Wil jij ook?'

Eva-Lena knikte en snotterde. Katrine liep naar de kast waar de koffie in stond, vulde de percolator zoals haar eerder was geleerd. Er leek een rustgevende invloed van de handeling uit te gaan. De vrouw ging op een krukje zitten.

'Ik had het vanmorgen al moeten begrijpen,' zei ze, 'toen ze die grote tas mee naar school nam, maar het was of ik het niet zag, dacht misschien dat het iets voor het trainen was. Maar ze is gestopt met trainen, zelfs in de winter is het niet gelukt om haar op ski's te krijgen, terwijl ze altijd zo van langlaufen hield.'

De buschauffeur had gebeld uit Nikkala, iets ten westen van Haparanda, liet Eva-Lena ten slotte los. Hij was getrouwd met een collega van Åke en had Sofia aangesproken toen ze in de bus stapte en een kaartje naar Luleå kocht. Ze had alleen naar de grond gekeken en iets gemompeld toen hij met haar probeerde te praten. Ze hadden een familielid in Luleå gebeld, die Sofia opwachtte toen ze uitstapte op het busstation en toen was Åke in zijn auto gestapt en had haar daar opgehaald. Katrine kon de vernedering in haar eigen lichaam voelen, om opgehaald te worden, tegengehouden te worden op een moment dat de vrijheid vlakbij leek te zijn, weer naar het huis gebracht te worden waaruit ze gevlucht was, wat de reden daarvoor ook was.

Eva-Lena keek naar haar handen, warmde ze aan de koffie.

'Åke wordt kwaad en schreeuwt tegen haar en ik denk dat het daardoor alleen maar erger wordt. Maar ik weet niet wat ik moet doen. We willen alleen dat ze de middelbare school afmaakt, anders krijgt ze nooit een baan. Ze verpest anders haar kans om naar de universiteit te gaan.' De tranen welden weer op, haar stem klonk huilerig. 'Je denkt nu eenmaal dat je zelf iets verkeerd hebt gedaan als je kind weg wil.'

Katrine wist niet wat ze moest zeggen. Ze had haar eigen moeder in de steek gelaten zodra ze er de kans toe had.

'Is het goed als ik nog een nacht blijf?' vroeg ze ten slotte.

'Natuurlijk.' Eva-Lena stond op en zette de oven aan, trok de pizza's uit de dozen. 'Er is genoeg, ook voor jou.'

Toen Katrine op de bovenverdieping kwam, aarzelde ze even voor haar deur. Daarna liep ze naar Sofia's kamer en klopte op de deur. Het meisje deed open.

'Wat doe jij hier?' zei ze. 'Was je niet vertrokken?'

'Ik moest nog wat doen.'

'Oké.'

'Mag ik binnenkomen?'

Sofia haalde haar schouders op en kroop in de hoek van het bed, vlak naast een pluchen konijn. Katrine ging op de bureaustoel zitten, zag dat de computer aanstond.

'Waar wilde je naartoe?'

'Weg.'

Sofia's ogen waren zwart van de make-up, maar die was niet uitgelopen, ze had dus niet liggen huilen.

'Kan ik niet met je mee,' vroeg ze, 'als je weer weggaat?'

'Je begrijpt wel dat dat niet kan.'

Sofia beet op haar nagels.

'Je ziet toch hoe ze zijn, de jongens hier, Matti en zijn vrienden. Ik kan niet blijven. Het voelt alsof ik verdwijn, degene die ik ben, begrijp je?'

Katrine kon niet anders dan knikken.

'Wat schrijf je? Mag ik het lezen?'

Ze draaide zich naar het scherm. Het was een gedicht, een ouderwets lettertype, zwarte gevoelens.

In dromen vlieg ik, vlieg ik hoog boven jullie allemaal
Alleen de wind hoor ik en de dood, die in jullie oren schreeuwt
als ik val

Pale Rider

'Schrijf je veel?'

'Gaat wel.'

'Waarom Pale Rider?'

Sofia glimlachte een beetje opgelaten.

'Ik houd van Clint. Hij is zo leuk.'

Katrine lachte.

'Hij is over de tachtig. Zou je niet van Amerikaanse vampiers moeten houden of zo?'

'Waarom denkt iedereen dat ze weten waar ik van moet houden?'

Katrine hield op met lachen.

'Ik had gewoon niet verwacht dat mensen van jouw leeftijd naar films van Clint Eastwood keken.'

Sofia wees naar de boekenkast. Lange rijen met VHS-banden, een kleine tv.

'Matti vindt dat ik niet goed snik ben, hij heeft daar een heuse thuisbioscoop, maar ik vind dat alles niet zo vreselijk scherp hoeft te zijn.'

Katrine doorzocht de rij en trok de film eruit. *Pale Rider*, een vreemdeling die een dorp binnenrijdt, die de dood is, hoewel hij goed is of hoe zat het ook alweer, een stoffig gat, ze herinnerde het zich nog maar vaag.

'Waarom juist deze film?'

'Omdat niemand weet wie hij is en je komt het ook niet te weten.'

'Ja, dat klinkt als een droom.'
'Heeft mama gezegd dat je mij moest verhoren?'
Katrine zette de film terug.
'Ik wilde vragen of je me ergens bij zou willen helpen.'

Nu waren ze er, met plakband aan de muur voor hem bevestigd.

De nazaten van Hilding en Aili Svanberg, die in het bezit dachten te kunnen komen van twee miljoen kronen en een vervallen huis.

Trekvogels, verspreid in de wind. Hij vroeg zich af of het de gezel van Hilding Svanberg was die nog steeds door hun herinneringen spookte of dat ze gewoon daarheen waren getrokken waar werk te vinden was.

Stockholm, Bollnäs, Filipstad, Helsingborg, Södertälje. De familieboom van de Svanbergs was je reinste geografieles over Zweedse steden.

Van de zeven kinderen die tussen 1931 en 1946 op Rauhala geboren waren, leefde alleen Maja nog.

Thore herinnerde zich haar als een grijs muisje, twee jaar ouder dan hijzelf. Goed in wiskunde op school, was lerares geworden. Na haar huwelijk heette ze Berg. Nu zat ze, of lag ze liever gezegd, in een tehuis in Gällivare en was niet meer hersteld van haar laatste attaque.

Bleef de volgende generatie over. Thore had negentien personen verzameld, kleinkinderen van Hilding en Aili, van wie niet één de naam Svanberg voor het nageslacht had bewaard.

Hij pakte de telefoon, aarzelde toen hij hem in zijn hand hield.

Het had heel wat gesjok naar boerderijen gekost en kopjes koffie bij mensen die bijhielden wie met wie trouwde en wie daarna weer gescheiden was, ondanks het feit dat ze verhuisd waren en meer dan duizend kilometer naar het zuiden woonden. Thore begreep niet altijd hoe het informatiesysteem werkte, maar het werkte.

Maja had twee kinderen gekregen.

Robert Berg in Bollnäs, en dan Gudrun in Stockholm, die was getrouwd met ene Lundin en daarna gescheiden en nu na haar tweede huwelijk Petterson heette.

De enige van de familieleden die zich in de moderne tijd in Kivikangas had laten zien, in januari nog. Volgens de geruchten had Lap-Erik haar weggejaagd met zijn geweer.

Hij drukte op de toetsen van zijn telefoon, zo'n modern snoerloos ding, dat hij voortdurend op de verkeerde plaats legde.

Een nummer in Stockholm, iemand die hij nooit had ontmoet. Dat was iets anders dan een oude vriendin opbellen, je begaf je op dun ijs. De rechercheurs konden te weten komen dat hij op eigen houtje onderzoek deed. En wat dan nog? Hij kon ook op de bank gaan liggen en zich er niets van aantrekken dat er mensen werden doodgeslagen. Om een of andere reden moest hij denken aan de tractor die een paar winters geleden door het ijs op de rivier was gezakt, bij Heinäsaari. De Finse bestuurder had de moed gehad om te blijven zitten en het voertuig naar de bodem te laten zakken voordat hij de deur van de bestuurdershut opende en naar boven zwom, waardoor hij het had overleefd.

Thore toetste het nummer in. De telefoon ging één keer over. Ze moest bij de telefoon hebben gezeten, of ze had hem bij zich.

'Ja, met Gudrun.'

Geen spoor van een Tornedals accent in haar stem, het was een voorname Stockholmse stem met het melodieloze van het Standaardzweeds. Wat wist ze van Svanbergs leven, van zijn geheimen en verlangens?

Thore schraapte zijn keel en zei zijn naam.

'Neem me niet kwalijk dat ik stoor in uw verdriet.'

'Sorry?'

'Ja, ik ben degene die uw overleden familielid heeft gevonden.'

'Aha,' zei Gudrun Petterson en ze klonk verbaasd, misschien achterdochtig. Het was te merken dat ze niet wist welk verdriet hij had bedoeld. Hij zag een dame voor zich met een keurig hondje op haar knie, maar hij wist er natuurlijk niets van. Hij had gelezen dat de chihuahua de herdershond en de retriever voorbij was geschoten als populairste hond van het land en de conclusie getrokken dat mensen als zij verantwoordelijk waren voor die toename. Mensen die hondjes in hun handtas meenamen.

'Ik kende Lars-Erik vrij goed,' zei hij, 'we praatten vaak met elkaar.'

'O ja?'

Ze klonk ongerust. Thore had in zijn leven genoeg getuigen verhoord om de honderden betekenissen die in een 'o ja' verborgen zaten te kunnen duiden.

'Daarom wilde ik vragen hoe het met de begrafenis zit,' ging hij verder.

'Sorry?'

'Ja, ik zou er graag bij aanwezig zijn.' Dat was een excuus om te bellen, en een tamelijk goede vond hij zelf. Hij vroeg het zich ook werkelijk af. Hij was benieuwd of een van de trekvogels de moeite zou nemen om de kist met Lars-Erkki's lichaam terug naar Rauhala te brengen, hem om afscheid te nemen neer te zetten voor het hoofdgebouw, of het graanhuis, daar zou hij moeten staan! En daarna de hoeve te verlaten voor zijn laatste reis, zoals de gewoonte was.

'Er zal wel een advertentie komen zou ik denken.'

'Dus u regelt het? Ik dacht: aangezien uw moeder de naaste verwant is.'

'Mijn moeder is ziek. Ze kan de begrafenis niet regelen.'

Thore glimlachte, hij had er plezier in. Om haar als een worm aan de haak aan de andere kant van de lijn te voelen spartelen, het was zo meteen tijd om binnen te halen.

'Maar Maja is toch de erfgenaam?'

'Wat bedoelt u?'

'Je. Zeg je. Ik ben tenslotte een vriend van de familie, maar ik ben ook een oud-politieagent, dus ik weet dat er eerst een aantal vraagtekens opgehelderd zal moeten worden voordat er sprake kan zijn van een boedelbeschrijving en de verdeling van de nalatenschap, vooral in dit geval, maar dat hebben de agenten die het onderzoek leiden u vast al gevraagd.'

'Wat dan? Wat zouden ze gevraagd moeten hebben?'

'Nou, bijvoorbeeld waarom u van mening was dat Lars-Erik verzorgd moest worden.'

'We moesten die arme man toch helpen?'

'Dus daarom bent u in januari naar Kivikangas gekomen, om hem te helpen?'

Thore deed zijn best om aardig te klinken. Alsof Lap-Erik gelukkiger was geworden wanneer hij opgesloten in een tehuis zat en wist dat het donderdag was.

Gudrun Petterson ademde diep in.

'Ik had duizend kilometer met de trein en daarna met de bus gereisd en ben helemaal naar die uithoek gekomen, ja ik vlieg niet meer, niet na die verschrikkelijke aanslagen, en dan word je weggejaagd als een... als een misdadiger. Met een geweer. Hij was niet goed bij zijn hoofd.'

'Wilde u hem ook onmondig laten verklaren?'

'Het was niet menswaardig zoals hij woonde. Er was niet eens een toilet binnen. God weet waar hij zijn behoefte deed.'

'Dus u bent toch binnen geweest om te kijken? Naar het toilet, bedoel ik.'

Het werd stil. Geruis. Angst en schaamte aan de andere kant van de lijn, dat hoopte hij tenminste, en hij schreef op zijn notitieblok: liegt.

Gudrun Petterson was nooit in het graanhuis geweest. Ze wist niet hoe hij daarbinnen leefde. En was de brief naar de gemeente in de tussentijd al niet verstuurd?

'De hoeve stond op instorten,' ging ze huilerig verder. 'Het was onze erfenis, maar het leek of de familie maar uit één man bestond, alsof maar één iemand recht had op het erfgoed.'

'En er komt nog een boel geld ook,' onderbrak Thore haar. 'Niemand had kunnen denken dat die ouwe zo rijk was.'

Weer stilte.

'Aha!' riep ze. 'Nu snap ik het! Het is die verwarde, oude buurvrouw die onzin rond loopt te vertellen.' Ze klonk opgelucht, maar op een geforceerde manier. 'Ik heb vast wat ondoordachte dingen gezegd, maar ik was van slag, begrijpt u, hij had net zijn geweer op me gericht, ik dacht dat hij me dood ging schieten, die gek.'

Thore hield de hoorn stevig vast. Ze had het niet over het geld op de Swedbank, ze had het over de geruchten dat er geld in het graanhuis lag. Gudrun Petterson wist niet dat hij een vermogen op zijn rekening had staan. De getallen straalden hem tegemoet vanaf de briefjes op de muur: twee miljoen, of om precies te zijn: tweemiljoenhonderdzevenenveertigduizenddriehonderd-nog-iets, hij was er ten slotte in geslaagd ze te onderscheiden, de piepkleine tekentjes op het rekeningafschrift.

'En wat gebeurt er nu met de hoeve?' vroeg Thore vriendelijk, 'neemt een van de familieleden hem over?'

'Nee, wat zouden we daar te zoeken hebben?'

'Nou, omdat het plotseling zo belangrijk was dat Lars-Erik de hoeve zou verlaten.'

Hij hoorde haar ademen, korte teugjes alsof ze bijna geen lucht meer binnenkreeg.

'Waarom belt u mij?' vroeg ze met een trillende stem. 'Ik ben niet de enige die de brieven heeft gekregen.'

'Welke brieven?'

'Wie bent u eigenlijk om zomaar op te bellen en ons te beschuldigen? Wij hebben het niet gedaan. We hebben er niets mee te maken, wij waren het niet.'

'Maar dat heb ik echt niet...'

Hij praatte in het niets. Gudrun Petterson had opgehangen. Haar stem sneed nog door zijn hoofd. Thore liet de hoorn tegen zijn dij zakken en keek naar de naam van de vrouw te midden van de zwerm familieleden. Wat waren dat voor mensen?

Een knal deed hem opschrikken. De buitendeur! De hond sprong op en blafte.

'Hallo?' riep hij en hij greep met allebei zijn handen de armleuning beet, verdomme, hij was vergeten de pijnstillers in te nemen, kwam niet overeind uit die rotstoel. 'Wie is daar?'

Katrine trok haar schoenen uit en ontweek de hond die rond haar voeten snuffelde. Ze vond Thore Palo in de kamer voor de woonkamer, waarvan de deur tot nu toe gesloten was geweest.

'Ik hoop dat het in orde is dat ik zomaar binnenkom,' zei ze.

'Natuurlijk, natuurlijk.'

Het viel haar op dat de drempel was weggehaald, de deur verbreed op een manier die overeenkwam met de afmetingen van de kamer.

'Dit was Kyllikki's kamer.' Het gemis in zijn stem, de liefdevolle jaren. 'Ze wilde per se thuis verzorgd worden op het eind, daar was ze heel beslist in.'

Hij zat in de fauteuil in het midden van de kamer met gespannen spieren en een vertrokken gezicht.

'Gaat het wel?' vroeg ze.

'Het is alleen mijn rug maar, hij zit vast.'

Hij gebaarde afwerend met zijn armen.

'Ik heb dit nog nooit eerder meegemaakt, maar het is iets met deze stoel...'

'Wil je dat ik je help?'

Thore kneep zijn lippen op elkaar en keek weg. Katrine liep naar hem toe en pakte hem onder zijn arm vast, rechte rug, gebogen knieën, hij was zwaar maar haar lichaam wist nog hoe het moest van haar eerste zomerbaantje in het Beckomberga Ziekenhuis.

'Hoe gaat het met de naspeuringen?' vroeg hij toen hij weer op de been was.

'Best goed, denk ik, maar er is iets anders. Je hebt een keer iets gezegd over een beroving, dat je oude misdaden onderzocht... de beroving van de boerenleenbank in Kivikangas.'

Thore hield zich stevig vast aan de deurpost.

'Dat was in de jaren dertig...'

'Augustus 1931.'

'Als je die blauwe ordner pakt.' Hij wees en Katrine liep naar de boekenkast. Ze schrok toen ze zich omdraaide. De muur tegenover haar was bedekt met grote vellen papier en gekleurde Post-itbriefjes die direct op het behang waren geplakt, een wirwar van omcirkelde notities, pijlen en strepen. In de cirkel in het midden stond Rauhala met zwarte inkt, de naam Svanberg erboven. Eromheen tijdsaanduidingen, namen, die van Gudrun Petterson was twee keer omcirkeld.

'Ben je je eigen moordonderzoek begonnen?'

'Nee, nee, dat zijn maar wat overpeinzingen.' Hij wuifde het weg. 'Het onderzoek wordt tegenwoordig door mijn collega's uitgevoerd.'

'Ik zag dat ze speculeren over de Russische connectie.' Katrine volgde de streep, het briefje met: blauwe Volvo 740.

'Ze houden ervan om in te spelen op de angst voor de Russen,' zei Thore en hij liep de kamer uit. Ze volgde hem met een zekere opluchting. Er was daar iets zwaars en onvoltooids binnen, wat waarschijnlijk de dood was, of misschien het verdriet erna, ze wist niet wat erger was.

'Als je me even wilt verontschuldigen...'

Hij liep op stijve benen door naar de keuken en Katrine hoorde water lopen, gemompel tegen de hond. De zon stond buiten hoog aan de hemel. Ze zag dat de ramen gepoetst waren. Een andere keer zou ze hem alles over de barakken bij de Onegafabriek en de gevangenis in Petrozavodsk vertellen, maar niet nu, dan zou de dag voorbijgaan en zou ze misschien nog een nacht moeten doorbrengen in de logeerkamer, die claustrofobisch aan begon te voelen, als een echo van haar eigen tienerkamer.

'De beroving van de boerenleenbank was het, ja.'

Thore ging naast haar op de bank zitten en opende de blauwe ordner. Katrine probeerde over zijn schouder mee te lezen. Typemachineletters op een gewoon A4'tje.

'Waren er verdachten?'

'Uit het onderzoek blijkt daar niets van. Een tijdje dacht men dat Carl Pelttari de beroving zelf had gepland, kijk hier, ze hebben hem een paar keer verhoord aan het eind van augustus 1931, maar daarna ging hij vrijuit.' Thore gaf haar de ordner. 'Lees het zelf maar.'

De misdaad was samengevat op twee kantjes. Sommige stukken leken letterlijk te zijn overgenomen uit het politierapport, andere waren levendiger verteld, alsof hij van plan was geweest om verhalen voor een boek te verzamelen. Katrine las de beschrijving van de misdaad vluchtig door en begon zorgvuldig te lezen toen ze bij het verhoor met Oskar Björnfot kwam.

Iets na acht uur 's avonds was hij naar Carl Pelttari gekomen om een inleg te doen op de rekening van zijn ouders. Dat zou een soort waarborg voor ze zijn, legde hij uit, omdat hij zelf over een paar dagen naar de Sovjet-Unie zou reizen om daar te gaan werken. Zijn broer was al vertrokken.

Dat klopte dus, stelde ze vast en ze las verder.

Het was niet ongebruikelijk dat iemand 's avonds een inleg of een opneming kwam doen. De boeren hadden overdag natuurlijk geen tijd. Carl Pelttari had de sleutel van de brandkast gepakt en was met Oskar van de zomerkeuken naar de hoeve gelopen, naar het hoofdgebouw waarin het kantoor zich bevond. De berovers hadden achter de deur staan wachten. Oskar Björnfot had ze niet kunnen zien. Zijn verwondingen waren gedocumenteerd: een vuistslag in zijn gezicht, een buil op zijn achterhoofd. Ze zagen geen aanleiding om hem vast te houden.

En vier dagen later was hij naar de Sovjet-Unie vertrokken, dacht ze.

'Dus je bent geïnteresseerd in de lokale geschiedenis,' zei Thore.

Katrine glimlachte naar hem en las verder. Haar adem stokte toen de naam Kankanranta opdook. Ene Seth Kankanranta. De man op de huwelijksfoto boven de secretaire?

'De grootvader van je moeder,' zei Thore.

Van Seth Kankanranta was vlak voor de beroving een boot gestolen. Die werd twee dagen later teruggevonden bij Heinäsaari.

'Een van de eilandjes,' legde hij uit. 'Er werden in de zomer koeien naartoe gebracht om ze te laten grazen. Het hoort bij Zweden, maar het ligt dichter bij de Finse kant, dus ze gingen ervan uit dat de berovers naar Finland waren gevlucht.'

Er was contact opgenomen met de politie in Torneå, maar zonder resultaat.

Katrine sloeg de ordner dicht.

'Twee onopgeloste misdaden op dezelfde hoeve,' zei ze, 'denk je dat dat alleen maar toeval is?'

'Er kan moeilijk sprake zijn van dezelfde dader.' Een scherpte in zijn blauwe blik deed haar wegkijken. Alsof ze een misdaad beging door te zwijgen en niet te vertellen wat ze vermoedde, alsof hij nog een politieagent was. En tegelijkertijd het gevoel dat wat lang geleden gebeurd was nog niet was afgesloten. Het heden was een dun laagje over het verleden, broos ijs waarover mensen rondslopen en dingen gladstreken, verborgen en verzwegen, het was niet voorbij.

'We zullen het hoe dan ook nooit te weten komen,' zei hij en hij sloeg met de ordner tegen zijn hand. 'Tenzij ze een weg gaan bouwen en toevallig in een of ander moeras de buit opgraven.'

'Of op het eilandje,' zei Katrine.

‘Heb je het eind niet gelezen? Ze hebben daar dagenlang gegraven.’

In de hal stak ze haar hand uit, bedankte hem en nam afscheid.

‘Als er tenminste nog nieuwe wegen worden gebouwd in deze streek,’ zei Thore Palo.

De sneeuw lag vlak en golvend op de graven, de levenden hadden maar een paar voetsporen achtergelaten. Hier en daar felle kleuren van bloemen, grafkaarsen die waren gedoofd en weggezakt in de sneeuw.

'Ik kom hier graag,' zei Sofia en ze liep voorop over het vrijgemaakte pad. 'Het is zo rustig. Niemand kan ze nog kwaad doen.'

Ze bleef tussen een paar grote berken staan en wees. 'Het enige wat akelig is, zijn degenen die nog niet dood zijn, hoewel ze de naam er al op hebben gezet.'

Katrine leunde naar voren en las de inscriptie. De man was tien jaar geleden overleden, maar bij zijn vrouw, Helga Mäkitalo, was de dood nog niet vastgesteld. Alleen een lege plek waar de datum ingevuld zou worden, ze probeerde de gedachte erachter te begrijpen. Kreeg je korting als je beide namen er tegelijk in liet graveren? Of was het een liefdesdaad die het huwelijk overtrof, de waarheid achter dat liefhebben tot in de eeuwigheid, amen? Tot de dood ons scheidt, maar zelfs de dood zou het echtpaar Mäkitalo niet scheiden, alsof hij zich vanuit het graf naar haar uitstrekte en haar naar zich toe trok, een claustrofobisch gevoel: te weten hoe het leven zal eindigen.

'Wat denk je dat er gebeurt als ze een nieuw iemand ontmoet?' vroeg Katrine.

'Hier? In Kivikangas?'

Sofia trok een grimas en liep verder in de richting van de stenen muur aan de andere kant van de kerk. Het was een witte, houten kerk zonder toren. Toen ze eromheen liepen zag Katrine dat de toren erachter stond, direct op de grond, alsof het godshuis zijn hoed af had gezet.

'Hier is het,' zei Sofia.

Het was een kleine steen, in de schaduw van een paar reusachtige familiegraven. Een eenvoudig graf. Geen glad oppervlak zoals bij de duurdere stenen. Deze was ruw en ongelijk, de tekst kort en onsentimenteel. Siri Kankanranta. Geboren 18 januari 1911, overleden 3 mei 1974. Dat was alles.

Katrine pakte de theelichthouder die ze bij Ikea had gekocht en zette hem in de sneeuw. Haar vingers bevroren toen ze de lucifer af probeerde te strijken.

Drieënzestig jaar, dacht ze. Ze is maar drieënzestig jaar geworden.

De wind blies de lucifers keer op keer uit, pas met de vierde lukte het om de lont aan te steken. De vlam flakkerde.

'Die gaat zo weer uit,' zei Sofia.

Katrine zette het theelichtje dichter bij de steen, maakte een kuiltje om het uit de wind te houden. Probeerde vrede en rust op te roepen, een soort aanwezigheid te bespeuren. Ze voelde de kou van de grond omhoogkruipen door haar schoenzolen. Legde een hand op de onaangeroerde sneeuw op het graf, maakte een afdruk en kwam weer overeind.

Een oude vrouw hurkte neer en verdween achter een grote grafsteen iets verderop.

'Weet je waar de Pelttari's liggen begraven?' vroeg Katrine.

'Ik zei toch dat ik ze allemaal weet.'

'Ongelooflijk.'

Carl en Hilma Pelttari's familiegraf lag vlak bij de kerk, een mooie plek in de schaduw van de berken, met een vrij uitzicht op de rivier.

'Het was een soort wedstrijd met mezelf toen ik hier werkte,' zei Sofia. 'Ik zou er elke dag tien leren en maakte melodieën bij de namen die ik in mijn hoofd zong terwijl ik rondliep.'

De steen was van een compleet andere orde dan de pretentieloze van Siri, gepolijst graniet met een ingegraveerd kruis. Ze waren elkaar gevolgd in de dood, Hilma had maar drie maanden langer geleefd dan haar man. De vader van haar grootvader, de moeder van haar grootvader, de man die zijn zoon het huis uit had gegooid, de vrouw die het had laten gebeuren. Katrine voelde hier ook geen aanwezigheid, een zwijgende steen, metersdiepe sneeuw. Als dit haar wortels waren, dan was het toch te laat. Ze kon hen moeilijk opgraven, ze waren steendood en vergaan, en bovendien zat de vorst zeker een meter de grond in. Over wortels gesproken: bomen hadden toch wortels?

'Ik vraag me af of Lap-Erik daar zal komen te liggen,' zei Sofia en ze knikte naar de steen ernaast, die verhief zich bijna twee keer zo hoog als die van de Pelttari's en wierp een lange schaduw achter zich, de namen hadden een vage gouden glans. Als Hilding Svanberg tijdens zijn leven had gepredikt dat de mens klein moest zijn ten overstaan van God, dan was hij van mening veranderd waar het de dood betrof. De naam van zijn vrouw Aili was in een iets kleinere letter gekerfd. En kleine Arne rustte er ook, hij was geboren in juni 1941 en drie weken later al gestorven.

'Denk je dat ze hen te pakken zullen krijgen?' vroeg Sofia.

'Degenen die Lap-Erik hebben vermoord? Dat ziet er niet naar uit.' Katrine keek haar schuin aan. 'Als het er al meer dan één was.'

'Het kan niet één persoon zijn geweest.' Sofia keek recht naar het graniet. Sneeuw viel omlaag toen een paar kraaien op een tak landden.

'Waarom denk je dat?' vroeg Katrine. 'De politie weet niet hoeveel het er waren, volgens de kranten tenminste.'

'Ik weet het ook niet.'

Sofia draaide zich om en begon naar het hek te lopen, dunne benen en een bolle rug door de donzen jas, de handen in haar zakken.

Katrine haalde haar in.

'Wat wordt er eigenlijk over gezegd, heb je meer over de moord gehoord dan wat er in de krant staat?'

Sofia trok haar muts omlaag zodat haar ogen nog maar net zichtbaar waren.

'Ik moet nu naar huis,' zei ze en ze vertrok.

Uhtua, 4 maart 1933

Lieve Siri!

Het is een zware winter hier, maar overal wordt vooruitgang geboekt. Het werk aan Weg 89 gaat vooruit, ondanks het feit dat het materieel ontbreekt. Er zijn saboteurs die deze weg willen tegenhouden. De Sovjet-Unie heeft veel vijanden. We lazen in de krant dat mensen in Europa gedwongen zijn lijken te eten. Hoe doorstaan jullie de hongersnood? Er zijn deze winter veel kinderen gestorven in Uhtua, ook Zweedse. De dokters kunnen niets doen en toch heeft de Sovjet-Unie de beste gezondheidszorg. Dan denk ik aan jullie daar thuis. Als het meisje ziek zou worden.

In de zomer zal de doelstelling van het vijfjarenplan worden bereikt, een heel jaar eerder! Dan kom ik jou en het kleine meisje halen.

Ik beloof het.

De jouwe,

Gunnar

Het serviesgoed zette ze terug in de kast. Alleen de foto van Siri en Ingrid ging haar handtas in, samen met de brieven en het manifest, verder niets. Ze twijfelde lang over de kleren in de koffer, de groene jurk was te kort, maar misschien zou ze hem als een tuniek kunnen gebruiken, Katrine hield hem omhoog en constateerde dat de bankroete werkgever van grootmoeders tante in de Verenigde Staten op zijn minst behoorlijk brede schouders moest hebben gehad. Daarna vouwde ze hem ook weer op in de koffer. En schoof de koffer onder het bankbed.

Keek nog een laatste keer om.

Ze vroeg zich af of er nog iets over zou zijn gebleven wanneer de nieuwe eigenaar erin was getrokken en het gerenoveerd had, de muren misschien? Was het niet juist goed dat iemand opnieuw moest beginnen zonder een hoop verdriet en gemis en andere troep in zijn bagage?

Ze sloot het huis af en bleef op het trapje staan. Keek naar de rivier, ademde heldere, ijskoude lucht in. De eeuwige scooters maakten lawaai en stoven over het ijs naar de Finse kant.

Ze dacht aan Ingrid. Dit had dus van ons moeten worden, toen ze in mei 1974 haar moeder begroef en Katrine in haar buik droeg. Ze moest hier op het trapje hebben gestaan en wat zou ze gevoeld hebben? Katrine keek uit over het eindeloze landschap, meende een definitieve eenzaamheid te bespeuren. De reikwijdte van het gegeven dat je je hele jeugd achter je liet, dat je niemand meer overhad op de wereld die wist hoe je werkelijk was.

Of was het vrijheid?

Ze bukte en zocht naar het spijkertje dat ze onder de laatste traptrede gevonden had. Hing de sleutel op.

In de achteruitkijkspiegel, toen ze er langzaam vandaan reed, zag ze het huis van de Kankanranta's vervagen tot iets grijs achter de berken, en toen was het weg.

'Verdomme,' zei Empo Björnfot en hij gaf een klap tegen de radio, die er meteen mee stopte. 'De arbeiders verkopen zich voor een paar briefjes van honderd meer in hun portemonnee en de zweep gaat over de werklozen, het is dezelfde rechtse politiek als vroeger, alleen in nieuwe kleren.'

'Over werklozen gesproken,' zei Katrine. 'Hoe kwamen jullie eigenlijk aan het geld voor de kaartjes naar de Sovjet-Unie?'

Empo slofte naar de aanrecht en liet met bevende handen warm water in een pan stromen.

'Ik heb alleen van die poederkoffie. Smaakt nergens naar, maar ze hebben het koffiezetapparaat van me afgepakt. Zeiden dat het in brand kon vliegen als ik het vergat.'

'Jullie waren het, hè? Jij en Gunnar hebben de boerenleenbank beroofd.'

De oude man wankelde, maar daarna kreeg ze het gevoel dat hij zich oprichtte, gevuld werd met iets wat hem rechter maakte, een kracht die er niet meer was maar die zijn lichaam zich herinnerde, en heel even zag ze een glimp van de ontembare zestienjarige die zich er niet onder had laten krijgen door tegenslag of de overheid, die groot en gevaarlijk durfde te dromen.

'Ja, verduiveld,' zei hij, terwijl hij met gevaar voor eigen leven het hete water in evenwicht probeerde te houden op zijn rollator op de terugweg naar de tafel. Ze zag ervan af om hem te helpen. Laat hem maar, dacht ze, laat hem tenminste koffie serveren aan de enige vrouw die niet gekomen is om zijn kont af te vegen.

'Je bent niet van de politie?' vroeg hij en hij keek haar met half dichtgeknepen ogen aan terwijl hij ging zitten.

'Nee,' zei ze, 'en ik beloof dat ik het aan niemand zal vertellen, als jij dat niet wilt.'

'Je zou er een boek over kunnen schrijven,' zei hij, 'zo'n thriller.' Zijn ogen glinsterden.

Ze had niet gedacht dat het zo gemakkelijk zou gaan. Alsof hij erop had gewacht, tot eindelijk! Alsof er een deksel werd opgetild dat het geheim tachtig jaar in hem op de bodem had gehouden. Tachtig jaar. Empo Björnfot roerde in zijn koffie, maar vergat te drinken.

Het onrecht grijnsde hen recht in het gezicht, in die vervloekte augustusmaand van 1931. Het zag ernaar uit dat zelfs Oskar niet weg zou kunnen komen. En hij was nog wel uitgenodigd door de Sovjetstaat! Maar het armenzorgbestuur in Karl Gustavs Landskommun trok zich er niets van aan, ze gaven geen toelage aan reizen naar de Sovjet-Unie. Inwoners van Kiruna die geen lid van de partij waren en geen cent op zak hadden, mochten gaan, terwijl rechtzinnige communisten en bekwame revolutionairen vast zouden blijven zitten in dat vervloekte Kivikangas.

Eerst was het zomaar iets wat Gunnar had gezegd, op een avond daarboven op Björnfots zolder toen de broers een aangebroken fles drank van hun vader hadden gestolen. De marene hadden ze zelf gevangen en geroosterd, ze aten hem met hun vingers.

Er waren wel mensen met geld, begon Gunnar, die verdomde boeren die in de weg zouden staan van de revolutie, ze waren nu voorraden aan het verzamelen. In de Sovjet-Unie hadden de boeren contrarevolutionaire eenheden gevormd, ze verbrandden hun eigen oogsten zelfs zodat het voedsel niet bij het volk terecht zou komen. Wanneer de crisis erger werd en het voedsel opraakte, zouden ze hun bezittingen hier ook gaan bewaken, ze zouden op arbeiders schieten zoals ze in Ådalen hadden gedaan, nooit van zijn leven zou een rechtse boer zijn voedsel delen met een verhongerende revolutionair.

Dat had Gunnar zelf ervaren.

En er was ook geld. Hij had boeren uit het dorp gezien die briefjes van honderd en meer inlegden, toen hij ernaast had gezeten om opgeleid te worden tot assistent van de bank, voordat zijn vader hem eruit gooide.

Ze hadden het er nachtenlang over gehad. Oskar was degene die er vraagtekens bij zette. Het was tenslotte Gunnars eigen vlees en bloed, ze konden ervoor branden in de hel en stel je voor dat ze gepakt werden. De hel bestaat niet, zei Gunnar. De hel is hier op aarde, in de Sovjet-Unie breken ze nu de kerken af.

'We hebben ze allemaal in de luren gelegd, god ja, wat hebben we ze bedot.'

Empo Björnfot lachte hard en proestte zo dat hij de as uit de asbak blies. Op 7 augustus hadden ze al afscheid genomen van de familie Björnfot en de anderen in het dorp. Afscheid nemen van de familie was er voor Gunnar natuurlijk niet bij, maar wel van Siri. Hij bleef lang weg voordat hij naar de ontmoetingsplaats bij de rivieroever kwam. Empo was bang geweest dat hij van gedachten was veranderd. Pas veel later, toen ze in Sovjet-Karelië aan waren gekomen, kreeg hij te horen waarom het zo lang had geduurd. Het kwam door Siri, wat ze vertelde, dat ze nu zeker wist dat ze in verwachting was van Gunnars kind. Empo had gezworen het aan niemand te vertellen. Als Seth Kankanranta te weten zou komen wie de vader van het kind was, zou hij Siri nooit weg laten gaan, hij zou haar liever in de rivier zien verdwijnen dan dat zijn dochter trouwde met een communist en naar de Sovjet-Unie emigreerde. Gunnar had geweifeld, natuurlijk had hij geweifeld, of hij haar in deze omstandigheden wel kon verlaten en Siri wilde mee, ze was bereid om het dorp te verlaten met alleen de kleren die ze aanhad, maar hij kon geen zwangere vrouw meenemen op zo'n reis, niet zoals het nu zou worden.

Ze hadden zich twee dagen verborgen gehouden op een van de kleine eilandjes. In de nacht van 9 augustus zwommen ze vlak voor de dorpsgrens naar de oever. Ze droogden hun kleren in de wind, in het bos dat aan het moeraslandschap ten westen van Rauhala grensde. Ze hadden proviand, dat had Empo's moeder bijeengegaard van familieleden in de overtuiging dat ze al onderweg waren naar de Sovjet-Unie. Siri had thuis spek gestolen en dat Gunnar toegestopt.

'Dit soort spek eten we binnenkort elke dag,' zei Empo toen ze aan de bosrand lagen en de toppen van de dennenbomen bij elkaar zagen komen onder de hemel.

's Ochtends, toen iedereen in de weilanden was om de hooiruiters naar beneden te halen, waren ze terug naar het dorp geslopen. Ze verborgen zich in een hok onder het trapje op Rauhala en wachtten tot het avond zou worden. Tot ze de deur open zouden horen gaan en Oskar het signaal zou geven.

Gunnar deelde de klap uit, met de steel van een schep, boven op de schedel van Carl Pelttari zodat hij direct in elkaar zakte. Hij bond een sjaal om zijn ogen en touw om zijn armen, en daarna moest Empo op wacht staan terwijl de anderen de brandkast leeghaalden.

Het laatste wat ze op Rauhala deden was Oskar een vuistslag geven. Hij wilde zelf ook een klap met de steel van de schep, dan werd het een echte buil. Gunnar deelde ze allebei uit, tot Empo's ergernis. Hij had zijn broer graag een mep gegeven, voor alle klappen die hij zelf had gekregen.

Pas wanneer Pelttari begon te kermen en bewegen moest Oskar hem losmaken en daarna naar de familie in de zomerkeuken rennen om alarm te slaan.

Empo en Gunnar renden weg, naar de ontmoetingsplaats een kilometer zuidwaarts langs de rivier. De naam van de schipper kwamen ze nooit te weten, alleen dat hij Jussi werd genoemd. Hij bracht ze naar de Kukkolaforsen, waar ze vlak voor de stroomversnelling van boord gingen. Daarna waren ze landinwaarts gelopen, door de bossen naar Nikkala. Ze hadden zich drie weken verborgen gehouden, trokken langzaam uit het bos in de richting van de zee. Niemand dacht eraan om in die richting te zoeken, omdat ze er allemaal van uitgingen dat het de dieven waren die Seth Kankanranta's boot op Heinäsaari hadden achtergelaten.

'En dat was ook zo,' ze Empo Björnfot grijnzend. 'Alleen hadden we het voor de beroving gedaan.'

Hun contactpersoon had gezorgd voor de aankoop van een tweedehands tractor en een personenauto in ruil voor de buit. Oskars kaartje was als een voorschot betaald. Empo en Gunnar kregen hun inreisvergunningen, kaartjes en paspoorten vlak voordat ze aan boord van de boot slopen. Het waren echte paspoorten, geen valse die normaal gesproken gebruikt werden om de een na de ander het land binnen te smokkelen. Niemand verdacht hen, kregen ze veel later van Oskar te horen. Iedereen dacht dat ze al op weg waren naar de Sovjet-Unie toen de beroving plaatsvond.

Ze vertrokken 's nachts uit Seskarö en nadat ze in Stockholm van schip waren gewisseld, zetten ze de reis overdag voort met het Sovjet-

Russische vaartuig Proletarni, en niemand zou ooit weten hoe het in zijn werk was gegaan.

'Hij zei het al op de boot, in de nacht waarop we vertrokken, dat hij, wat er onderweg ook zou gebeuren, nooit meer terug kon keren, niet na wat hij had gedaan.'

Katrine verontschuldigde zich om naar het toilet te gaan, ze had stil zitten luisteren om hem niet te storen voordat hij bij het eind van het verhaal was gekomen. Plaste staand om de bruine vlekken op de bril te vermijden.

Er was nog maar een klein uur over voordat haar vliegtuig zou vertrekken. Ze pakte haar jas en trok hem in de keuken aan.

'Wil je niet weten wat er met je broer is gebeurd?' vroeg ze.

'Ik weet niet...' Empo Björnfot bestudeerde het patroon van de gordijnen een tijdje, een krampachtige stilte. Toen hij zich weer omdraaide, was het avontuur uit zijn blik verdwenen, weg was de kwajongensbravoure en alleen verdriet en ouderdom waren overgebleven, oogleden die zwaar neervielen.

'Daar is het nu te laat voor,' zei hij.

Ingrid Hedstrand was naar een andere afdeling verplaatst, drie verdiepingen hoger, met uitzicht over het Järvafältet en de reusachtige 'bananenhuizen' aan de Aspnäsvägen. Katrine stond voor het raam in het dagverblijf terwijl het personeel haar moeder terugbracht van het toilet. Het viel haar op hoe snel de huizen waren opgetrokken op akkers en klei, het was een plek zonder geschiedenis.

Ze wendde zich af van het duizelingwekkende uitzicht en ging naast haar moeder zitten.

Ze hadden een ontmoeting gehad met een ambtenaar van de sociale zorg en iedereen was het erover eens dat Ingrid overgeplaatst moest worden naar een woongroep. Er moest alleen eerst iemand doodgaan, zodat er een plek vrijkwam.

Katrine probeerde haar blik te vangen.

'Er zijn een paar papieren die je zou moeten ondertekenen, zodat ik en Ante alles kunnen regelen.'

Ze vermoedde dat Ingrid meer begreep dan ze liet merken. Het was aan haar blik te zien, je voelde het aan haar aanwezigheid in de kamer. Katrine had lang over Kivikangas verteld, over de sneeuw die tot boven je middel kwam en Anna die bij Ingrid in de klas had gezeten, dat ze een kaarsje had gebrand op oma's graf en kleren op zolder had gevonden. Ze had de foto van Siri en Ingrid op het nachtkastje op de kamer gezet en Ingrid had hem lang in haar handen gehouden en ernaar gekeken, iets gemompeld in haar Tornedalse Fins.

Katrine zette het kopje weg en legde de volmacht voor haar neer.

'Je hoeft alleen maar hier je naam te zetten,' zei ze en ze wees.

'Dan kunnen we het huis verkopen.'

Ingrid leek niet te reageren.

'Het is niet goed voor het huis dat het er alleen maar staat, mama, het valt uit elkaar.'

Haar moeder kneep haar lippen op elkaar. Hield de pen bevend tegen het papier.

'We moeten je rekeningen tenslotte ook kunnen betalen.' Katrine schoof haar hand naar de juiste regel. Langzaam schreef ze, een zwak handschrift dat maar vaag leek op het handschrift dat Katrine kende. Na de voornaam begon ze aan een hoofdletter, vormde moeizaam een K. Een schok door de kamer. Kankanranta, schreef ze, Ingrid Kankanranta.

'Nee mama, je kan niet Kankanranta schrijven.'

Gelukkig had Ante drie prints gemaakt, voor de zekerheid.

'Ingrid Hedstrand moet je schrijven. Als meisje heette je Kankanranta, maar dat is lang geleden.' De dunne hand op een nieuw blad. Katrine herhaalde de naam in haar oor zodat het deze keer goed zou komen, zo zachtjes mogelijk zodat de oudjes verderop op de tv-bank het niet zouden horen en de conclusie trokken dat ze haar eigen moeder aan het belazeren was.

'Nog maar eentje hierna.'

Ingrid leek niet eens te merken dat de letters er niet zo uitzagen als gewoonlijk, herhaalde alleen wat ze net had gedaan, iets minder beverig, ze had haar lesje nu geleerd.

Katrine stopte de twee documenten in het mapje. Schoof haar stoel zo dat ze recht voor haar moeder zat, pakte haar hand weer.

'Ik weet wie je vader was.'

Ingrids blik was verbaasd en onrustig en dof.

'*Sinun isä*,' herhaalde Katrine. Dat was het laatste wat ze aan Eva-Lena Palo had gevraagd: hoe zeg je dit? '*Oli Gunnar*, *Gunnar Pelttari*.'

Een rukje aan haar hand, of was het een reflex waardoor Ingrid iets harder kneep? Katrine legde haar andere hand tegen haar wang, ruwe rimpels, koude huid. Een vonkje in de bleke pupillen, en haar moeder duwde haar hoofd een klein beetje tegen de hand van haar dochter, alsof ze dichterbij wilde komen, de aanraking voort wilde laten duren.

'Herken je zijn naam, mama, weet je waar je vader naartoe is gegaan?'

Ingrid kneep hard in haar hand, zodat het bijna pijn deed.

'*Se lupasi tulla mutta se ei tullu. Meän piti mennä sinne ihanaan maahan*.'

Katrine maakte zich voorzichtig los en schreef de woorden op zoals ze klonken.

'Mutta se oli vaan Sirin höpötyksiä...'

Ze volgde Ingrid naar haar bed, zat bij haar terwijl ze in slaap viel. Daarna wachtte ze op de zuster uit Helsingfors, die van de afdeling boven kwam.

'Wat betekent dit?' Katrine las het op van haar briefje. 'Ik weet niet of ik het goed uitspreek.'

De zuster lachte.

'Ik weet niet of het klopt, wat ze zegt.'

'Wat zegt ze dan?'

'Iets over dat ze naar een prachtig land zouden reizen. En er is weer een man die beloofde dat hij zou komen, maar niet kwam.' De vrouw gaf Katrine een blik van professioneel medelijden. 'Het kan van dag tot dag verschillen, soms zakken ze weg in hun jeugd, het is zoals het is. Het kan een sprookje zijn dat indruk op haar heeft gemaakt toen ze klein was, misschien doelt ze op de reis naar de hemel, dat het God is die haar zal komen halen...'

'Ze weet waar ze het over heeft. Wat zei ze nog meer?'

De zuster vertaalde de laatste zin en Katrine mompelde dankjewel.

Vochtige wind sloeg tegen haar aan voor de glazen entree, natte sneeuw in haar gezicht. Mama's krampachtige greep om haar hand.

'Maar het was allemaal alleen maar flauwekul, die Siri had verzonnen.'

Hij zou er nooit aan wennen hoezeer Haparanda veranderd was.

Ikea als een blauwe kolos aan de linkerkant, met de andere hypermarkten eromheen. Candyworld en hoe ze ook mochten heten.

Thore Palo minderde vaart toen hij de nieuwe rotonde naderde, nam gas terug tot vijftig, om niet op de verkeerde afrit te belanden.

Tornedalen was tot bloei gekomen, het was vreemd om mee te maken, zelfs Norrbotten met zijn mijnindustrie werd weer tot leven gewekt en draaide op volle toeren, dat had niemand ooit kunnen denken. En toch. Toch waren de jongens werkloos, jarenlang, hij kende kinderen van kennissen die nog nooit een baan hadden gehad terwijl ze al zevenentwintig waren.

Met meisjes was het verschillend. Ze wilden iets anders. Hij wist niet precies wat, en ook niet of ze het vonden op de plek waar ze naartoe verhuisden.

Voor hem was het altijd het paradijs geweest, de enige plek op aarde waarnaar hij verlangde. Na zijn opleiding had hij Tornedalen nooit meer verlaten.

Hij reed door bekende straten en het viel hem op dat Haparanda er kleiner uitzag, Ikea had iets met het perspectief gedaan. De watertoren was niet meer zo hoog en het roemrijke Stadshotel had iets museaals gekregen. Hij sloeg de Strandgatan in, het gele bakstenen gebouw waarin hij veertig jaar van zijn leven had doorgebracht.

'Anders Anttila komt zo meteen naar beneden, als u nog even kunt wachten.'

Het meisje achter de receptie was nieuw en herkende hem niet. De tijd ging zo snel. Je legde je hele leven in je beroep en daarna was je aangewezen op de bezoekersstoel. Het was alsof alle pagina's van een boek er plotseling uit waren gescheurd en alleen het omslag nog over was.

'Ha Thore!' Dubbel-Antti kwam aanlopen en sloeg hem op zijn rug. 'Terug op de plaats delict, kom binnen, kom binnen. Wil je koffie?'

'Nu ik hier toch helemaal ben, vooruit...'

De politie-inspecteur drukte op de knoppen van de koffieautomaat en vertelde waar je uit kon kiezen. Hij was overdreven hartelijk en vrolijk. Thore nam een cappuccino en herinnerde zich de oude koffiepot, hoe afschuwelijk bitter de koffie in de loop van de dag smaakte wanneer hij aanstond. Uiteindelijk vastgekoekt zat op de bodem.

'Hebben jullie het geweer al gevonden?' vroeg hij toen ze de gang in liepen.

'Dat is op dit moment nog heel ver weg.'

'Ik zou niet alles op de Russen zetten als ik jou was.' Thore stak zijn hand op naar de schoonmaakster die verderop in de gang naar hem zwaaide, er waren in elk geval nog mensen die zich hem herinnerden. 'Je weet wat ik altijd zeg.'

'Wat? Er zijn zo veel dingen die je altijd zegt.' Anttila lachte en ging achter zijn bureau zitten.

Thore perste zich in een stoel bij de deur.

'Dat je je bijziendheid niet moet verliezen, dat de oplossing vaak veel dichterbij ligt.'

'Waar denk je aan?'

Anttila pakte zijn beker, wiegde achterover in de stoel.

'De familieleden van Svanberg,' zei Thore en hij rekte zich uit, voelde iets van zijn oude autoriteit terugkomen. 'Ik weet dat ze liegen, een van hen tenminste. Gudrun Petterson, een nicht en erfgenaam van Svanberg, woonachtig in Stockholm.'

Op het moment dat hij het zei, bedacht hij dat Moermansk in feite dichterbij was.

'Vertel.'

Thore vertelde alles in het kort, gaf de informatie over de erfgenamen van Svanberg, de kwaadwilligheid en de leugens, alsof hij het allemaal toevallig gehoord had. Ondanks zijn twijfels over de voortgang van het onderzoek, vond hij dat het de taak van de actieve politie was. In het diepst van zijn oude politieziel waren privéspeurders te vergelijken met de pest of misschien cholera. Hij liet de details over het verzoekschrift aan de gemeente weg om niet te verraden dat Saga's dochter haar geheimhoudingsplicht had geschonden (wie had dat overigens nooit gedaan, laat hem de eerste steen werpen!). Het gesprek met Gudrun beschreef hij als een vriendschappelijke poging om navraag te doen naar de begrafenis, die was ontaard in beledigingen van de kant van de vrouw.

'Mensen zijn gierig,' zei Anttila toen hij klaar was, 'maar dat is helaas niet strafbaar.'

Thore haalde zijn hand door zijn haar, er zat nog aanzienlijk meer op zijn hoofd dan bij zijn jongere collega.

'Ik beweer niet dat Gudrun Petterson een bijl in de schedel van Svanberg heeft geplant, maar het is duidelijk dat ze liegt. Iemand die zich met de zaak bezighoudt, zou naar haar toe moeten gaan om haar een beetje onder druk te zetten.'

Anttila noteerde iets op het papier dat voor hem lag en keek op.

'We hebben drie auto's gevonden,' zei hij.

Het duurde een paar seconden voor het tot hem doordrong, zozeer werd hij in beslag genomen door de familieleden, zo groot was zijn woede over het onrecht. Zo vanzelfsprekend hadden de theorieën thuis in de kamer geleken.

'Drie? Volvo 740's?'

Anttila tikte op het toetsenbord zodat het scherm aanging.

'Eén is weliswaar zwart, maar dat kunnen ze verkeerd hebben gezien in het donker.'

Thore voelde een mengeling van teleurstelling en opwinding door zijn lichaam trekken.

'Hebben jullie ze geïdentificeerd?'

'Zo goed als.'

Anttila klikte een document open en Thore zag dat er een glimlach rond zijn mond speelde, zijn stem kreeg een beetje opschepperige toon waardoor hij ouder leek dan hij was, dikker op de een of andere manier.

'De eerste hebben we door kunnen strepen. Gepensioneerden uit Moermansk die Lacks hebben gekocht, je weet wel, die tafeltjes, in verschillende kleuren...' Dubbel-Antti las de rest voor: '...een Tullstafauteuil, servetten, elandpasta en kandelaars, bijna honderd van die kleine glazen kandelaars zelfs. We verdenken ze ervan dat ze ze doorverkopen om het geld voor de benzine bij elkaar te krijgen, maar dat gunnen we ze natuurlijk. Ze kwamen twee dagen voor de moord aan via Raja-Jooseppi en keerden al om 23.47 uur op de avond van de moord terug langs Torneå. Theoretisch gezien kunnen ze Svanberg natuurlijk dood hebben geslagen en nog voor middernacht bij de camera's van de douane zijn geweest, maar ik kan er de logica niet van inzien dat ze de fauteuil Tullsta mee hebben genomen op zo'n expeditie. Ze hebben bovendien geen strafblad, wat als een hele prestatie moet worden beschouwd. Zelfs Stalin lijkt in zijn tijd geen problemen met ze te hebben gehad.'

Thore lachte beleefd.

'En de andere?'

'Dan is er de zwarte Volvo, die negen dagen ervoor over is gekomen bij Petsamo, drie dagen in Rovaniemi doorbracht, wat bevestigd is door het hotel, hij zat in het Sokos, voordat hij bij Pello naar de Zweedse kant reed. Zakenman, tweeënveertig, beweert dat hij zakenrelaties aanknoopte in de Barentszregio.'

'Wat voor zaken?'

'Uitzendbureau, Zweedse en Finse salarissen, Russische werknemers, veel winst voor de tussenpersonen. Zou natuurlijk strafbaar kunnen zijn, maar de activiteiten zijn nog niet echt begonnen, dus is het moeilijk om het te bestraffen. Hij is vier dagen na de moord door Noorwegen naar huis gereden, is van plan zich in Narvik en Tromsö te vestigen.'

'Geen strafblad?'

'Een paar keer belastingfraude. Geen geschiedenis met geweld, volgens Moermansk.'

Thore keek door het raam naar buiten, de berken langs de strandpromenade, de winkels die uit de grond waren gestampt rond de grens. Zijn werkende leven had zich ondanks alles voornamelijk in de Koude Oorlog afgespeeld. Hij kon er slecht aan wennen dat ze met hun collega's in Moermansk praatten als met... collega's.

'En dan hebben we deze jongens nog.' Anttila tikte tegen het scherm. 'Ze zaten met zijn tweeën in de auto, maar we hebben er maar één kunnen identificeren.' Hij deed zijn armen over elkaar en strekte zijn benen zodat ze aan de andere kant onder het bureau uit staken. 'Een eenendertigjarige man, veroordeeld voor zware mishandeling en meerdere kleine diefstallen van bouwplaatsen en zo, heeft een jaar in de gevangenis gezeten.'

'Aha.'

'Precies,' zei Dubbel-Antti. 'Deze zware jongen had de Volvo bovendien zonder toestemming van zijn oom geleend en waarschijnlijk een getuigschrift vervalst waarin stond dat ze toestemming hadden om erin te rijden. Anders waren ze waarschijnlijk tegengehouden toen ze tweeëntwintig dagen geleden, een kleine week voor de moord dus, de Russisch-Finse grens bij Salla passeerden. Ze lijken daarna rechtstreeks naar Torneå te zijn gereden, dus ze hebben tijd genoeg gehad om hier rond te rijden.'

'Wat zeggen ze?'

'We hebben ze nog niet gevonden.'

Thore dronk zijn koffie op, die koud was geworden. Toch smaakte die beter dan vroeger.

'En wanneer zijn ze teruggegaan?'

'Nooit,' zei Anttila, 'niet langs een bewaakte grensovergang.' Hij tikte met zijn pen tegen de rand van de tafel, een korte tromroffel. 'Ze kunnen nog in het land zijn.'

Rodja Nasajev geloofde in geluk noch in goddelijke voorzienigheid.

Het was alleen aan zijn eigen achterdocht te danken dat hij erachter was gekomen wie er dood gevonden was in de Neva. Niets ontging hem, nooit meer. Terwijl de mannen aan tafel de kansen van Zenit Sint-Petersburg in de UEFA-cup bespreken, ging zijn blik het lokaal rond om te zien of een van de gasten fluisterde of hun kant op gluurde, als ze maar een wenkbrauw optilden zou hij de eerste zijn die het wist en zodoende viel zijn oog ook op de naam van de toneelspeler op het televisiescherm boven de bar.

'Zet het geluid harder,' riep hij en hij kwam overeind.

De eigenaar van het restaurant rende naar de afstandsbediening. Hij deed altijd wat Rodja Nasajev en zijn mannen hem zeiden te doen. Betaalde wat hij moest betalen wanneer hij moest betalen, en daardoor had hij zijn restaurant al twintig jaar zonder dat het in stukken geslagen was.

De nieuwslezer deed zijn stropdas recht.

'Sint-Petersburg heeft vandaag een van zijn grote toneelspelers verloren, die altijd in onze herinnering voort zal leven door zijn vertolking van oom Wanja in het Alexandrinski-theater twintig jaar geleden. Te oordelen naar de staat van het lichaam kan hij wekenlang in de rivier hebben gelegen, aldus de politie.'

Rodja liep naar de tv toe en staarde de toneelspeler in de ogen, een zwart-witfoto waarop hij een snor en een cape droeg.

'Een tragische geschiedenis,' mompelde de eigenaar terwijl hij de bar glanzend schoon boende en de tv-camera inzoomde op een vervallen huis aan de Petrogradkant van de Neva.

De toneelspeler had alleen een huurkamer. De huisbaas kon zich niet herinneren wanneer hij hem voor het laatst had gezien. Volgens de politie was er waarschijnlijk sprake van een ongeluk.

Rodja fluisterde bij zichzelf toen hij terugkeerde naar zijn gezelschap, elke belediging die ooit was uitgesproken in de gevangenis van Rusland en die trouwens de eerste woorden waren die hij had gezegd na 'mama'. Sloeg met zijn hand op de tafel zodat de glazen rinkelden.

'Die man woonde niet waar ze zeggen dat hij woonde.'

De mannen aan de tafel keken om zich heen, welke man? De eigenaar trok zich terug achter de deuren. De andere gasten sloten hun ogen en oren, keken in hun eten.

Rodja wees naar de tv, waarop een laatste foto van de toneelspeler opflakkerde en verdween.

'Die man woonde in het huis bij de Oelitsa Roebinsteina.'

Hij leegde zijn glas en liep naar de uitgang, en de anderen dachten dat het het best was om hem te volgen.

Op straat stond de Rolls-Royce Phantom Coupé van de baas. Ze gebruikten hem nog steeds, ook al hadden ze Dmitri Rykov al weken niet gezien, niet sinds die vervloekte dag waarop hij door de deur aan de Oelitsa Roebinsteina ging en was verdwenen.

'Het appartement op de tweede verdieping. De nieuwe eigenaar die zich nooit liet zien.'

Rodja draaide de sleutel om en de zestienhonderd leds aan het plafond begonnen te branden en vormden een sterrenhemel boven hen.

'Waar niemand opendeed?'

Hij knikte in de achteruitkijkspiegel en genoot van de zachte vering terwijl hij de Nevski op draaide. Hij zou graag in deze auto blijven rijden. Na de rivier sloeg hij rechts af en parkeerde voor het huis aan de Oelitsa Roebinsteina, keek omhoog naar het gebouw, dat er zwijgend bij stond. De stem was terug in zijn hoofd, een *lichtgewicht* noemde die hem, een *uilskuiken* en een *debiel*, het was de stem van de baas.

Een lijfwacht viel niet op zijn post in slaap, maar Rodja Nasajev was die avond in slaap gevallen in de auto en pas wakker geworden toen hij het ijskoud kreeg. Hij was een man die een veiligheidsteam leidde, en die de man die hij beschermde had laten verdwijnen. Het enige wat hem nu dreef was Dmitri Olegovitsj Rykovs lichaam vinden en daarna degenen die het hadden gedaan. Die hem tot de risee van heel Sint-Petersburg hadden gemaakt, ze lachten nu, in Jekaterinenburg en Moskou, om het niet te hebben over de zwarten,

Tsjetsjenen die erop zaten te wachten om het over te nemen. Zelfs het gebouw keek op hem neer met zijn opzichtige ornamenten van olijftakken ter herinnering aan Russische overwinningen in het verleden. Hij voelde de blikken achter de ramen, mensen die zich achter zware gordijnen verborgen en baden om over het hoofd gezien te worden.

De minnares woonde niet meer op de vijfde verdieping. Ze hadden haar net zo lang onder druk gezet tot ze haar lichaam alleen nog maar konden dumpen op een verlaten vuilnisbelt buiten Sint-Petersburg. De borsten stukgesneden, de vingers één voor één verbrijzeld en de fraaie balletbenen op vier plekken gebroken. Aan de hand van haar gezicht zou niemand haar meer kunnen identificeren. Toch had ze volgehouden dat Dmitri Olegovitsj die dag nooit naar haar appartement was gekomen. Ze schreeuwde tegen het eind weliswaar dat het de conciërge was of de man van de sigarenwinkel of misschien haar voormalige baas van het Mariinski-theater, maar Rodja had eerder met dat soort verklikkers te maken gehad, ze schreeuwden alleen maar omdat ze nog konden schreeuwen.

Hij wist dat ze haar minnaar aan niemand had verraden.

Er was trouwens geen conciërge in het gebouw. Die was veertien jaar geleden gestorven en nooit vervangen. Ze hadden alle appartementen doorzocht en de bewoners gevraagd of ze iets hadden gezien of gehoord, wat voor contacten ze hadden, waar ze vandaan kwamen. Eén echtpaar dat familie in de Oeral had, hadden ze harder aangepakt. Het was bekend dat de groepen uit Jekaterinenburg oprukten in Sint-Petersburg om de havens te veroveren, de transportwegen onder controle te krijgen. Het konden ook de restanten van de Tambov-liga zijn, die zich weer oprichtten nadat de bazen enkele jaren gearresteerd waren in Moskou en aan de Costa del Sol. Niets was nog zeker. Geld verdween en bedrijven wisselden van eigenaar. Gingen failliet, helemaal uit zichzelf. Het waren krachten die ze niet onder controle hadden, geen scherpe wapens en oude loyaliteiten, en niemand wist zeker wie de Tsjetsjenen in het geheim ontmoetten. Als je het Rodja Nasajev vroeg, kon de gangsteroorlog elk moment weer uitbreken in de straten van Sint-Petersburg.

Hij aarzelde niet toen ze de deur te lijf gingen. Er stond een angstig dametje naast, dat had verteld dat er heus een toneelspeler in zou trekken. Ze had zijn naam gehoord van de mannen die de veiligheidsdeur erin hadden gezet, maar ze had nooit het genoegen gehad hem te ontmoeten.

Rodja kon zich het type van de toneelspeler voorstellen, ouder dan op de tv-beelden. Had er vast van gedroomd om zijn handtekening weer te kunnen zetten en vroeg niet wat hij ondertekende zolang hij betaald kreeg in wodka. En nu was hij boven komen drijven in de Neva.

Toen bezweek de deur en werd alles bevestigd.

Hij stak zijn armen uit om de anderen tegen te houden, wilde alles precies zoals het was in zich opnemen.

Het dikke lichaam van de baas, dat uitgestroomd leek te zijn over de vloer van de hal, de littekens waar hij zijn tatoeages had laten weghalen. De plastic zak over zijn hoofd, één schotwond. Ernaast lag een negenmillimeterpistool, met zijn uitgezette mobiele telefoon.

Rodja maakte het orthodoxe kruisteken boven de dode. De anderen herhaalden de beweging voor hun borst, schonken hun baas een minuut stilte.

Het waren dus niet de Tsjetsjenen, dacht Rodja terwijl hij de lijklucht inademde, de geur van beginnende verrotting. Dit was te netjes. Geen onnodige wreedheid, het was een signaal dat je geen signaal uitzond. Niet zoals zij, helemaal niet zoals zij. En als het een van de groepen uit Moskou of de Oeral was, waarom zouden ze de moord dan willen verbergen die het bewijs was van hun toenemende macht?

Hij boog voorover, hoewel het in strijd was met de *ponjatija*, de wet van de dieven, wanneer hij iets van de vloer pakte. Iedereen moest zijn eer behouden en de vloer was onrein, daar bevonden zich de *petuh*, de hanen, de laagsten in de hiërarchie van de gevangenen, die hij niet eens met zijn hand aan mocht raken, maar hij had de telefoon van zijn baas nodig. Daarna liep hij langzaam het appartement in. Geen meubels, er was niemand ingetrokken. Het appartement had maar één doel gehad: als grafkamer. Het was goed gepland.

Hij keek uit over de straat, waar het middagverkeer stotterend vooruit kroop.

De zakenpartner van de baas was ook verdwenen, Aleksej Sjaporin. Een paar mannen van Sjaporins *krysja* waren een week geleden langsgekomen met vragen, alsof zij het zouden weten. Ook hij zou een dezer dagen wel boven komen drijven in de Neva.

Rodja keek om zich heen door de kamer. Het anonieme van de moord maakte hem onzeker, dat wat geen gezicht had, geen tatoeage, geen naam. Wat weggleed en zich niet liet zien.

Het wees op de veiligheidsdienst, wat op zijn beurt van alles kon betekenen. Het hing er maar van af welke veiligheidsagenten, en vooral wie ze betaalde.

Hij zette het mobieltje aan, toetste de code in. Dat was geen probleem omdat hij het zelf had geprogrammeerd, de baas was een idioot als het aankwam op technische zaken, net als met vrouwen. En kijk hoe het was afgelopen. Zelf had Rodja zich nooit ingelaten met vaste relaties en hij schepte ook niet op over zijn seksuele escapades, anders dan de praatgrage Dmitri Rykov, hoe lang had hij de balletdanseres eigenlijk onderhouden, een halfjaar?

Natuurlijk wisten ze ervan, zij die alles wisten.

Rodja drukte op de eerste sneltoets, het belangrijkste contact in de krysja van de baas, zijn plafond, zijn beschermer. De telefoon ging over bij de man wiens naam je nooit noemde, maar die toegang had tot alle informatie en die de best betaalde van hen allemaal was, wiens geriefelijke leven jarenlang opgebouwd was met geld uit de fondsen van Dmitri Rykov. Rodja glimlachte toen hij hoorde dat de man aan de andere kant van de lijn opnam. Hij zou moeten werken voor het geld en degenen moeten vinden die een kogel in het hoofd van de baas hadden geplant en Rodja zelf in zijn gezicht hadden uitgelachen. Wie het ook waren, ze zouden gedwongen worden hun schuilplekken te verlaten. Over de vloer te kruipen onder zijn voeten totdat hij het zichzelf toestond om weer in slaap te vallen.

2

Buiten Sint-Petersburg namen de berkenbossen het over, en de enorme vlaktes, plat land dat zich naar de horizon uitstrekte. Hier en daar was de sneeuw gesmolten en had drassige moerasgrond blootgelegd.

Katrine stond in de gang van slaapwagon nummer negen, terwijl de zon opkwam en de trein langzaam naar het noorden rolde. Zo nu en dan kwamen helderblauwe en felgroene huizen voorbij, maar toen de buitenste stadsdelen voorbij waren getrokken, waren ze alleen maar grijs en vervallen, de oude huizen die niet veranderd hadden kunnen worden. Dorpen doken op en gleden voorbij. Ongeverfde houten huizen met vervallen schuurtjes en doorgebogen daken. De ruïne van een in de steek gelaten industrieterrein. Tuinen en aardappelland, een eenzame koe tussen de huizen.

Zo moet het er toen ook uit hebben gezien, dacht ze. Hetzelfde traject, hetzelfde spoor waarover ze toen hadden gereisd, in september 1931. De spoorlijn was gebouwd zodat ze bij het bos konden komen, de grondstof die de rijkdom van Karelië vormde.

'Wat zeg je nou, Rusland?' had Ante gezucht.

De paar dagen dat ze in Stockholm moest wachten had ze bij hem thuis mogen slapen. Het was een teleurstelling voor haar dat hij niet erg geïnteresseerd was. Hij had zijn familie aan Gunilla's kant, zijn kinderen hadden een oma en een opa, dat was genoeg. 'Het zijn de mensen die leven en die er voor je zijn als je ze nodig hebt die ertoe doen.'

En het zou de verkoop nog langer uitstellen.

'Een week meer of minder,' had Katrine gezegd, 'we hebben het bod al geaccepteerd, je krijgt je zin.'

De conducteur wurmde zich voor de derde keer langs haar en trok de deur van de coupé open, tilde gedecideerd haar koffer naar binnen. Op de britsen sliepen drie mannen. Ze mompelde een verontschuldiging in het Engels en tien minuten later hadden ze allemaal hun lakens en dekens opgeruimd, hun pantoffels aangetrokken en ruime zitplaatsen in de coupé gecreëerd. Ze verbaasde zich over de kwaliteit, die een heel stuk beter was dan die van de Zweedse tweedeklaswagons, met een tv aan het plafond en een *samowar* achter in de gang, waar een vrouw met een Kaukasisch uiterlijk haar een glas aangaf in een sierlijke metalen houder en haar wees waar de theezakjes lagen.

Zonder iets te zeggen boden de mannen haar de plek bij het raam aan.

Sparren en dennen namen het over en verdichtten de duisternis van het bos. Het ziet er net zo uit als Zweden, dacht ze. Dezelfde breedtegraden, dezelfde bomen. Als iemand haar op dit moment wakker had gemaakt en gezegd had dat ze zich iets ten noorden van Gävle bevonden, zou ze geen reden hebben gehad om eraan te twijfelen. Zolang ze de huizen niet zag, de scheve krotten die bezig waren in elkaar te storten, maar waar toch rook uit de schoorstenen kwam.

Ze haalde de pastasalade tevoorschijn die ze de dag ervoor op Arlanda had gekocht. Van daar was ze naar Sint-Petersburg gevlogen en had de nacht in een hotel doorgebracht om de dagtrein naar Petrozavodsk te nemen, een acht uur durend traject op de lijn van Moskou naar Moermansk. Er was ook een nachttrein, maar ze wilde niet in het donker reizen. Ze wilde zien wat zij hadden gezien toen ze onderweg waren, wat voor wereld het was waarin ze waren beland.

Alastair had zijn analyse al klaar gehad.

'Je bent de afstand tussen ons steeds groter aan het maken, daar gaat het om.'

'Eh... de ontvangst is niet zo goed hier... Rusland, hè.'

'Dit is belachelijk, je kunt beroofd en doodgeslagen worden.'

'Dat kan in Londen ook.'

'Kom naar huis,' had hij gezegd. 'We lossen het samen op. Als er iets aan onze relatie is waar je niet tevreden over bent, moeten we erover praten.'

Ik wil niet praten, dacht ze, want jij hebt alle antwoorden en het probleem ligt altijd bij mij.

Hij zei geen 'love you' toen hij ophing. En zij hoefde niet te antwoorden.

Een perron dook uit het niets op, een roestig wachthuisje zonder dak. Grote vogels vlogen op van een vuilnisbelt, de dennen bogen zich waar een storm voorbij was getrokken, er lagen bomen met ontblote wortels. Ze minderden vaart bij een station in een stadje waar de verlaten spoorwagons bij de huizen waren getrokken. Versleten huurkazernes gleden de hemel in, een bewolkte hopeloosheid. Gebogen oude vrouwtjes liepen over het perron en verkochten gerookte vis uit grote manden.

Het rook naar worst in de coupé, de jongste van de mannen haalde een mes tevoorschijn en sneed een brood in plakken voor zijn lunch. De oudere twee hadden klaargemaakte boterhammen en stukjes worst in plastic bakjes. Alsof hun vrouw het heeft gedaan, dacht Katrine. Ze wou dat ze hun iets had kunnen vragen, wie ze waren en waar ze naartoe gingen, maar geen van hen gaf antwoord op haar Engelse pogingen. Glimlachten alleen verontschuldigend en schudden hun hoofd, keerden zich naar de tv en elkaar, en de eenzaamheid groeide om haar heen.

Het was bijna vijf uur 's middags toen de geraamten van verlaten fabrieken opdoken aan de rand van Petrozavodsk. Katrine schrok toen ze ook daar rook uit een schoorsteen zag komen, er vonden dus nog steeds werkzaamheden plaats, ondanks de ingeslagen ramen en de gapende gaten in de gevels, Daarna kwamen de eeuwige huurkazernes, een paar woonwijken met wegen van klei tussen de huizen en ze vermoedde dat het immense Onegameer aan de rechterkant lag. De Karelische hoofdstad strekte zich aan zijn oever uit.

Wat doe ik hier? dacht ze toen de conducteur een treeplank uitschoof zodat ze uit kon stappen. Het asfalt op het perron was grotendeels in stukken gebarsten. Ze stapte over hopen zand en liep een tunnel in die onder het spoor door ging. Tegels waren omlaaggevallen en door het vocht waren er grote kuilen in het plafond ontstaan.

In Stockholm had ze in een roes van daadkracht geleefd, door alles wat geregeld moest worden, documenten en telefoongesprekken, reizen en visa, ze had iets te doen, een doel dat logisch en zinvol leek te zijn. Nu drong zich een gevoel van verval en hopeloosheid aan haar op. Ze kon de borden niet lezen, en al helemaal niet verstaan wat de mensen zeiden. Gunnar Pelttari en Empo Björnfot moesten zich complete vreemdelingen hebben gevoeld, voor de leeuwen gegooid, dacht ze terwijl ze door de stationshal liep, maar toen bedacht ze dat Fins de officiële taal was geweest in de Karelische Autonome Socialistische Sovjetrepubliek. De Karelische taal was bovendien verwant aan het Fins, het was hetzelfde volk, dezelfde grond, dezelfde mythen uit de *Kalevala*.

Er lag een dunne mist over de stad. Alles is weg, dacht ze, de klei en de barakken, de plees waarbij de stront recht naar beneden viel, hun grote dromen. Voor het stationsgebouw keek ze uit over een overdreven groot plein, waarop auto's en trolleybussen ronddraaiden in een rustige en langzame verkeerscarrousel. Een brede avenue die dwars door de stad sneed, vanaf het station recht op het Onegameer af. Hij heette nog steeds de Lenin Prospekt.

Ze trok de koffer achter zich aan in de bijtende wind.

'Er is een dossier, dat weten we in elk geval,' zei de tolk Ilja Petrov toen hij haar de volgende ochtend ophaalde van Hotel Svernaja. Ze had zijn naam gekregen via een organisatie voor handelsverkeer tussen Russisch Karelië en de Scandinavische landen.

Toen hij de deur openhield, zag ze dat hij er heel goed uitzag, scherpe Slavische trekken, een soort melancholieke mannelijkheid.

'Ik weet niet wat je te zien zult krijgen,' zei hij. 'Dat wisselt. Een tijd lang kreeg je de dossiers niet eens zelf te lezen, maar las een FSB-medewerker geselecteerde stukken voor.'

De Russische federale veiligheidsdienst, die tegenwoordig de naam FSB droeg, lag op maar een kwartier afstand van het hotel. Een erfgenaam in directe lijn van de KGB, of de NKVD zoals het heette toen ze Empo Björnfot kwamen halen.

'Ik dacht dat ze de archieven geopend hadden na de perestrojka,' zei Katrine.

'Dat hangt af van wat erop staat,' zei Ilja Petrov. 'Sommige dossiers zijn geheim verklaard voor vijfenzeventig jaar, andere voor altijd. En een aantal is na Stalins dood door NKVD-medewerkers verbrand.'

Katrine keek omhoog naar een massief stenen gebouw met tralies voor de ramen. De ingang was afgezet en werd gerenoveerd. Een paar bouwvakkers klommen de voorgevel op om platen van zwart graniet rond de enorme deur te bevestigen. Ze wezen naar een deur aan de zijkant.

'Ben je hier ooit eerder binnen geweest?' vroeg ze.

'Ik heb er een paar keer getolkt.'

Ze kwamen een hal binnen met een galmend hoog plafond. Twee geüniformeerde mannen zaten achterovergeleund achter een bureau en zagen er verveeld uit.

'We moeten hier wachten,' zei Ilja Petrov en hij wees naar een rij plastic stoelen.

De vinger van de bewaker bewoog de draaischijf van de telefoon rond. Katrine kon zich niet herinneren wanneer ze er voor het laatst zo een had gezien.

Ze friemelde aan de dikke map met papieren in haar tas. Het had heel wat mails en telefoongesprekken gekost om erachter te komen wat je nodig had om het archief van de Russische veiligheidsdienst binnen te komen.

Om te beginnen moest ze bewijs zien te vinden van een verwantschap die nooit geregistreerd was, waar slechts een paar mensen van wisten. Alleen familieleden die in rechte lijn verwant waren hadden het recht om een persoonsdossier uit de Stalintijd op te vragen.

Ze had in cafés in Stockholm gezeten en gewerkt alsof ze een deadline voor de radio moest halen, had de ene na de andere autoriteit gebeld en zich voorgesteld als journalist om er vaart achter te zetten.

Het ging om de geboortebewijzen van alle betrokken familieleden: zijzelf, Ingrid, Siri, en Gunnar Pelttari. Juist dat was makkelijker gegaan dan ze had gedacht, omdat een nichtje van Eva-Lena Palo op het belastingkantoor in Haparanda werkte. Ze had ook een uittreksel gevraagd van de patent- en registratiedienst dat bewees dat Ingrid haar achternaam had veranderd toen ze meerderjarig werd op haar eenentwintigste. Een vertaler die freelancete voor de staatsradio had haar geholpen een brief te schrijven waarin Ingrid Hedstrand in het Russisch verklaarde dat Gunnar Pelttari haar onbekende vader was. Met haar moeders beverige handtekening eronder. Katrine had ook een Russische vertaling gefaxt van Gunnars brieven aan Siri, met een kopie van de originele brief waarin hij over zichzelf schreef als de vader van het kind.

De kroon op het werk was een officiële brief van het Zweedse ministerie van Buitenlandse Zaken. De tovenaar die deze regeringsstempels geregeld had, heette Ulrika en was een oud-collega van een zomerbaantje bij de lokale radio in Gävle in het midden van de jaren negentig. Daarna had Ullis een glansrijke carrière doorlopen en momenteel was ze groepschef op de afdeling Globale Veiligheid van het ministerie.

In de brief drukte het Zweedse ministerie van Buitenlandse Zaken de wens uit dat ze alle denkbare hulp zou krijgen in de speurtocht naar haar grootvader, wat volgens Ilja Petrov ongetwijfeld de reden was dat de FSB haar verzoek zo snel in behandeling had genomen.

Er klonken voetstappen op de stenen trap en de tolk kwam overeind. Twee vrouwen trippelden omlaag met hooggehakte schoenen en strakke rokken, één in een smaragdgroene blouse, de ander in een roze vest met een gebreide roos boven haar linkerborst en een ordner in haar armen. Een geüniformeerde FSB-man verscheen en volgde hen op de voet, door deuren en gangen, tot ze bij de gesloten entreehal kwamen en een kamertje in werden geleid.

Katrine herkende de tralies voor het raam die ze vanaf de straat had gezien, ze liepen schuin, als de stralen van een zon. Een eenvoudige houten tafel in het midden met twee stoelen. De ordner op de tafel. Hij was van ongekleurd karton, vol cijfers en cyrillische letters, en veel zwarte stempels erop.

Ze moest eigenlijk naar de wc, maar begreep dat het daar niet het goede moment voor was.

'We mogen het lezen en aantekeningen maken, maar er geen kopieën van maken,' zei Ilja Petrov.

Katrine ging zitten, streek met haar vingertoppen over de ordner.

'Het dossiernummer,' zei de tolk en hij wees naar een rij getallen bovenaan.

511 372.

De geüniformeerde man ging bij de deur staan, handen op de rug. De vrouw in het groen verliet de kamer. Het roze vest ging op een stoel bij de muur zitten. Er drong geen geluid door de dikke muren. De bewaker ademde door zijn neus.

'Blijven ze de hele tijd naar ons kijken?' fluisterde Katrine.

'Ze moeten erop toezien dat we de regels volgen.'

'Twee mensen?'

'Je weet nooit hoe de mensen reageren die de waarheid te weten komen over een familielid. Het kan sterke gevoelens oproepen, problemen geven.' Zijn ogen kruisten die van haar. Ze kreeg een vermoeden van de afgrond die achter zijn woorden schuilging. Wat mensen hierbinnen te weten waren gekomen.

'Gunnar Carlovitsj Pelttari...' las hij.

'Carlovitsj?'

'Zijn patroniem, de naam van zijn vader.'

Carl, dacht Katrine, naar Carl Pelttari. De NKVD had hem volgens de Russische traditie de naam opgedrongen van een vader die hem uit huis had gegooid, die hij had beroofd. Gesproken van je oorsprong niet kwijt kunnen raken.

'Hij werd op 9 juli 1937 gearresteerd en naar de staatsgevangenis in Petrozavodsk gebracht.'

'Waarvoor?'

Ze hield haar adem in. Ilja Petrov wierp haar een blik toe.

'En hij werd een maand later veroordeeld, op 7 augustus 1937.'

'Veroordeeld voor wat?'

De tolk schoof het dossier dichter naar haar toe, alsof zij het kon lezen.

'Hier zie je de paragrafen in het wetboek van strafrecht,' zei hij en hij wees. '58:6 en 58:10.'

Ja, de getallen kon ze lezen. Ze dacht zelfs dat ze ze herkende, had Empo Björnfot ze niet genoemd toen hij vertelde over de zeven etmalen waarin hij verhoord werd door de NKVD, was het ook niet paragraaf 58 en nog iets waarvoor Oskar was aangeklaagd?

'Misdaden tegen de staat,' legde Ilja Petrov uit, 'contrarevolutionaire misdaden. Paragraaf 58 werd voor van alles gebruikt tijdens de zuiveringen.' Hij wreef over zijn kin, dacht na. '58:10 ging geloof ik over het verspreiden van contrarevolutionaire propaganda, de straf was meestal acht à tien jaar of meer in werkkampen. Als het de enige aanklacht was.'

De tolk zweeg en sloeg de ordner langzaam open.

Katrine wilde net vragen wat misdaad 58:6 inhield toen haar blik voor de eerste keer op Gunnar Pelttari viel. Een kopie van een paspoortfoto op de eerste pagina, een jonge, ernstige man. Wat was hij knap! Dik, achterovergekamd haar, rechte neus en een hoekig, beetje langwerpig gezicht, een krachtige mond met zachte lippen en iets hards in zijn blik. De kleur van zijn ogen kon ze niet zien op de verbleekte zwart-witfoto. Haar hart sloeg snel en haar mond werd droog, het duizelde haar terwijl alles rondwervelde en op zijn plaats viel. Hij lijkt op ons, dacht ze. Ik lijk op hem.

'Gunnar Carlovitsj Pelttari,' las de tolk, 'geboren op 9 juni 1912 in Kivikangas, Karl Gustavs Landskommun, Zweden, en dan zijn geboorteadres, en toenmalige adres in zijn woonplaats. Opleiding lagere school, lid van de communistische jongerenorganisatie sinds 1929. Geëmigreerd naar de Sovjet-Unie in 1931. Aanstelling bij de zandgroeve Solazjgora in Petrozavodsk. Daarna overgeplaatst naar de bouw van Weg 89 tussen Uhtua en Kem... daarna tewerkgesteld bij de Onegafabriek in Petrozavodsk, Sovjet-staatsburgerschap toegekend op 10 oktober 1936.'

'Hij is dus Sovjet-Russisch staatsburger geworden,' zei Katrine. De bewaker hoestte zachtjes achter haar rug. Ze vroeg zich af hoeveel tijd ze hadden. 'Wat had hij gedaan, waar werd hij voor aangeklaagd?'

Ilja Petrov bladerde verder in het dossier.

'Hier zijn de verhoren,' zei hij, 'of één ervan tenminste.'

Zacht en monotoon las hij voor wat er gezegd was in een verhoorkamer in de gevangenis in Petrozavodsk. Eerst de naam, daarna de repliek, alsof het een toneelstuk was.

VERHOORDER: U hebt samengezworen tegen de Sovjetstaat, beken.

GUNNAR CARLOVITSJ PELTTARI: Dat kan ik niet bekennen.

VERHOORDER: Maar u bent lid van een contrarevolutionaire organisatie die zich schuldig heeft gemaakt aan staatsvijandelijke activiteiten. Wie waren de anderen in de organisatie?

GUNNAR CARLOVITSJ PELTTARI: Ik weet niets van zo'n organisatie.

VERHOORDER: Ontkent u ook dat u Oskar Helmerovitsj Björnfot kent?

GUNNAR CARLOVITSJ PELTTARI: Nee, dat ontken ik niet.

VERHOORDER: Dan weet u dus dat hij schuldig is aan sabotage tegen de Sovjetstaat?

GUNNAR CARLOVITSJ PELTTARI: Nee, dat kan ik niet geloven. Oskar Björnfot is een goede communist.

VERHOORDER: Dus u sympathiseert met zijn missie?

GUNNAR CARLOVITSJ PELTTARI: Ik weet niets van een missie. Ik heb hem al twee jaar niet gezien.

VERHOORDER: We hebben bewijzen dat u met hem hebt samengespannen tegen de Sovjet-Unie. Bewijzen, Gunnar Carlovitsj. Wie zaten er nog meer in de organisatie?

GUNNAR CARLOVITSJ PELTTARI: Ik weet het niet. Ik zeg toch dat ik niets van zo'n organisatie weet.

VERHOORDER: Dus u weigert ons de namen te geven? Beseft u dat u essentiële informatie over staatsvijandelijke activiteiten achterhoudt? Kent u de straf voor een dergelijke misdaad?

De tolk zweeg en keek op. Het verhoor was afgesloten, of in elk geval het afschrift ervan.

'Is dat alles?' vroeg Katrine.

Hij bladerde door het dossier.

'Het zegt helemaal niets,' ging ze verder, 'wat zou hij gedaan moeten hebben? Wat hadden ze dan voor bewijzen?'

'Het is ongetwijfeld woordelijk weergegeven,' zei Ilja Petrov, 'daar waren ze heel stipt in. Maar de aanklacht zelf kan natuurlijk verzonnen zijn, iemand kan hem hebben aangegeven omdat ze zijn woning wilden hebben of om hun eigen huid te redden.'

'Er moet toch meer zijn geweest, ze kunnen hem hierop niet veroordeeld hebben.'

'Niet alle documenten zitten erbij,' zei Ilja Petrov, die heen en weer bladerde. Het was een gewone ringordner met geperforeerde bladeren. 'Dit zijn kopieën.'

'Maar... Zeg dan dat ze het origineel moeten halen. Ik heb tenslotte toestemming om het dossier te lezen.'

Ze draaide zich om. Het lichaam van de FSB-man spande zich, hard en waakzaam.

'Het kunnen dingen zijn die voor altijd geheim zijn verklaard,' zei Ilja Petrov.

'Wat dan bijvoorbeeld?'

'De namen vooral. De verhoorders, degenen die de straf hebben voltrokken.'

Katrine sloot haar ogen en leunde achterover tegen de harde rugleuning. Deed haar ogen weer open en zag grote vlekken op het plafond waar de verf was afgebladderd.

'Was het niet de bedoeling dat jullie zouden afrekenen met het verleden en de verantwoordelijken voor het gerecht zouden dagen?' zei ze. 'Glasnost en perestrojka en dat soort dingen?'

'Het is niet zoals in Duitsland, waar ze alles hebben opengesteld,' zei Ilja Petrov rustig. 'Kinderen en kleinkinderen zouden er niet onder hoeven te lijden.'

'Dus je mag lezen over de slachtoffers, maar niet over de daders?'

'Het is een kleine stad. Het zou problemen opleveren.'

Vanuit haar ooghoek zag Katrine dat de vrouw met het roze vest discreet haar nagels vijlde.

'Oké,' zei ze. 'Wat staat er nog meer in de documenten die niet geheim zijn?'

Ilja Petrov schraapte zijn keel en las verder.

'Hij bekende na dertien dagen.'

'Wat bekende hij dan?'

Er stond, getypt, zwart-op-wit, of liever gezegd vergeeld en verbleekt door het kopiëren. Gunnar Carlovitsj Pelttari had bekend zich schuldig te hebben gemaakt aan contrarevolutionaire propaganda en spionage in dienst van het bourgeoise Finland. Hij had staatsgeheimen naar het buitenland verspreid. De leider van de contrarevolutionaire groep was Oskar Helmerovitsj Björnfot. Het doel was om door middel van sabotage en contrarevolutionaire activiteiten een oproer tot stand te brengen zodat Finland Oost-Karelië in zou kunnen lijven.

'En dat zou Gunnar Pelttari's handtekening zijn?'

Het handschrift was beverig en zwak, ze moest denken aan Ingrid toen zij moeizaam de volmacht had ondertekend. Het was niet alleen zo dat de letters anders en duidelijk met enige moeite geschreven waren, als hij al Russisch had geleerd in de zes jaar dat hij in het land was, het was überhaupt zijn handschrift niet. Er zat niets in dat leek op de rechte, keurige letters in de brieven aan Siri.

'Kan de NKVD het ondertekend hebben met zijn naam?'

'Of ze hielden zijn hand vast,' zei Ilja Petrov, 'als dat al nodig was. Na twee weken... dan ondertekende iedereen.'

Katrine probeerde zich schrap te zetten tegen de beelden die nu in haar hoofd op zouden duiken, van martelingen in donkere, stenen kelders.

'Denk je dat hij schuldig was aan een van die dingen?'

'Moeilijk te zeggen,' zei Ilja Petrov, 'maar honderdduizenden slachtoffers zijn gerehabiliteerd na 1989, als zijnde onschuldig veroordeeld.'

'Dat werd verdomme ook tijd,' zei Katrine en ze deed haar benen over elkaar, kneep zo hard als ze kon. Ze moest echt heel nodig naar de wc.

'Wat staat er in het protocol van de rechtszaak?'

'Er was niet echt een rechtszaak,' zei Ilja Petrov. 'Het was een trojka die rechtsprak, drie personen dus, vaak hooggeplaatst in de NKVD en de partij.'

'Dus de NKVD was verantwoordelijk voor de hele gang van zaken? Arrestatie, verhoor, veroordeling...'

'En verder voor de gevangenentransporten, de werkkampen... en de terechtstellingen.'

Katrine slikte.

'Waartoe werd hij veroordeeld?'

'Omdat hij vervolgd werd wegens spionage volgens paragraaf 58:6...' Ilja Petrov pauzeerde even en legde zijn hand een paar centimeter dichter bij die van haar, alsof hij hem vast wilde pakken maar niet durfde. 'Hij werd ter dood veroordeeld.'

De echo van het woord.

Een gevoel van leegte.

Wat was ze onnozel.

Dood. Natuurlijk was hij dood. Al die jaren. Siri die had gewacht.

'Dus ze hebben hem terechtgesteld?' De woorden bleven in de lucht hangen. Inhoudsloos.

Terecht-stellen. Wat was dat voor een samenstelling?

Ilja Petrov keek in de papieren, hief zijn hoofd niet op.

'Op 18 augustus 1937.'

'De dag na het vonnis?'

'De gevangenissen zaten vol. Zo vol dat ze de verhoren in cultuurhuizen hielden, in theaters.'

Ergens bromde een ventilator, ze had hem nog niet gehoord. Verdriet was het verkeerde woord. Een paar weken geleden had hij niet eens bestaan voor haar. Hij was een dossier in een bruine, kartonnen ordner, meer niet. 'Waar? Ik bedoel, hoe...?'

'In Krasny Bor, het rode bos. Ze werden doodgeschoten, en dat was dat. Vaak was het een hele groep. Ze reden er niet helemaal voor één persoon naartoe, het ligt een stukje buiten de stad...'

Daarna was het voorbij, dacht ze. Voor Gunnar Pelttari, maar niet voor Siri Kankanranta, en niet voor Ingrid. Dat schot had haar eigen leven getekend, lang voordat ze was geboren, al wist ze niet precies hoe. En de volgende gedachte: ik kan dit mama niet vertellen.

Ze hoorde de bewaker achter haar zich bewegen, hij verplaatste het gewicht naar zijn andere voet, een zucht, ongeduld in de kamer. Geen denken aan dat ze hiervandaan zou gaan voordat ze de rest van het dossier hadden doorgenomen. Haar blik bleef hangen bij een naam die er bekend uitzag, ondanks het cyrillische alfabet.

'Wat staat daar?'

'Het ziet eruit als de naam van een andere Zweed.' De stem van de tolk klonk opgelucht, nu het doodsbericht uit de weg was. 'Emil Helmerovitsj Björnfot, hij zal wel familie zijn van die andere die werd genoemd? Ken je hem?'

'Zijn broer. Ze kwamen alle drie uit hetzelfde dorp.'

'Hij wordt hier opgegeven als getuige.'

'Getuige van wat?'

Ilja Petrov deed zijn sjaal af, het viel haar nu pas op dat hij die de hele tijd om had gehouden, alsof hij verwacht had dat het ook binnen koud zou zijn.

'Zoals gezegd weet je niet wat waar is en wat afgedwongen bekentenissen zijn, het is moeilijk om deze informatie in te schatten...'

Het besef drong als een steen tot haar door, zwaar als dat vervloekte gebouw waarin ze zaten. Empo Björnfot was opgehaald en had zeven dagen in dezelfde gevangenis gezeten, dezelfde zomer. En daarna hadden ze hem vrijgelaten.

'Was hij een verklikker? Heeft Emil Björnfot hem aangegeven?'

'Ze verzoeken familieleden altijd om dit soort informatie te vergeten op het moment dat ze de kamer verlaten.'

Ze zag de zwakke oude man voor zich. Het laatste wat ze hem had gevraagd: of hij niet wilde weten wat er met zijn broer was gebeurd. Maar Empo Björnfot weigerde een volmacht te tekenen, wilde haar niet naar Oskar laten zoeken in het archief. 'Daar is het nu te laat voor,' had hij gezegd en 'wat zou dat nu nog voor zin hebben?'

'Ze kunnen hem hebben gedwongen,' zei Ilja Petrov. 'Misschien hebben ze gezegd dat hij zijn broer kon redden als hij hun een paar namen gaf. Er waren in elk district centrale quota's voor het aantal staatsvijanden dat je verondersteld werd op te sporen en te veroordelen. Ze hadden verdachten nodig. Misschien heeft hij alleen maar de namen genoemd van een paar mensen die hij kende, ze kunnen elkaar hebben aangegeven, waarschijnlijk werd hij gemarteld. Het waren allemaal slachtoffers. Er was geen waarheid.'

De archiefvrouw zei iets en keek naar de klok.

'Ze vraagt of we klaar zijn. Het is bijna lunchtijd.'

'Mijn moeder heeft haar hele leven gewacht,' zei Katrine. 'Ze kunnen ons nog wel een moment geven.'

'Dit is iets wat in beslag is genomen bij de huiszoeking,' zei Ilja Petrov en hij bladerde verder.

Katrine staarde naar de kopieën van een paar foto's, kleine zwartwitte. Gezichten. Een vrouw met loshangend haar. De foto zag er versleten uit, alsof ze het origineel door de wasmachine hadden gehaald, maar ze had het eerder gezien, in het huis in Kivikangas, de foto's op de secretaire, de foto van Siri Kankanranta toen ze opstandig en jong was. Empo had verteld dat Gunnar met de foto onder zijn kussen sliep, hij was versleten door zijn liefde. Daarna kwam een foto van Ingrid als klein meisje. Die had aan de muur boven zijn bed gehangen in de barak bij de Onegafabriek, 'ze waakte over hem als een engel'. Katrine voelde de tranen weer opkomen, dichter dan dit waren ze nooit tot elkaar gekomen, vader en dochter. Een half afgewend meisjesgezicht, blonde krullen, Ingrid kon anderhalf, misschien twee jaar oud zijn op de foto.

Katrine tilde de ordner op om beter te kunnen kijken. Er was nog een foto van het kind, maar daarop was ze jonger, een baby nog, een rond gezicht met een verwonderde blik naar de fotograaf. Had vast nog nooit een fototoestel gezien.

'Dat is zeker je moeder,' zei de tolk en hij wees naar de foto van Ingrid met de krullen, 'Ingrid Gunnarova, wat een mooi kind. Net als haar zus.'

'Nee, ze heeft geen zus.'

'Jawel.' Hij wees naar de baby. 'Hilma Jelena Gunnarova Pelttari.'

Katrine voelde hoe haar hersenen vastliepen. Waar had hij het over?

'Geboren op 3 november 1936 in Petrozavodsk.'

Katrine staarde naar de Rus. En naar het kind. De kinderen! Ze zag nu wat er niet klopte. Het kuiltje in haar kin, haar moeder had nooit een kuiltje in haar kin gehad. Het bloed steeg naar haar hoofd, ze kreeg het warm en werd duizelig. Er was een kind! Gunnar Peltari had nog een dochter gekregen en ze was hier geboren, ergens in de bossen ten zuiden van Petrozavodsk, een onbekende halfzus van haar moeder, als in een sprookje waarin de verdwenen tweeling zich onder rozenstruiken verborg.

'Denk je dat ik naar de wc kan?' vroeg Katrine.

De bewaker liep met haar mee, een nieuwe gang in, wees naar een deur. De wc-pot was ijskoud, het porselein gebarsten. Haar gezicht in de doffe spiegel. De gelaatstrekken waren onmiskenbaar. Het langwerpige, hoekige, de rechte neus. Die klootzak! Siri die haar hele leven had gewacht. En hij liep rond te neuken in de Sovjet-Unie!

Ze waste haar gezicht en veegde het zweet onder haar armen weg met vochtig wc-papier. Sloot zich aan bij de FSB-man die buiten stond te wachten. Ze kwamen een groepje medewerkers in uniform tegen op de weg terug. Gelach en mompelend gekeuvel tussen collega's.

Wat is er achtergebleven in deze muren, dacht ze, in het bewustzijn van mensen? Hoe kunnen ze de namen gewoon verstoppen en verdergaan?

Ilja Petrov stond toen ze binnenkwam, in een discussie verwikkeld met de vrouw in het roze. Hij wendde zich tot Katrine.

'Er moet nog een dossier zijn,' zei hij. 'Ik probeer te zeggen dat je het recht hebt om dat ook te zien.'

'Wat voor dossier dan?'

'Dat van het meisje.'

Katrine keek hem verward aan.

'Hilma Jelena? Hadden ze ook dossiers van kleine kinderen?'

Hij wees naar de ordner die hij in zijn hand hield, tikte met zijn vinger op een cyrillische aantekening. De eeuwige stempels.

'Er staat hier een verwijzing, naar dossier 683 441.'

'Wat betekent dat?'

'Alleen dat degene die dit dossier als laatste heeft aangevraagd ook toestemming had om nummer 683 441 te lezen, dat iemand betreft die ook in dit dossier voorkomt.'

'Hilma Jelena.'

De tolk zei nog meer in het Russisch. Katrine had zich in haar hoofd gezet dat het een harde taal was, maar uit Ilja Petrovs mond klonk het zacht, warm en melodisch. De vrouw draaide zich op haar hoge hakken om en verdween uit de kamer.

'Hoe is dat je gelukt?'

'Ik zei dat het meisje in rechte lijn afstamde van het familielid dat in rechte lijn verwant was aan jou. En dat de Zweedse regering hun inspanningen zou waarderen.'

Katrine glimlachte, wat een gouden jongen. De volgende verwarde gedachte: zou hij getrouwd zijn? Haar blik gleed onwillekeurig naar zijn linkerhand, geen ring, betekende dat hier hetzelfde als thuis?

'Staat er wie de moeder van het kind is?' vroeg ze. 'Wat is er met haar gebeurd?'

Ilja Petrov bladerde en las, ze vond dat hij een beetje nerveuze indruk maakte. Hij moest hetzelfde gevoeld hebben als zij, een kortstondige aantrekkingskracht. Hij was vast getrouwd. Hij straalde geborgenheid uit, een man die bevestigd was, die geen moeite hoefde te doen.

'Helvi Kariova Mäkelä, woonachtig in Petrozavodsk, geboren in Björneborg, Finland, de familie emigreerde in 1918 naar de Sovjet-Unie na het verlies van de Rode Garde in de Finse Burgeroorlog, aangesteld bij de Onegafabriek...'

'Staat er waar ze naartoe is gegaan?'

Ilja Petrov trok een grimas, een medelijdende blik.

'Ze werd gelijktijdig met Gunnar Pelttari gearresteerd.'

'Werd zij ook terechtgesteld?'

'Overgeplaatst naar Kem. Werkkamp.'

'En het kind?'

Hij zocht, sloeg een paar pagina's om en schudde zijn hoofd.

'Staat er niet.'

Het duurde twintig minuten. Katrine had tijd genoeg om zich voor te stellen hoe het kind had geschreeuwd toen Gunnar en Helvi werden opgehaald, of was het meisje nog te klein om het te begrijpen? Het leven dat uit je werd gerukt terwijl ze weg werden gevoerd.

Ze schrok van het onverwachte geluid toen de deur werd geopend, de hakken op de stenen vloer die zich voortplantten en echoden.

De vrouw met het roze vest legde één gekopieerd velletje wit papier op tafel. De geur van parfum toen ze terugkeerde naar haar plek bij de muur.

Katrine keek naar de foto. Het was duidelijk dezelfde Hilma Jelena, al was de foto iets later genomen. Haar haar was gegroeid. Blonde krullen. Ze was misschien een jaar ouder. Een doffe blik. Ze glimlachte niet tegen de camera.

'Het meisje is blijkbaar naar het kindertehuis in Ladva gebracht.' Hij keek op en ving haar blik. 'Dat ligt in het westen, een paar kilometer van Petrozavodsk. De ouders worden als dood opgegeven.'

Een korte stilte.

'Ze moeten daar toch ook een register hebben, het moet mogelijk zijn om haar op te sporen.'

'Er staat dat ze werd geadopteerd.' Hij bestudeerde het blad nauwkeurig, keerde het om, maar de achterkant was leeg. 'Door Julia Anatolievna Morozova. Sovjet-Russisch staatsburger, geboren in 1912 in Leningrad. Dit is een uittreksel uit haar dossier.'

Hij fronste zijn voorhoofd, las verder.

'En wat is er daarna gebeurd? Waar zijn ze naartoe gegaan, met het kind?'

Ilja Petrov wendde zich tot de archivaris, die bij de deur was blijven staan. Uit haar gezicht sprak duidelijk irritatie omdat het zo lang duurde. Hij wees naar het papier, een korte woordenwisseling. De vrouw sloeg haar armen over elkaar onder haar roze boezem.

Ilja Petrov vertaalde.

'We hebben niet het recht om informatie in te zien over degenen die haar geadopteerd hebben, omdat ze geen verwanten in een rechte lijn van jou zijn, en ook niet van mij.'

Katrine bekeek de tekst die ze niet begreep, om iets te vinden wat ze over het hoofd hadden gezien.

'Waarom is dit verborgen?' vroeg ze en ze legde haar vinger op een donkere vlek naast de naam van de vrouw, waar de naam van de man had moeten staan.

'Waarschijnlijk om te zorgen dat we het niet kunnen lezen.' Ilja Petrov keek naar de bewaker bij de deur. Hield het papier tegen het licht dat door het raam kwam en legde het weer neer.

'Maar er staat toch alleen dat ze iemand hebben geadopteerd, wat is daar geheim aan?'

Een korte zin van de vrouw. Daarna kwam ze naar voren en graaide het document naar zich toe.

'Ik denk dat we nu moeten gaan,' zei Ilja Petrov.

Katrine liep zonder dat ze echt contact met de grond had. Alsof de stenen vloer en de aarde daaronder waren uitgewist.

Pas toen ze weer door alle gangen waren geleid en door de tijdelijke zijingang naar buiten waren gestapt, was ze in staat onder woorden te brengen wat ze dacht.

'Hoe lang denk je dat het geheim is verklaard? Voor vijfenzeventig of honderd jaar of voor altijd?'

Ilja Petrov begon terug te lopen naar de Lenin Prospekt. Een besmeurde trolleybus reed voorbij. Katrine bleef op de hoek van de straat staan.

'Hij was NKVD of zo hè, de man die mijn tante heeft geadopteerd?'

Thore Palo was op weg naar buiten met de hond toen de auto de oprit op draaide. Hij keek tegen het licht in, een glanzende zilveren Audi.

'Hallo,' riep Antti Anttila en hij stapte uit.

Thore ploeterde hem tegemoet. Was vanochtend niet eens naar buiten gegaan om sneeuw te ruimen.

'Je waagt het dus om hier te komen,' zei hij.

'Goedendag,' zei Dubbel-Antti en hij zette zijn zonnebril op. Thore had niet de moeite genomen om een nieuwe aan te schaffen. Tegenwoordig was hij blij met het nawinterlicht, ook al was het verblindend, het bracht dat vervloekte lichaam tenminste een beetje tot leven.

Op de weg dreunde de bus naar Oost-Torneå voorbij. De politie-inspecteur knikte met zijn kin in dezelfde richting.

'Dacht dat ik net zo goed even kon stoppen,' zei hij. 'Ik kom net uit Ylitornio.'

Thore zag de bus verdwijnen in een wolk van sneeuw.

'We hebben het,' zei Dubbel-Antti. 'We hebben zowaar een doorbraak.'

'In Ylitornio? In de gevangenis?'

'Niet alleen dat. De jongens in de auto zijn in Stockholm opgepakt.'

'In de Volvo?'

Anttila glimlachte, waardoor zijn tanden fonkelden in het zonlicht, het was vreemd wat een witte tanden gewone mensen tegenwoordig hadden, als filmsterren.

'Ze werkten zwart bij de bouw van een huis in Täby, maar twee straten van Frederik Reinfeldt. De buren hebben geklikt, vonden zeker dat de bouwvakkers er dubieus uitzagen. Onze jongen heeft vast wat tatoeages opgedaan in de gevangenis.'

'Wonen de Reinfeldts niet in het Sagers Huis?'

'Jawel, maar daarvoor.'

'Wat zeggen ze?'

'Dat ze onschuldig zijn natuurlijk.' Dubbel-Antti deed zijn pet af en richtte zijn gezicht naar de nawinterzon. 'Ze zijn naar Zweden gekomen om te werken. Ze reden drie weken geleden direct van Haparanda naar Täby, sliepen in de auto zodat we het niet kunnen controleren.'

'Maar de werkgever moet het toch weten?'

'Welke?' Anttila zuchtte en zette zijn pet weer op toen de zon achter de enige wolk verdween. 'Het is een leverancier van een leverancier van een bouwconsultbedrijf en ze zijn allemaal goedgekeurd door de vakbond en de overheid. Niemand wist dat ze zwart betaald werden en de huiseigenaar is verontwaardigd en beweert dat hij bedrogen is, maar we krijgen ze wel klein. Luleå stuurt vandaag iemand naar ons toe, hij is er vast al.'

'En wat kreeg je in Ylitornio te horen?' Thore liep de zijweg naar de rivier op, waar minder verkeer was. De gevangenis in het Finse Övertorneå stond algemeen bekend als informatiecentrum voor het hele hoognoordelijke gebied, met misdadigers uit zowel Finland als Zweden en Rusland. Als het gerucht over Lars-Erkki's eventuele geld daar had gecirculeerd, dan wist gegarandeerd iedere dief van Narvik tot Moermansk ervan.

'Een van onze jongens zit er een jaar vast wegens mishandeling en inbraak aan de Finse kant.' Een blik op Thore. 'Ik kan natuurlijk niet zeggen wie het is.'

Mishandeling? dacht Thore. Inbraak aan de Finse kant?

'Härkkönen?' zei hij.

'Zoals ik net zei.'

Hoikka-Pertti, magere Pertti Härkkönen, hij kon hem voor zich zien, moest inmiddels over de vijftig zijn. Een chronische dief, geboren en getogen in Torneå, maar hij woonde in Vojakkala. Thore kon zich een paar keer herinneren dat hij hem zelf had opgepakt, altijd even onschuldig met zijn auto vol gestolen waar van beide kanten van de grens.

'Deze gevangene,' zei Anttila, 'trekt in elk geval op met een zekere Rus en hij heeft het een en ander te horen gekregen.'

Thore luisterde terwijl Akka rondneusde in de gele sporen in de sneeuw aan de rand van de weg. Daar spookten ze weer rond, de Russen, het speet hem dat zijn instinct er zo naast had gezeten, of was de conclusie van het onderzoeksteam misschien voorbarig?

Het hoofd van het politieonderzoek in Luleå die zijn mensen op iets anders wilde zetten, de rijksrecherche die de analytici nodig had? Hij kon gevallen aanwijzen waarin moordenaars vrijuit waren gegaan omdat de organisatie verschillende kanten uit werd getrokken, de moorden bij Appojaure bijvoorbeeld. Er was niet één politieagent in Norrbotten die geloofde dat Thomas Quick die had begaan, maar hij werd evengoed veroordeeld en nu, zeventien jaar later, schreef hij op zijn blogsite dat hijzelf niet eens begreep hoe de rechtbank zijn verzinsels had kunnen geloven.

'Hij begon gisteravond tegen de bewakers te praten,' ging Anttila verder. 'Zei dat hij wist wie Lap-Erik had gepakt, maar ze moesten hem *witness protection* beloven voordat hij meer vertelde.'

Ze lachten alle twee.

'Deftige woorden kennen ze tegenwoordig,' zei Thore.

De gevangene was echter bereid geweest om het te vertellen als Anttila ernaartoe kwam, met of zonder witness protection. 'Het ging om de maffia, zei hij, die Rus had tatoeages over zijn hele lichaam, kerken en zo, echte kunstwerken. Je weet dat je het aantal jaar dat iemand in de gevangenis heeft gezeten af kunt lezen aan de kerkkoepels op hun huid, en in dit geval waren er een heleboel koepels. Onze man beefde van angst toen hij het vertelde.'

Of door onthouding, dacht Thore.

'Ze zaten achter Lap-Eriks geld aan, zei hij, en nu neemt hij het zichzelf kwalijk en wil zijn hart luchten, want hij heeft een paar mensen verteld over de skiheld in Kivikangas die ze niet allemaal op een rijtje had, maar wel een stapel geld onder zijn matras had liggen.' Anttila ging over op het Fins toen hij vertelde wat de gevangene had gezegd, deed zijn hese stem na zodat Thore er geen moment meer aan hoefde te twijfelen dat het Hoikka-Pertti was die gepraat had. 'Maar ik had nooit gedacht dat ze hem dood zouden slaan,' jammerde hij, 'en nu zitten ze achter mij aan, ze vinden je overal. Je kan je nergens verschuilen voor die gasten, jullie moeten me hieruit halen.' Thore bleef staan.

'Hoe lang zit hij er al?'

'Vier maanden.'

'Dan begint hij er zeker genoeg van te krijgen.'

Ze waren bij het eind van de weg gekomen, stonden bij de pastorie. Akka keerde uit zichzelf om. Dit was hun gebruikelijke wandeling. Driehonderd meter heen, even lang weer terug.

'Het is geloofwaardig,' zei Dubbel-Antti. 'Het klopt dat hij met een Rus zat die waarschijnlijk tot en criminele groepering uit Sint-Petersburg behoort, dat hebben we bevestigd gekregen. En ze hebben het daarboven voor het zeggen in Karelië, en ook op Kola, hebben alle havens onder controle, dus het moet verdomme wel kloppen.'

'En wat wilden ze met het geld van Lap-Erik?'

'De financiële crisis heeft daar ook toegeslagen, ze zoeken wat ze kunnen.' Antti Anttila begon iets sneller te lopen, vond zeker dat de wandeling lang genoeg had geduurd.

'En het verband met de bouwers in Täby?'

'Daar zijn we nog niet uit.'

Thore opende de brievenbus toen ze erlangs kwamen, geen post.

'Zijn ze trouwens niet verhuisd, de Reinfelds, nadat hij vast was komen te zitten in de lift?'

'Klopt ja. Tot kijk.'

Anttila stak zijn hand op bij wijze van groet en liep weg. Diepe sporen in de verse sneeuw, Thore schaamde zich dat hij de oprit niet had geveegd terwijl er bezoek kwam. Hij keek de Audi na terwijl die de weg naar Haparanda op draaide. Misschien waren het dus toch de Russen, dacht hij en hij zocht naar opluchting in zijn lichaam. Dat het iets van buiten was. Hij pakte de sneeuwschep en begon de sneeuw van de trap te scheppen.

Witness protection, mompelde hij, wat zullen ze hierna nu weer verzinnen?

Voor haar rees een enorm standbeeld van Lenin op. Katrine bleef staan en bekeek Vladimir Iljitsj een tijdje. Ze had gedacht dat alle monumenten uit de communistische tijd omvergehaald en weggesleept zouden zijn, maar hier stond hij nog, geleund tegen zijn sokkel en met zijn blik versteend naar de toekomst. In werkelijkheid staarde hij recht naar de Onegafabriek aan de andere kant van het park, de oude kanonnenfabriek. Een gigantische industrieruïne die zich over bijna een vierkante kilometer uitstrekte, midden in de stad. Hier ergens in de buurt hadden de barakken gestaan, waar Empo Björnfot Gunnar Pelttari voor het laatst had gezien.

Hij moest toch geweten hebben dat Gunnar een nieuwe vrouw had? Loog hij daar ook over, of was dat een van de dingen die hij vergeten was?

Ze liep langs de muur, keek naar binnen waar dat kon. De verwoesting was totaal, roest en neergevallen leidingen, daken die waren ingestort en gebroken ramen. Alles vergaat in dit land, dacht ze, alles roest en valt uit elkaar. Gras en struiken staken omhoog uit de sneeuw tussen de huizen. *Beware of the invaders* stond er op een muur geschreven.

Hoe had Empo Björnfot al die jaren met zichzelf kunnen leven? Als hij Gunnar had aangegeven, had hij ook de beschuldigingen tegen zijn broer bevestigd. *De namen, Emil Helmerovitsj, de namen!*

Katrine draaide zich om en liep door het park naar het café waar Ilja Petrov zat te wachten.

Het was alsof je Parijs binnenstapte, kristallen kroonluchters aan het plafond en foto's van de Eiffeltoren aan de muren.

De tolk nam haar jas aan. Aan de tafel zat een oudere man, hij was zo klein dat het bijna geen verschil maakte toen hij opstond om haar te begroeten.

'Dit is Valeri Laine,' zei Ilja Petrov. 'Hij heeft informatie die je volgens mij zal interesseren.'

'Over Hilma Jelena?'

Ze werd een beetje warm van het uitspreken van de naam, het klonk als een liedje.

'Nee, maar wel over Oskar Björnfot.' Hij pakte een laptop uit zijn tas en begon in te loggen op een draadloos netwerk. 'Ik had hem gevraagd of hij even kon kijken en hij staat op de lijsten.'

'De lijsten?'

'Van slachtoffers uit de Stalintijd. Mensen die zijn verdwenen of zijn gestorven aan iets anders dan beweerd werd, ze staan allemaal in het archief.' Hij knikte naar Valeri Laine, die de computer naar zich toe had getrokken. 'Zijn eigen grootvader is ook in Krasni Bor terechtgesteld. Hij kreeg het dossier in 1989 te lezen. Tot dat moment dacht de familie dat hij gestorven was aan influenza. Dat stond in het doodsbericht dat ze na de oorlog kregen.'

Valeri Laine glimlachte tegen haar.

'We moeten vaak rouwen.'

Hij draaide de computer zodat ze het kon zien.

'Oskar Helmerovitsj Björnfot,' zei hij en hij wees naar het scherm. Katrine boog zich ernaartoe en zag een heleboel cyrillische letters, lange rijen namen onder elkaar. Valeri Laines melodische Russisch in het ene oor en het Zweeds van de tolk in het andere.

'Hij werd ter dood veroordeeld in Petrozavodsk op 14 augustus 1937. Aangeklaagd volgens paragraaf 58:6 en 58:14 van het wetboek van strafrecht, terechtgesteld in Solazjgora op dezelfde dag.'

Katrine volgde de vinger van de man tot aan de datum op het scherm. 14 augustus. Op de dag af zes jaar nadat Oskar Björnfot het station in Gällivare had verlaten.

'Spionage,' zei ze, 'dezelfde paragraaf als Gunnar Pelttari.'

'En sabotage.' Ilja Petrov las over haar schouder mee. 'Had verzuimd een kuil op te vullen met steenslag bij de bouw van Weg 89 tussen Uhtua en Kem.'

'En werd hij daarom ter dood veroordeeld?'

'Nee, dat was voor de spionage, anders was hij er met het werkkamp van afgekomen.'

'Voor wat steenslag?'

'Als er geen steenslag was, en dat was er vermoedelijk niet, omdat er gebrek aan alles was, dan moest iemand verantwoordelijk worden gesteld omdat de doelen niet waren bereikt. Anders zou er iets mis zijn met het vijfjarenplan, en dat kon natuurlijk niet omdat het vijfjarenplan een succes was. En als hij schuldig was aan sabotage, dan was hij ook schuldig aan contrarevolutionaire activiteiten, waarom zou hij anders het vijfjarenplan hebben gesaboteerd, als het niet was om de Sovjetstaat in het verderf te storten?'

'Klinkt logisch,' zei Katrine.

'Wat vind jij?' vroeg Ilja Petrov en hij knikte naar het koffiekopje. 'Ze hebben hier de beste espresso van de stad.'

Katrine pakte de rekening toen die kwam. De prijzen waren ongeveer hetzelfde als in Stockholm en Londen.

'Waarom juist hen?' vroeg ze. 'Ze waren overtuigde communisten, Oskar was zelfs gerekruteerd.'

'Ze waren buitenlanders.'

Valeri praatte zachtjes en snel, de tolk kon alleen maar brokstukken vertalen.

Buitenlander zijn was genoeg om verdacht te zijn. Ze waren dankbare slachtoffers voor verklikkers. Misschien werden de Zweden op één hoop gegooid met de Finnen, wat de zaak er nog erger op maakte. Stalin zocht zondebokken. Finland was al eerder het Russische territorium binnengedrongen en de oorlog kwam steeds dichterbij.

'Staat Gunnar Pelttari ook op de lijsten?'

'Nee,' zei Valeri Laine.

Gelukkig maar. Het was zinloos geweest om helemaal naar Rusland te komen als alles al op internet stond.

Natuurlijk hadden niet alle slachtoffers in kaart kunnen worden gebracht, legde hij uit. Er waren er vijftienduizend terechtgesteld in Karelië, maar het konden er net zo goed zeventienduizend of meer zijn, dat konden ze niet weten. En nu was het werk in grote lijnen afgelopen.

'Waarom dan, als jullie ze niet allemaal gevonden hebben?'

'De tijden veranderen, zoals altijd in Rusland,' vertaalde Ilja Petrov en hij liet een glimlach zien die warm en onweerstaanbaar was en die haar heel even aan compleet andere dingen deed denken dan aan de ontwikkeling van Rusland. Ze richtte haar blik op Valeri Laine.

De wilde vrijheid van de jaren negentig was ingeperkt. Alle organisaties moesten tegenwoordig verslag uitbrengen over alles wat ze deden en waar hun geld vandaan kwam, omdat er mogelijk sprake was van spionage en financiering uit het buitenland. Er werd vermoed dat de FSB mensen in alle vrijwilligersorganisaties had zitten. In de jaren nul werd Stalin langzaamaan weer in ere hersteld.

'De overwinning op de fascisten in de Grote Vaderlandse Oorlog is blijkbaar het enige wat het Russische volk verenigt. Ongelukkigerwijs leidde Stalin het land toen.' Ilja Petrov zette zijn laptop uit en stopte die in de tas. 'Maar Medvedev heeft het natuurlijk weer over destalinisatie, dus het valt nog te bezien wat Poetin zal doen.'

De zon was doorgebroken en fonkelde in het resterende glas in de ramen van de Onegafabriek aan de andere kant van het park.

Valeri Laine wees ze de weg en nam afscheid. Ze liepen langs het Finse theater en sloegen links af bij het Kirovplein, vlak voor het Onegameer.

Het centrale archief was gevestigd in een groot stenen gebouw met een inrichting van licht hout, gezaagd uit de berken van Karelië. Achter een bureau zat een man met een blauwe broek die de pensioengerechtigde leeftijd al lang had overschreden.

Rusland had geen nationaal bevolkingsregister, legde de tolk uit, maar iedereen stond ergens geregistreerd. Je moest alleen weten in welk archief je moest zoeken. Hij kende mensen die jarenlang tussen stoffige dossiers en registers hadden gezeten, omdat elk stukje informatie dat ze vonden een nieuwe vraag opriep waarop het antwoord in een ander archief gezocht moest worden.

Katrine ging op een bank zitten wachten.

Het was een burgerlijk archief, dat nooit iets te maken had gehad met terechtstellingen en deportaties, dat kon ze aan de lucht voelen, een warmere atmosfeer met glazen ruitjes in de deuren en prikborden vol briefjes, het deed haar denken aan een Zweedse openbare bibliotheek. De geur van papier en stof van de registers met adressen en verhuizingen, geboortes en huwelijken van burgers. Hier zouden ze er misschien achter kunnen komen waar Julia Anatolievna Morozova en haar geheime man naartoe waren gegaan met Hilma Jelena.

'Hij moet het checken bij de hoofdarchivaris,' zei Ilja Petrov terwijl hij naast haar ging zitten. De oude man verplaatste zich oneindig langzaam naar de tafel waar de telefoon op stond.

'Hoe lang werken mensen eigenlijk in dit land?'

'Mijn vader heeft gewerkt tot hij achtenzeventig was en een beroerte kreeg. Niemand kan leven van een Russisch pensioen.'

Katrine kon het niet helpen dat ze werd afgeleid door de nabijheid van zijn dij naast die van haar.

'Zijn er veel handelsbetrekkingen?' vroeg ze.

'Sorry?'

'Tussen Zweden en Petrozavodsk.'

'Nee, niet echt.'

'Dus je hebt niet zo veel tolkopdrachten?'

'Er zijn natuurlijk ook culturele betrekkingen,' zei hij en hij stond op. De oude man pakte een formulier uit een la. De tolk gaf het aan Katrine.

'Je hoeft hier alleen maar op te schrijven wat voor informatie je zoekt. Daarna helpen ze je zoeken.'

'Fantastisch.'

'Maar je moet ervoor betalen.'

'Hoeveel dan?'

'Dat hangt ervan af hoe lang ze moeten zoeken. Ze weten niet altijd waar de informatie zich bevindt en soms zoeken ze zonder iets te vinden. Misschien 2000 roebel, misschien meer.'

Katrine rekende snel in haar hoofd, het kwam overeen met 50 euro, 500 Zweedse kronen, dat was niets. Ilja Petrov haalde een hand door zijn haar.

'Maar hij zegt dat ze het druk hebben, er zijn een heleboel mensen die wachten. Je moet er rekening mee houden dat het even kan duren.'

'Oké, hoe lang kan het duren?' Ze had voor de volgende dag een ticket geboekt voor de nachttrein naar Sint-Petersburg en hoopte dat ze dat zou redden. Dat kaartje was niet omboekbaar.

'Tweeënhalf jaar,' zei Ilja Petrov.

Rodja Nasajev maakte de envelop open en nieste van het stof. Het idee dat hij het dikke rapport door zou moeten lezen maakte hem bij voorbaat al kwaad, hij verafschuwde dat soort werk, verafschuwde de letters die rondsprongen en van plek wisselden, de woorden die nooit op hun plek bleven staan.

Hij maakte het zich gemakkelijk in de Italiaanse fauteuil van de baas. Die maakte een boog naar de grond toe en het was bijna onmogelijk om eruit op te staan.

Dus dit was alles wat de grote man had kunnen vinden.

De ene pagina na de andere waar niets in stond.

Hij had erop gerekend dat hij een naam zou krijgen. Waar hadden ze die mensen anders voor betaald? En er waren ook namen, de ene naam na de andere van vrouwen met wie de baas zich had vermaakt en van aanklagers die zich met de zaken hadden bemoeid, elke politicus die betaald had gekregen uit Dmitri Rykovs fonds. Zijn eigen naam kwam zelfs op een paar plekken voor. Welke straffen, welke gevangenissen, welke jaren, wanneer hij voor het eerst in dienst was gekomen bij Dmitri Rykov.

Hij gooide het rapport van zich af. Wat moest hij met die informatie? Alle personen die genoemd werden opzoeken en ze onder druk zetten tot ze alles hadden gezegd wat ze konden zeggen?

Daar zou hij wekenlang mee bezig zijn, misschien maandenlang, wat de politie van Sint-Petersburg de tijd zou geven om hem voor te zijn en de moordenaar op te pakken.

Rodja stond op uit de fauteuil, liep heen en weer langs de rij ramen. Hij vroeg zich af waar zijn mannen nu over praatten, in de keuken. Wat zeiden ze over hem wanneer hij er niet bij was? Zetten ze vraagtekens bij zijn leiderschap, maakten ze hem uit voor dingen die veren hadden?

Buiten stortte de regen neer op het Izaäkplein, verzamelde zich in stromen rond de auto's. Hij zag limousines voorrijden bij Hotel

Astoria, chauffeurs die eruit sprongen en paraplu's boven de gasten hielden. Ze hadden Dmitri Olegovitsj er wel eens uit moeten dragen. Rodja herinnerde zich fragmenten van avonden, brokstukken die zich vermengden, de ene avond viel niet te onderscheiden van de andere. De baas die de ene keer dronkener werd dan de andere, zaken die fout waren gelopen, een vrouw die met iemand anders was gegaan. De laatste tijd had hij over geld geraaskald. Dat iemand van hem stal, geld verduisterde uit de kassa's. De ene keer was het de bank en dan weer de politici, een complot van de staat of zelfs van zijn eigen zakenpartner. Hoe kon het geld anders van zijn rekening verdwijnen? Niet één van die gebrekkige accountants en economen had Dmitri Olegovitsj een verklaring kunnen geven, het waren allemaal leugenaars wanneer de nacht viel over het Izaäkplein en de hotelbar van het Astoria sloot.

Rodja pakte het mobieltje van de baas en belde de man wiens naam je niet noemde, die zich verborg onder sneltoets één.

'Hebben ze Aleksej Sjaporin gevonden?'

'Hij is verdwenen.'

'Ik weet dat hij is verdwenen.' Rodja bleef voor de goudgerande spiegel staan die van de vloer tot het plafond reikte. Hij had zijn pyjamabroek nog aan, zijn bovenlichaam was naakt. Het deed hem altijd goed om zijn eigen spiegelbeeld te bekijken, het besef van de angst die hij kon opwekken bij degenen aan wie hij zich liet zien. 'Dus ze hebben zijn lichaam nog niet gevonden?'

'Hoe weet je dat hij dood is?'

'Waar zou hij anders zijn?'

'Je hebt het rapport toch gelezen?'

'Jazeker.' Het rapport? Een kloterapport. Hij had geen rapporten nodig. Afgezien van de man aan de andere kant van de lijn was er maar één persoon die meer van de vijanden van de baas wist dan hijzelf en dat was Aleksej Sjaporin. Daarom wreef hij over zijn tatoeage van de madonna met het kind, kon zich zelfs voorstellen dat hij er een gebed aan zou wagen om Sjaporin levend te vinden.

'Dan weet je dat hij is verdwenen omdat hij wilde verdwijnen,' ging de man verder. 'Je zou jezelf af moeten vragen waarom hij verdwenen is. Waarom hield hij Dmitri Olegovitsj onder toezicht?'

'Hoe weet u dat hij de baas onder toezicht hield?'

De man lachte.

'Er is altijd iemand die toezicht houdt, ook over degenen die toezicht houden. Denk daaraan, meneer Nasajev.' En hij hing op.

Rodja gooide het mobieltje van zich af.

Hij vroeg zich af hoe lang het zou duren voordat deze lijn werd afgesloten. Waarschijnlijk zou het heel snel gebeuren, tenzij de betalingen doorgingen naar een rekening die hij niet kende.

Aleksej Sjaporin.

De zelfingenomen partner van de baas, de lange *avtoritet* met zijn goede opleiding. Dmitri Olegovitsj had opgeschept over hoe ze zich in de oude tijd op hadden gewerkt in de zwarte handel, ze kenden elkaar al van lang voordat het imperium viel.

Hij is verdwenen omdat hij wilde verdwijnen.

Rodja hoorde de lach van de man in de telefoon nog, hoe verafschuwde hij mannen die in raadsels praatten en zich nooit lieten zien.

Hij liep naar de slaapkamer van de baas en kleedde zich aan, zijn kleren lagen over een stoel naast het enorme bed. Trok zijn leren jack aan terwijl hij naar de keuken liep.

'We gaan op bezoek bij een paar collega's,' zei hij.

Zijn mannen richtten hun blik op hem, hun vermoeide gezichten. De kaarten in hun handen, de duurste cognac van de baas op de tafel.

Rodja gaf een trap tegen een stoel. Ze kwamen overeind.

Kwamen te langzaam overeind.

En hij wist dat hier heel gauw een eind aan moest komen.

In het bos was geen geluid, geen wind. Alleen een ijskoude kalmte, alsof de wereld had opgehouden met ademen. Er werd gezegd dat er geen vogels zongen in Krasni Bor.

De plek lag aan een vergeten weg die vanuit Petrozavodsk naar het zuiden leidde, dun begroeid dennenbos, niet ver van het uitgestrekte Onegameer. In het Engels en met gebarentaal had Katrine de taxichauffeur gevraagd om te wachten terwijl zij de berm af gleed, in sneeuw die gesmolten en weer bevroren was.

Krasni Bor, het rode bos, vernoemd naar de kleur van bloed. En daar waren de kruisen. Tussen de stammen van de bomen was het ene na het andere kruis te zien, tot aan de einder.

Op het dichtstbijzijnde zat een foto van een Russische man. Een bloem, een foto, zijn naam. Het was een eenvoudig houten kruis, dat op geen enkel kruis leek dat ze eerder had gezien. Een witgeverfde houten poot die in de grond was gestoken, bijna twee meter hoog met een driehoekig dak erbovenop.

Ze liep verder tussen de bomen waar ze vermoedde dat het pad onder de sneeuw lag, naar het volgende kruis, en het volgende, en het volgende. Finse namen, en Russische. Op een paar waren planken vastgespijkerd als schuine dwarslatten. Daarin waren extra namen gekerfd. Toivo, Paavo, Hilmer. Op een aantal boomstammen hingen ook foto's van doden, direct op de schors en het korstmos. Ze bleef lang staan om naar een mooie vrouw te kijken met een kanten kraagje en het haar in keurige krullen, Lydia Mikkola, gestorven op 3 oktober 1938. Rozen in een kleine plastic krans.

In het begin van de jaren negentig hadden ze de resten van de lichamen opgegraven. Daarna hadden ze de grond weer toegedekt. Het waren er te veel.

Ik loop over ze heen, dacht ze, ik kan mijn voeten nergens neerzetten zonder op hun botten te staan.

Het was niet verwonderlijk dat de vogels zwegen. De aarde en de bomen hebben een geheugen, dacht ze. Daarom is er hier geen leven.

Er sneed een beltoon door de stilte, haar mobieltje ging af in haar tas. Katrine haalde hem vlug tevoorschijn om niet te storen, alsof er iemand was die gestoord kon worden, alsof er vrede was die verstoord kon worden.

Het was Ilja Petrov.

'Wacht,' zei ze zachtjes en ze liep snel terug naar de weg, dwars door hopen sneeuw om geen gesprek te voeren tussen de doden.

'Je wilde de gevangenis zien,' zei hij.

Nee, dacht Katrine, na dit wil ik niet nog meer zien.

'Oké,' zei ze.

'Komt vanmiddag je uit? Dan heb ik ook nog wat informatie.'

Nadat ze hadden opgehangen, liep ze terug tussen de dennen. Ze koos een van de anoniemste kruisen uit, zonder foto's of bloemen, alleen een paar Russische namen. Keek om zich heen, maar er was niemand te zien. De taxi stond honderd meter verderop, verborgen achter de dennen. Katrine trok haar handschoen uit en pakte haar sleutelbos uit haar tas, krabde bij wijze van proef met een sleutel over de witte dwarslat. Daarna kerfde ze snel de letters: G Pelttari.

Er klonk weer een piepend geluid en ze haalde haar mobieltje tevoorschijn, maar dat was stil. En daar was het geluid weer, verder weg, ergens in het bos.

Een vogel.

Katrine bleef doodstil staan en wachtte tot ze het weer zou horen, ze wist niet zeker of ze het zich niet had ingebeeld, maar daar was het getjilp weer, dichterbij nu en ze wou dat ze de geluiden van vogels had geleerd zodat ze zou weten wat voor vogel het was. Ze tuurde naar de boomtoppen, maar zag hem nergens.

De chauffeur schrok wakker toen ze de taxi in stapte. 'Hotel?'

De auto stuiterde over de kuilen in de weg. Door de achterruit zag ze de witte kruisen door het bos schemeren en verdwijnen.

'Zijn naam was Arkadi Ivanovitsj Morozov, geboren in Leningrad.'

'Hoe ben je daarachter gekomen?'

'Contacten.'

Ilja Petrov pakte Katrine bij haar arm om te voorkomen dat ze de Lenin Prospekt over zou steken in het spitsverkeer. Er was geen garantie dat de auto's bleven staan bij een oversteekplaats, de een gaf voorrang maar de ander niet, maar verder kon ze veilig over straat lopen, had hij gezegd. Zelfs in de grote steden van Rusland was de straatcriminaliteit waarschijnlijk minder dan in Londen. De meeste kleine dieven zaten in de gevangenis en de grote misdadigers opereerden op een heel ander niveau.

'Ben je te weten gekomen of hij in dienst was van de NKVD?' vroeg Katrine toen ze veilig aan de overkant van de straat waren gekomen.

'We weten in elk geval dat hij in oktober 1941 gesneuveld is als soldaat van het Rode Leger, waarschijnlijk in de beslissende Fins-Russische slag op de Radioberg. Dat was de datum die stond aangegeven, de dag waarop het Finse leger Petrozavodsk innam.'

Ilja Petrov sloeg rechts af, een dwarsstraat in.

'En de rest van het gezin?'

'Geïnterneerd in kampen tijdens de Finse bezetting.'

'Het kind ook?'

'Net als de complete Russische burgerbevolking. De stad werd weer omgedoopt tot Äänislinna, ze veranderden de straatnamen, probeerden het protestantisme in te voeren. Dat laatste ging niet zo goed. Russen zijn koppig als het op onze religie aankomt.'

Het trof Katrine dat Hilma Jelena, geboren uit een Finse moeder en een Zweedse vader, als Rus was geïnterneerd door de Finnen. Ze vroeg zich af of iemand haar had verteld wie haar biologische ouders waren.

'Het klinkt als een etnische zuivering,' zei ze.

'*Lebensraum*,' zei Ilja Petrov. 'Mannerheim wilde een Groot-Finland, dat zich uitstrekte tot aan de Witte Zee.'

Hij wees naar een okerkleurig gebouw aan de andere kant van de straat.

'De oude staatsgevangenis,' zei hij, 'hij is nog steeds in gebruik als gevangenis.'

Katrine bekeek het doodgewone, stenen gebouw, het had een school of een zorgcentrum kunnen zijn als het prikkeldaad niet in spiralen langs de muur had geklommen, als er geen dikke tralies voor de ramen waren geweest. Het was maar een paar meter naar het dichtstbijzijnde woonhuis. De mensen moesten het gezien hebben toen ze Gunnar Pelttari brachten, of hadden ze weggekeken, opgelucht ademgehaald, geproost met *kvas* omdat de staatsvijanden onschadelijk waren gemaakt? En een week later was het Oskar Björnfots beurt geweest om weggevoerd te worden, naar een plek die Solazjgora heette.

'Solazjgora,' zei ze, 'wat is dat voor plek?'

'Een zandgroeve aan de rand van de stad. Ze hebben er in het begin van de jaren negentig resten van skeletten gevonden. Ze hebben de omgeving afgegraven, de botresten in zakken gestopt en naar gewijde grond op een kerkhof in de buurt gebracht.'

Opeens wist ze waar ze de naam eerder had gehoord. Ze hadden helemaal in het begin toen ze naar Petrozavodsk waren gekomen in een zandgroeve gewerkt, die chaotische, hoopvolle tijd toen Empo Björnfot verliefd was geworden op een meisje in het Finse cultuurhuis.

'De mensen die daar in de buurt wonen hebben verklaard dat ze 's avonds auto's hoorden, en daarna de schoten. Toen de straten van Petrozavodsk in de jaren vijftig werden geasfalteerd hebben ze het zand uit Solazjgora gehaald.'

Zijn woorden drongen langzaam tot haar door. De schemering had een gelige tint. Het was kouder geworden.

'Ben je nog iets te weten gekomen over Julia Morozova en het kind?'

'Na de oorlog heeft ze een verzoek ingediend om terug te keren naar Leningrad,' zei Ilja Petrov. 'Ik kan me voorstellen dat ze terug wilde naar haar familie. Als er nog familieleden over waren.'

'En het meisje?'

'Hilma Jelena Arkadjevna Morozova. Zij staat ook in het verzoek.'

Katrine bleef staan. Er kwam een gevoel van vreugde in haar op, Hilma Jelena had de oorlog en het kamp overleefd, ze had haar voornaam mogen houden! En de volgende, duizelingwekkende gedachte: ze leeft misschien nog. Ze was zo bezig geweest met dood en terechtstellingen dat ze zich niet eens had durven voorstellen dat iemand nog in leven zou kunnen zijn.

'Er was ook een adres.'

'Een adres, waar dan? In Leningrad?'

Hij gaf haar het briefje. De straatnaam stond er zowel in Russische als in Latijnse letters.

'Van wanneer is dit?'

'1946,' zei hij. 'Het duurde even voordat het verzoek in behandeling werd genomen.'

'Maar jezus, dat is meer dan zestig jaar geleden, ze moeten daarna duizend keer verhuisd zijn.'

'Het is hetzelfde adres dat werd opgegeven toen ze in 1935 naar Petrozavodsk verhuisden. Als het huis er na de oorlog nog stond, als het niet veranderd was in een ruïne, waarom zouden ze dan verhuizen?'

'Omdat ze iets beters konden vinden?'

Hij glimlachte.

'Dit is Rusland,' zei hij. 'We houden vast aan wat we hebben, familie, tradities, alles wat Stalin kapot probeerde te maken, het familiegevoel, het nationalisme, de religie, het Russische volk houdt vast aan wat ze vast kunnen houden. We verlaten ons huis niet zoals jullie, woningen worden generaties lang overgeërfd. Ik woon met mijn vrouw en kinderen bij mijn schoonouders in hun driekamerwoning, en als het zover is nemen wij het over. We zijn er nooit aan gewend geraakt om alleen te zijn.'

Katrine staarde naar het briefje in haar hand. Ze zou morgenochtend vroeg aankomen in Leningrad, nee in Sint-Petersburg. Daarna zou het vliegtuig naar Stockholm 's middags vertrekken, maar dat ticket kon ze omboeken als het nodig mocht zijn.

'Als er nog iets is...' zei hij.

'Denk je dat er nog meer te vinden is?'

'Nee...' Hij rekte het antwoord uit. 'Dan zou je naar het archief in Sint-Petersburg moeten gaan.'

'Je lijkt goede contacten te hebben,' zei Katrine.

'Niet in Sint-Petersburg.'

'Hier bedoel ik. Dat je deze informatie zo snel hebt gekregen terwijl er een wachttijd van tweeënhalf jaar is.'

'Het is een kleine stad,' zei hij. 'Iedereen kent elkaar.'

Tussen de witte pilaren voor de entree van Hotel Severnaja pakte hij haar hand en wenste haar veel geluk.

Katrine gaf hem de rol met duizendroebelbiljetten, het bedrag dat ze overeen waren gekomen. Ilja Petrov stopte het geld in zijn zak zonder het na te tellen.

'Pas op in het verkeer in Sint-Petersburg,' zei hij en hij liep naar de parkeerplaats van het hotel. De lichten van een bijna nieuwe Toyota knipperden toen hij het slot openbliepte. Er hingen nog een paar kerstversieringen in de bomen, maar de meeste lampen waren gedoofd.

Hoe komt hij rond, dacht ze. Tolken naar het Zweeds voor een paar duizend roebel terwijl hier bijna geen Zweden komen, hoe kan hij voor zijn kinderen zorgen, hoe kunnen mensen überhaupt rondrijden in Japanse auto's terwijl ze minder betaald krijgen dan een werkloze Zweed zonder werkloosheidsuitkering?

Ze zag de auto achteruitrijden. De hand die bij wijze van groet werd opgestoken voordat hij een U-bocht maakte en in zuidelijke richting langs de avenue naar het Leninplein reed. En de stukjes vielen op hun plaats. Fragmenten van informatie die niet binnen waren gekomen of die ze half vergeten was omdat ze te veel bezig was met andere dingen.

Ilja Petrov die op een ochtend informatie uit de krochten van het archief had gekregen terwijl anderen tweeënhalf jaar moesten wachten. Of was hij zelfs teruggegaan naar de FSB? Had hij het origineel gezien van dossier nummer 683 441, waarin geen naam was doorgestreept, waarin alles te lezen stond over het verdere lot van het gezin?

Zijn gewoonte om espresso te drinken in dure cafés. De laptop op de tafel, de bijna nieuwe Toyota.

Katrine werd zich plotseling bewust van de dreiging die van het donker en de zijstraten uitging, mannen die voorbijliepen en naar haar keken. Ze ging gauw door de hoteldeuren naar binnen. Natuurlijk had hij gezegd dat ze veilig over straat kon lopen, ze was tenslotte in zijn gezelschap.

Ze vroeg om de sleutel, kamer 234. Het gezicht van de receptionist uitdrukkingsloos zoals altijd, stijf in een jabotblouse uit een andere tijd. Katrine liep de trap naar haar kamer met twee treden tegelijk op.

Ilja Petrov werkte voor de FSB. Het kon niet anders! Of erbij, als een soort freelancer, of volledig, met zijn tolkbaantje als dekmantel. Had ze iets gezegd wat ze niet had moeten zeggen? Haar hart bonsde, omdat ze buiten adem was en van angst.

Misschien was hij nu helemaal niet op weg naar de driekamerwoning van zijn schoonouders aan de rand van de stad, hij kon net zo goed om het beeld van Lenin zijn gereden en links zijn afgeslagen om een parallelle weg te nemen, terug naar de FSB, waar ze op dit moment een dossier over haar aan het aanleggen waren.

In de kamer liet ze zich op het bed vallen. Ik ben niemand, sprak ze zichzelf toe, waarom zouden ze zich iets van haar aantrekken. Ze was niet eens meer echt een journalist. Ilja Petrov was gewoon vriendelijk tegen haar geweest. Zou hij dat over de toenemende controle van de FSB hebben gezegd als hij er zelf toe behoorde? Was het zelfs een waarschuwing? Of deed hij het om te laten zien hoe onschuldig hij was?

Het zijn alleen maar spoken, dacht ze, paranoia, ze had de afgelopen dagen te veel gehoord.

Terug naar de werkelijkheid. De kleren die rondslingerden. Treinkaartjes, haar paspoort en mobiele telefoon.

Als Ilja Petrov in dienst was bij de FSB, dan was het daaraan te danken dat hij het adres in Leningrad te weten was gekomen.

Wat een geluk voor mij dan, zei ze hardop en ze begon haar koffer in te pakken.

Een paar uur later, nadat ze bietensoep in het café aan de overkant had gegeten, liep ze ondanks alles met een gevoel van veiligheid over de Lenin Prospekt, naar het station waar de nachttrein naar Sint-

Petersburg stond te wachten. Ze draaide zich nog een laatste keer om, keek uit over het plein voor het stationsgebouw. Het asfalt met zand uit Solazjgora.

De doden lagen vermalen in de straten van de stad. En toch liepen de mensen gewoon door.

Hoikka-Pertti grijnsde naar hem in zijn droom. Zijn zwarte stompjes van tanden, het lange haar dat in de wind fladderde toen hij zich losdraaide en ervandoor ging.

Thore rende. Hij rende zo hard dat zijn oren suisden, want hij moest die kerel te pakken krijgen voordat hij de Finse kant bereikte, hij rende over de gladde weg en kon zijn arm pakken en zag dat hij een geweer in zijn handen had en de schurk draaide zich om en het was Lars-Erkki's gezicht, zijn gapende gat van een gezicht.

Thore ging met een ruk rechtop in bed zitten.

Daar had hij meteen spijt van.

Die rug, die vervloekte rug. Het begon met een paar steken en werd dan zeurende pijn. Had hij zijn pillen ingenomen voordat hij naar bed ging?

Hij drukte op de wekker en zag de digitale cijfers oplichten. Halfdrie. Het nachtelijke licht van de maan en de sneeuw viel door de dunne gordijnen naar binnen, 's winters deed hij de jaloezieën nooit omlaag.

Zijn hart bonkte van het rennen in zijn droom. Hij stond met moeite op en slenterde naar het toilet.

Hoikka-Pertti bleef in zijn hoofd hangen. Er klopte iets niet aan dat verhaal, wat hem zelfs in zijn slaap dwarszat en irriteerde. Iets wat niemand zag, omdat ze het niet wilden zien.

Hij kon de oude dief nog steeds in zijn hoofd horen na al die jaren, zijn grove scheldpartijen in het Fins elke keer als ze hem inrekenden.

Thore bleef met zijn hand op de deurknop van de badkamer staan.

Had magere Pertti Härkkönen met een Russische bandiet zitten kletsen? In welke taal dan?

Was de Russische georganiseerde misdaad dan begonnen Finse cursussen in de gevangenissen te geven?

Hij moest bij zichzelf lachen, ging op de wc-pot zitten en liet het sijpelen.

In Hoikka-Pertti's tijd was de Finse lagere school er nog geweest. Meer opleiding dan dat had de man nooit gekregen, hij was daarna direct aan zijn carrière als dief begonnen. Thore kende aanzienlijk ambitieuzere leerlingen die de Finse lagere school hadden doorlopen zonder Zweeds of Engels te leren, hij was zelf meer dan veertig jaar getrouwd geweest met een vrouw uit het Finse Pello, had Kyllikki ten huwelijk gevraagd in hun moederstaal!

Witness protection!

Dat waren vast de enige woorden die de ouwe Härkkönen in zijn leven had opgepikt uit een buitenlandse taal.

Thore voelde hoe het onderzoek als een kaartenhuis om hem heen in elkaar stortte.

Wat bleef er dan over?

Twee Russische jongens die naar Zweden waren gekomen om badkamervloeren te leggen?

Hij bleef op de wc-pot zitten, denken ging hem 's nachts opmerkelijk goed af. Misschien kwam het ook doordat hij zijn pillen was vergeten dat zijn hersenen helderder waren dan sinds lang geleden, helemaal niet dat slaapverwekkende dons dat zijn dagen en nachten in een dikke prulligheid wikkelde.

Was er iets anders dan nietszeggende geruchten? Geld dat niet bestond, een geweer dat niet opdook? Getuigen die niets bijzonders hadden gezien of gehoord? Hij wist hoe het ging: je piekerde. Je ging naar je kamer en liep de avond van de moord na in je hoofd, steeds opnieuw, en plotseling herinnerde je je iets en belde aarzelend de politie, maar niemand had zich herinnerd dat ze een paar Russen hadden gezien, geen vreemde auto, niets.

Hij werd uit zijn gedachten gerukt toen de deur bewoog. Zijn hart sloeg in zijn keel, maar toen zag hij de neus die naar binnen stak. Het was de hond natuurlijk. Hij haalde opgelucht adem, had haar niet aan horen komen, was zo gewend aan het geluid van poten over de vloer, hij had zijn leven lang een hond gehad. Nu stond ze in de deuropening te hijgen, blij dat ze haar baasje had gevonden.

De gedachte trof hem als een vuistslag.

Geluiden die zo vertrouwd zijn dat je er niet meer bij stilstaat.

Dat niemand iets ongewoons had gehoord of gezien.

Maar iets gewoons? Iets wat je voortdurend om je heen hoort. Zoals de wind, het geblaf van honden. De vage dreun van de spoorweg aan de Finse kant die één was geworden met de stilte, de scooters op de rivier, de vrachtwagens met hout uit het bos die onderweg waren naar de E4 in het zuiden.

Ze hadden zich volledig op die auto uit Moermansk gericht. Hij kon het hun niet kwalijk nemen, had hetzelfde gedaan. Het leek voor de hand te liggen.

Maar als het de auto niet was.

Als die Russische auto die in Täby was gevonden alleen maar toeval was. Als de jongens het toch verkeerd hadden gezien. De gedachte sneed door zijn ziel. Hij had het zelf aan Matti moeten vragen, dacht hij, maar hij had zich niet op willen dringen. Het was alweer een tijd geleden dat de jongen binnen kwam lopen en wilde leren, wilde vissen, achter op de scooter naar de jachthut wilde rijden, de verstandhouding tussen hen. Thore had het als een natuurlijk fenomeen beschouwd, dat wanneer de zoon zijn vader afstootte de kleinzoon voorzichtig terugkwam, alsof liefde er een extra generatie lucht tussen nodig had.

Als zij ook hadden gezien wat ze wilden zien, en niet wat ze in werkelijkheid zagen?

Hij herinnerde zich opnieuw dat hij de hond die avond zoals gewoonlijk naar buiten had gelaten. Rond elf, twaalf uur in de deuropening had staan wachten tot ze klaar zou zijn. Zoals alle avonden, niets wat hij in zijn geheugen opsloeg.

De gedachte beangstigde hem en maakte de nacht achter het raam zwarter. De maan verdween achter wolken. Hij hoorde nu werkelijk de geluiden van de nacht om zich heen. Takken die ritselden als er een dier langskwam. Een vrachtwagen op Weg 99. Het getik van de leidingen, het gekraak dat altijd in oude vloeren zat.

Ze waren er zeker van geweest dat de overvallers met de auto door het dorp waren gekomen, maar als dat niet...

Allemachtig.

Hij schonk een glas melk in en ging op de keukenbank zitten. Zou toch niet meer kunnen slapen, nu de stukjes één voor één op hun plaats begonnen te vallen.

De skisporen vanaf de sauna. Als de dader in Lars-Erkki's sporen had geskied.

Ze konden een auto op de rivier hebben laten staan, de wegen op het ijs waren geveegd. Direct naar Finland zijn gereden en weg waren ze. Of met scooters, dacht hij, ski's die ze bij zich hadden. De scootersporen liepen tenslotte kriskras door elkaar, ook langs de rivieroever waar de sauna was.

Alles viel op zijn plaats. Of het zijn oude instinct was, zijn jarenlange ervaring die tot een zekerheid leidde die geen ruimte voor twijfel liet. Hij zag voor zich hoe het kon zijn gegaan, die verdomde schoften, hij moest zijn benen weer strekken.

Het gestolen goed, riep het deel van zijn hersenen waar de politieagent nog de overhand had. Dat was het enige wat iets kon bewijzen. Feiten. Concrete zaken. Al het andere was alleen maar leugens en vergissingen, mensen die het een verwarden met het ander, maar een geweer verdween niet, dat moesten ze ergens van de hand doen of verbergen. Waar? Als het mogelijk was wat hij dacht, als het zo erg was? Ademhalen ging moeizaam nu hij conclusies begon te trekken. Ergens waar niemand het toevallig zou vinden, waar niemand nog iets te zoeken had. Niet te dichtbij, maar ook niet te ver weg, want wie een geweer had gestolen, kon van plan zijn het een keer te gebruiken. Waren ze van plan het te gebruiken?

Hij kreeg haast.

Hij had voldoende tegenwoordigheid van geest om twee boterhammen te smeren en de thermoskan met koffie te vullen. Zijn handen schudden zo dat hij de helft op de grond morste. Daarna kleedde hij zich aan. Langzaam als de pest ging het, alleen al om zijn benen te buigen zodat de skibroek aan kon. Hij was vergeten dat de rits kapot was. Vond zijn skischoenen achter in de koude voorraadruimte. De hond sjokte achter hem het erf op. De ski's stonden tegen de muur van de schuur, waren al lang niet meer gewaxt, maar hij hoefde er niet snel naartoe te gaan. Het was nog geen vier uur, over een uur begon het pas licht te worden. Hij zou het aan niemand uit hoeven leggen.

Moest zich vasthouden aan de muur terwijl hij vooroverboog om de ski's vast te gespen. Die onrust in zijn buik. Hij kon in het bos poepen als dat nodig mocht zijn. Deed de riempjes van de skistokken om zijn polsen en verliet het erf, stak langzaam met de ski's de weg over en sneed af over Niska's erf om niet in de buurt van de berm te komen. De maan was er weer. Hij had geen ander licht nodig, kende tenslotte elke bocht en greppel. Duwde zich langzaam met de skistokken vooruit over het veld en vond de scootersporen die tussen de bospercelen door liepen.

Daarna hoorde hij alleen de langzame slagen van de ski's in de sneeuw en Akka's zware ademhaling terwijl ze in zijn spoor probeerde te blijven.

Het huis dook als een spookschip op uit de mist. Zweefde op de hoek van de straat, ramen als zwarte gaten in het donker. Er hing een net over de voorgevel, het fladderde in de wind waar het kapot was gerukt, maakte de contouren onduidelijk.

Hier is het niet, dacht ze en haar handen trilden toen ze de kaart openvouwde en de piepkleine lettertjes probeerde te lezen, ze pakte het briefje erbij om de adressen te vergelijken. Het was maar een kwartier lopen vanaf het historische centrum van Sint-Petersburg en de paradestraat Nevski Prospekt, waar ze een veel te duur ontbijt had genuttigd, maar deze wijk had de nieuwe economie nog niet bereikt. Vies bruine voorgevels die er honderd jaar gestaan konden hebben zonder ooit gerenoveerd te zijn, graffiti bedekte de muren.

Oelitsa Voronezjkaja nummer 3, op de hoek van de Konstantina Zazlova-straat.

Katrine kwam dichterbij en zag dat er zowaar een straatbordje was, in een stad waar verder vrijwel geen straatbordjes te vinden waren. Een klein blauw bordje aan de gevel.

De letters klopten. Er was geen twijfel mogelijk.

Ze liep verder over de stoep. De deuren waren dichtgemetseld. De metselspecie was nog niet verkleurd door luchtverontreiniging, het moest heel recent zijn gebeurd. Eromheen was het oude pleisterwerk afgebladderd en had grote gaten in de voorgevel achtergelaten. Alles was volgekliederd. Ze vroeg zich af waar het net voor diende. Het zag eruit als het begin van een renovatie die even snel weer was opgegeven. Misschien was het geld er de ene dag en was het de volgende dag weer weg.

Ze liep de hoek om. Aan de achterkant van het gebouw was een open binnenplaats, er stonden een paar auto's, bedekt met vuil en stof, een rij containers. Bij de muur van het huis stonden een paar bomen. Een stukje gras, met plukjes sneeuw en omlaaggevallen stenen. Waar ooit kinderen hadden gespeeld, dacht Katrine.

Toen Hilma Jelena naar Leningrad kwam was ze tien jaar. Dit was toen waarschijnlijk een prima huis geweest.

Ze probeerde de omvang van het verval in te schatten, vroeg zich af wanneer de laatste huurders vertrokken zouden zijn. Het moest jaren geleden zijn. In elke andere grote stad zou dit huis zijn neergehaald, maar daar was ook geen geld voor.

Toen viel haar oog op het gat, helemaal aan het eind achter een paar kale struiken. Een raam dat was dichtgemetseld, maar waar iemand het baksteen en de metselspecie had weggehakt en een opening had gemaakt die groot genoeg was om doorheen te klimmen.

Ze liep verder om het huis heen. Kwam een man met een hond tegen en ontweek zijn blik. In de andere straat, de Konstantina Zazlova, waren de ramen en deuren dichtgemaakt met planken en tralies. Er was geen andere opening.

Voor de tweede keer bleef ze voor het gat aan de achterkant staan. Dit was het korte eind van het gebouw, het moest nummer drie zijn.

Ze keek om zich heen, maar zag niemand. Stapte over de stapels metselspecie en bakstenen en gebroken glas, haalde zich open aan een struik en bukte om naar binnen te kunnen kijken. Een kale kamer, compleet uitgeruimd. Ze pakte een baksteen en gooide die naar binnen. Schrok zelf van de klap tegen de stenen vloer, maar ze zag binnen niets bewegen. Wachtte nog een paar seconden. Daarna stak ze haar been naar binnen en perste haar lichaam door het open halve raam. Gleed uit op een stuk ijs en landde op haar knieën. Een vage geur van uitwerpselen. Vast straathonden en rondsluipende katten die naar binnen waren gegaan, dacht ze.

Ze pakte haar mobieltje, liet het schermpje over de vloer schijnen. Achterin was de deuropening die verder het gebouw in leidde. Ze kwam overeind, wat kon er gebeuren? Als iemand dit als uitwijkplaats had gebruikt, waren ze nu weg, het was te koud.

Er was nog steeds geen geluid binnen te horen, alleen glas dat brak onder haar laarzen, haar eigen ademhaling terwijl ze nog een paar stappen zette. Ze bukte en pakte een buis van de grond, roestig en met grote gaten. Goed genoeg om mee te zwaaien als het nodig was.

Ze kwam in een trappenhuis. Het was daar donkerder, maar ze kon een trap onderscheiden die naar boven ging. Ze richtte haar mobieltje op de grond om te zien waar ze haar voeten neer moest zetten. Stootte haar schouders tegen iets wat uit de muur stak.

Een metalen kast. Haar adem stokte in haar keel toen ze de smalle vakken zag.

Het waren brievenbussen. Acht vakken. Ze hield het scherm van haar mobieltje er dicht tegenaan, ze moest voorover leunen om het te kunnen lezen, kleine ruitjes met versleten en bijna uitgewiste letters. Een warme golf ging door haar heen toen ze de naam herkende. De naam waar ze naar had gestaard in een dossier bij de FSB in Petrozavodsk en daarna in zijn mannelijke vorm op een briefje dat Ilja Petrov haar had toegestoken.

Morozov.

Een huivering plantte zich voort door haar lichaam en haar benen begonnen te trillen. Ze moesten hier hebben gewoond tot het huis werd opgedoekt. Hun aanwezigheid werd tastbaar, alsof er geademd werd in de hoeken, alsof er schaduwen en gestalten waren.

Het was de achternaam van de man die er stond, hoewel hij gesneuveld was, zonder de vrouwelijke a op het eind. Misschien was Julia Morozova bij haar schoonouders ingetrokken, of wilde ze er niet mee te koop lopen dat ze weduwe was. Katrine probeerde te begrijpen hoe de volgorde van de brievenbussen zich verhield ten opzichte van de ligging van de appartementen. Morozovs brievenbus was de meest linkse. De linkerdeur vanaf de straat gezien stond op een kier. Ze duwde ertegen. Verrassend gemakkelijk gleed hij open.

De poepgeur was hier erger, ze trok de sjaal tot over de helft van haar gezicht. De vloer in het appartement was opgebroken tot zover ze kon zien, losse planken die omhoogstaken, op één plek waren ze roetzwart, verbrand tot as. Recht vooruit lag de keuken, een smal hokje. Het plafond was behoorlijk kapot. Ze kon restanten van keukenbanken onderscheiden in het schemerlicht. Het was bijna even koud als buiten, iets onder nul, zowel kil als vochtig en rauw.

Er is niets van over, dacht ze, het is allemaal te laat.

Katrine draaide zich langzaam om en wilde weer weggaan, voorzichtig om haar voeten niet verkeerd neer te zetten, toen ze iets zag bewegen en gilde. Instinctief stak ze de buis omhoog, sloeg ermee tegen de muur.

Er verdween iets onder de omgevallen aanrecht.

Ze hield op met ademen. Wilde vluchten, weg daarvandaan, maar ze kon het niet. In plaats daarvan haalde ze diep adem en deed twee stappen naar voren zodat ze in de deuropening van de keuken kwam te staan. Moest zeker weten dat ze het goed had gezien. Dat de schaduw bestond. Ze scheen met het schermpje van de telefoon onder de aanrecht, maar het licht kwam niet ver genoeg.

Een straathond zou hebben gegromd. Het was volkomen stil. Ze zag een paar ogen oplichten.

'*Hello*,' zei Katrine zachtjes.

Ze zocht koortsachtig naar Russische woorden.

'*Dobry den*,' fluisterde ze, maar ze had toch het idee dat het door de ruimte echode. Alleen stilte als antwoord. Haar ogen wenden aan het donker.

Het was een kind, doodstil, in elkaar gedoken. Donkere kleren, muts omlaaggetrokken. Katrine werd haar paniek de baas. Ze kon niet bang zijn voor een kind.

'*Don't be afraid. Okay, it's okay.*'

De ogen daaronder waren op haar gericht maar leken niets te zien. Ze kon niet uitmaken of het een jongen of een meisje was, het haar piekerig halflang onder de muts. Mager, misschien een tiener, met de hand voor de mond gebald.

'*My name is Katrine*,' zei ze en ze probeerde mild en rustig te klinken. '*My relatives used to live here.*'

Ze beeldde zich geen seconde in dat dit straatkind Engels kende, maar het zou moeten kunnen horen dat ze niets kwaads in de zin had, toch?

De hand ging heen en weer voor de mond en ze zag het plastic zakje en wist wat het was, je snuift lijm in plastic zakjes, je drenkt lappen in thinner en chemisch zuivere benzine, ze had het heel lang geleden zelf ook gedaan en ze herinnerde zich de scherpe smaak nog, de hallucinaties dat je in je eigen mond rondklauterde.

Toen zag ze de injectienaalden op de grond.

Het lag er vol mee, overal, tussen papierafval en planken en as, hopen aarde. Haar maag draaide zich om toen ze besefte dat het geen aarde was, het waren uitwerpselen.

Ze kwam abrupt overeind, keek om zich heen, waar was ze eigenlijk in terechtgekomen? Deed voorzichtig een stap naar achteren, terwijl ze koortsachtig probeerde te bedenken wat ze moest doen.

De lege ogen strak op haar gericht.

Het enige wat ze kon bedenken was het pakje kauwgom in haar tas. Ze vond ook een droge Snickers, die ze in een kiosk op de Lenin Prospekt in Petrozavodsk had gekocht, samen met een fles water voor tijdens de treinreis. Ze ging op haar hurken zitten en stak ze naar voren.

'*You want?*'

Het kind verroerde zich niet, begreep het misschien niet, zag het niet. Ze hoorde een geluid uit de kamer ernaast. Ging rechtop staan en viel bijna toen haar voet door de plankenvloer zakte, ze werd bevangen door angst, de injectienaalden! Toen zag ze hoe er beweging kwam in de rotzooi in de hoeken. Meerdere ogen die haar tegemoet glansden. Ze hield zich krampachtig vast aan de deurpost.

Achter in de hoek die uitkeek op de straat kwam een gestalte overeind, een jongen, lang en slungelig, hij staarde naar haar, en om hem heen kwam ook van alles in beweging, ze zag kartonnen dozen die op de grond vielen en het ene na het andere kind kwam eronder vandaan, Katrine kon niet van haar plek komen, twee jongens, een meisje, ze waren groter dan het kind onder de aanrecht, misschien twaalf, dertien jaar en allemaal met een gebalde vuist voor hun mond, de plastic zakjes als knuffeldoeken. De lange jongen kwam op haar af, hij zei iets wat ze natuurlijk niet verstond, herhaalde dezelfde woorden steeds opnieuw, strekte zijn hand uit. De chocola! Ze zag aan zijn blik dat de lijm nog niet echt was ingekickt, de kinderen hadden liggen slapen en waren net begonnen in de plastic zakjes te ademen. De ergste kou zou snel voor ze verdwijnen, en de honger en daarna de rest van de werkelijkheid.

De ogen van de tieners glommen op een heel andere manier dan die van het kind in het keukenkastje, wild en hard en onredelijk, een kind dat had geleerd om te overleven. Katrine besefte dat ze niets in haar hand had, de buis had ze neergelegd toen ze het snoep had gepakt. Wat wilde ze dan, een kind slaan?

'*Do you speak English?*' vroeg ze en ze legde de reep in zijn hand. Hij antwoordde in het Russisch, korte zinnen, en ook andere kinderen begonnen te praten, de woorden zwermden als vliegen om haar heen, het leken vragen, die steeds luider werden gesteld.

'*It's okay, I'm just looking, I'm going now.*' Ze hoopte dat de angst in haar stem niet door de taalbarrière zou dringen. Haalde een rol met roebelbiljetten uit haar zak en legde ze op de grond. Het woord schoot haar te binnen. '*Dasvidanja.*' Tot ziens. Daarna liep ze langzaam achteruit weg. Het laatste wat ze zag was hoe de jongen zich naar het geld boog. De schaduwen die zich bij hem aansloten.

Ze ging sneller lopen toen ze buiten was, moest ergens naar binnen, de warmte in, ze moest zitten.

Er hing een cafébord aan de hoek van het huis ernaast. Niets wees erop dat het echt een café was. Kleine ramen, een anonieme deur.

Katrine klopte aan, maar er kwam geen reactie. Ze drukte de deurknop omlaag en de deur ging open. Haar benen trilden, schaamte bonkte in haar lichaam.

Het was echt een soort café. Het was er tenminste warm. De ramen waren zo stoffig dat het daglicht niet naar binnen kon dringen. De zware houten meubels hadden er al kunnen staan sinds het beleg van Leningrad.

Katrine ging op een kruk zitten.

Ze schaamde zich omdat ze bang was geworden, omdat ze gevlucht was.

Er kwam een man uit een binnenkamer met pantoffels aan zijn voeten, hij kwam ternauwernood boven de bar uit, zijn gezicht was ingevallen en het enige overgebleven haar waren een paar sprieterige plukken boven zijn oren. Hij moest over de tachtig zijn.

'*Dobry den,*' zei ze en hij mompelde hetzelfde.

'*Do you serve coffee?*'

Hij schudde zijn hoofd.

'*Tea?*'

De man keerde zich zonder iets te zeggen om en liet heet water uit een samowar lopen. Hij zette het kopje op de bar en legde twee bleke biscuitjes op een servet. Katrine slaagde erin overeind te komen, al had ze het niet voor mogelijk gehouden.

'*Spasiba,*' zei ze en ze leunde over de bar, warmde haar handen aan het kopje. Aan de muur hing een ingelijste foto van Poetin en Medvedev. De kleuren waren onnatuurlijk en overdreven, waardoor de Russische regenten eruitzagen als oude filmsterren in technicolor.

'*Do you speak English?*' vroeg ze. De man schudde ongeïnteresseerd zijn hoofd. Droogde kopjes af met een handdoek die tussen zijn broekband zat en ademde zwaar. De buizen ruisten.

'*Is there anybody here who speaks English?*' Ze wees naar het plafond, naar de deur. '*Anybody? In this house? English? Français?*' Ze haalde een rol roebelbiljetten uit haar zak en legde een briefje van duizend op de bar.

De man pakte het en bekeek haar zwijgend, leek op zijn eigen kaken te kauwen. Het is te veel, dacht ze, een weekloon voor sommigen. Hij legde de handdoek weg en slofte weg langs dezelfde weg als hij was gekomen.

Ze hoorde voetstappen boven, stemmen die door de muren drongen. Toen de café-eigenaar terugkwam, had hij een vrouw op sleeptouw. Iets jonger, misschien een dochter, of misschien vlakte haar corpulentie haar leeftijd uit, trok die alle gelaatstrekken glad. De vrouw groette haar en begon tafels schoon te vegen. Katrine deed een zwakke poging haar in het Engels aan te spreken, maar kreeg alleen in het Russisch antwoord, als het al een antwoord was. Kende dan helemaal niemand een andere taal in dit land? De thee was slap en de biscuitjes smaakten naar papier. Ze wist niet hoe ze hiervandaan moest zien te komen.

'Student,' zei de man met een Duitse uitspraak en hij wees naar het plafond.

Op hetzelfde moment kwam een jonge vrouw, rond de twintig, het lokaal binnen. Ze had lang blond haar, mooie laarzen en een spijkerbroek van H&M. Ze stak een hand uit en stelde zich voor als Sofia Jakova.

'Meneer Boesoejev zei dat je wilde praten met iemand die Engels sprak,' zei ze in correct maar een beetje stijf Brits-Engels. 'Ik studeer aan de universiteit. Eigenlijk zocht hij mijn broer, maar ik was als enige thuis. En mama. Zij komt ook naar beneden.'

'Ik wilde iets vragen over het huis hiernaast,' zei Katrine. 'Ik dacht dat ik iemand binnen zag.'

Sofia Jakova kreeg nauwelijks de tijd het te vertalen voordat de oude man zijn stem verhief.

'Ze zijn terug, die verdomde ratten.'

'Nee, het waren geen ratten,' zei Katrine.

Meneer Boesoejev zwaaide verontwaardigd met zijn armen. Sofia Jakova vertaalde alles mechanisch, zocht naar woorden.

'De stad heeft de deuren dichtgemetseld, maar ze komen toch binnen, als kakkerlakken.'

Katrine herkende het woord al voordat ze de vertaling hoorde, *tarakan*, maar het duurde een paar minuten voordat ze begreep dat hij het over de kinderen had.

'We hebben de politie gebeld, de autoriteiten, maar ze komen terug, we willen ze hier niet hebben. U ziet hoe het ermee gesteld is. Overal graffiti, ze stelen. Dit was altijd een nette wijk. We zijn niet rijk, maar we zijn werkende mensen.'

'Het zijn nog maar kinderen,' zei ze, '*they're just kids*.'

'Ze vervuilen en vernielen, als ratten, als dieren, begrijp je?' De man stak zijn handen in de lucht. 'Ze stromen maar binnen, uit de republieken, uit de Oeral. Als ratten.'

Sofia Jakova zag er gekweld uit, keek Katrine bedelend om begrip aan. 'De politie komt ze ophalen, maar dan gaan ze er weer vandoor, ze willen vrij zijn.'

Er ging een andere deur open en een vrouw van in de vijftig voerde een parfumgolf mee. Hardgesprayde krullen. Het gesprek werd luid in het Russisch voortgezet.

Katrine wist niet wat ze moest zeggen. Ze had al te veel gezegd. Nu zouden de kinderen er weer uit worden gejaagd, en dat was haar schuld.

'Hoe lang is het huis al verlaten?' vroeg ze. 'Weten jullie waar de mensen die er woonden naartoe zijn gegaan?'

Nu vlogen de antwoorden haar tegemoet, ze golfden heen en weer en vulden het kale lokaal, het werd warmer, theekopjes rammelden. De arme studente zweette en zocht naar woorden.

De laatste huurder had het huis op de hoek van de Konstantina Zazlova en de Voronezjkaja jaren geleden verlaten. Tien jaar geleden, of waren het er al elf? De laatste was die arme Volodja Fadejev, die dood was gevroren in zijn appartement in de koude winter van 2002. Hij moest losgehakt worden van de vloer.

'Nee, Polja was de laatste.' De geparfumeerde vrouw bemoeide zich met het gesprek. 'Jullie herinneren je Polja Orlova toch nog wel, van het appartement op de hoek! Die altijd opschepte over zijn zonen, dat ze op het Technologisch Instituut zaten, maar denk maar niet dat ze daarom langskwamen, dus wat had je eraan als de buizen lekten.' Ze bestudeerde haar glanzende nagels. 'Alsof mijn zoon niet studeert, en ik heb een dochter die Engels spreekt, ze zou zo werk kunnen zoeken in een winkel op de Nevski Prospekt!'

Om dat laatste bloosde Sofia Jakova. Zij was de dochter.

'Nee, het was in 2003,' zei de dikke vrouw die het café bestierde. 'Het was hetzelfde jaar dat Petersburg zijn driehonderdjarige jubileum vierde en de gevels van het paleis werden overgeschilderd. Poetin ontving presidenten en koningen, president Bush was toen naar Petersburg gekomen!'

'Nee, nee, nee,' protesteerde de moeder van Sofia. 'Bush was hier in het voorjaar.'

'Die arme oude Volodja was toch niet in het voorjaar doodgevroren? Zelfs in Petersburg vriezen mensen niet dood in het voorjaar!' De café-eigenaar snoof zo hard dat zijn neus spetterde. Zijn vrouw pakte een zakdoek en veegde bruusk zijn neus af, terwijl de man verder praatte.

'Ik heb het niet over de presidenten, ik heb het over de winter, die koude winter. Zo koud was het in geen zeventig jaar in Petersburg geweest, niet sinds het beleg.'

'Er zijn vast wel andere koude winters geweest.'

'Maar toen deed de elektriciteit het tenminste.'

Katrine kon niet meer volgen wie wat zei, ze vielen elkaar in de rede en bovendien kwamen er nog twee buren binnen om te zien wat er aan de hand was, wat inhield dat de anderen moesten uitleggen waar het gesprek over ging. De oude café-eigenaar verdween achter de bar en haalde een fles whisky en een paar stoffige glazen tevoorschijn. Sofia Jakova's gezicht werd steeds roder.

'Mama herinnert zich dat ze erover klaagden dat het gas ook was afgesloten. Iemand had het huis tijdens de privatiseringen gekocht, ze weten niet wie, iemand die iemand had omgekocht, maar daarna was de nieuwe eigenaar verdwenen.'

'Ja, dat was in die winter.'

Ze toostten. Katrine sloeg haar wodkaglas achterover. Niet dat ze begreep waar ze op toostten, maar ze had gehoord dat het alleen werkte als je het glas in één keer leegdronk.

'Als Aleksandr Delibasj er nog had gewoond, zou het nooit gebeurd zijn,' zei een van de nieuw aangekomene, een kleine vrouw die eruitzag alsof ze was gekrompen, met een veel te grote bril.

'Hij was dokter, een weduwnaar. Dat was ongebruikelijk in Petersburg, hier zijn alleen weduwes, maar zijn vrouw was gestorven aan kanker. Vroeger stierf niemand aan kanker. Hebben jullie in de oude tijd ooit iets over kanker gehoord in Petersburg?'

'Nee, ze kregen de tijd niet om kanker te krijgen voordat...' Sofia Jakova's moeder maakte een plotseling gebaar tegen haar slaap, een schot dat afging.

'En jullie herinneren je de zussen Golovja nog wel, die in de dameskledingzaak werkten. Ze woonden in de kamer erboven, naast de dokter.'

'Dokter Aleksandr Delibasj, ja, die ging heen en weer tussen de kamers, tussen de weduwes, en als iemand besmet raakte hoefden ze alleen maar te roepen, en anders riepen ze hem ook wel.'

Ze barstten allemaal in een luid gelach uit. Sofia Jakova werd rood toen ze het vertaalde.

'En wat gaf het als hij de anderen in het huis besmette, hij was tenslotte dokter, hij hoefde alleen maar het recept te regelen dat nodig was.'

De vrouw die over de dokter was begonnen, kreeg iets dromerigs in haar blik.

'Vraag of ze zich iemand herinneren die Julia Morozova heette,' zei Katrine.

Ze merkte meteen de verandering in de kamer toen ze de naam zei. De vriendelijk lachende gezichten werden uitdrukkingsloos. De café-eigenaar bleef bij de bar staan met de halfvolle fles in zijn hand. Zijn vrouw was de eerste die haar mond opendeed, ze praatte nu zachtjes.

'Ze vraagt waarom je dat wilt weten,' zei Sofia nog zachter. 'Ze vraagt wat je eigenlijk wilt.'

Ze keken niet langer terug als zij hen aankeek, fluisterden met elkaar. Katrine herinnerde zich iets wat ze over de Stalintijd had gelezen, dat er twee woorden voor fluisteren in de Russische taal waren. Fluisteren zodat de muren het niet horen, of fluisteren om iemand aan te geven. Niemand in de kamer, behalve Sofia Jakova en zijzelf, was jonger dan vijftig jaar, ze waren natuurlijk gepokt en gemazeld door de Sovjetsamenleving, de oudsten konden zelfs het beleg van Leningrad en de negenhonderd hongerige dagen nog mee hebben gemaakt, toen mensen mensenvlees aten. Vertrouwen en rust moesten een broze cocon zijn geweest, verstandhouding een hersenschim, toneelspel, wie kon weten wie wie had aangegeven, of misschien wisten ze het en leefden toch gewoon verder, maar altijd met een deel van zichzelf dat op zijn hoede was, want wie kon weten wat er hierna zou gebeuren. In een seconde hadden ze begrepen dat zij niet was wie ze voordeed te zijn. Ze had een verborgen bedoeling, wist meer dan ze veinsde te weten.

Katrine haalde diep adem.

'Julia Morozova's dochter is verwant aan mijn moeder,' zei ze. 'Daarom ben ik hiernaartoe gekomen. Ik wil weten waar ze naartoe is gegaan.'

Opnieuw voelde ze hoe de stemming in de kamer veranderde, al duurde het deze keer langer. Een nieuwe welwillendheid, al zat er nog iets afwachtends onder. Langzaamaan begonnen ze achter elkaar te praten, knikten en zochten steun voordat een ander verderging. Het was duidelijk dat ze hun woorden zorgvuldig wogen en niet langer alles zeiden wat bij hen opkwam.

'Natuurlijk herinneren ze zich Julia Morozova nog,' vertaalde Sofia Jakova. 'Ze heeft daar altijd gewoond. Er was veel te doen over haar echtgenoot die belangrijk was en in de oorlog was gesneuveld, alsof ze niet allemaal familieleden hadden die in de oorlog waren gesneuveld. Galina, die het café heeft, zegt dat ze in 1993 is gestorven, of misschien in 1992. Het was na het uiteenvallen van de Sovjet-Unie, dat weet ze zeker, want daar klaagde Julia over.'

De gezette vrouw zuchtte luid, sprak jammerend om haar woorden te benadrukken.

'Het waren moeilijke jaren, al het geld verdween, alles wat je had gespaard. Julia Morozova vertrouwde Jeltsin niet. Zei dat je iemand niet kon vertrouwen die uit Sverdlovsk kwam, allemaal bandieten, en Aljosja was toen al weg.'

'En de dochter,' zei Katrine zacht. 'Vraag of ze weten wat er met Hilma Jelena Morozova is gebeurd?'

Gefronste voorhoofden, de buren keken naar elkaar.

'Het was dezelfde winter dat ze haar kwamen halen, toch? 2002? Het was voordat de oude Volodja...'

'Hoezo kwamen halen?' viel Katrine haar in de rede. 'Is er iemand die weet waar ze naartoe is gegaan?'

Het ene na het andere hoofd schudde ontkennend, beklagend, maar de café-eigenares deed haar mond weer open, en uit het lange, uitgebreide antwoord maakte Katrine op dat de vrouw iets wist, en dat ze zich er kwaad over maakte.

'Een maand later kwam er post die verkeerd was bezorgd,' vertaalde Sofia Jakova, 'en toen hadden ze de brieven hier naar binnen gegooid. Alleen omdat ze een café hebben denken mensen dat ze allerlei diensten moeten verlenen, maar ze had de postbode de volgende dag opgewacht en gezegd dat Jelena Morozova verhuisd was en dat het de taak van het postbedrijf was om te zorgen dat de brieven aankwamen. De postbode mocht de telefoon gebruiken. Daarna nam hij de brieven mee en zei dat als er nog meer kwam, ze de brieven direct naar het Gogolhuis in Tsarskoje Selo kon sturen, want het was zijn werk niet om brieven naar mensen te brengen die hun adres niet op de juiste manier hadden doorgegeven.'

'Hoe zei je dat het heette?'

'Tsarskoje Selo, het dorp van de tsaar.' Er brak een nieuwe, intensieve discussie los en Sofia Jakova moest sneller praten om hen bij te houden. 'Maar haar man beweert dat het Poesjkin heet. Ze zijn van naam veranderd in 1937, bij het honderdjarig jubileum van Poesjkins dood, maar zijn vrouw zegt dat ze het weer terug veranderd hebben. Heel oude en heel jonge mensen zeggen in elk geval Tsarskoje Selo en wie ertussenin zit zegt misschien Poesjkin. Ze vragen of je Poesjkin kent.'

'Waar ligt het?'

'De dichter. Ze vragen of je onze grote dichter kent.'

'Ja, ik ken de dichter,' zei Katrine, 'maar ik wil weten waar de stad ligt.'

Daarna sloeg ze haar glas achterover, dat weer was volgeschonken.

‘...En Alastair lijkt ook geen idee te hebben waar je mee bezig bent.’

‘Heb je hem gebeld om over mij te kletsen?’

De lucht was hoog en helder, ver van de uitlaatgassen en de vochtigheid van Sint-Petersburg.

‘Eigenlijk belde hij,’ zei Ante.

‘Hij belde jou? Waarom? Jullie kennen elkaar niet eens.’

‘Hij zegt dat je mobieltje al dagenlang uitstaat. Hij maakt zich zorgen om je, Katta, daarom wilde hij met mij praten, hij is benieuwd hoe het met je gaat.’

‘Hoezo, hoe het met me gaat?’

‘Hij vroeg ook wat dingen over vader. Wat er eigenlijk gebeurd is.’

Ze greep naar haar hoofd. Sofia Jakova stond dertig meter verderop te wachten bij een brug met drakensculpturen, omringd door Chinese kasteeltjes in pasteltinten. Het Tsarenpark in Poesjkin was een absurd sprookje, een Disneyland dat driehonderd jaar geleden was gemaakt met glanzende uivormige koepels en gesnoeide bomen. Katrine schopte het grind tevoorschijn onder de sneeuw, probeerde terug te keren in de werkelijkheid.

‘En wat heeft onze vader hiermee te maken?’

‘Alastair is immers een psycholoog, Katta...’

‘Hij is een psychotherapeut.’

‘Je kunt er niet zomaar vandoor gaan en je mobieltje uitzetten, jezus Katta, je bent geen twintig meer.’

‘Ik zat in het archief van de Russische veiligheidsdienst. Daarom had ik het mobieltje uitgezet.’

‘Wat moest hij daar ook in de Sovjet-Unie?’

‘Ze hebben hem in een bos doodgeschoten, Ante.’

‘Ik vind in elk geval dat hij helemaal gelijk had.’

‘Stalin?’

Ante kreunde luid.

'Alastair. Hebben jullie problemen?'

Katrine keek uit over het zomerpaleis dat Peter de Grote voor zijn vrouw had gebouwd, een kilometer lange suikertaart in blauw en geel die alleen maar onbehagen in haar opwekte, het deed haar denken aan een gevangenis.

'Nee,' zei ze, 'we hebben geen problemen.'

'Gunilla vraagt of je voor het eten thuis bent. Ze heeft opgeschreven dat je vliegtuig om kwart voor vijf uit Sint-Petersburg vertrekt.'

'Ik heb de vlucht omgeboekt.' Katrine slikte. Ze had niet gedacht dat ze voor het eten op haar zouden rekenen, haar vertrektijden precies bij zouden houden. 'Ik laat het weten wanneer ik kom.'

Ze haalde Sofia Jakova in aan de andere kant van de drakenbrug. Katrine had haar vijftienhonderd roebel betaald om te spijbelen van een college over moderne Engelse literatuur en mee te gaan naar Poesjkin.

Ze werden omringd door bomen die steeds hoger en dichter werden. Dit was de schaduwkant van het Tsarenpark, waarvoor het geld voor de renovatie niet toereikend was geweest. Verderop was tussen de stammen een enorme grijze ruïne te zien. 'Hier was het front tijdens de Grote Vaderlandse Oorlog,' zei Sofia met haar blik op de reisgids gericht. 'De Duitsers zaten in die toren daar en tuurden naar Leningrad.'

'Weet je zeker dat we hiernaartoe moeten?'

Ze knikte en wees naar een hoog gebouw vijftig meter voor hen, waar de bomen zich over het pad bogen. Het was een spookslot maar dan ingetogener, stijf in de houding tussen de bomen.

'Het Gogolhuis,' zei ze.

Katrine huiverde voor de strenge voorgevel. Nikolaj Gogol had haar op de middelbare school geïnteresseerd, net als Stig Dagerman en Sylvia Plath, depressieve schrijvers die zich alle drie van het leven hadden beroofd. Gogol had zijn manuscripten verbrand en was toen gestopt met eten. Het had negen dagen geduurd voor hij stierf.

'Het is gebouwd voor de lijfwachten van de tsaar,' zei Sofia toen ze bij het bord en de hekken waren gekomen, 'maar na de oorlog werd het een tehuis voor gehandicapte kinderen.'

'En nu? Wat is het nu?'

'Een soort weduwenhuis.' Ze keek wat er op het bord stond. 'Het moet een particuliere instelling zijn.'

Katrine stond een halve pas achter haar terwijl ze aanbelde.

Een vrouw deed open, helemaal in het lichtblauw gekleed en met een keurig pagekapsel. Katrine gluurde achter haar langs, naar een hal met een abnormaal hoog plafond en een marmeren vloer, rekte haar hals uit toen er daarbinnen een oude vrouw in een rolstoel langs werd gereden, terwijl de tolk hun boodschap overbracht.

'Wat zegt ze? Is ze hier?'

'We moeten naar het kantoor gaan,' zei Sofia Jakova.

Een map! Dat was het eerste wat ze daarbinnen dacht: er is een map.

Dan is ze er.

De directrice trok hem uit een kast en ging achter een bureau van massief hout zitten, het vulde bijna de hele kamer.

Ze zette haar bril op, die aan een gouden ketting om haar nek hing. Nam Katrine wantrouwig op.

'Ze zegt dat er niets in staat over familieleden in het buitenland,' zei Sofia Jakova.

'Dus ze is hier?'

Katrine leunde achterover in de stoel en keek naar het plafond. Hoorde Sofia Jakova vragen, hoorde de directrice voorlezen uit de papieren, hoorde alles herhaald worden in het Engels.

'Hilma Jelena Arkadjevna Morozova. Kantoorbediende. Geboren in 1936 te Petrozavodsk. Woonachtig in Sint-Petersburg. Ingeschreven in het Gogolhuis in november 2002.'

Katrine greep de stoelleuning beet, probeerde bescheidenheid en geduld te belichamen.

'Heb je verteld dat ze geadopteerd is, maar dat ze het misschien zelf niet weet?'

Sofia knikte, maar herhaalde de informatie toch. De directrice bladerde uitvoerig door de papieren die Katrine haar had overhandigd, haastte zich niet. Het waren dezelfde papieren die de FSB ervan hadden overtuigd dat Gunnar Pelttari haar grootvader was. Zakelijk en bondig als een persbericht vertelde ze de rest en Sofia vertaalde: over het kind dat hij had gekregen, de adoptie en het huis aan de Oelitsa Voronezjkaja.

'Ze zegt dat ze hun gasten moeten beschermen. Het is hun taak om voor het welzijn van de gasten te zorgen. Ze zegt dat dit tegen de regels is. Verwanten die de gasten willen bezoeken, moeten met naam en toenaam genoemd zijn in de inschrijvingsakte.'

'Staan er daar dan verwanten ingeschreven?'

Sofia Jakova hoefde het 'njet' niet te vertalen, Katrine begreep het helemaal uit zichzelf.

'Krijgt ze ooit bezoek?'

De directrice schudde haar hoofd.

'Nee, nooit.'

'Wie betaalt dan de contributie?'

Het Gogolhuis werd gefinancierd door fondsen en contributies, dat had de directrice al uitgelegd in een lange presentatie. Het was een particuliere zorginstelling, alleen voor weduwen. De dokter kwam twee keer in de week en al het personeel had de vereiste opleiding. Het rook naar stoofschotel en brood uit de keuken aan de andere kant van de hal. Niet bepaald een gewone zorginstelling voor oude kantoorbedienden met een slecht pensioen.

'Een fonds,' zei de directrice en ze las van het papier voor: 'Het Fonds voor Bescherming en Steun aan Voormalige Medewerkers binnen de Staatsadministratie.'

'Wat is dat voor iets?'

Ze sloeg het dossier dicht.

'We zijn hier zoals gezegd om onze gasten te beschermen en te verzorgen. Het Gogolhuis komt aan al hun behoeften tegemoet.'

Katrine keek recht in haar staalgrijze ogen. Haar bril had de vorm van kattenogen, met een fonkelend montuur.

'Denkt u niet dat Hilma Jelena haar nichtje zou willen ontmoeten? Kunt u haar het niet zelf vragen als u twijfelt?'

Sofia Jakova vertaalde het. De directrice leunde achterover en keek naar Katrine zonder ook maar iets van haar gevoelens te laten blijken. Daarna pakte ze een sleutelbos en deed het bureau zorgvuldig op slot, kwam overeind.

'We mogen niets zeggen wat haar van streek kan maken. We mogen niets meenemen uit de kamer. We mogen geen foto's maken.' Sofia Jakova pauzeerde en keek Katrine aan. 'Ze zegt dat je het niet over oude familieleden en adopties mag hebben. We mogen de patiënten niet verontrusten. Ze zal zelf aanwezig zijn bij het bezoek.'

'*Spasiba*,' zei Katrine mat.

De kamer was op de tweede verdieping. Een massief houten deur met houtsnijwerk stond halfopen. De zon viel door de hoge ramen naar binnen. De vrouw zat in een rolstoel, naar het raam gekeerd, omwikkeld door dekens. Haar haar was helemaal wit en viel recht omlaag op haar schouders, het glinsterde als zilver door de zon. De directrice liep met vastberaden stappen op de rolstoel af. 'Jelena Arkadjevna,' zei ze met een luide stem. Sofia Jakova stond achter Katrine en fluisterde de vertaling in haar oor.

'We hebben bezoek, uit het buitenland. Ze willen een beetje rondkijken, zien hoe het hier is.'

Katrine liep langzaam naar voren, kon niet ademen, kon niet denken. Alleen die vrouw daar in de rolstoel. Ze naderde haar van achteren en ging naast haar staan, bekeek het profiel van de oude vrouw ademloos. De licht gebogen neus en de kin die een beetje omhoog wees. Haar blik was ergens anders op gericht, haar bruine blik, de fonkelende geelbruine blik. De grond beefde onder Katrines voeten, mama's stem in haar hoofd: *nee, nu fantaseer je, Katrine, houd op met liegen en geef antwoord, houd op met je domme fantasieën.*

Dit kan niet, dacht ze. Dit bestaat niet, ik heb het verzonnen, ik ben over een soort grens gegaan.

Hilma Jelena was bijna een kopie van haar moeder. Dezelfde neus, dezelfde mond, de fijn gevormde lippen die Ingrid altijd wijnrood had gestift. Alleen het kuiltje in de kin onderscheidde hen. Misschien was ze nog magerder.

'*Dobry den*,' zei Katrine zachtjes en ze negeerde de scherpe blik van de directrice. 'Dobry den, Hilma Jelena Arkadjevna.' En ze raakte haar hand aan. Een broze hand, zo dun als papier. Katrine voelde geen reactie.

Pas toen besefte ze dat de oude vrouw geen vin had verroerd. Hilma Jelena leek hun aanwezigheid in de kamer niet eens op te merken. Haar blik was op het park gericht, maar ze leek niets te zien.

Haar gezicht toonde geen teken van leven, alleen de blauwe aderen onder de huid waar het bloed nog doorheen stroomde, een zwak kloppen bij haar slaap. Hilma Jelena was ver weg, alleen haar lichaam was in de rolstoel achtergebleven.

Katrine moest alle spieren in haar gezicht spannen om niet in huilen uit te barsten.

Gemompel van stemmen hiernaast, ver weg.

'Ze praat niet. Heeft geen woord gezegd sinds ze hier is gekomen. De eerste tijd zorgde ze voor zichzelf. Nu is ze die andere wereld in gegaan, die innerlijke wereld die niemand kan zien behalve zijzelf, we weten niet of het een slechte wereld is.'

Katrine keek op en ontdekte tot haar verbazing medelijden in de blik van de strenge directrice.

'Het is onze taak om ervoor te zorgen dat de patiënten schoon zijn en eten krijgen. Sommigen kiezen ervoor om in het verleden te leven. Dat is onze zaak niet.'

Daarna draaide ze zich om en liep weg, liet Katrine alleen met de oude vrouw. Ze was blijkbaar tot de conclusie gekomen dat de bezoekster geen dief was, of op enigerlei wijze een bedreiging voor de veiligheid vormde.

Katrine ging op haar hurken voor de rolstoel zitten, probeerde de blik van de vrouw te vangen. Sprak tegen haar in het Engels. Vertelde haar dat ze een zus had, dat haar echte vader Gunnar Pelttari had geheten en dat hij uit Kivikangas was gekomen om zijn dromen waar te maken. Dat ze zo op haar grote zuster leek, zoveel dat ze een tweeling konden zijn geweest. Ingrid werkte bij een apotheek, zei ze en ze probeerde een teken van leven in haar blik te vinden, een glimp van de mens die daar was.

Toen gaf ze het op en kwam overeind. Bleef er staan zonder iets te zeggen en probeerde het park door Hilma Jelena's ogen te zien. De zon tussen de takken, ze moest hier de jaargetijden hebben zien komen en gaan, veel beter dan dat verschrikkelijke huis aan de Oelitsa Voronezjkaja, waar alles uit elkaar viel en bevroor. De voorjaarszon in Poesjkin hoefde zich niet door luchtvervuiling heen te vechten, hier was hij sterk en helder en scheen over haar gezicht. Heel even dacht Katrine dat ze een gevoel van vrede bespeurde.

Wat is er met je man gebeurd, dacht ze, hoe is je leven geweest?

Is hij beter, de wereld waar je nu bent?

Katrine nam de kamer in zich op, een breed bed met een bewerkt hoofd- en voeteneind, een kast die er antiek uitzag. Exclusief, maar volkomen anoniem. Geen foto's, geen spulletjes behalve een vaas met namaakbloemen, niets wat privé leek.

Hier houdt het op, dacht ze, nu is er niets meer.

En de volgende gedachte: niemand zou haar geloven.

Katrine zocht naar haar mobieltje in de binnenzak van haar jas, luisterde, maar hoorde alleen in de verte voetstappen. Hoestte luid om de klik te overstemmen toen ze een foto maakte van de vrouw in de rolstoel, nog een, van dichterbij, zodat je haar gezicht goed kon zien. Hilma Jelena zat onbewogen in haar stilte. Katrine keek op het schermpje. Het zou haar niet hebben verbaasd als de foto leeg was geweest.

'We moeten nu gaan,' zei Sofia Jakova.

'Dasvidanja,' fluisterde Katrine.

Rodja Nasajev blokkeerde de deur terwijl de anderen de bankier bewerkten.

Hij verdreef de tijd door naar de klok te kijken. Het duurde precies drieëntwintig minuten, daarna hadden ze toegang tot alle rekeningen die ze maar wilden.

Drieëntwintig minuten! Het ging vooruit met het Russische volk.

Toen de accountant toegang tot de computers had, ging Rodja zelf naar buiten en stak een sigaret op. Hij werd ongemakkelijk van die glimmende bureaus, de kostuums, mannen die zich inbeeldden dat ze boven mensen als hij stonden.

Op het trottoir haastten mensen zich langs hem en deden alsof ze hem niet zagen. Parasieten met aktetassen onder hun armen en iPhones in hun handen, die de Nevski overdag over hadden genomen. Makelaars en advocaten en investeerders die dachten dat ze Sint-Petersburg bezaten, maar het waren mannen als Dmitri Rykov die hun rijkdom uit de restanten van het verrotte imperium hadden opgebouwd.

Rodja gooide de peuk weg voordat hij in de auto stapte. Hoewel de baas weg was, hield hij zich aan het rookverbod. Hij liet de stoel achteroverhellen en haalde met tegenzin de nieuwe documenten tevoorschijn. In zijn ogen waren al die mappen hetzelfde, dezelfde stempels, dezelfde onzin. Deze ging over Aleksej Sjaporin en had op een tafel gelegen toen ze de vorige avond zijn woning bij de Neva binnendrongen. De twee lijfwachten die zich daar op dat moment hadden bevonden, hadden hen niet tegen kunnen houden. Een derde was naar buiten gegaan om een pizza te kopen. Het geweld was van het collegiale soort geweest. Er had niemand dood hoeven gaan. Het waren mannen uit de civiele beveiligingsbranche die nooit een voet in Russische gevangenissen hadden gezet, die werkten voor het geld en hun loyaliteit maar al te makkelijk opgaven.

Op de ochtend van de dag dat Rykov stierf, had Aleksej Sjaporin gezegd dat hij ziek was en naar bed ging. Daarna hadden ze hem niet meer gezien. Iemand van de veiligheidsdienst, wiens naam ze niet kenden, had geprobeerd hem op te sporen en was teruggekomen met een rapport. Aleksej Sjaporin had het land niet verlaten, geen geld opgenomen bij geldautomaten, was niet gezien door iemand die normaal gesproken informatie doorspeelde. 'Hij vermoedde dat Dmitri Rykov hem liet bewaken,' had een van de lijfwachten gezegd, 'maar dat zouden jullie wel moeten weten.' En daarna hadden ze de bar van de verdwenen man geopend en getrakteerd.

Rodja Nasajev hield zijn oog op de deuren van het bankgebouw gericht om de accountant niet te missen, en zat zichzelf ondertussen op te winden over vragen waarop geen antwoorden waren. Wie had wie bewaakt? Waarom kiest iemand ervoor om te verdwijnen? Omdat hij iets weet? Omdat degene die Dmitri Olegovitsj had doodgeschoten ook achter hem aan zat, om niet te sterven? Maar waarom had hij zijn partner dan niet gewaarschuwd? Omdat hij geld gestolen had? Omdat hij een haan was, een mismaakte, een schurk verkleed als avtoritet?

Hij sloeg lukraak een paar pagina's open van het dossier.

Er waren de gebruikelijke dingen. Een vader die zijn goede baan op de universiteit kwijtraakte en naar een afgelegen gat werd gestuurd om kolen te scheppen. Een moeder die daarom een slechtere baan had gekregen. Rodja bladerde verveeld verder. Familie interesseerde hem niet. Zelf had hij altijd regel twee van de wet gevolgd, want al was hij geen *vor*, hij wilde leven als een vor: zijn familieleden opgeven, vader, moeder, broers, zussen. Niet dat Rodja Nasajev wist wie zijn vader was, maar zijn moeder had hij absoluut in de steek gelaten.

Hij gaapte, had niet één hele nacht geslapen sinds de baas was verdwenen. Rekte zich uit naar de achterbank en pakte een flesje fris uit het barretje, vroeg zich af of hij naar binnen moest gaan om de accountant tot spoed aan te zetten zodat er iets zou gebeuren.

Hij probeerde de sneltoets voor de derde keer deze dag. De lijn was dood.

Hij bladerde verder.

Sjaporin was lid van de partij geweest toen hij jong was. Hij had op de universiteit gezeten, literatuur gestudeerd. Ja, dat had Rodja zelfs begrepen als hij nooit direct met Sjaporin zou hebben gesproken. Hij was een man die zich macht had toegeëigend zonder ooit in een Russische gevangenis te hebben gezeten, wat betekende dat hij goede contacten moest hebben binnen de KGB, of de FSB, zoals ze zich tegenwoordig noemden. Het maakte Rodja Nasajev niet uit, het waren dezelfde mannen die zich in de schaduwen verborgen en rapporten schreven. Hij vroeg zich af of het zelfs niet dezelfde man was die de twee rapporten had laten bezorgen, leken ze niet verdacht veel op elkaar?

Hij wierp het dossier van zich af. Het viel uit elkaar en de bladen dwarrelden neer op de vloer. Het interesseerde hem niet wie Aleksej Sjaporin had gedood, wie hij had omgekocht, wie hij had geneukt. Hij wilde maar één ding weten: waar de man zich bevond.

Het duurde nog een halfuur, toen kwam de accountant naar buiten. Hij keek ongerust om zich heen terwijl hij de aktetas onder zijn arm klemde. Rodja raakte een schakelaar aan waardoor het portier opengleed aan de passagierskant.

Een lange, magere man die onhandig met zijn papieren in de weer was terwijl hij ging zitten, hijgend alsof hij tien kilometer had gerend. Er was te weinig ruimte voor zijn benen zodat hij zijn knieën op moest trekken tot tegen zijn kin, maar Rodja nam niet de moeite de stoel naar achteren te schuiven. De man mocht best even zweten.

Hij startte de auto en reed langzaam uit het gedrang op de Nevski, sloeg een achterafstraatje in, terwijl de accountant de bedrijven opsomde die elkaars bezit waren.

'Maar we hebben een fonds gevonden dat naar andere rekeningen leidde die niet gedeeld werden door de ondernemingen.'

'Dus het klopt dat hij stal van de baas?'

'Nee, er zijn compleet natuurlijke oorzaken voor dat de bedragen minder worden, de financiële markt, de beurs in New York...'

Rodja greep zijn pols beet, kneep zo hard dat zijn knokkels wit werden. De arm van de accountant was dun als die van een jongen, er was niet meer dan een kleine ruk nodig om hem te breken.

'En waar is het geld?'

De man rommelde met zijn papieren. Hij zweette nu. Legde zijn hand op de deurknop, alsof het portier geopend kon worden zonder dat Rodja Nasajev op de juiste knoppen drukte.

'Als we naar de laatste maanden kijken, en als ik het goed begrijp gaat uw interesse daar vooral naar uit, dan hebben er een aantal omvangrijkere transacties plaatsgevonden naar bepaalde fondsen, die naar de rekeningen leiden die niet gedeeld worden door de ondernemingen, liefdadigheid op grotere schaal...'

'Wat voor liefdadigheid dan in godsnaam?'

'Voor patiënten...'

Rodja rukte het papier uit zijn hand. Het duurde een paar seconden voordat de tekst zich duidelijk aftekende.

'Hart- en longpatiënten?'

'Dat staat er, ja.'

'Dus Aleksej Sjaporin heeft het geld van de baas doorgesluisd naar een fonds voor zieken?'

'Niet het geld van de heer Rykov, in elk geval niet uitsluitend, de eigen middelen van de onderneming...'

'En wat betekent dat?' Rodja zag rijen cijfers op het papier trillen, hij kon zien dat het om miljoenen ging, vele miljoenen. 'Maakte hij zich gereed om zijn schepper te ontmoeten voordat hij uit Sint-Petersburg verdween?'

'Daar kan ik geen antwoord op geven, ik lees alleen wat er staat.'

'Doe dat dan, lees.' Rodja duwde het papier in het gezicht van de accountant. 'Hij heeft het geld van de bank gehaald. Hij is verdwenen. Waar is hij?'

'Daar kan ik natuurlijk geen antwoord op geven.' De bril van de man was weer beslagen en hij zette hem af, veegde hem met de punt van zijn overhemd schoon, zocht tussen de papieren en vond ten slotte het goede vel. Rodja trommelde op het stuur en overwoog of hij hem naar de woning van de baas moest brengen of naar een van de industriegebieden aan de rand van de stad, de eerste de beste binnenplaats zou trouwens goed genoeg zijn voor een kleine rat als de man in de stoel naast hem, die door de rekenafschriften bladerde.

'Het fonds zelf werd gecontroleerd door een stichting waar we geen toegang tot hebben, geregistreerd op de Kaaimaneilanden... Dat is misschien in tegenspraak met het idee van liefdadigheid...

Maar er komen ook transacties voor naar gewone banken in Krakau en Bern, ene heer Ivan Pogrebjnak...'

'Wie is dat?' Rodja vergat nooit een naam. Dat was het voordeel van zijn tekortkomingen op het gebied van lezen, hij noteerde nooit iets, hij prentte het in zijn geheugen. Van een Pogrebjnak had hij nog nooit gehoord.

'Ja, dat blijkt hier natuurlijk niet uit,' zei de accountant, 'het enige wat ik kan zien is wat er uitbetaald is en in sommige gevallen wie de ontvanger is, maar dit zijn tenslotte alleen maar rekenafschriften met zekere beperkingen...'

Grijnsde hij naar hem? Rodja startte de auto en overwoog het alternatief weer. Het was tijdrovend om in de spits het centrum van Sint-Petersburg uit te rijden, maar hij wilde ook geen vlekken op het tapijt in de woning.

'En er is een bedrijf in Stockholm, dat is een van de grotere posten. Dat ligt niet zo voor de hand in deze samenhang, gezien de Zweedse belastingen, en de controle...' De accountant liet zijn vinger langs de regels gaan. Rodja zag dat hij trilde.

'Averbach & Miele, advocaat Helene Miele. Ze komen een aantal maal terug, de laatste keer minder dan een maand geleden, net in de week voor het tragische overlijden van de heer Rykov.'

Rodja rukte het papier naar zich toe.

'Een advocaat,' zei hij en hij zag de naam staan.

De accountant veegde zijn voorhoofd af.

'Kan ik nu gaan?'

3

Dus vader had nu toch besloten de deur voortaan op slot te doen.

Åke Palo bonsde op de deur, maar het enige wat in het huis te horen was, was het opgewonden geblaf van Akka.

Toch was het vreemd. Sinds de moord op Lap-Erik had Thore tegen iedereen gezegd dat ze de angst niet moesten laten regeren, want angst was een grotere bedreiging van hun levensstijl hierboven dan de daden van een paar misdadigers. In zijn eigen ouderlijk huis hadden ze vreemdelingen altijd verwelkomd, zwervers binnengelaten en eten gegeven toen de staat het verbood, ze hadden soldaten onderdak geboden tijdens de mobilisatie en Finse vluchtelingen tijdens de oorlog en als zijn moeder de deur durfde te openen toen Hitler aan de andere kant huishield, dan zou Thore Palo nu verdomme niet beginnen zijn deur op slot te doen.

Åke vloekte en schopte de nieuw gevallen sneeuw van het bordes.

Eva-Lena had erop gestaan dat hij vader naar de dokter bracht, omdat die al drie afspraken had gemist. Dacht zeker dat hij onsterfelijk was, de grote agent, en deed alsof hij het was vergeten.

Hij stapte het bordes af en liep naar het schuurtje. Daar hing de reservesleutel, helemaal achterin, achter alle troep waar hij overheen moest stappen, alleen omdat vader zo verdomde koppig was, links van de kast achter moeders oude trapslee en een kapotte buitenboordmotor die al dertig jaar niet meer in de rivier was geweest.

Door de hond begreep hij dat er iets niet klopte. Toen hij de deur opendeed kroop Akka jankend door de hal. Ze begroette hem niet en draaide niet om zijn benen zoals ze altijd deed wanneer hij hier wel eens kwam. Dat was niet zo vaak. Zijn vrouw kwam in feite vaker langs, hielp hem met het een en ander.

Familiediners waren één ding. Onder vier ogen praten was iets anders.

'Hallo, Thore!' riep hij. 'We moeten weg! De dokter, weet je nog.'

Toen rook hij de geur en het werd even zwart voor zijn ogen. Lieve god, dat niet. Hij weerstond de aandrang om zich om te keren en weg te gaan en nooit meer terug te komen, hem in zijn drek te laten liggen en het hem zelf uit te laten zoeken, die ouwe gek. Maar hij stapte toch de keuken in en zag de ravage. De geuren van stront en alcohol en oude dronkenschap werden vermengd met iets wat gebrand had, hij zag de brandplekken op de vloer voor het fornuis, roet en schilfers en stukjes papier waren door elkaar heen gewerveld, het was een wonder dat die ouwe niet het hele huis had platgebrand. En dan de fles op tafel, het was een lege fles Wyborowa-wodka, terwijl Thore had gezworen dat hij twintig jaar geleden zijn laatste druppel had gedronken. Toen zijn eerste kleinkind was geboren. Åke voelde de hardheid in zich stollen. De kern waar niemand bij kon, Eva-Lena niet, de kinderen niet, zelfs zijn eigen moeder niet toen ze nog leefde, het was een cocon van staal en ijzer rond alle dingen waarover het geen zin had te praten. Dit was de laatste keer, dacht hij, de allerlaatste keer dat hij met zijn vader praatte. Als het al mogelijk was om met hem te praten. Hij bedwong de neiging om op de vloer te spugen, de fles tegen de muur te gooien zodat hij in stukken zou breken, daar zou die ouwe misschien wakker van worden, en liep alleen langzaam door de keuken, want Åke Palo was niet zoals zijn vader, scheet niet op de grond en liet anderen het opruimen. Al toen hij elf was. Zodat mama het niet zou hoeven zien als ze thuiskwam van haar avonddienst. Dan zouden ze weer ruzie krijgen. Dus had hij het opgeruimd, terwijl zijn vader op de bank lag te snurken. Åke zag het kristalhelder voor zich, de geur bracht hem terug naar de hel van een *knapsu* te zijn, iemand die huilde wanneer hij niet moest huilen en 's nachts in zijn bed plaste. De herinneringen stortten zich zo sterk over hem heen dat hij niet wist wat hij zag.

Hij zag zijn vader daar op de bank liggen met de fles op zijn borst, maar dat was een herinnering. Want nu lag de fles op de grond, het was fles nummer twee en hij zat in de stoel te slapen, volledig gekleed, met zijn hoofd omlaaggezakt en donkere vlekken op zijn borst en de blauwe fleecetrui die Eva-Lena met de kerst voor Thore had gekocht, en daar lag het geweer. Waarom had hij het geweer?

En hij staarde naar de vlekken en begreep dat het geen braaksel was, het was donkerder, als bloed. En dan de hond, jankend aan de voeten van zijn baasje terwijl hij naar voren stapte om de ouwe door elkaar te schudden, maar de hond kwam ertussen waardoor hij struikelde en met zijn schouder tegen de woonkamertafel viel en recht in het gezicht keek. Eerst begreep hij het niet. Wat had vader met zijn gezicht gedaan, wat had hij nu weer uitgespookt? Zijn gezicht besmeurd met eten of bloed of wat was het? En toen zag hij dat er geen gezicht was achter het bloed, wat heb je gedaan, vader, wat heb je nu gedaan? En ver weg hoorde hij het gebrul dat uit hemzelf kwam en het moment waarop de kern ontplofte en het staal en ijzer alles kapot reten, hij verweerde zich en kwam overeind maar viel achterover op de grond en het werd stil en zwart in het gat waarin hij zich verstopte tot zijn onderbroek droog werd en het huilen over was en moeder hem zou wassen, hem in slaap zou wiegen en het nooit aan iemand zou vertellen.

De makelaar bewoog onrustig heen en weer aan de andere kant van het bureau, bladerde met een hand in zijn papieren. Zijn glimlach was verstard, alsof iemand die op zijn gezicht had geschilderd.

'Het is net als met ijshockey,' zei hij, 'er kan van alles gebeuren voor het eindsignaal.'

Katrine sloot haar ogen en opende ze weer, de idiote makelaar zat er nog.

'We hadden een mondelinge afspraak,' zei ze. 'Ze hebben een bod uitgebracht, we hebben ja gezegd, we moesten verdomme alleen de papieren nog ondertekenen.'

'Het spijt me, maar het werd vanmorgen pas definitief duidelijk.'

Antes en Ingrids volmachten brandden in haar tas. De afspraak met de makelaar had ze de vorige dag per mail bevestigd. Had een veel te vroege ochtendvlucht genomen en drie uur in Luleå rondgelopen, een hamburger gegeten terwijl ze wachtte.

'Duizend kilometer,' zei ze en ze had het gevoel dat er elk moment iets in haar kon knappen. 'Ik heb duizend kilometer gevlogen en het spijt je.'

'In principe gelden afspraken niet voordat ze zijn ondertekend.'

'In principe? Welk principe dan, in principe kunnen jullie mensen besodemieteren zoveel als jullie willen en ermee wegkomen, bedoel je dat?'

Katrine stond op en gooide daarbij bijna de designerstoel van stalen buizen en leer om. De koper had zijn bod ingetrokken. Anderhalf miljoen kronen naar de bliksem en het was haar schuld. Omdat ze zich niet had gehaast, niet had toegeslagen, het in haar hoofd had gehaald dat het huis een waarde bezat die niet in geld viel uit te drukken. Ante zou haar vermoorden.

'Zoals ik al zei,' stamelde Jerker Nyborg, 'hadden ze hun oog ook op een ander object laten vallen en omdat het zo lang duurde...'

'Wat voor object dan?' Als hij nou tenminste een huis een huis kon noemen en besodemieteren besodemieteren.

'Ja, ze hebben nu een ander huis gekozen.'

'Dat jij ze aan hebt gesmeerd?'

De makelaar had een gespannen trek rond zijn mond gekregen. Keek in zijn papieren en bladerde erdoorheen, al was het duidelijk dat hij niet las wat er stond.

'Ik vraag me af wat de Landelijke Makelaarsvereniging zal zeggen van jouw manier om zaken te doen,' ging Katrine verder. 'Weet je, ik denk dat ik ze meteen even opbel. Heb jij misschien het nummer?'

Zijn gezicht werd rood toen ze haar mobieltje tevoorschijn trok.

'Dit is helemaal volgens de regels gegaan. En het was de koper die zijn interesse in specifiek deze twee hoeves kenbaar heeft gemaakt.'

'Hoeves! Het is een vervallen krot dat al sinds 1974 leegstaat!'

Ze schaamde zich midden in haar woedeaanval, omdat ze het huis naar beneden haalde, degenen beledigde die het al die jaren verzorgd hadden. Alsof het haar schuld was dat het in verval was geraakt, ook al wist ze er niets van. Vanaf het moment dat ze was opgestegen van het Poelkovo-vliegveld in Sint-Petersburg had ze niet één gedachte meer af kunnen maken. Elk gevoel werd gevolgd door een tegengesteld gevoel. Als ze blij probeerde te zijn omdat ze te weten was gekomen wie ze diep vanbinnen was, wilde ze tegelijkertijd alleen maar huilen om alles wat verloren was gegaan.

De makelaar staarde naar zijn scherm.

'Kivikangas 28:1 is een hoeve, bijgebouwen...'

'Wat is Kivikangas 28:1?'

'Dat is het vastgoednummer, het postadres is Rauhala...'

'Wat zei je?'

'Dat is het pand dat de koper verworven heeft, ja.'

'Ze hebben Rauhala gekocht?'

Katrine liet zich in de stoel zakken en begon te lachen, ze kon het niet tegenhouden. Jerker Nyberg kreeg een angstige uitdrukking in zijn ogen, dacht zeker dat ze gek was geworden.

'Het is nu niet meer geheim. Een hoofdgebouw, een kleiner woonhuis, niet geïsoleerd weliswaar, en drie bijgebouwen en de grond...'

'En hoeveel moesten ze betalen voor die bouwval?' Ze kon niet ophouden met lachen.

'Formeel gezien kan het natuurlijk niet worden afgesloten voordat de boedelbeschrijving klaar is, er is tenslotte een sterfgeval op de hoeve geweest, maar alle overeenkomsten zijn ondertekend en treden in werking...'

Het lachen hield abrupt op.

'Een sterfgeval, noemen jullie dat zo in jullie makelaarstaal? Brute moord zeggen we in het Zweeds.'

Ze kwam overeind en pakte haar tas, zette een paar stappen in de richting van de deur. Een duizelingwekkende gedachte kwam in haar op en bleef hangen. Als ze anderhalf miljoen voor haar huis hadden geboden, dan zou het bedrag voor Rauhala heel goed twee miljoen of meer kunnen zijn. Ze draaide zich om.

'Wie heeft Rauhala gekocht?'

'Alle contacten zijn via het advocatenbureau...'

'Helene Miele van Averbach & Miele, Artillerigatan in Stockholm.' Katrine had het nummer meerdere keren proberen te bellen, maar de advocaat had niet opgenomen en ook niet de moeite genomen om terug te bellen. 'Hoeveel moest ze betalen? Wat moet ze ermee?'

Jerker Nyberg schakelde zijn makelaarsglimlach weer in. Met moeite, maar onberispelijk breed.

'Als jullie nog steeds willen verkopen, kunnen wij jullie er natuurlijk bij behulpzaam zijn.'

'Vergeet het maar,' zei Katrine en ze ging weg.

Ze reed de Bergnäsbron op, die de stad uit leidde, de verwarming in de auto op de hoogste stand.

Had het evengoed stervenskoud.

Rauhala is verkocht, misschien voor miljoenen. Wanneer was de eerste makelaarsbrief gedateerd? In december? Lang voordat iemand een bijl in het hoofd van Lap-Erik plantte. *De boedelbeschrijving... er is tenslotte een sterfgeval op de hoeve geweest.* Ze moest Ante bellen.

Hé broer, ik heb anderhalf miljoen door de vingers laten glippen. *Shit happens*. Morgen is er weer een dag.

Ze toetste in plaats daarvan het nummer van de advocaat in Stockholm in.

Hetzelfde antwoordapparaat. U probeert advocaat Helene Miele van Averbach & Miele te bereiken, *a message will follow in English*. Katrine belde de inlichtingendienst en vroeg of ze haar door wilden verbinden met de receptie van Averbach & Miele. De receptioniste zei dat Helene Miele een afspraak buiten de deur had. Henrik Averbach was ook niet bereikbaar. Wilde ze een boodschap achterlaten?

'Zeker,' zei Katrine. 'Zeg maar dat ik wil praten met degene die mijn huis wilde kopen. En dat ik een klacht indien bij de Orde van Advocaten als ze me niet voor vijf uur terugbelt.'

De borden verschenen die de afslag naar het Kallax-vliegveld aankondigden en de gedachte ging door haar hoofd om haar ticket om te boeken en meteen naar huis te vliegen. Wat had ze nu nog in Kivikangas te zoeken, nu ze het huis niet meer leeg hoefde te halen, niet meer schoon hoefde te maken, niets meer hoefde te doen van de dingen die ze van plan was te doen, zodat het huis klaar zou zijn wanneer de nieuwe eigenaar het overnam?

Het zou er blijven staan. Ze zouden het nooit kwijtraken. Ze had een huis op haar dak gekregen en ondanks alles werd ze daar vrolijk van. Moest je niet iets met een huis doen wanneer het voorjaar eraan kwam? En wat moest ze anders doen? Naar Londen vliegen en haar relatie en de rest van haar leven weer oppakken?

Katrine duwde die gedachte omlaag naar haar buik, waar die bleef liggen zeuren terwijl ze de E4 op reed. Ter hoogte van Råneå werd het verkeer rustiger en ze toetste Thore Palo's nummer in.

Hoorde de telefoon keer op keer overgaan tot het stil werd. Hij was vast buiten met de hond. Ze zag voor zich hoe ze daar samen langzaam over de dorpsweg sjokten.

Ook zijn mobiele telefoon werd niet opgenomen.

Ze belde de andere Palo's en de hoorn werd meteen opgepakt.

'Hallo.' Het was Sofia.

'Hoi, met Katrine, hoe gaat het?'

Stilte in de hoorn.

'Ik ben onderweg naar Kivikangas om voor het huis te zorgen.'

Hoe goed klonk dat niet?

'En ik heb gehoord dat Rauhala verkocht is, hebben jullie iets gehoord over wie het gekocht heeft? Ik heb geprobeerd je opa te bellen maar hij neemt niet op.'

Een gesmoorde snik in haar oor als antwoord.

'Wat is er?' vroeg Katrine. 'Is er iets gebeurd?'

'Hij is dood.'

'Wat zeg je?'

Katrine schrok en kwam tussen de rijbanen terecht, iemand toeterde woedend achter haar, terwijl Sofia in haar oor schreeuwde. 'Ze hebben hem doodgeschoten. Ze vermoorden iedereen.'

Katrine stuurde de auto de berm in.

'Waar heb je het over, wie dan, wie is er dood?'

De temperatuur daalde op het dashboard van de huurauto toen ze Tornedalen naderde, het was elf graden onder nul. Alsof er geen tijd verstreken was sinds ze was vertrokken, terwijl de ijsschotsen waren weggedreven en de krokussen waren uitgekomen in Stockholm.

Daar was het lange rechte stuk, de laatste vijf kilometer. Een weg die onder supervisie van de Werkloosheidscommissie was gebouwd, had Thore Palo verteld, je kon ze herkennen aan de lange rechte stukken en de scherpe bochten. Katrine zette de radio aan. De derde nieuwsuitzending van Radio Norrbotten.

Nog tien nieuwe banen in de Kirunamijn. De Noren wilden de Zweedse stoplichten niet. Luleå Hockey naar de halve finale in de hoogste ijshockeydivisie en er was een lagedrukgebied onderweg vanuit de Atlantische Oceaan met milder weer.

Niets over nog een moord in Kivikangas.

De hemel zakte dichter naar de aarde door de schemering, de lichten gingen aan in de boerderijen. Ze minderde vaart toen er een groep schoolkinderen in oranje vesten aan kwam lopen. Zag ze langslopen, hobbelende reflectoren die om de hoek verdwenen. Hoe konden mensen hun kinderen naar buiten laten alsof er niets was gebeurd?

En daar was het huis van Thore Palo. Of van Linna, zoals hij had verteld dat het genoemd werd, hoewel ze al lang geleden waren verhuisd. *Zal het nu het huis van Thore Palo worden genoemd of zal het voor altijd dat van Linna blijven zodat zijn bestaan alleen maar een voetnoot wordt?*

Katrine draaide het plein voor de winkel op, stopte ongeveer dertig meter van het huis. Het was stil, veel te stil. Ze zag niets wat erop wees dat het een plaats delict was, geen afzettingen, geen schuin geparkeerde politieauto's of nieuwsgierige buren, geen lokale verslaggevers die op de grond stampten om warm te blijven.

Maar er brandde licht achter het keukenraam.

Ze leunde achterover, sloot haar ogen en keek opnieuw.

Er brandde echt licht achter het keukenraam.

Was dat niet een schaduw achter de ramen, een beweging daarbinnen?

Ze veerde op, hij was niet dood. Dat moest het zijn. Sofia had het verzonnen, ze was nog iets meer in de war dan Katrine had gedacht. De radio zou het anders hebben vermeld, de tweede moord in hetzelfde dorp, dat zou de politie nooit stil hebben kunnen houden.

Ze zette de motor uit en liep naar buiten. Ademde de koude, frisse lucht in en rekte haar gespannen ledematen uit. Toen ze het erf overstak, zag ze dat er een zilverkleurige Audi op de afrit stond. Op dat moment werd de deur geopend en ze wilde net 'Hé' roepen toen ze zag dat het Thore niet was, het was een jongere man, van in de veertig met een spijkerbroek en een enorme winterjas.

De man deed de deur achter zich dicht.

'Zoek je iemand?'

Katrine deed onwillekeurig een stap achteruit.

'Ja, Thore Palo.'

Hij wierp haar een blik toe en rammelde met de sleutels, begon de deur op slot te doen. Waarom heeft hij sleutels? dacht ze. Waarom sluit hij hem op?

'Dan ben ik bang dat je te laat bent,' zei hij.

De woorden drongen tot haar door en tegelijkertijd werd ze zich bewust van de veranderingen sinds ze hier voor het laatst was geweest. De platgetrapte sneeuw op het erf. Een wirwar van sporen waar de technische recherche had gelopen, honderden voetstappen rond het huis en naar de schuur, het was geveegd en vertrapt en plat waar ze eerder over een smal pad naar het bordes had gelopen, een pad ter breedte van een sneeuwschep dat de oude man moeizaam had geveegd en waaromheen de sneeuw zacht golvend en ongerept had gelegen. Zelfs de hond had zich niet in de hopen sneeuw gewaagd.

De man liep het trapje af, waar de sneeuwschep tegen de muur stond naast ski's en skistokken.

'Anders Anttila,' zei hij en hij knikte, 'politie van Haparanda.'

'Katrine Hedstrand, Sveriges Radio,' zei ze zonder erbij na te denken. Voegde eraan toe: 'Maar ik werk nu niet.'

'Wat doe je hier dan?'

'Ik kende hem.' Ze hoorde het verdriet in haar eigen stem en dat maakte haar nog bedroefder. 'Ik was hier pas nog en heb met hem gepraat. Wat is er gebeurd?'

'We kenden hem bijna allemaal.'

Zijn lichaam kromp een beetje in elkaar. Neerhangende schouders terwijl hij zich omdraaide en naar het huis keek.

'Ik heb u nu niets te zeggen.'

'Weet u iets? Is er een verband met de moord op Lars-Erik Svanberg?'

'Laat het toch zitten,' zei de agent en hij liep naar de auto, een grimmige blik over zijn schouder, 'het is toch niet zover gekomen dat jullie zelfmoorden opnemen in het radiojournaal?'

Katrine staarde hem aan terwijl hij zijn auto open bliepte.

'Wat bedoel je? Ik hoorde dat hij was doodgeschoten.'

Maar Anders Anttila gooide het portier dicht en reed achteruit, keerde en verdween met een gevaarlijke snelheid naar het zuiden, in de richting van Haparanda.

'Ik dacht dat het de politie weer was.'

Eva-Lena Palo pakte de hond bij zijn nekvel vast omdat die er tussen haar benen door tussenuit probeerde te knijpen. Thore Palo's halfblinde spits, die jankte en met haar kop schudde om los te komen.

'Maar doe de deur dicht, zodat ze er niet weer naartoe gaat.'

Ze zei alleen 'er', noemde het huis van haar schoonvader niet, zijn naam niet, maar in het korte woordje lag alles besloten.

Katrine deed haar jas uit. Ze had geen idee wat je in dit soort situaties moest zeggen. Mijn innige leedwezen, gecondoleerd; was er iets wat niet als een cliché uit het verleden klonk?

In de kamer brandden dezelfde lampen als altijd, het leek of het licht er warmer was dan ergens anders, in steen gemetselde veiligheid.

'Het is het ergst voor Åke.' Eva-Lena stak haar hand uit naar een pakje sigaretten bij het fornuis. 'Omdat het zijn eigen vader is.'

Ze stak de sigaret op onder de ventilator. Katrine had haar nooit eerder zien roken.

'Hij ging vanochtend weg toen de politie hier weer was geweest en ik weet niet waar hij nu uithangt. Hij neemt zijn mobieltje niet op.' Snelle, korte teugen. 'En Matti heeft zich beneden opgesloten.'

Katrine had gezien dat er licht brandde achter de kelderramen, de scooter stond ervoor geparkeerd.

'En hoe gaat het met Sofia?' vroeg ze.

'Die ligt alleen maar boven. Je zou denken dat iemand die ervoor kiest zijn leven te beëindigen daar rekening mee houdt, maar zo werkt het zeker niet in de hoofden van mensen.'

De hond kwam aandrentelen, maakte een verdwaasd rondje door de kamer, liep naar de deur van de veranda en weer terug de hal in, waar hij ging zitten janken.

Mijn oprechte deelname?

'Weten ze het echt zeker?' vroeg ze.

'Ze weten dat hij zichzelf heeft doodgeschoten, als je dat bedoelt.' Eva-Lena drukte de sigaret hard en zorgvuldig uit in een al overvolle asbak. 'Vandaag wordt de autopsie gedaan, dus dan komen we te weten of er nog meer te horen valt. Al zou je kunnen denken dat het nu wel genoeg is, laat hem toch in vrede rusten.'

'Ik had niet de indruk dat hij bijzonder depressief was,' zei Katrine voorzichtig.

Eva-Lena kwam overeind en pakte het keukenmes beet, ging verder met waar ze mee bezig was geweest: *pyttipanna* hakken van worst en aardappels en de resten van een elandbiefstuk die niemand gisteren op had kunnen eten.

'Het komt door de alcohol, altijd die vervloekte alcohol. Åke heeft het niet gemakkelijk gehad in zijn jeugd, maar daar praat hij natuurlijk niet over, hij is tenslotte een man.'

'Maar Thore dronk toch niet? Hij heeft mij verteld dat hij ermee gestopt was.'

'Dat zeggen ze altijd. Nu weten we tenminste waarom hij niet naar de dokter wilde.'

Eva-Lena wees met het keukenmes naar haar maagstreek.

'Het was kanker, in zijn alvleesklier. Hij kreeg het na de kerst van de dokter te horen, daarom moest hij ook onderzocht worden. Maar hij heeft niets gezegd, de politie heeft het ons verteld. Deed alsof er niets aan de hand was.'

Hak hak, de braadpan in, waarin de boter siste.

Kanker?

Ze herinnerde zich de keer dat hij niet uit de fauteuil kon komen. Misschien was de depressie er toen al geweest, als een vage schaduw onder de oppervlakte. Het geklaag over de ouderdom, dat hij zijn vrouw zo miste, dat hij zich niet kon bewegen zoals vroeger en er niet meer met de ski's op uit kon, maar toch. Ze vond niet dat hij erg ziek had geleken. Grijs met diepe rimpels en borstelige wenkbrauwen, misschien een beetje gebukt onder de pijn, maar toch vol leven, alsof de ouderdom wat er vanbinnen zat niet aan kon tasten.

'Ik begrijp niet dat hij zoiets zo lang voor zichzelf kan houden,' zei Eva-Lena. 'Dat doen ze hierboven, de mannen. Mogen geen gevoelens naar buiten laten. En dan grijpen ze naar een geweer. De vrouwen zijn van oudsher altijd de rivier in gelopen, ik weet ook niet waarom dat zo is. Misschien omdat niemand dan de troep die we achterlaten hoeft schoon te maken.'

Ze deed de pyttipanna in een ovenvorm.

'En het huis was één grote chaos, zei Åke, zelfs de foto's van de kleinkinderen waren kapotgegooid. We mochten er nog niet in van de politie, maar morgen gaat het vast lukken.'

De vorm ging de oven in, het luik werd met een klap dichtgeslagen.

Schoonmaken, dacht Katrine, heeft ze het nu over schoonmaken?

'En daarna zullen ze ons wel met rust laten.' Eva-Lena haalde haar hand met de ovenhandschoen door haar haar waardoor haar kapsel plat neersloeg van het vet. 'Ze zijn de hele tijd heen en weer gerend met hun vragen, alsof wij iets zouden weten. We wisten helemaal niets! Begrijpen ze niet wat dat met Åke doet? Dat het zijn eigen vader was?'

Katrine nam een slok van de koffie, die te lang had gestaan en waar ze misselijk van werd, ze voelde zich ongemakkelijk. Er was iets wat niet klopte met de koortsachtige manier waarop de vrouw het eten klaarmaakte, met wat ze zei, er zat iets achter wat op het punt van breken stond. Ze moest weg zijn voordat ze gingen eten, ze wilde er niet bij zijn als het losbrak.

'Waar vragen ze dan naar, als ze zeker weten dat het zelfmoord was?'

'Ik weet niet wat ze allemaal vragen.' Eva-Lena greep weer naar het pakje sigaretten, schudde er een sigaret uit en liet die tussen haar vingers rollen. 'Ze vragen hoe hij was als hij gedronken had en wat zijn relatie met Lap-Erik was, of er nog iets tussen hen speelde, iets van vroeger. Het zijn tenslotte de oud-collega's van Thore, dat ze nu hierin moeten zitten wroeten...'

Ze raakte van haar à propos toen ze de deur dicht hoorde vallen, haar hele lichaam trilde.

'Hallo? Ben jij dat, Åke?'

Matti kwam uit de hal binnenlopen. Bleef in het midden van de kamer staan met zijn handen in zijn zakken.

'Wat doet zij hier?'

'Ze kwam langs om naar opa te vragen.'

'Ik wilde ook weten hoe het met Sofia ging,' zei Katrine.

'Wat heb jij met Sofia te maken?' zei hij. 'En wat is dat over opa? Begrijp je niet dat moeder met rust wil worden gelaten?'

'Ze kende Thore een beetje,' zei zijn moeder. 'Heeft met hem gepraat...'

'Waarover dan?'

Matti wierp haar een woedende blik toe vanonder zijn lok, zijn pet achterover geschoven op zijn hoofd.

'Hij heeft mij geholpen onderzoek te doen naar mijn familie,' zei Katrine, 'om uit te zoeken wie mijn opa was.'

'O, maar je bent in Rusland geweest,' zei Eva-Lena iets te opgewekt. 'Hoe was het daar? Je bent toch niet beroofd?'

'Nee,' zei Katrine, 'maar waarom vragen ze naar Lap-Erik als ze zeker weten dat Thore zelfmoord heeft gepleegd?'

Eva-Lena trok de vorm uit de oven en schoof hem er weer in, haar handen trilden toen ze de pannenlap op zijn haakje probeerde te hangen. Ten slotte gooide ze hem op de aanrecht. Dat bracht een beetje verlichting in de gespannen sfeer. In elkaar storten was tenminste een normalere reactie dan dwangmatig pyttipanna braden.

'De politie wilde niet dat er gespeculeerd werd,' zei ze, 'en Åke wordt gek als het uitkomt.'

'Als wat uitkomt?'

'Je moet haar niets vertellen, ze is verdomme een verslaggever.' Matti gaf een klap tegen een paar kranten die op de tafel lagen, waardoor de hele stapel op de grond viel. 'Je weet toch hoe ze zijn, schrijven een hoop onzin waar niets van waar is. En dan kom je hier en praat Sofia allemaal onzin aan, zodat ze daar weer over begint te zeveren. Ga verdomme terug naar Londen.'

Troosteloos geblaf en de hond kwam weer aansluipen. Ontmoedigd snuffelde ze rond de kasten. Daar ook geen baasje. Eva-Lena boog zich naar haar toe en pakte haar rond haar nek, begroef haar gezicht in de dikke vacht. 'En wat moeten we nu met jou, arme Akka? Je kan maar niet begrijpen waarom je baasje je niet komt halen.'

'Jullie mogen haar niet wegdoen,' brulde Matti en hij staarde zijn moeder wild aan, greep de halsband beet zodat de hond in een touwtrekwedstrijd verzeild raakte. 'Jullie mogen Akka niet doodmaken, begrijp je dat?'

Zijn moeder liet als eerste los en kwam overeind.

'Ja, maar dan moet jij haar uitlaten,' zei ze. 'En later kan ze bij jou beneden wonen en dan zullen we wel zien of het beter gaat.'

Matti wierp Katrine een laatste woedende blik toe en trok de hond mee de hal in.

'Aan de riem,' riep zijn moeder hem na.

Toen de deur weer was dichtgevallen, haalde ze de pyttipanna uit de oven.

'Hij heeft het zwaar opgenomen,' zei ze verontschuldigend tegen Katrine. 'Ze hadden een soort speciale band, die hebben ze altijd gehad. En je moet het mij niet kwalijk nemen, maar ik word er zo nerveus van dat ze hier de hele tijd rondsluipt, het is alsof ik er geen moment aan kan ontkomen.'

Ze pakte een paar stukjes aardappel met de lepel en blies erop, proefde en deed er nog wat zout bij.

'Wat mag er niet uitkomen?' vroeg Katrine. 'Wat denkt de politie?'

Eva-Lena draaide haar haar rond tussen haar vingers.

'We hebben tegen iedereen die gebeld heeft gezegd dat het door de kanker kwam, maar op een gegeven moment komt het hele dorp te weten dat het met Lap-Eriks... Je begrijpt niet wat er in mensen omgaat, je begrijpt het gewoon niet.'

'Wat?' vroeg Katrine. 'Wat was er van Lap-Erik?'

Eva-Lena keek verbaasd op.

'Het geweer. Heeft Anttila dat niet gezegd?'

Katrine greep de aanrecht beet, hield zich vast aan massief grenenhout, aan de werkelijkheid.

'Het geweer van Lap-Erik? Waarmee hij is doodgeschoten? Maar dan kan het toch geen zelfmoord zijn, hoe zou hij eraan moeten zijn gekomen, het was toch gestolen...?'

Eva-Lena keek haar rustig aan. Katrine begreep haar blik niet, de kalmte en het verdriet erin, alsof er niet iets vreselijk mis was met wat ze zei.

'Dat stond in de brief. Dat hij het mee had genomen om zijn leven te beëindigen, maar dat hij het tot nu toe niet had gekund.'

'Was er een brief?'

'Maar zeg er niets over in het dorp als je wilt, of tegen de kranten.'

'Nee, nee.'

De vrouw trok de ovenwant uit en leunde tegen de aanrecht, keek door het raam naar buiten, naar de huizen daarbuiten die haar wereld definieerden.

'Hij schreef dat hij niet kon leven met wat hij had gedaan.'

'En wat had hij gedaan?'

Ze hoorde het antwoord maar wilde het niet horen, de stem van de vrouw was vlakbij maar toch heel ergens anders. Een parallelle werkelijkheid waar het tegengestelde van wat mogelijk was plaatsvond, waar kwaad en goed van plaats wisselden op hetzelfde moment dat de woorden werden uitgesproken.

'Hij heeft Lap-Erik gedood.'

Toen Katrine weer opkeek zat ze op de bank. Ze wist niet of ze er zelf naartoe was gelopen.

'Het is niet waar,' zei ze, 'dat geloven jullie toch niet?'

Eva-Lena had haar schort afgedaan en zat met een kopje voor zich aan de keukentafel. De tafel was gedekt voor het avondeten.

'Ze zeggen dat het niet met voorbedachten rade hoeft te zijn.' Ze had zichzelf bij elkaar geraapt terwijl er een stukje tijd in een zwart gat was verdwenen, ze was nu zakelijk en rustig. Te rustig. De stem kwam niet van binnen uit haar, hij bracht alleen de woorden over. 'Ze denken dat het eerder een ongeluk was, doodslag. Ze kenden schoonvader natuurlijk ook, vooral Anders Anttila. En iedereen weet hoe Lap-Erik was, hij kan Thore bedreigd hebben met de bijl of het geweer, zodat Thore gedwongen was om zich te verdedigen...'

'Maar als het zo gegaan is... Waarom zou hij dan terug zijn gegaan naar Rauhala, zodat hij het lichaam zelf vond?'

Eva-Lena draaide het kopje rond in haar handen.

'Ja... wat zou je moeten denken? Het was anders raar overgekomen, omdat Anna Haara had gebeld. Thore stond altijd klaar als iemand belde, hij zag zichzelf als de politie in het dorp, al was hij gestopt.'

Katrine leunde voorover en drukte haar vingertoppen tegen haar voorhoofd, sloot haar ogen. Het was te absurd, ging alle grenzen te buiten. Een brief? Dat hoefde niets te betekenen.

'Iedereen kan iemand dwingen een brief te schrijven,' zei ze, 'een bekentenis te ondertekenen, een misdaad op zich te nemen die hij niet heeft begaan.'

'Maar zeg er alsjeblieft niets over,' zei Eva-Lena. 'Vroeg of laat komt het toch uit, en ze moeten wel bekendmaken dat die vreselijke zaak is opgelost... Maar ik hoop dat we de begrafenis ervoor kunnen houden, zodat hij onder de grond ligt. Ze hebben hier een familiegraf op het kerkhof, hij en Kyllikki, een heel mooie plek die ze samen hebben uitgekozen voordat zij overleed.'

De sleutel hing aan een spijker bij het bordes, verborgen onder de betimmering.

Het slot bood geen weerstand meer.

Een andere geur, van rook en warmte. Het was nog steeds koud in de buitenste hal, maar binnen was het huis ontdooid. Niet dat het er warm was, dat was te veel gezegd, maar het vroor er tenminste niet.

Katrine had Tomas Haara opgebeld vanuit Stockholm om te vragen of hij de kachel aan wilde steken, had verteld waar de sleutel was. De ex-man van zijn moeder had de schoorsteen gecontroleerd en groen licht gegeven. De man was een gepensioneerde schoorsteenveger, dus het was natuurlijk niet officieel, wat betekende dat ze niets van de verzekering zou krijgen als het af zou branden.

Alsof er een verzekering was.

Katrine tilde de boodschappentas naar binnen, yoghurt en brood en kant-en-klare soepen, gekocht bij een benzinestation in Töre.

Siri Kankanranta woonde hier elke winter, ik houd het maar een dag of twee vol.

Ze deed het ijzeren luikje open en stopte er twee houtblokken in, die op een hoge stapel op de grond lagen. De vlammen kregen er meteen grip op. Wierpen dansende schaduwen over de vloer.

Thore Palo had geweigerd toe te geven aan zijn angst. Ze wilde er niet aan denken hoe het was afgelopen. Tot aan het eind had hij zijn deur niet op slot gedaan. Katrine probeerde zich te herinneren wat hij eigenlijk had gezegd over de moord op Lap-Erik, maar ze hoorde alleen maar die andere dingen in haar hoofd, hoe hij zijn best had gedaan om haar alles te vertellen. *Het is gebeurd voordat ik was geboren. Het ging over een van die zaken waar je niet over praatte...*

In de keukenkast vond ze een pan die vol muizenkeutels zat. Ze inspecteerde de koffiepot. Hij had er gestaan met de deksel erop en de tuit was zo smal dat er geen knaagdieren door naar binnen konden. Toen ze haar neus erin stak, dacht ze dat ze nog een vage koffiegeur kon ruiken.

Hij verbrak de stilte, daarna stierf hij.

Hij onderzocht de moord op Lap-Erik.

Daarna stierf hij.

Katrine snoot haar neus in oud toiletpapier, dat al sinds de jaren zeventig bij de haard moest hebben gestaan. Het was nat en stijf geworden zodat ze er een stuk af moest wrikken. Daarna scheurde ze het pakje soep met haar tanden open en goot het in de pot. Trok een houten stoel dichter bij de haard om van de warmte te profiteren en haalde haar mobieltje tevoorschijn.

Ze wilde haar broer vertellen over Thore Palo, die zich hun moeder herinnerd had en had gevonden dat ze mooi was, maar Antes scheldpartij duurde zeven minuten en daarna was het duidelijk dat Katrine de zaak van hun leven had verknald en de toekomst van zijn kinderen had verpest. Het geld van het huis zou het grondkapitaal zijn geweest voor een eigen woning voor de kinderen en nu zouden ze nooit een kans krijgen met de huidige prijzen in Stockholm.

Nu zouden ze naar Växjö moeten verhuizen. Of zoiets.

Na afloop zat ze in het donker de smakeloze soep op te lepelen uit een nevelig Duralex-glas. Ze had er niet aan gedacht om iets van verlichting mee te nemen, er was niet eens petroleum voor de oude lamp op tafel. Alleen het schermpje van haar mobiele telefoon, dat doofde en weer oplichtte als je hem aanraakte. De batterij zou straks wel op zijn.

Waarom, dacht ze, wilde iemand dit hebben om daarna van mening te veranderen? Omdat ze de mogelijkheid kregen om Rauhala te kopen? Omdat de enige die hun in de weg stond weg was. Het moest met elkaar samenhangen. Niets gebeurde louter en alleen uit toeval, er was altijd een oorzaak en een gevolg.

Rauhala. Lap-Erik. Het geweer. Thore Palo.

Hoe moeilijk was het eigenlijk om een moord eruit te laten zien als een zelfmoord? Een oude alcoholist volgieten met alcohol, hem dwingen een bekentenis te schrijven en een wapen in zijn hand duwen?

Katrine liep met het glas en de pot naar het bordes om ze schoon te wrijven met sneeuw.

Daar bleef ze staan.

De hemel was een gekrioel van sterren. Ze zag hazensporen die elkaar kruisten op het erf en herinnerde zich dat ze op het bordes van Thore Palo hadden gestaan toen hij over de moord praatte. Hij had het donker in gekeken, in de richting van de rivier.

Ze hebben het geweer meegenomen. Toch moeten ze zich daar in deze situatie op concentreren, om het gestolen goed te vinden. Anders zou ik het niet weten.

Waarom zou hij het over het geweer hebben gehad als hij het in zijn eigen kelder had verborgen?

Verdringing, zou Alastair hebben gezegd.

Ze had het gevoel dat de rivier dichterbij kwam. Kon niet zien waar het riet eindigde en het ijs begon, maar het was alsof ze het water kon voelen dat zich daaronder bewoog. Alles wat onder de oppervlakte verborgen lag, hoe het ten slotte de ijsschotsen op zou breken en zou overstromen zodat de huizen onder water kwamen te staan.

Ze had het ijs nog nooit van haar leven zien breken, maar toch voelde ze die kracht, had iemand haar erover verteld? Mama? Aan haar bed. Ze kreeg een branderig gevoel in haar keel door de herinnering. Kon het kloppen? Haar moeder die alleen praktische dingen zei, die nooit een sprookje had verteld dat niet in een boek stond? Katrine had ziek thuisgezeten van school, hoe oud zou ze geweest zijn, vijf, zes jaar? Ze herinnerde zich de koorts, die zo hoog was dat elk perspectief erdoor werd verwrongen, ze zag haar moeder in de verte, haar hoofd was zo klein als een stip aan het plafond terwijl ze haar hand vasthield, iets kouds op haar voorhoofd legde dat even snel weer gloeiend heet werd en de stem die kwam en ging als in een nevel. *In het voorjaar, meisje, je zou het moeten zien wanneer het ijs verdwijnt, hoe de rivier het kleed van zich af gooit en het water opstijgt van de koude bodem, het werpt zich naar voren zodat alles tussen hemel en aarde dreunt alsof God naar de mensen brult en de ijsschotsen hopen zich op aan de oevers en we renden allemaal naar de oever om te kijken en ik dacht toen de hele tijd dat het ijs niet weggaat. Niet uit zichzelf. Het wordt verpletterd door het water dat zichzelf bevrijdt.*

Teruggekeerd in het huis draaide ze de deur twee keer op slot.

Er stonden een paar bezems en een schep in de hal. Katrine nam ze mee naar de kamer waarin ze wilde gaan slapen, die met de twee smalle bedden.

Nam de pook ook mee en legde die naast haar bed.

Een harde en knobbelige matras die naar iets ouds en onbestemds rook. Ze rolde de slaapzak uit en vouwde haar donzen jack op als kussen. Het was hier kouder en ze liet de deur op een kier staan om nog iets van de warmte die nog over was binnen te laten komen.

Voordat ze ging slapen, stuurde ze nog een sms naar Alastair.

Alles goed, tikte ze, *bel morgen.*

Een paar seconden later belde hij.

'Mijn batterij is bijna op,' zei Katrine.

'Hoe is het met de deal gegaan?'

'Naar de bliksem.'

Ze lachte. Wat kon je anders doen dan erom lachen?

'Geeft niets,' zei hij, 'we redden ons wel zonder dat huis in Italië. We kunnen er altijd een huren.'

Italië, dacht ze, wanneer hebben we het over een huis in Italië gehad?

Katrine haalde diep adem.

'Alastair...' zei ze, 'we moeten praten.'

En op dat moment viel haar mobieltje uit.

Ze kroop met haar kleren aan in de slaapzak en luisterde naar de stilte.

Het was niet stil. Ergens in de verte klonk het geblaf van een hond en de muren tikten. Het hout dat wakker werd. Het is alleen maar warmte en kou, dacht ze en ze hoorde haar eigen hart sneller kloppen, temperatuurwisselingen die ervoor zorgen dat het hout uitzet of krimpt, wat het ook was. Om een of andere reden zag ze het huis aan de Oelitsa Voronezjkaja voor zich, de man die vastgevroren was aan de vloer. De vloer die de kinderen hadden opgebroken om de planken in brand te kunnen steken. Ze bedacht dat ze niet wist hoe lang een houtblok brandde, of de haard 's nachts zou doven.

Ze stopte haar handen tussen haar benen om ze te verwarmen,

rolde zichzelf in de foetushouding. Het knakken van de haard, het duistere lied van de vlammen.

Dit wordt van mij, dacht ze. Ik zal altijd een plek hebben waar ik naartoe kan gaan.

Toen ze wakker werd was het licht buiten.

Haar gezicht was ijskoud en de arm die ze buiten de deken had gestoken, zat tegen het vriespunt aan, maar in de slaapzak was het warm.

Een kwartier later zat ze in haar donzen jas in de auto met de verwarming aan, een kop Nescafé gemengd met gesmolten sneeuw in haar hand en haar mobieltje in de oplader.

Het piepte wild van de gemiste gesprekken en sms'jes. De stem op de voicemail was van Eva-Lena Palo. Ze klonk vertwijfeld, op de grens van wanhopig.

'Neem me niet kwalijk dat ik je zo vroeg stoor, maar ik vroeg me af of je Sofia hebt gezien of iets van haar hebt gehoord. Ze is weg... Ik dacht dat ze in bed lag. Wil je me bellen als je iets hoort?'

Zonder na te denken schakelde ze en reed weg.

Bij het stopbord aan het begin van de provinciale weg remde ze, wist niet waar ze naartoe ging.

Naar het huis van de Palo's?

De wegen langs om te zoeken?

Er werd op de ruit geklopt, een vrouw met een roze bril boog voorover toen ze het raampje omlaagdraaide.

'Gaat het?' vroeg ze ongerust.

'Het gaat goed, dank je.' Katrine droogde haar gezicht met haar mouw af. 'Ik had alleen een niesaanval. Allergie.'

Ze haalde diep adem en reed weg, sloeg links af en ging naar het zuiden.

Bij het huis van Thore Palo draaide ze het erf op en stopte.

Sms'te naar Eva-Lena's mobieltje: *Sorry, heb niets gehoord, ik bel zodra ik iets weet.*

Waarom was ze de vorige avond niet naar boven gegaan om met Sofia te praten? Had het iets uitgemaakt? Of was ze toen al weg?

Lap-Erik, dacht ze, Thore Palo en nu Sofia. Er is iets wat hen met elkaar verbindt, het kan geen toeval zijn dat het meisje ervoor koos om te verdwijnen op het moment dat haar opa was gestorven. Als ze er al voor gekozen had.

Katrine stapte uit de auto. Ze had het gevoel dat er zoveel meer was dat ze daarbinnen had moeten zien, iets wat ze zich moest herinneren.

Er waren die nacht dikke wolken binnengedreven en de temperatuur was toegenomen, nog maar iets onder nul op het moment.

Ze liep naar het raam aan de noordelijke gevel. De kamer waarin de oude politieman alles had genoteerd over de moord op Lap-Erik, zijn eigen kleine onderzoek had uitgevoerd. Zou hij een moord hebben onderzocht die hij zelf gepleegd had?

Het raam was te hoog om door naar binnen te kijken en dus liep ze achteruit en ging op haar tenen staan, rekte haar nek uit, maar zag nog steeds alleen maar de bovenste helft van het behang. Geen briefjes met tijdsaanduidingen en namen. Of ze zaten lager dan ze zich herinnerde, of ze waren weggehaald.

Door de politie, of door een van degenen die binnen waren geweest, zonder sporen achter te laten?

Ze gaf het op en liep de hoek om, bleef staan bij het bordes. Ze bedacht dat er ergens een sleutel verstopt kon zijn. Wat voor straf zou erop staan als ze hem vond en naar binnen ging? Een boete op zijn hoogst, wegens ongeoorloofde toegangverschaffing. Ze bukte en liet haar blik langs het paneel glijden.

Een mannenstem achter haar.

'Het is geen goed idee om daar naar binnen te gaan.'

Langzaam draaide ze zich om. Werd doorboord door de blikken van drie mannen op de rand van het erf.

'Hallo,' zei Katrine terwijl ze rechtop ging staan en probeerde te glimlachen alsof ze nooit van plan was geweest om in te breken. 'Ik kende Thore... ik dacht dat Eva-Lena er misschien zou zijn om schoon te maken.'

De mannen waren allemaal op de pensioengerechtigde leeftijd of vlak daaronder, met soortgelijke groene winterjassen van Fjällräven en Helly Hansen, twee van hen droegen mutsen met oorwarmers maar de derde was blootshoofds. Ze herkende Stig Björnfot.

'Nee, ze is hier niet geweest,' zei een van de anderen en hij keek haar met half dichtgeknepen ogen aan. 'Maar ben jij niet het meisje van de Kankanranta's?'

Katrine barstte uit in een opgelucht gelach.

'Ja,' zei ze en ze probeerde de blik van Stig Björnfot te vangen, 'en wij hebben elkaar eerder ontmoet.'

Hij gaf geen antwoord.

'Godsamme,' zei de andere en hij wees met zijn arm naar het huis van Thore achter haar. 'Je zou denken dat je het had begrepen als je naast elkaar woont en zo. Maar wat weet je?'

Ze volgde zijn blik naar de ski's die tegen de gevel stonden. Ski's? Ze had ze de vorige avond gezien, maar ze hadden er niet gestaan toen ze hem de laatste keer had bezocht. Alleen de sneeuwschep die Thore had gebruikt om de sneeuw van het bordes te scheppen.

'Ik was hier een paar weken geleden,' zei ze, 'en toen leek hij helemaal niet gedeprimeerd.'

Het woord 'gedeprimeerd' bleef tussen hen in hangen, het was een Zweeds woord, overheidstaal waardoor ze klonk als de Stockholmse die ze was. Wat zeiden ze hier? Ongelukkig? Neerslachtig? Er was vast een Fins woord dat de bodemloosheid van het verdriet van een mens beschreef.

'Nee,' zei de kleinste van de mannen, hij kwam maar tot haar kin, 'maar over zoiets praat je natuurlijk niet.'

'Zijn dat zijn ski's?'

'Ja, die zijn van hem.'

'Maar hij skiede toch niet meer? Hij kon er niet meer op uit trekken, heeft hij tegen mij gezegd.'

De man krabde in zijn nek.

'Nou, hij was er laatst wel op uit getrokken, nog maar een paar dagen geleden. Hij kwam naar huis skiën toen ik 's ochtends de hond uitliet, maar hij zag me niet. Zei in elk geval niets.'

Hij wreef over zijn kin.

'Dus ik weet niet hoe erg het was met die kanker waar ze het over hebben.'

Katrine voelde zich opgelucht. Ze hadden het over de kanker, niet over Lap-Eriks geweer, niet over de brief. Nog niet tenminste.

'Hebt u gezien waar hij naartoe ging?'

Hij knikte in de richting van het bos aan de andere kant van de weg.

'Brazilië,' zei hij.

'Wat?'

'Het moerasland boven het bos.'

'Brazilië?'

'Ze hebben zo diep in het bos huizen gebouwd dat iemand zei dat het even ver de verdommenis in was als naar Brazilië. En daarna werd het op de kaarten ook zo genoemd.'

'Nee, daarom was het niet,' onderbrak de andere hem. 'Het was iemand die terug was gekeerd uit Brazilië en vond dat het leek op de bossen daar. Even ondoordringbaar.'

'En wat is er daar? In Brazilië?'

'Heel fijne kruipbraammoerassen. Je moet van de zomer maar bramen komen plukken.'

'En nu?'

'Ja, nu is het er muggenvrij.'

Ze lachten. Katrine voelde de blik van Stig Björnfot. Hij had nog steeds niets gezegd. Zijn aanwezigheid gaf haar de kriebels.

'En van wie zijn jullie de zonen?' vroeg ze aan de anderen. Ze lachten weer, hard en bulderend en lang.

'Er kan nog best een Tornedaler in jou schuilen,' zei de langste met een brede glimlach en hij stak zijn hand uit.

'Niska.'

'Forsberg.'

Stig Björnfot keek een auto na die naar het noorden zoefde.

'Geboren Koskivaara,' zei degene die Forsberg heette. 'Mijn vrouw vond dat we onze naam moesten veranderen toen we naar Stockholm verhuisden. Voor de kinderen. Maar daarna zijn we weer teruggekomen.'

'Mijn moeder heeft haar naam ook veranderd,' zei Katrine.

Ze knikten en ze begreep dat ze dat al wisten.

'Hij had daarboven een jachthut.' Niska had een hondenriem in zijn hand, die rammelde terwijl hij naar het bos wees.

'Hebben jullie dit aan de politie verteld?' vroeg Katrine.

Ze keken elkaar aan.

'Ze hebben er niet naar gevraagd. Of hij geskied had.'

'Nee, maar dat is ook nog steeds toegestaan. Maar je weet het nooit.'

'Ze zijn wel bij de boerderijen langs geweest, wilden weten of we het schot hadden gehoord of iets gezien hadden bij het huis, maar ik heb niets gemerkt. En de honden zijn ook niet wakker geworden, anders hadden ze wel kabaal gemaakt.'

'In Jokivaara,' zei Stig Björnfot.

'Sorry?' Katrine keek hem verbaasd aan. Ze begreep niet wat hij zei en ook niet waarom hij plotseling het woord had genomen.

'Daar heeft Thore zijn jachthut,' verduidelijkte Niska, 'achter Brazilië. Of moet je had zeggen? De jachthut staat er tenslotte nog?'

Stig Björnfot draaide zich om en liep weg. Vond zeker dat hij te veel had gezegd.

'Ik weet wat er met je familielid is gebeurd,' zei Katrine, 'Oskar Björnfot.'

De man bleef midden in een stap staan.

'De neef van je vader?' zei Forsberg tegen zijn rug.

'Hij is terechtgesteld in de Sovjet-Unie,' ging Katrine verder. 'In een zandgroeve die Solazjgora heet, buiten Petrozavodsk. Onschuldig veroordeeld wegens spionage, onder andere.'

Er kwamen drie auto's langs op de weg.

'Dood was hij toch wel geweest,' zei Stig Björnfot en hij liep door.

Anders Anttila had vijf minuten voor haar over tussen een vergadering en de lunch.

'Ik heb niets wat je kan uitzenden.'

Hij leunde achterover, schommelde in zijn bureaustoel. Het viel haar op dat hij er moe uitzag, wallen onder zijn ogen, baardstoppels van een paar dagen.

'Zoals ik al eerder zei: ik werk niet,' zei Katrine.

'Ik heb nog nooit gehoord van een journalist die niet werkt.'

'Ik ben werkloos.'

De politie-inspecteur sloeg met zijn pen tegen de palm van zijn hand en keek haar aan.

'Oké, wat heb je dan voor informatie over Lars-Erik Svanberg?'

'Dat er mensen zijn die meer aan zijn dood hebben verdiend dan u denkt.'

Katrine had besloten om daarmee te beginnen, waar ze feiten bij de hand had en niet alleen maar vermoedens en speculaties en intuïtie. Hij luisterde aandachtig toen ze vertelde over het veel te hoge bod op het huis. Het vermoeden dat de familieleden van Lap-Erik al voor kerst net zo'n aanbod hadden gehad.

'Dat is iets meer dan we al wisten,' zei hij toen ze klaar was. 'Maar we verdenken Svanbergs familieleden niet. Niemand van hen was in de buurt toen hij stierf.'

'Ik vind dat jullie het toch moeten onderzoeken.'

'Dat kun je wel vinden, maar deze misdaad is wat de politie betreft bijna opgelost.'

'Thore Palo heeft het niet gedaan,' zei Katrine.

De politie-inspecteur richtte zijn pen op haar, een grimmige trek rond zijn mond.

'Heb je met zijn familie gepraat?'

'Ik heb beloofd om er niets over te zeggen.'

'Je hebt nog niets verteld waar we iets mee kunnen.'

'Hij heeft het niet gedaan.'

'Nee, dat wil ik ook niet geloven,' zei Anders Anttila. 'Dat begrijp je toch wel?'

'Ik weet dat hij de moord op Lap-Erik onderzocht,' ging Katrine verder, 'ik heb bij hem thuis de muur gezien die vol hing met briefjes en aantekeningen, tijdsaanduidingen, alles. Hij wist misschien iets wat jullie niet weten.'

Anttila fronste zijn voorhoofd en hield de plastic pen stil. Ze kreeg de indruk dat hij in zijn geheugen zocht, misschien zag hij het huis voor zich zoals het eruit had gezien toen ze op de plek arriveerden.

'Er hingen geen aantekeningen,' zei hij.

'Dan moet iemand ze eraf hebben gehaald. Ik zweer dat ze er waren, in de kamer voor de woonkamer, op het behang in de oude kamer van zijn vrouw.'

'Thore had flink gestookt met papier, misschien heeft hij het verbrand.'

Het mobieltje van de agent tingelde en hij keek erop, verstuurde een antwoord-sms.

'Maar waarom zou hij zich verdiepen in een moord die hij zelf had begaan?' vroeg Katrine. 'Ik heb er met hem over gepraat, hij vond dat jullie je moesten concentreren op het vinden van het gestolen goed, waarom dan, als het in zijn eigen kelder stond?' Ze hoorde zelf dat ze veel te opgewonden en koppig werd. Door het raam zag ze de brug naar Torneå, slechts een voetpad verderop. In het niemandsland tussen de grenssteden lag een gigantisch winkelcentrum.

'Weten jullie dat zijn nichtje weg is, Sofia Palo?' vroeg ze.

'Er is vanochtend aangifte van gedaan ja.' Anttila sloot het programma, liet de computer in de ruststand gaan. 'Het is mijn zaak niet, maar als je een idee hebt waar ze kan zijn...'

'Nee, maar ik sprak gisteren met haar. Ze dacht dat haar opa vermoord was.'

Hij trok zijn wenkbrauwen op, zuchtte.

'De gesloten kamer waar niemand in kon, maar iemand is het toch gelukt... Een seriemoordenaar die de streek angst aanjaagt, jullie denken zeker dat het net zo gaat als in thrillers, hè?'

Katrine gaf geen antwoord. Vroeg zich af wie hij met 'jullie' bedoelde, hysterische meisjes zoals zij en Sofia Palo of zij en haar collega-journalisten?

'De deur zat van binnenuit op slot,' ging hij verder. 'Het slot is niet beschadigd. Een kelderdeur die jarenlang niet was gebruikt. Hij zat trouwens niet alleen op slot maar was ook nog gebarricadeerd met een douchecabine.'

'Waarom zou hij dat doen? Thore Palo deed de deur nooit op slot.'

'Het heeft die avond gesneeuwd, maar er lopen geen sporen naar het huis.'

'Maar er moet...' Ze raakte de draad kwijt, zocht naar argumenten. 'Er waren toch andere verdachten, wat is er met hen gebeurd? De Russen, die auto die door het dorp reed?'

Anders Anttila boog voorover en tastte naar zijn laarzen, die onder het bureau lagen.

'Welke auto door Kivikangas is gereden, hebben we niet kunnen vaststellen, maar de auto's die de grens zijn gepasseerd, hebben we door kunnen strepen. De laatsten waren zwart een huis aan het bouwen in Täby.'

Ze rook de geur van zweetvoeten terwijl hij zijn benen uitstrekte en de laarzen aantrok.

'Volgens de andere vage figuren die op dezelfde plek werkten,' ging hij verder, 'hebben ze veertienuursdiensten gedraaid in die dagen. De rest van de tijd zaten ze opgesloten in een vergrendeld kantoorgebouw, dus het is niet waarschijnlijk dat ze weg zijn geglipt om 's nachts naar Norrbotten te vliegen, en als ze dat toch hebben gedaan dan blijft het de vraag hoe ze de auto mee hebben gekregen.'

Hij stond op en pakte zijn jas, die aan een haakje achter haar rug hing.

'Dus zeg je collega's...' hij wierp haar een blik toe en verbeterde zichzelf, 'zeg je ex-collega's maar dat dat een verhaal is waar ze hun tanden in kunnen zetten.'

Het was middag toen ze terugkeerde uit Haparanda. Negenentwintig kilometer heen en weer terug en het enige wat ze had bereikt was de aankoop van een fles petroleum en een zakje theelichtjes. Ze stapte de auto uit en pakte de tas. Ze had ook een pan meegenomen, uit de Ikea.

Ze bleef staan toen ze forse voetstappen in de sneeuw zag. Tomas Haara, dacht ze, hij is hier vast geweest om te kijken of het lukt met de klep van de kachel.

De spijker was leeg. De sleutel was weg.

Wat nu verdomme. Ze doorzocht haar zakken en tas, speurde in de sneeuw eromheen. Geen sleutel. Ten slotte liep ze het bordes op, voelde aan de deur. Die was open.

Katrine vervloekte achtereenvolgens zichzelf en Tomas Haara terwijl ze de buitendeur achter zich dichttrok. Een van hen moest vergeten zijn om af te sluiten. Ze moest duidelijk zien te maken dat het niet de bedoeling was om zomaar te komen en te gaan.

Het volgende moment gilde ze.

Er stond een man in de kamer. Bij de secretaire, en hij keek haar recht aan.

Ze liep achteruit om te vluchten en stootte haar schouder tegen de deur, was vergeten dat hij dicht was.

'Wie ben je?' vroeg ze, haar stem dun en bang, ze mocht hem niet laten weten dat ze bang was. 'Wat doe je hier verdomme?'

Ze zocht naar de stukken gereedschap die in het halletje hadden gestaan, maar herinnerde zich toen dat ze die naar de slaapkamer had gebracht en tussen haar en de slaapkamer stond de man. Lang, zodat hij bijna zijn hoofd tegen de hanenbalken stootte, gekleed in een donker kostuum en een wollen winterjas met een glanzende Yves Klein-blauwe sjaal rond zijn nek.

'*I'm sorry*.' Hij zette een foto neer die hij in zijn hand had gehouden, wat moest hij met haar foto's? Ze wist heel zeker dat ze hem nooit eerder had gezien. Hij was iets ouder dan zij, met kort donkergrijs haar, maar de kleur was bedrieglijk, hij was niet echt oud, ergens tussen de veertig en de vijftig, met een langwerpig wat hoekig gezicht en intense, goudbruine ogen die in de hare keken. 'De deur stond open, dus ik dacht dat er iemand binnen was.' Zijn Engels was keurig gearticuleerd, Brits-Engels met een accent dat rillingen langs haar ruggengraat deed lopen. Het was Russisch, hij klonk heel duidelijk Russisch. Ze kneep in het handvat van de plastic tas, de pan, de fles petroleum, het was iets waar ze mee kon slaan.

'Ik heb afgesloten,' stamelde ze. Deed een stap opzij en zag vanuit haar ooghoek dat de sleutel aan de binnenkant van de deur zat. Was ze echt vergeten hem op slot te doen?

'Het spijt me dat ik zomaar binnen ben gekomen,' zei hij, 'maar je was naar me op zoek.'

Het duizelde haar. Naar wie was ze op zoek?

Hij glimlachte. Krijtwitte tanden. De jas was ook niet goedkoop.

'Mrs Miele,' zei hij en hij trok zijn wenkbrauwen op. 'De advocaat, Averbach & Miele. Ze zei dat je met me wilde praten. Want jij bent toch Mrs Hedstrand? En dit is...' Hij vouwde een briefje open. 'Kivikangas 26:1.'

Ja, dat was het vastgoednummer. Niet iets waar mensen over het algemeen van op de hoogte waren.

'Hoe ken je haar?' vroeg Katrine.

'Zij behartigt mijn belangen.'

Katrine zette een paar passen de hal in tot ze bij de deurpost kwam en hem beter kon bekijken. De man was niet van zijn plek bij de secretaire gekomen.

'Jij hebt Rauhala gekocht?' vroeg ze.

'Het spijt me als ik je heb laten schrikken,' zei hij en hij stak zijn hand uit. Ze aarzelde voordat ze naar voren stapte en zijn hand schudde.

'Michail Lebedev.'

'Je weet blijkbaar wie ik ben?'

Zijn handdruk was stevig en duurde iets te lang voor een vreemdeling.

'Ik geloof dat we bijna een deal hadden, maar die is uiteindelijk niet doorgegaan.' Zijn blik gleed over de houten stoelen en over de vloerkleden, waardoor de versleten staat in al zijn naaktheid naar voren kwam, armoediger leek dan toen ze het huis vanochtend had verlaten. 'Maar *business is business*, nietwaar?'

'Waarom wilde je... dit huis kopen?' Ze had bijna *ons huis* gezegd, maar er gingen voortdurend waarschuwingssignalen af in haar hoofd, om niet te veel over zichzelf te verraden.

Een lichte beweging in zijn mondhoek.

'Ik stel stilte op prijs.'

Ze liep vlug langs hem, naar de kachel. De pook had ze vanochtend weer teruggehangen, toen ze het vuur aanstak.

'En waarom ben je van mening veranderd?'

'Ik had geen twee huizen nodig. Het was dit huis of dat andere.'

'En waarom juist die twee?' Haar hand sloot zich hard om het lauwe ijzer. Ze tilde het luik op, het vuur was natuurlijk uit. Alles wat met Rusland te maken had maalde door haar hoofd terwijl ze in de blokken hout porde, de auto met het Russische kenteken die door Kivikangas was gereden, de reis naar Petrozavodsk, het Russische spoor in het politieonderzoek dat blijkbaar nergens toe had geleid, het kon geen toeval zijn dat er een Rus in de oude keuken van haar moeder stond. Ik moet hem hiervandaan krijgen, dacht ze.

'Zijn dat jouw familieleden?' vroeg hij met een handgebaar in de richting van de foto's.

'Ik weet het niet,' zei Katrine, 'ik weet niet wie het zijn. Ik zorg alleen voor het huis.' Ze zwaaide met de pook door de kamer op een manier die misschien imponerend kon worden genoemd. 'Was je op zoek naar een originele inrichting? In dat geval had je dit huis moeten nemen, want origineler dan dit bestaat er niet. Rauhala is daarentegen behoorlijk kapotgebouwd, een keuken uit de jaren vijftig, maar dat wist je misschien niet?' Ze trok de Finse pagina's uit het *Haparandabladet* en hoorde de agressie in haar stem, zo gedroeg ze zich als ze bang was, maaide in het rond en sloeg in de lucht.

'Rauhala,' zei hij zachtjes en het klonk uit zijn mond als een vreemde plaats, iets zangerig melodisch uit een sprookje. 'Ik heb begrepen dat het rust en vrede in jullie taal betekent. Dat is toch wat elk mens zoekt, waar hij zich ook bevindt?'

Hij stond erbij alsof er een stenen standbeeld uit Siri's oude planken vloer was opgerezen. Zijn gelaatstrekken deden bovendien denken aan iets wat uit graniet was gehouwen.

'Wat ga je ermee doen?' vroeg Katrine.

'Zoals ik al zei: me erin terugtrekken.'

'Ga je er wonen? Heb je gezien hoe het eruitziet?'

'Als iets wat Gogol beschreven had kunnen hebben,' zei hij en hij glimlachte opnieuw.

Ze schrok toen hij de naam noemde, week uit toen hij naar haar toe kwam lopen.

'Laat mij dat maar doen,' zei hij en hij pakte het lucifersdoosje uit haar hand. Geconcentreerd streek hij een lucifer af en liet de vlam een seconde branden voordat hij hem naar het papier in het luik bracht en ze zag dat het vlam vatte, dat het al bij de eerste poging brandde.

'Je herinnert je altijd nog wat je als kind hebt geleerd.' Michail Lebedev deed het luik dicht en legde een hand op de kachel. 'De winters in Sint-Petersburg kunnen heel koud zijn.'

'Je komt dus uit Sint-Petersburg?'

'Daar ben ik opgegroeid, en daar heb ik alles geleerd om de kou weg te houden.' Zijn hand lag nog steeds op de kachel en ze dacht dat hij zich zo meteen zou branden. 'Maar de laatste tijd heb ik in Londen gewoond.'

'Aha.' Katrine deed haar armen over elkaar, leunde tegen de deur van de provisiekast. 'Ik heb ook een tijd in Londen gewoond. Waar ergens?'

Een korte aarzeling.

'In de buurt van Buckingham Palace.'

Ze wachtte op het vervolg, een afbakening van het buitengewoon abstracte adres, maar die kwam niet. Misschien was zijn adres niet zo indrukwekkend.

'Maar nu ben je behoorlijk ver verwijderd van Green Park,' zei ze. 'Waarom heb je juist voor deze plek gekozen, in het midden van niets?'

Hij bekeek iets achter haar rug.

'Er zijn een heleboel plaatsen,' zei hij. 'Wat doe je hier zelf?'

Het knakken van de kachel groeide in de stilte.

'Je moet de...' Ze wees naar de kachel en zocht naar het Engelse woord voor 'klep', maar het kwam niet boven, het was geen woord dat ze hoefde te weten in Londen, waar in principe al een stookverbod was ingesteld in 1952, dus liep ze er zelf naartoe en draaide de kachelklep voor drievierde dicht, de instructies van Tomas Haara zodat het hout niet te snel op zou branden, liep daarna achteruit naar de slaapkamerdeur. De kamer leek kleiner, hij deed afbreuk aan de ruimte wanneer hij zich erdoorheen bewoog, legde beslag op alle lucht. Hij stond nu bij de keukentafel. Stak zijn hand uit en pakte het boek op dat daar lag.

'Ik kan niet geloven dat je dit aan het lezen bent.'

Het was het boek van Gogol dat ze op het vliegveld had gevonden, *St Petersburg Stories*, een nieuwe uitgave in de klassiekersreeks van Penguin.

'Ik was er onlangs,' zei ze.

'Zo, wat vond je van Petersburg?' Iets talmends in zijn stem waardoor haar hart sneller begon te slaan.

'Mooi,' zei ze, 'en beangstigend.'

'De Nevski Prospekt liegt altijd.'

'En de duivel zelf steekt de lantaarns aan,' vulde ze aan. Ze had de klassieke novellen in het vliegtuig uit Rusland gelezen en het idee gehad dat ze de stemming herkende.

'We komen allen uit Gogols mantel voort, dat zei Dostojevski.' Hij draaide het boek om, bladerde er een beetje in. Had ze het echt op de keukentafel laten liggen? Lag het niet in de slaapkamer toen ze wegging, in de koffer? Hij heeft rondgeneusd voordat ik binnenkwam, dacht ze, wat heeft hij nog meer gevonden? Mama's oude schriften? Ze voelde haar onbehagen toenemen, over hoe hij binnen was gekomen en daarna gebleven was en hoe hij nu de zachte kaft van het boek tussen zijn handen boog.

'Die arme Akaki Akakijevitsj met zijn eeuwige Russische streven om iemand anders te worden dan wie je voorbestemd bent te zijn, iets groters en belangrijkers.'

'En dat wordt zijn ondergang,' zei Katrine.

De Rus hief zijn hoofd op en keek haar aan.

'Hij had genoegen moeten nemen met de ouwe, kapotte mantel, bedoel je, en geen op maat gemaakte moeten kopen?'

'En verder moeten zwoegen in zijn klotebaantje als kantoorbediende bij de rijksdienst? Ik weet het niet. Was dat erger geweest dan ronddolen en doodvriezen?' Katrine pakte het boek uit zijn hand. 'Als je het niet erg vindt, ik moet nog wat dingen doen, dus als er verder niets was...?'

'Nee, ik wilde me alleen verontschuldigen,' zei hij, 'zodat er geen onenigheid meer is nu we buren zullen worden. We willen niet...' Hij maakte een gebaar naar het plafond alsof hij naar woorden zocht of naar iets anders wat zich daar bevond. 'We moeten de rust niet door zoiets laten verstoren.'

'Oké,' zei Katrine. 'Maar ik woon hier niet, dus we worden geen buren.'

Hij bleef bij de deur staan.

'Het was leuk om met je te praten. Over Nikolaj Vasiljevitsj.'

'Wie?'

'Gogol.'

'Zeker. Tot ziens en aangenaam kennis te maken.' Ze liep achter hem aan naar de deur om die op slot te doen, maar in het halletje bleef hij staan en draaide zich om. Maar twee meter en een versleten tapijt tussen hen in. De hand die de deurpost vasthield was grover dan ze had verwacht bij een man die Gogol citeerde en midden in de winter in een kostuum rondliep.

'Maar kom een keer bij me eten,' zei hij, 'om het goed te maken.'

Katrine deed een stap achteruit.

'Op Rauhala?'

Hij knikte.

'Meen je dat?' Ze moest haar ogen dichtknijpen om zijn gezicht goed te kunnen zien door het witte daglicht achter haar. Wat bedoelde hij met eten, was het een uitnodiging of een bedreiging? De laatste keer dat ze er was, de enige keer, was het huis dood en ongastvrij geweest, een kadaver van een huis, was er zelfs wel elektriciteit op Rauhala?

'Het is nu nog niet op orde,' zei Michail Lebedev, 'maar laten we zeggen morgenavond?'

Daarna knikte hij alsof hij zelf het antwoord had gegeven. Katrine zag zijn schaduw door het stoffige raampje en hij nam de geluiden met zich mee, en de lucht en elke verstandige gedachte. Het was niet koud meer in het halletje, ze zweette. Gogol, dacht ze, hoe heb ik hier in godsnaam over Gogol kunnen staan praten alsof we net een boekenclubje zijn begonnen? Ze deed de buitendeur dicht en draaide hem twee keer op slot.

Ze had geen ja gezegd, maar ook geen nee uit zich gekregen.

Ze dacht dat het door de stress moest komen, door de shock dat een vreemde man je huis binnenstapt na alle verschrikkelijke dingen die er gebeurd zijn, de angst die alles spannend maakt. *Het is niet wat ik denk dat het is, want dan ben ik gek.*

En ze legde haar handen op elkaar zodat ze op zouden houden met trillen.

Het was een risico om in een hotel te gaan zitten, maar het zou nog een nacht duren voor er verwarming in het huis was. Kou was niet iets waar hij zich aan bloot wilde stellen. Het was genoeg geweest met alle slechte restaurants en harde britsen in treincoupés kriskras door Europa, een wirwar van sporen die nooit uitgezocht en gevolgd zou kunnen worden.

Het logement dat hij had gekozen, kon trouwens nauwelijks beschouwd worden als een hotel, een paar hutjes op de grens van een woestenij, een leeg restaurant dat gerookte vis en aardappelpuree serveerde. De smaak deed hem denken aan Karelië: een avond in Hotel Severnaja in Petrozavodsk toen hij dronken was geworden en de man had begraven die hij dacht dat hij was.

De gedaantes hadden elkaar sindsdien afgelost, mannen met een vergelijkbaar uiterlijk die kwamen en gingen en in elkaar overvloeiden, Ivan Pogrebjnak, Michail Lebedev, het waren maar namen, iets wat hij aantrok en uitdeed zonder het te missen. De werkelijke metamorfose had jaren geleden plaatsgevonden, toen het imperium viel en zijn oma in haar eigen stank in de Oelitsa Voronezjkaja lag en ijlde van de koorts over leugens en verraders. Fluisterde zoals ze altijd had gefluisterd omdat de muren het niet mochten horen, noch zijn moeder in de kamer ernaast.

Ze is een staatsvijand, en jij hebt het in je, Aljosja, het zit in je bloed, Aljosja, daar kom je nooit van af, en kijk nu wat mensen zoals zij met dit land doen. We gaan ten onder, Aljosja, dus spaar mij. Ik heb haar verborgen en ik verklaar me schuldig aan dat verraad, dus pak het mes, Aljosja, of de ijsbijl, pak de ijsbijl zoals ze met Trotski hebben gedaan! Laat hen mij niet meenemen, Aleksej Viktorovitsj, ze komen eraan. Hoor je de zwarte auto's niet, ze weten dat er verraders in het huis zijn. Ze komen haar halen, ze weten wie zij is. Ze weten dat zij het kind van staatsvijanden en saboteurs is. Verberg je dus, Aljosja, ze kunnen je bloed ruiken, ze hebben neuzen die fascistenbloed herkennen, ze kunnen vanaf de straat ruiken hoe het stinkt, ze weten wie je bent. Ze weten wie we allemaal zijn, ze weten wat je fluistert, zeg dus nooit van wie je de zoon bent, laat hen haar maar meenemen, dan kan ze daar in de Krestygevangenis zitten zwijgen, ze weten wel hoe ze haar aan het praten moeten krijgen, o ja, ze zal praten, jouw moedertje, hen kan ze niet om de tuin leiden met haar gezwijg en dan verraadt ze ons, zowel jou als mij, en dan zetten ze ons op een rij en schieten ons door ons hoofd, maar kijk me niet zo aan, Aljosja. Ga ze vertellen dat ik haar moeder niet ben, ik ben het niet echt. Vertel het ze, Aleksej Viktorovitsj, nu er nog iets te redden valt van dit land.

Haar magere handen die zich naar hem uitstrekten, de schorheid van haar mond waarin nog maar drie tanden over waren, die uitstaken en kauwden terwijl ze haar waarheden uitspuwde.

Hij slikte de laatste hap door en glimlachte tegen de serveerster die de tafel afruimde.

Bestelde cognac bij de koffie en betaalde contant. Misschien was dat een overbodige voorzorgsmaatregel. Michail Lebedev werd in geen enkel land gezocht, hij was fantasie, als een romanpersonage dat uit de verbeeldingswereld van de schrijver in de werkelijkheid was gestapt, het deed hem plezier om zichzelf op die manier te zien, als iets hogers en misschien poëtischers dan een mens.

De eigenaar van het restaurant kwam hem in eigen persoon vertellen dat de saunakachel was aangestoken en nu de aangename temperatuur van negentig graden bereikt zou moeten hebben.

De warmte brandde op zijn huid, maakte hem rood en heet. Hij geselde zijn lichaam met groene takken en verdreef de gedachten aan vrouwen.

Daarna zat hij op de veranda voor de sauna. Schoon. Alleen een handdoek om zijn heupen, en om hem heen de kou en de wolken die onder de sterren voorbijgleden.

Er waren er een paar in Krakau geweest, een in Bern en een in Hamburg. Hoeren die hun vingers uitstaken naar zijn lul en zijn geld. Albanese, een Estlandse en een stakker uit Moldavië die eruitzag als een kampgevangene en borsten als stukken leer had, maar het had Ivan Pogrebjnak niet uitgemaakt waar ze vandaan kwamen, hij verlangde niet naar schoonheid. Hij koos de lelijksten en draaide hun gezicht weg, pijnigde hen met zijn haat. De heer Pogrebjnak zou niemand missen. Hij was een ambtenaar zonder ambt, de grijze schaduw van een mensenleven die ten slotte uitgewist was op een toilet in Stockholm, waar de snippers van het paspoort in het rioleringssysteem werden gezogen en zich vermengden met de uitwerpselen van honderdduizenden mensenreten.

Michail Lebedev speelde een tijdje met de gedachte wat hij gedaan zou hebben met de vrouw in het oude huis. Het was weerzinwekkend en opwindend en hij dronk het bier op dat koud was geworden van de sneeuw, legde de ijskoude fles tegen zijn onderlichaam.

Het ontwijkende van haar lichaam, alsof ze van hem weg wilde vluchten maar tegelijkertijd tot hem aangetrokken werd. Hij kon zich niet herinneren wanneer hij voor het laatst op die manier met een vrouw had gepraat, in zijn studietijd? Niet meteen mooi, maar ook niet lelijk, een vrouwelijk gezicht zonder lagen make-up, wat puur was.

Ook Aleksej Sjaporin had het bij hoeren gehouden. Die stonken naar dure parfum, maar logen niet over liefde. Niet een van hen had lang genoeg mogen blijven om hem te kunnen verraden.

Er was er één geweest, jaren geleden, Leila... mooie Leila met een diploma in Russische geschiedenis en een mond zo breed als de Neva. Ze had hem verraden op een vakantie in Nice, toen mannen haar lokten met werk voor de modehuizen in Parijs en zich flink lieten betalen aan boord van hun luxejachten. Ze had de prijs moeten betalen die een verrader betaalt. Ze had de Franse Rivièra nooit meer verlaten.

Hij keek uit over de golvende formaties van sneeuw en ijs die de rivier had gecreëerd, stelde zich het schuimende geruis eronder voor. Over een maand of iets langer zou het landschap van gedaante verwisselen wanneer het ijs smolt door de warmte en de rivier vrijkwam. Hij stelde zich spelende vissen voor. Zat er marene en zalm in de rivieren aan deze kant van de Karelische landtong? Hij nam zich voor een visuitrusting te kopen. Tot zijn knieën in het water te staan en de zilverglanzende lichamen op te halen, en ze boven open vuur te grillen.

En hij bedacht dat Michail Lebedev nog geen vrouw had gehad.

Ze hoorde het geluid weer. Een langgerekt gekraak ergens boven haar. Katrine lag roerloos in de slaapzak en luisterde om te kunnen bepalen waar het precies vandaan kwam, maar nu was het stil.

Er drong geen licht binnen, de maan was weg en alles was in de greep van de duisternis. Haar eigen hart hoorde ze, en het suizen in haar lichaam dat angst aankondigde.

Een dier, misschien een muis of een vogel op het dak, *waren er in deze tijd van het jaar vogels aan de poolcirkel?* De wind die door een of andere opening binnenkwam, een tak die tegen de gevel tikte? Door de duisternis heen zag ze de contouren van de bomen achter het raam, onbeweeglijk. Er was geen wind.

Ze drukte op het lichtknopje van haar horloge. Vijf voor halftwee.

Het geluid had haar niet wakker gemaakt, ze was vlak ervoor wakker geworden van de schok toen ze in haar droom viel, wanneer je over met sneeuw bedekt ijs rent en merkt dat er geen ijs is want je zakt weg in de sneeuw en daaronder is alleen zwart, wervelend water en niemand hoort je als je schreeuwt. Ze vroeg zich af of ze geschreeuwd had.

Toen hoorde ze het weer, het gekraak dat van de andere kant van de zolder leek te komen, gevolgd door een doffe bons. Iets zachts dat tegen hout sloeg. Ze wist dat het geluiden waren die niet bij het huis hoorden. Zo goed kende ze inmiddels de tikken van het oude houtwerk en het gepiep van de deuren als ze bewogen, het zwakke gemompel dat ontstond wanneer de wind zich een weg zocht door een van de gaten in de trap die ze geprobeerd had te bedekken met karton.

Dit was iets anders.

Voorzichtig zette ze haar benen op de grond en wurmde zich geluidloos uit de slaapzak, kleine bewegingen zodat de matras niet knarste, zoals die altijd deed als ze zich omdraaide. Sloop op kousenvoeten de kamer in. De kachel was natuurlijk weer uitgegaan, ze wist inmiddels hoe lang drie blokken hout brandden. Ze pakte de pook en haalde de zaklamp uit haar tas, drukte langzaam het handvat van de deur naar de hal omlaag. Geknars vulde het hele huis en de kou was er weer, drong in een seconde door je kleren. Ze stond huiverend voor de kapotte traptreden.

Het is niets, sprak ze zichzelf toe, er zijn geen spoken. In het donker leek de gedachte bijna mogelijk, dat er geesten leefden in onverwarmde huizen, Siri of de oude tante die teruggekeerd was om haar zijden jurken uit Amerika te halen. Katrine deed de zaklamp aan en richtte hem op de trap.

'Hallo,' riep ze. 'Is daar iemand?'

Maar de spoken zwegen. De ratten wachtten.

Dit of vluchten, dacht ze, naar de boerderij hiernaast rennen om Tomas Haara wakker te maken en te zeggen dat ik bang ben voor een geluid op zolder.

Met de zaklamp in haar mond en de pook in haar ene hand, de andere op de leuning, ging ze langzaam naar boven. Het gekraak van de trap werd met elke stap luider tot ze in de opening van de zolder stond en de lamp over balken en waslijnen liet schijnen, ze schrok toen de straal op een donkere hoop op de vloer viel, een oude overjas. De deur van de zolderkamer was gesloten. De paar stappen over de vloer. Ze trok de deur open. Er bewoog iets wat opschrok in het bed. Katrine gilde en stapte achteruit, stootte haar hoofd tegen een hanenbalk en liet de zaklamp vallen.

'Sorry, sorry.'

De stem was klein en licht als van een kind, maar het lichaam in het bed was dat van een volwassene, het duurde een paar seconden voordat ze de zaklamp had opgepakt en recht in het witte gezicht van Sofia scheen. Ineengekropen in een hoek van de bedbank hield ze een hand voor haar ogen om niet verblind te worden door de lichtstraal.

'Sorry, het spijt me.'

Katrine voelde haar benen onder zich wegzakken en ze landde op de drempel.

'Lieve hemel, wat doe jij hier? Ik ben me doodgeschrokken.'

'Sorry,' zei Sofia weer, 'maar ik wist niet waar ik naartoe moest.'

Katrine begon te lachen en liet de pook op de grond vallen. Haar benen trilden toen ze overeind kwam en ze moest zich aan de deurpost vasthouden.

'Je kunt verdomme niet zomaar weglopen, je moeder staat op instorten.'

'Sorry.'

'En hou in godsnaam op met je te verontschuldigen.' Katrine herkende het geknars toen ze op de rand van de blauwe bedbank ging zitten. Hetzelfde geluid waar ze bang van was geworden. Sofia had het bed opgemaakt met haar jas, Siri's oude kleed en een paar dekens.

'Ik kan niet terug naar huis. Je zegt toch niets tegen mama en papa?' Ze trilde van het huilen, of was het van de kou? Katrine sloeg de deken om haar heen.

'Kom.'

Op een of andere manier lukte het haar om het meisje beneden te krijgen zonder dat de trap het begaf, ze zette haar naast de kachel, waar zelfs nog wat warmte hing en kreeg het vuur bijna direct aan.

'Wil je koffie?'

'Of thee.'

'Ik heb alleen koffie.'

Sofia knikte. Katrine zette smeltwater op en deed de petroleumlamp aan.

'Moet die lamp aan?' vroeg Sofia en ze tuurde ongerust naar de ramen.

Katrine liep ernaartoe en trok het dunne gordijn voorzichtig dicht. Het scheurde toen ze het aanraakte.

'Hoe lang ben je hier eigenlijk al?'

'Sinds gisteren.' Sofia haalde haar neus op en legde haar handen tegen de kachel.

Ze was aan komen sluipen toen Katrine 's ochtends net wegging, had gezien waar ze de sleutel verstopte en was naar binnen gegaan.

'Dus daarom was de deur niet op slot,' stelde Katrine vast.

'Ik dacht dat je het wel zou snappen.'

'Hoe zou ik dat kunnen snappen als je je op zolder verstopt?'

'Ik was bang. Er kwam iemand.'

Michail Lebedev. Zijn aanwezigheid in de kamer, onder je huid.

Katrine roerde de Nescafé voor hen allebei. Sofia warmde haar handen aan het kopje.

'Ze zeggen dat opa het gedaan heeft. Dat hij Lap-Erik heeft doodgeschoten.'

'Geloof jij het?'

Sofia keek naar de grond en schudde haar hoofd.

'Ik ook niet,' zei Katrine.

Ze pakte brood en ham en boter uit de provisiekast, het was er zo koud dat de boter keihard was. Ze zette hem op de kachel om hem smeerbaar te laten worden.

'Ik heb gisteren in opa's huis geslapen.' Sofia's handen begonnen zo te trillen dat de koffie over de rand spatte. 'Ik had de sleutel van huis meegenomen en heb me daar verborgen, weet je waarom? Omdat ik dacht dat hij met me zou praten in mijn slaap, dat hij geen vrede heeft omdat hij op een baar in een koude kamer in Umeå ligt, maar dat is alleen zijn lichaam, de geest blijft achter in het huis waarin je bent gestorven.' Ze praatte zonder adem te halen tussen de woorden. 'Geloof jij dat er iets van een mens overblijft na de dood?'

'Nee,' zei Katrine, 'tenminste... ik weet het niet.' Ze keek naar wat er over was van Siri's leven in de kamer, de foto's, de oude koffiepot. 'Ik geloof in elk geval niet in een hemel.'

Sofia propte een paar boterhammen naar binnen, twee tegelijk alsof ze dagenlang niet gegeten had. Wat vermoedelijk ook zo was. Je moest er ontegenzeggelijk moedig voor zijn, of gek, om het huis van je dode opa binnen te gaan en daar de nacht door te brengen. Katrine kon zich niet voorstellen dat ze ook nog van zijn etensresten had gegeten.

'En hoe ging het?' vroeg Katrine. 'Heeft hij met je gepraat?'

Sofia schudde weer haar hoofd. Mompelde met een volle mond.

'Ik heb niet geslapen.' Het meisje had flinke wallen onder haar ogen, haar blik was onrustig door slaapgebrek. 'Het was of het schot door het huis echode. En daarna was het alleen maar leeg. Ik kon er niet nog een nacht blijven. Ik wilde er eigenlijk vandoor gaan, maar dat kon ik niet. Kun je het me vergeven?'

'Als je ophoudt je te verontschuldigen.'

'Sorry.'

Katrine zuchtte en stond op, controleerde of de kachel goed brandde en draaide de kachelklep dichter.

'Als je de doden hoort spreken,' zei ze, 'dan komt dat misschien omdat je ergens diep vanbinnen weet wat ze willen zeggen. Wat denk je dat hij wil zeggen?'

Sofie haalde haar schouders op en keek weg.

'Je weet iets, hè?' ging Katrine verder. 'Daarom schreeuwde je door de telefoon dat ze hem doodgeschoten hadden, terwijl alle anderen denken dat het zelfmoord was. Waar ben je bang voor, Sofia?'

Sofia's blik werd koolzwart.

'Het is vier uur 's nachts, mag ik nu gaan slapen?'

Ze liep naar de slaapkamer en ging op het lege bed liggen, trok letterlijk een warme deken over zich heen.

Keerde zich naar de muur en zweeg.

Toen het bijna halfzes was, gaf Katrine haar pogingen om weer in slaap te vallen op. Buiten begon het licht te worden, dus strikt genomen was het al ochtend.

Ze at drie boterhammen en haalde meer sneeuw om in de pan te smelten. Ze werd rillerig van de koffie, en dat dwong haar de sneeuw weer in te gaan. Ze had een provisorisch toilet gemaakt van een metalen emmer die ze in de oude buiten-wc had gezet. Het had raampjes met uitzicht op de rivier. Terwijl ze er zat, zag ze het landschap lichtroze kleuren, de hemel die de grond streelde. De sneeuw die alle sporen uitwiste en nieuwe wegen schiep, om ze even snel weer te verbergen.

Toen het zeven uur was, raakte ze Sofia aan.

'Heb jij de sleutel van Thores huis?'

Het meisje keek op met verfomfaaid haar rond haar gezicht.

'Waarom vraag je dat?'

'Omdat ik wil zien hoe het er binnen uitziet. Of hij echt zelfmoord heeft gepleegd.'

Sofia sperde haar ogen open.

'Geloof je dat hij vermoord is?'

'Ik geloof niets, ik wil het weten,' zei Katrine en ze hoorde de echo van Thore Palo's stem in die van haar. *Ik ben bijna veertig jaar politieagent geweest. Geloven doe je in de kerk.*

'Hij zit in mijn jaszak,' zei Sofia.

Katrine legde een hand op haar schouder.

'Blijf jij nog maar even slapen.'

Sofia had gelijk, er was geen aanwezigheid of persoonlijkheid achtergebleven in het huis. Een omhulsel van steen en hout, meubels die hun doel hadden verloren. In de keuken waren glasscherven en as op een hoop geveegd bij de kachel. Katrine liep met haar schoenen aan naar binnen.

In de woonkamer zag ze eerst alleen de donkere vlek. Die begon op de fauteuil waarin hij de laatste keer dat ze er was had gezeten, en ging verder over de vloer, waar hij was uitgedijd in de vorm van een zeehond. Ze balde haar vuisten, boorde haar nagels in haar handpalmen en dwong zichzelf om naar binnen te gaan. Op de muur met familiefoto's waren lege plekken gekomen en eronder lagen de scherven van wat er had gehangen. Niet alle foto's waren omlaaggevallen, de huwelijksfoto van Åke en Eva-Lena en foto's van een lachende Sofia die opgroeide tot een tiener waren er nog, en ernaast presideerde Hjalmar Branting. Katrine ging op haar hurken zitten en draaide voorzichtig een van de foto's om die op de grond lagen.

Matti met zijn studentenpet op zijn hoofd. Matti als spichtig jongetje op de lagere school. Matti in het team van bandyspelers. Katrine nam niet de moeite om zijn gezicht te vinden, maar hij stond vast ergens tussen de jongens. Ze kwam met pijnlijke knieën overeind en ontmoette weer Sofia's chagrijnige blik vanaf de tienerfoto aan de muur. Eva-Lena had gezegd dat de foto's van de kleinkinderen kapotgeslagen in één grote chaos op de grond lagen, maar dat klopte niet. Het waren de foto's van een van hen. De jongen, die met zijn grootvader mee uit jagen ging, ze zag hem in verschillende leeftijden op de grond liggen en herinnerde zich de trots in de stem van de oude man toen hij over zijn kleinzoon praatte, ze waren voorbij gestoven met hun scooters, *het is een geluk dat ze de vrijheid hebben er zo op uit te kunnen trekken.*

Ze duwde de deur open van de binnenste kamer. Het gevoel dat ze geen vingerafdrukken achter moest laten. De zekerheid dat ze er niets zou vinden.

Het klopte wat Anders Anttila had gezegd, er hingen geen briefjes aan de muren, er lagen niet eens propjes papier op de grond, er was opgeruimd en schoongemaakt en het enige wat ze kon zien waren restjes plakband waar kleine stukjes papier mee vast hadden gezeten. Tijdsaanduidingen, alle details over de moord die Thore Palo nauwkeurig had genoteerd. Had hij het zelf verbrand, of iemand anders?

Om iets te verbergen of om te vergeten en te verzwijgen?

In de boekenkast heerste daarentegen dezelfde orde als toen ze de ordner met de geschiedenissen van oude misdaden eruit had gepakt.

De nauwkeurigheid.

Dat was iets wat ze herkende. Het gevoel dat je de wereld de baas was als je er structuur in aanbracht. Alfabetische volgorde, jaartallen chronologisch. Papieren in ordners. Feiten en documenten.

Als het zo was als ze dachten. Als Thore Palo weer was gaan drinken en gek was geworden. Dan had er toch iets systematisch in zijn gekte gezeten.

Ze vermeed het om naar de donkere vlekken te kijken toen ze het huis verliet.

'Er zijn geen wegen die daarnaartoe gaan, maar ik kan je met de scooter brengen als je wilt.'

Tomas Haara sloot de buitendeur achter zich.

'Want je skiet zeker niet?'

'Jawel,' zei Katrine, 'natuurlijk kan ik dat.'

'Dan doen we dat.'

Hij liep voor haar uit en deed de enorme deur van de stal open. Het was lang geleden dat er koeien hadden gestaan, maar in een van de oude boxen stonden minstens twintig paar ski's tegen de muur of lagen omgevallen op de grond.

Hij trok een paar uit de chaos en vergeleek die met Katrines lengte.

'Ik denk dat die van mijn zusje waren.'

De ski's hadden ouderwetse bindingen, met riempjes die om je voeten werden gespannen.

'Jullie hebben niet misschien ook een paar skischoenen te leen?'

'Dat moet ik aan moeder vragen.'

In de keuken draaide Anna Haara als een vlieg rond, van de ijskast naar de provisiekast en naar de kast boven het fornuis.

'Maar we kunnen je toch wel iets aanbieden?'

Katrine was in de hal blijven staan en verzekerde haar dat dat niet nodig was.

'Je hebt het zeker wel gehoord van Thore Palo?' Anna Haara schudde een lege koektrommel heen en weer en keek er somber in. 'Wat verschrikkelijk.'

'Ja,' zei Katrine en ze wist niet helemaal zeker of ze dat zei omdat Thore dood was of omdat de koekjes op waren.

'En ik heb hem nog wel gebeld, je vertrouwt iemand tenslotte die politieagent is geweest. Dat hij het gedaan zou hebben, is toch niet te geloven. Nou ja.'

'Zo vertelde Vivve het niet,' onderbrak Tomas haar, die uit de kelder kwam met drie paar skischoenen in zijn armen.

'Jawel, dat is precies wat ze zei.' Anna Haara's strenge blik op haar zoon: je gaat me toch niet vertellen dat ik seniel ben geworden. 'Hij heeft zich met Lap-Eriks geweer doodgeschoten, dat is precies wat ze zei.'

'Mama,' zei hij smekend en hij wendde zich tot Katrine. 'Ze is een beetje uit haar doen door alles wat er is gebeurd.'

Katrine bukte en draaide de skischoenen om, probeerde uit te zoeken welke maat ze waren. Het was dus al bekend in het dorp. Ze vroeg zich af of Thore Palo in alle hoeves als de moordenaar werd gezien of alleen in die waar familieleden van hem woonden. Hoe lang zou het duren voordat het de media bereikte, blogs, Twitter? Een paar uur, een dag? Ze koos de grootste skischoenen, die een maat te klein waren. Met blaren kon ze wel leven.

Anna Haara's stem rond haar hoofd.

'Je denkt dat je mensen kent, maar de duivel kan zich overal verbergen, overal.'

Tomas Haara deed de buitendeur open, vond blijkbaar dat het tijd was om te vertrekken.

'Vivve is moeders zus, zij is de moeder van Eva-Lena, en ze hebben een paar dingen gehoord die de politie vermoedt, maar dat moeten we niet doorvertellen. Ze zei dat Thore kanker had. In zijn alvleesklier geloof ik, toch mama?'

Anna Haara sloeg het deksel van de koektrommel dicht.

'Ja, ik heb het gehoord,' zei Katrine en ze zette haar muts op, 'dat hij daarom zelfmoord heeft gepleegd.'

'Het is het ergste soort,' zei Tomas. 'Kan waarschijnlijk niet eens bestraald worden.'

Op het erf hielp hij haar om de bindingen vast te maken. Ze keek over zijn gebogen rug.

De sneeuw en de wolken gingen in elkaar over, waardoor de boerderijen verderop vrij tussen hemel en aarde leken te zweven. Rauhala's grijze gebouwen, ze vond dat ze aan Rusland deden denken, hetzelfde troosteloze verval. Ze dacht aan Gunnar Pelttari, aan het lot van Lars-Erik Svanberg. De gewaarwording dat alles bleef bestaan, als een soort duisternis die overgeërfd werd en die zij ook in zich had.

Daarna zag ze een witte vrachtauto het erf op draaien. En achteruitrijden. Proberen te keren op het veldje voor het graanhuis.

'Heb je de mensen ontmoet die Rauhala hebben gekocht?' vroeg ze.

'Nee... maar het is vast een oud wijf,' zei hij terwijl hij haar rechtervoet vastmaakte.

'Wat bedoel je?'

Ze leunde op haar skistokken om haar evenwicht te bewaren.

'Ze hebben een monteur besteld voor Ikea-meubels. Dat zou een man hier nooit doen, dat is *knapsu*.' Hij ging rechtop staan met een scheve glimlach die duidelijk maakte dat het niet per se een opvatting was waar hij achter stond.

'Ik weet niet hoe de ontvangst van je mobieltje daarboven is,' zei hij. 'Moet je er echt zelf naartoe?'

De skistokken waren lichtblauw en iets te kort. Een uitstapje met school, dacht Katrine, dertien of veertien jaar? Toen had ze voor het laatst op ski's gestaan.

'Ik ben dus toch niet zo knapsu.'

Hij lachte, waardoor de tabak onder zijn bovenlip zichtbaar werd, en daarna kwam hij iets te dicht bij haar te staan. 'Nee, jij kunt niet knapsu zijn.' Zijn adem rook naar hondenharen en pruimtabak en benzine. 'Knapsu is een man die zich als een vrouw gedraagt, maar als een vrouw als een vrouw is, is ze alleen maar... vrouwelijk.'

'Goed om te weten,' zei Katrine en ze zette af, waardoor ze bijna achteroverviel toen de ski's weggleden.

Ze besefte dat wat ze eerder als stilte had ervaren geen stilte was, nooit eerder in haar leven had ze zo'n stilte meegemaakt als toen ze de bossen boven Thore Palo's huis in gleed en de hoge sparren haar omsloten.

Blijf bij de scootersporen. Volg de paden tussen de bospercelen.

Haar dijspieren voelden stijf aan. Tomas Haara's instructies in haar achterhoofd. Ze duwde zich vooruit en probeerde het juiste ritme te vinden. Het gevoel dat ergens in haar geheugen zat, uitstapjes op zondag, de geur van warme chocolademelk. Mama voorop in een zwart-wit ski-jack en met een puntmuts over haar oren. En Lap-

Erik dook op, zweefde haar voorbij in het spoor, de man uit de bossen, dit was zijn leven geweest. De ski's die over de kraakdroge sneeuw gleden, de hemel die tussen de boomtoppen door te zien was.

Maar ga het moeras niet in, want dan verdwaal je.

Het scooterspoor als een scheur tussen de bomen, zware dennen waarvan de uiteinden diep in de sneeuw verdwenen. Ze had geen idee hoe lang vijf kilometer was.

Melkzuur in beide benen en armen terwijl het bos zich opende en de moerassen zich uitstrekten, lege, witte velden, Brazilië. Verblind door al het wit keek ze strak naar de grond om het spoor niet te verliezen, voort, voort. Hoorde een motor in de verte en verstijfde, bleef doodstil staan tot het geluid wegstierf en ze zich bewust werd van haar eenzaamheid. Voordat ze zich weer op gang duwde, controleerde ze haar mobieltje, de ontvangst was inderdaad zwak maar nog aanwezig, twee streepjes gaven aan dat de beschaving haar tentakels ondanks alles helemaal tot hier kon uitstrekken.

De wind nam toe en hoge wolken stapelden zich op in de windstreek die het oosten zou moeten zijn, ze hoopte dat de zon door zou breken zodat ze enig idee zou hebben hoe laat het was. Ze kwam weer in het bos en dat werd dichter, sparren die geheime grotten verborgen onder hun enorme takken en er was geen ander geluid te horen dan de ski's die door de sneeuw sneden en haar eigen lichte ademhaling.

Ze had de hut bijna gemist. Ze had de vaart er goed in zitten en haar gedachten waren opgestegen en vlogen ergens rond de boomtoppen, het enige wat er nog bestond was de volgende meter sneeuw die voorbijgleed, en de volgende.

Katrine plantte allebei de skistokken in de grond en stopte. Daar, tussen sparren en struiken die uit de sneeuw staken. Een grijze muur. Ze stak de diepe sneeuw over en zag dat er waarschijnlijk nog onlangs sporen naartoe waren gelopen, er was een verdieping in de sneeuwlaag ter breedte van een scooterspoor, en toen was ze er. Een kleine hut met sneeuw tot aan de raamdorpels, niet meer dan vijfentwintig vierkante meter, een dak van asfaltpapier. Hij lag op een open plek en ze vermoedde dat het glooiende terrein tussen de stammen het beekje verborg, de *joki*. Iets verder weg liep het landschap omhoog tot een wijde heuvel, de *vaara*. Katrine skiede naar een van de ramen en zag dat er twee ruitjes waren gebroken. Ze voelde met de skistok hoe diep de sneeuwlaag was. Op zijn minst een meter. Ze durfde de bindingen los te maken. Ploegde een paar stappen naar de deur en haalde voorzichtig haar arm over de sneeuwlaag. Er waren sporen onder. Voetsporen van grote laarzen of schoenen, het had erna maar een paar keer gesneeuwd. Ze zette haar eigen voet in een van de voetstappen, ze waren groot, 44 of 45, minstens. Van Thore Palo of van iemand anders?

Ze was bezweet na de skitocht, haar keel was droog en scherp en ze had er spijt van dat ze geen eten of water mee had genomen. De laatste stap naar de deur, het handvat ging zwaar, maar toen ze er een ruk aan gaf, ging de deur open.

Binnen was alles kapotgeslagen.

Houten stoelen waren in stukken gehakt, een formicatafel was in tweeën gespleten, daar was veel kracht voor nodig geweest. Woede, dacht ze, angst of paniek of pure waanzin, alleen onbeheersbare gevoelens konden zo veel verwoesting aanrichten.

De sneeuw was naar binnen gekomen door de gebroken ramen, de wind had as en roet over de planken vloer geblazen. Het enige wat nog heel leek te zijn waren twee stapelbedden tegen de muur. Ertussen was een open haard. Daar ging ze naartoe, stak een hand in de stapel verbrande resten en trok er wat papier en verwrongen plastic uit dat niet helemaal zwart was geworden. *Waarom verbrand je papier in een jachthut, waarom verbrand je plastic? Niet om vuur mee te maken in de haard, dat had Tomas Haara duidelijk gemaakt in zijn basiscursus, hij kliefde het hout, stak het aan met spaanders en stokjes, papier gebruiken was knapsu, was oudewijvenachtig, maar helemaal in orde voor een Stockholmse als zij, voor een vrouw.*

Er viel as tussen haar vingers. Ze liep de hut uit terwijl spieren in haar benen pijn deden waarvan ze niet eens wist dat ze die had, keek uit over de met sneeuw bedekte open plek. Vijf kilometer van het dorp, midden in het bos, achter ontoegankelijke moerassen. Geen Rus kon toevallig langs deze plek zijn gekomen. Niemand die van buiten kwam zou de meubels zo te lijf zijn gegaan.

De sparren zwaaiden heen en weer, er daalde duisternis neer uit de hemel, hoewel het midden op de dag was.

Ze maakte haar ski's vast en gleed terug in haar eigen sporen.

Of liefde, dacht ze. Misschien kon ook liefde een formicatafel in tweeën splijten.

Heel Rauhala rook onwaarschijnlijk genoeg naar tartaar en ui. Op de vloer dreunde een extra radiator die eruitzag alsof hij op een bouwplaats thuishoorde.

'Het is een beetje primitief, vrees ik.'

Hij stak zijn hand uit om haar jas aan te pakken. Katrine gleed uit haar jas zonder hem aan te raken.

'Ik ben totaal verrast,' zei ze, 'ik dacht dat de elektriciteit niet eens werkte op Rauhala.'

Vanuit de hal keek ze de kamer in en herinnerde zich het gevoel van de vorige keer, het ascetische en kale, hoe het huis vast leek te zitten in iets pijnlijks en gekwelds.

Er stond een breed, splinternieuw bed in een van de slaapkamers, in de andere zag ze rijen lege Billy-kasten.

'Ze moesten een aantal dingen opnieuw aansluiten, maar uiteindelijk is het gelukt,' zei Michail Lebedev en hij ging haar voor naar de keuken. 'Ze zeggen dat jullie overheidsinstanties het niet zullen goedkeuren, maar alles wat de kou buiten houdt is wat mij betreft geoorloofd.'

Katrine bleef op de drempel staan. Bij het fornuis was Promise Björnfot bezig aardappels in een schaal te scheppen, ze draaide zich met een brede glimlach om.

'Hoi,' zei Katrine, 'wat leuk je te zien.' Ze meende het echt. De gedachte de avond alleen met de Rus door te moeten brengen, bezorgde haar hartkloppingen en ademnood en ze had aan duizenden redenen gedacht om eronderuit te komen, maar nieuwsgierigheid had haar er toch naartoe gedreven toen het donker was geworden en de halve maan boven de stal van Rauhala uit steeg. Toen ze dichter bij de hoeve kwam, had ze gezien dat er licht brandde achter het raam en gedacht dat er dingen waren die je moest doen, omdat het leven ze op je pad had gebracht. Omdat de lucht elektrisch geladen was waar hij stond.

'Verontschuldig me een moment,' zei hij en hij legde een hand op haar rug.

De plek waar hij haar had aangeraakt brandde nog toen hij uit de kamer was verdwenen.

'Mister Lebedev heeft een tweedehands auto van mijn man gekocht, de Saab daarbuiten,' fluisterde Promise.

Ja, die had ze gezien, de rode Saab 9000 die op het erf stond, het moest meer dan tien jaar geleden zijn dat ze dat model maakten? Er stond ook een groengeverfde stepslee, schuin naast het bordes.

'En toen vroeg hij of Stig iemand kende die eten kon klaarmaken. Stig is dol op mijn tartaar!' De vrouw gaf een klap op het geruite kookboek dat op de aanrecht lag. Het woord tartaar was het enige wat ze in het Zweeds uitsprak, verder hield ze het bij het Engels. 'Ik heb ook een baantje als schoonmaakster gekregen, goed betaald, goed werk. Het is niet gemakkelijk, weet je, om hier werk te vinden.'

Zijn voetstappen in de hal. Promise leunde naar Katrine toe.

'Maar ik weet niet of het een goede man is.'

'We gaan alleen maar eten,' zei Katrine in het Zweeds, want hij was terug en ze voelde hoe zijn aanwezigheid de kamer vulde.

De tafel was gedekt voor twee personen. Een fles rode wijn en nieuwe wijnglazen, geruite servetten. Michail Lebedev trok de stoel voor haar naar achteren. Hij leek zich niet gemakkelijk te voelen in zijn rol van tafelheer, in tegenstelling tot een Engelsman die het met de paplepel ingegoten had gekregen op de internaten en daarna. De gedachte aan Alastair fladderde alweer weg voor die geland was, jezus, ze ging alleen maar eten.

Promise Björnfot zette de schaal met aardappels op tafel en pakte haar tas.

'Ik kom morgen de afwas doen,' zei ze.

'Bedankt,' zei Michail Lebedev en hij schonk wijn in Katrines glas.

Blijf, wilde ze roepen, ga niet weg, maar de vrouw vertrok en ze hoorde de deur dichtvallen. Ze zag niets door het raam, maar ze vermoedde dat de groengeverfde stepslee op het erf van Promise Björnfot was en dat ze op dit moment naar de weg gleed. En haar alleen liet met de man aan het veel te kleine, oude, wiebelige tafeltje, waaraan ze het risico liep dat hun knieën elkaar raakten als ze ook maar even bewoog.

Hij dronk veel te snel van de rode wijn, die er Frans en duur uitzag.

'Ik begrijp nog steeds niet waarom je deze hoeve hebt gekocht,' zei ze. 'Heel Noord-Zweden staat vol met verlaten bouwvallen, ik denk dat je een landhuis had kunnen kopen van het geld dat je voor Rauhala hebt betaald.'

'Het was niet duur,' zei hij.

'Weet je wat onroerend goed hierboven waard is?'

'Mijn advocaat heeft het geregeld,' zei hij en hij schepte voor haar op. 'En wat is waarde? Als we iets weten in Rusland, dan is het dat wat vandaag iets waard is morgen compleet waardeloos kan zijn. Voor mij is het het waard wat ik ervoor betaald heb.'

Hij at met kleine hapjes, hield de vork met zijn hele hand vast. Ze kon er niet wijs uit worden wat hij was, arbeidersklasse of bovenklasse of iets ertussenin, ze kende de codes niet in de Russische samenleving.

'Wat deed je in Londen?' vroeg ze.

'Ik heb mij er nooit thuis gevoeld. Te veel lawaai, nog erger dan in Sint-Petersburg.'

Ze veegde haar mond af met het servet.

'Maar nu wil ik meer van jou weten, mooie Katrine, en van deze plek.'

Ze nam een slok wijn. Dingen als Lap-Eriks dood en de kapotgeslagen jachthut gingen door haar hoofd.

'Er zijn twee dingen die je moet weten,' zei ze. 'Zeg nooit nee tegen een kopje koffie. En bedenk een goed antwoord op de vraag: van wie ben jij? Dat vragen ze. Niet wie je bent of waar je woont of wat je voor werk doet, maar van wie je bent.'

Hij glimlachte en ze zag de rimpels dieper worden bij zijn ooghoeken, even verdronk ze in zijn blik, kreeg het gevoel gevangen te zijn.

'En van wie ben jij, Katrine?'

Toen hij zijn hand uitstak, dacht ze dat hij haar wang aan wilde raken en ze schoof iets achteruit, maar de hand kwam er vlak naast terecht, rond de hals van de wijnfles en hij schonk haar en zijn glas vol. Haar wangen gloeiden.

'Van mezelf zou ik denken.' Ze zei het veel te snel en te nerveus. 'Maar ik heb wel familie die hiervandaan komt en ik heb natuurlijk een man. Tenminste, we zijn niet getrouwd, maar we wonen samen, in Londen, hij is Engels.' Ze had meteen spijt dat ze dat gezegd had, wat maakte het uit waar hij woonde en wie hij was, het was hier hoe dan ook ver vandaan. Heel ver vandaan.

'En van wie ben jij?' vroeg ze.

'Van niemand.'

Katrine nam snel een paar happen. Dus hij was waarschijnlijk niet getrouwd. De klassiek gebakken tartaar was echt heel goed. Ze had alleen een boterham gegeten na die skitocht en daarna waren er uren voorbijgegaan met gepieker over wat ze moest doen. Ze had drie keer geprobeerd Anders Anttila te bellen om hem over de jachthut te vertellen, maar hij was niet bereikbaar. Uiteindelijk had ze de boodschap achtergelaten dat ze naar Thore Palo's jachthut in Jokivaara moesten kijken. Ze was bang dat hij het zou afdoen als een journalistentruc of als puur gezwets. Meer kon ze niet doen. Wat Sofia betrof, die verborg zich nog steeds in het huis en wist alleen dat Katrine ergens ging eten. Ze moest zelf maar iets uit de provisiekast pakken, soep of zo, het was tenslotte niet zo dat Katrine de voogdij had. Ze had stiekem toch naar Eva-Lena Palo ge-sms't, had geschreven dat ze een bericht van Sofia had gekregen dat alles goed was. Dat moest voorlopig genoeg zijn. Wat kon ze nog meer doen? Behalve wijn drinken en in een paar ogen kijken, voelen dat ze leefde.

'Wist je dat er hier pas geleden een man is vermoord?' vroeg ze. 'Daar verderop, in een van de voorraadschuren.' Ze wees met haar vork naar het graanhuis. Hij doopte een stukje aardappel in de jus.

'Ja, ik heb het gehoord.'

Er zat geen gevoel in zijn stem, eerder onverschilligheid. Ze nam nog een stukje tartaar en doopte dat in gebakken ui. Probeerde aan te voelen wat hij uitstraalde, van welke aard zijn interesse in haar was. Daarna moest ze haar blik neerslaan naar het bord om niet te lang in zijn ogen te kijken.

‘Wat ga je hier doen?’ vroeg ze tussen twee happen door. ‘Ga je werken of zo?’

‘Ik dacht dat jullie daar niet naar vroegen hier.’

‘Ik kom hier niet vandaan.’

‘We zien wel,’ zei hij. ‘Voorlopig ga ik me hier gewoon vermaken.’

Katrine schoot in de lach.

‘In Kivikangas?’

Hij had *enjoy* gezegd, wat zowel vermaken als genieten kon betekenen, het kon van alles betekenen voor een Rus wiens moedertaal het Engels niet was.

‘Stilte,’ zei hij, ‘niet gestoord worden. Dat is mijn idee van het paradijs.’

Katrine keek omlaag naar de aardappels, prakte ze in de jus. Maar goed dan dat ze morgen al weg zou gaan. Het vliegtuig zou de volgende dag om 19.25 uur uit Luleå vertrekken.

Michail Lebedev leunde achterover en liet het wijnglas tussen zijn vingers rollen.

‘Ik heb een tijdje literatuur gestudeerd aan de universiteit van Sint-Petersburg. Mijn moeder vond dat je je moest wijden aan de eeuwige waarden, dat die uiteindelijk het geesteloze heden zouden overwinnen. Ik had een grote bibliotheek.’

‘Waarom ben je er dan mee gestopt?’

‘Weet je wat een universitair docent in Rusland verdient? Tienduizend roebel per maand.’

Delen door vier, tweeënhalfduizend Zweedse kronen. Ze schonk het laatste restje wijn in haar glas.

‘Misschien laat het paradijs zich niet beschrijven,’ ging hij verder, ‘zelfs de grote Gogol is er niet in geslaagd.’

‘Ik weet het, hij pleegde in plaats daarvan zelfmoord,’ zei Katrine. De schrijver had een trilogie willen schrijven die begon met *Dode zielen*, wat de hel was, wat Rusland was, maar hij was nooit verder gekomen dan deel twee, *Het vagevuur*. ‘Verbrandde het manuscript en hongerde zich in negen dagen dood.’

‘Een snellere dood was te prefereren geweest.’

Er volgde een pauze en in de stilte kon ze de radiatoren horen dreunen, maar wat ze voelde was de kou in zijn laatste woorden. Het had te maken met de manier waarop hij het woord dood uitsprak, alsof die niets te betekenen had.

Hij komt uit Rusland, dacht ze, hij heeft wel erger gezien, het hoeft niets te betekenen. Misschien heeft hij in een oorlog gezeten, in Tsjetsjenië, God weet wat dat met een mens doet. Het verlangen bekroop haar om in hem te zien, achter de ruwe huid die uit steen gehouwen leek te zijn, het gezicht dat zo vreemd was en toch bekend leek, een onbegrijpelijke saamhorigheid. Het komt door Gogol, dacht ze, een man die iets van literatuur weet en naar het paradijs verlangt, die diepe gedachten heeft.

'Ik had een familielid die zijn paradijs in de voormalige Sovjet-Unie zocht,' zei ze. 'Het is met hem ook niet zo goed afgelopen.'

De ogen van de man werden smaller, ze kreeg de indruk dat hij iets achter haar woorden zocht. Daarna kwam hij overeind en pakte de borden, liet ze op een stapel achter op de aanrecht. Hij haalde nog een fles uit de provisiekast.

'Of neem degenen die hier woonden,' ging ze verder en ze klotste een beetje met het glas terwijl ze dronk, de wijn was naar haar hoofd gestegen en maakte haar bewegingen iets te weids en onbeheerst. 'Ze verboden alles wat leuk en mooi en zondig was om in de hemel te komen, sloegen al dat soort gedachten uit hun kinderen.'

De kamer schommelde toen ze opstond. Ze bedacht dat haar mobieltje weer leeg was. Omdat de elektriciteit het wonderbaarlijk genoeg deed op Rauhala, vroeg ze of ze het op mocht laden.

'En dan zou ik graag...'

Michail Lebedev wees naar de hal. 'Tegenover de trap.'

Katrine knikte, ja dat wist ze, ze had alle deuren geopend toen ze hier een eeuwigheid geleden rond had geneusd.

De toiletpot was oud, maar de spiegel boven de wasbak was nieuw. Vorige keer was die er niet geweest. Je spiegelbeeld bekijken was vast een zonde, ijdelheid was er toch een van de zeven? En er was nog meer, dacht ze, dat volgens Hilding Svanberg rechtstreeks naar de hel zou leiden als hij haar gedachten had kunnen lezen terwijl ze de handen van de man bekeek, de kracht waarmee hij de kurk uit de fles trok. Ze had het gevoel dat hij alles binnen in zichzelf hield, en ze wilde daarbij komen, wilde het aanraken.

Waar was ze mee bezig? Het gezicht in de spiegel had geen antwoord. Alleen dezelfde wazige vraag in de blik. Wat ben je in godsnaam aan het doen, Katrine?

Ze had het toiletpapier bijna opgemaakt en keek om zich heen of er nog meer was, maakte een grote doos open.

Die zat vol medicijnen. Shit, dacht ze, zijn het drugs, een dodelijke ziekte? Ze pakte er een doosje uit en draaide het om, bestudeerde het etiket, maar alles was met cyrillische letters geschreven. Eerst zijn naam. Wat ze vermoedde dat zijn naam was. De datum waarop ze waren afgehaald, nog maar ongeveer een maand geleden, ze hadden allemaal dezelfde datum, hij was echt van plan geweest om lange tijd weg te blijven. Toen bedacht ze dat hij in Londen woonde. Een Russische arts in Harley Street? Die waren er vast wel, maar een Russische apotheek?

Hij wachtte in de hal toen ze uit de wc kwam. Stond voor de deur die de nacht in leidde.

'Ik hoop dat alles het deed zoals het hoort,' zei hij. 'Er is een loodgieter in het dorp, maar hij is op reis.'

'Geen problemen,' zei Katrine en ze droogde haar handen aan haar spijkerbroek. Ze had geen handdoek kunnen vinden. 'Ik denk dat ik nu moet gaan.'

'Als je wilt gaan, dan zal ik je niet tegenhouden.'

Toch bleef hij staan. Zijn hand tegen de deurpost zodat hij een muur voor haar vormde en ze was niet in staat op te kijken om zijn blik te ontmoeten, het was donker in de hal en er waren schaduwen en de geuren van aftershave, ze keek tegen zijn borstkas aan en zag die op en neer gaan, maar één stap en ik zou tegen hem aan vallen. Als je wilt gaan. Dan zal ik je niet tegenhouden. Maar als ik nu wil dat je me tegenhoudt? Het waren vreemde woorden. Waarom zei hij dat? Ze hoorde zijn ademhaling. Die was zwaarder dan eerder. Vulde de hal. Zelf durfde ze niet te ademen. Ze deed een stap die haar naar rechts had moeten brengen om bij de kapstok en haar jas te komen, maar in plaats daarvan kwam ze dichter bij hem terecht, veel te dicht.

'Misschien moet je gaan,' zei hij en zijn toon veranderde, het Russische nam het over en trad duidelijker naar voren, ze voelde zijn kin tegen haar oor. 'Misschien zou je hier niet moeten zijn.'

Ze leunde met haar voorhoofd tegen zijn borstkas en de trui kietelde tegen haar gezicht, ze voelde het leven in hem. Zijn hart, zijn snelle hartslag, ze voelde zijn hartslag in zijn keel tegen haar lippen, beroerde zijn hals lichtjes met haar tong, wilde het bloed in onder zijn huid. En zijn armen waren om haar heen, hard, harder, en ze zonk weg in de geur van wol en iets vreemds. Moest lucht krijgen, moest haar hoofd opheffen om te zien wat er in zijn ogen was. De aandrang om te vluchten, om weg te rennen voordat het te laat was, maar het was al te laat, te laat om te denken, om te stoppen.

'Ik vertrek morgenavond,' fluisterde ze tegen zijn mond. Zijn handen om haar nek en hij boog haar achterover en ze zag dat in zijn ogen wat haar bang maakte en aantrok. Sloot haar ogen en liet zich tegen de muur drukken. Daarna was hij om haar heen, zijn handen die haar trui openscheurden en zijn tong ruw tegen haar borsten, ze voelde zijn tanden. Haar hand raakte de zijne toen ze haar spijkerbroek uit probeerde te krijgen en ze worstelde met zijn glanzende kostuumbroek, rukte zich los en zakte op haar knieën om de knopen los te maken, een heleboel knopen die vast bleven zitten, ze moest de weerstand die ze voelde wegkrijgen, hij bewoog zich bijna helemaal niet, maar ze wist heel goed wat ze met hem deed, en daarna pakte hij allebei haar armen beet en trok haar omhoog, ze voelde dat zijn greep harder werd. 'Ik wil je geen pijn doen,' mompelde hij en een bliksemsnelle seconde lang was er het gevoel dat hij dat juist wilde, en daarna was hij dieper tussen haar dijen en er was niets anders meer, ze trok zich aan hem op, ademde in zijn mond.

'Is het goed als ik blijf?' fluisterde ze na afloop. Haar spijkerbroek zat om haar enkel gedraaid, ze had hem nooit helemaal uit gekregen. Ze had haar eigen schreeuw gehoord, maar niet die van hem, heftiger dan in jaren, *sinds ik Alastair ontmoette en genoegen nam met de koelheid van zijn handen, dat hij me nooit raakt alsof we elk moment dood kunnen gaan, dat ik over iets anders moet fantaseren om te willen.*

Toen ze daarna in bed lagen, het brede bed van Ikea, begon ze te lachen.

'Wat is er zo grappig?'

'Jezus,' zei ze en ze wees naar het schilderij aan de muur bij het voeteneind, dat moest er al hangen sinds de tijd van Hilding Svanberg. Twee kleine kinderen met een schaap op een weiland en een buitenproportioneel grote Christusfiguur die in felle kleuren over alles waakte. Het idee dat de vroegere bewoners hen nu zouden zien, maakte haar nog meer aan het lachen. Wat had hij ook alweer gepredikt, Laestadius, ze had een paar stukken op internet gelezen, het was de verschrikkelijke damp die uit het huis van de afgrond opsteeg en de duivel van de hoererij en de duivel van de eer en die laatste woonde ongetwijfeld in de endeldarm en een andere duivel huisde in de lever, het waren helse preken waarin de zondaren in de vuurzee moesten baden en duivelsdrek moesten eten en zelfs de boetvaardigen zouden zijn slechtheid en onreinheid zolang ze leefden voelen. Ze kon het niet vertalen in even krachtige bewoordingen als Lars Levi, maar Michail lachte evengoed. Werd hij Misja genoemd?

Het was de eerste keer dat ze hem hoorde lachen. Het duurde een seconde. Daarna bekeek hij haar een minuut of langer indringend en ze zakte een beetje weg onder het laken. Het rook nieuw en verontrustend chemisch.

'Je doet me aan iemand denken,' zei hij.

'Aan wie dan?'

'Vooral als je lacht.'

Hij rolde op zijn rug. De deken lag in elkaar gedraaid tussen hen in. Opeens bevond zich er een leegte. Ze had het plotseling koud en voelde zich opvallend naakt.

'Je moet het me niet kwalijk nemen, maar ik ben moe,' zei hij. 'Ik heb mijn vijf uur slaap nodig. Ik lijd aan chronische migraine.'

Op het plafond zat een grote, vergeelde vlek, die omlaag leek te zakken. Ze deed haar ogen dicht. Slapen klonk niet als een alternatief dat mogelijk was. Het huis was tot leven gekomen, net als haar huis 's nachts. Liet de muren tikken, de buizen ruisen, ademde geluidloos. Ze had spijt dat ze niet weg was gegaan voordat ze in bed waren gaan liggen. In haar moeders oude bed was gekropen, geluisterd had naar de rusteloze ademhaling van Sofia. De situatie onder controle had gehad. Ze draaide zich op haar zij met haar rug naar hem toe, keek door het raam naar buiten. In het donker buiten kon ze de contouren van de volgende hoeve zien, het huis van de Haara's, waar de lichten uit waren en Anna Haara was gaan slapen omdat zowel *Het Gedicht van de Dag* als het weerbericht al uren geleden was afgelopen. Het was twee uur geweest. Ze vroeg zich af wat de vrouw had gezien. Waar morgen over geroddeld zou worden.

'Al kan ik me niet herinneren dat ik haar ooit heb horen lachen.'

Katrine schrok. Ze had gedacht dat hij meteen in slaap was gevallen, genoeg van haar had. Ze lag compleet stil en liet hem verder praten tegen haar rug, of sprak hij tegen het plafond en de sterren? Maar waarom dan in het Engels?

'Dat moet lang geleden zijn, want ze praatte toen ik een kind was. In elk geval zolang mijn vader er was. Dus ze moet wel hebben gelachen, waar het ook om was. Een stom grapje misschien. Van die dingen waar je om lacht.'

Shit, dacht Katrine en ze durfde zich niet te verroeren. Doe ik hem aan zijn oudere zus denken? Aan zijn moeder? Slecht teken. Of juist goed?

'Ik vroeg me altijd af of ze praatte als ik er niet was. Of ze alleen tegen mij zweeg. Of tegen *baboesjka*, het was waarschijnlijk eerder grootmoeder, want die vrouw kon iedereen stil krijgen. Ze was ervan overtuigd dat meneer Fadejev in het appartement naast ons daar was neergezet door de KGB om ons in de gaten te houden, terwijl ze zelf lid van de partij was tot ze stierf. Als we buiten waren, verbood ze het mij om over iets anders dan het weer te praten, en als ik over het weer praatte moest ik benadrukken dat het mooi was.'

Die naam klonk bekend, maar ze kon er niet opkomen waar ze hem eerder had gehoord en deed ook geen moeite om het zich te herinneren, ze werd te zeer in beslag genomen door de opening naar zijn binnenste die ontstaan was, de mogelijkheid om iets te weten te komen over wie hij was. Ze deed haar best om gelijkmatig te ademen, om zijn plotselinge spraakzaamheid niet te verstoren. Zijn stem kreeg een hardere toon, een bijklank van bitterheid en misschien haat.

'En ze was niet eens mijn grootmoeder. Dat was ook een leugen. Ik weet niet wat erger was, het eeuwige geklets van baboesjka of het zwijgen van mijn moeder. Als ik geld kwam brengen, zat ze alleen maar voor het raam naar buiten te kijken. Soms trok ik er een stoel bij en probeerde te zien wat zij zag. Hoe ze daar zo lang naar dezelfde straat kon zitten kijken. Ik wilde weten wat het geheim was. Maar er waren geen geheimen. Het enige wat ik zag was de vieze, oude Oelitsa Voronezjkaja en daar was niets te zien.'

Katrine hapte naar lucht, zo luid dat hij het gehoord moest hebben. In het donkere glas van het raam dacht ze dat ze ogen zag glanzen, een schaduwspel, het vervallen huis op een straathoek in Sint-Petersburg. De kamer die uitkeek op de straat. Het kon geen toeval zijn, zo veel toeval bestond niet.

'Dus je bent wakker,' zei hij. 'Ik dacht dat ik je had uitgeput met mijn geklets.'

Zijn moeder. Zij deed hem aan zijn moeder denken, en ze hadden in een huis aan de Oelitsa Voronezjkaja gewoond, het enige adres in Sint-Petersburg dat ze nooit zou vergeten. Het bed schommelde, allemachtig, zijn zwijgende moeder.

'Nee, ik ben niet uitgeput,' zei ze hees, 'ik wil graag meer horen.'

'Meer valt er niet te vertellen.' Hij legde een hand op haar schouder en draaide haar om. Zijn blik was vermoeider dan daarnet. 'Het verleden bestaat alleen maar uit smerige leugens die hun inhoud hebben verloren.'

Ze keek in zijn ogen. Dacht dat ze het bruin blauw zag worden toen ze de hare naderden.

Ze rukte zich los en ging rechtop in het bed zitten.

'*What's wrong?*'

Wat er was? Alles en niets. Rauhala. Gunnar Pelttari. Het kind dat werd geadopteerd. Hilma Jelena. Alles viel op zijn plek in de seconden waarin hij ook overeind kwam en haar blik probeerde te vangen, met haar haar tussen zijn vingers speelde en zich naar voren boog zodat zijn lippen langs haar hals streken en zijn vingers omhooggingen naar haar borsten en ze huiverde, ze verstarde onder zijn aanraking maar kon zich er niet aan onttrekken, kon niet zeggen wat ze dacht, het was te vergezocht, te waanzinnig en toch volkomen logisch.

Geld speelde geen rol omdat deze hoeve een heel andere waarde voor hem had, iets wat alleen hij zag. Wat zij zag. En tussen alles door een gevoel van opluchting: dat was het dus. Niets beangstigends, duisters, onverklaarbaars, alleen dat.

Ze opende haar mond om iets te zeggen, maar ze wist niet hoe ze moest beginnen omdat ze al gelogen had over wie ze was, en daarna was zijn mond er en hij at alle woorden op en alles was weer vanzelfsprekend. En ze sloot haar ogen en zonk weg, steeg en zonk in het veel te harde bed, zou hij haar op dezelfde manier aanraken als hij het wist? Neef en nicht, was haar laatste duidelijke gedachte, of achterneef en achternicht, het is niet te dichtbij, het is geen misdaad.

Er was een geluid, een alarm. Ze ging met een ruk rechtop in bed zitten. Met een zwaar hoofd en zweterig, iets had haar opgejaagd in haar droom, het was in het moeras, de sneeuw was weg en ze liep over drassige grond en er was niets onder haar voeten. Hij hield haar arm stevig vast, had haar wakker geschud.

'Mijn mobieltje,' zei Katrine en ze stapte uit bed. Ze had het aan de oplader gelegd, dat was ook zo. In de keuken, voor alles gebeurd was.

Privénummer stond er op het schermpje. Een formele mannenstem in de telefoon.

'Spreek ik met Katrine Hedstrand?'

'Ja, en wie bent u?'

Ze werd zich bewust van het ochtendlicht, de ramen zonder gordijnen, en trok zich terug in de hal waar niemand haar kon zien. Misschien kwam Anna Haara op het idee om een rondje met de stepslee te maken. Een naakte *Kankanrantan tyttö* op de hoeve van Rauhala zou haar ouderdom zeker opvrolijken.

'Fredrik Höijer, politie van Stockholm.'

Eerst begreep ze het niet. Daarna kwam de angst, was er iets met mama, met haar broer? Shit, ze had haar broer weer niet teruggebeld, en niet met de familieleden gepraat die Rauhala hadden verkocht. Had alleen op de nieuwe eigenaar gezeten zodat het pijn deed tussen haar benen.

'U bent in contact geweest met de advocaat Helene Miele.'

'Nee,' zei Katrine verward, 'maar ik heb het een paar keer geprobeerd. Hoezo?'

'Ze is gisteren vermoord aangetroffen in haar huis aan de Engelbrektsgatan in Stockholm.'

'Wat?'

Ze moest op de kleine ladekast in de hal gaan zitten, het versleten hout koud tegen haar billen. De radiatoren waren afgeslagen in de loop van de nacht.

'Dit nummer komt een aantal maal terug op de telefoonlijsten. Volgens de advocatenfirma Averbach & Miele hebt u ook bedreigingen geuit tegen de overledene.'

'Maar ik heb niet eens met haar gepraat.' De dagen stroomden voorbij, alle keren dat ze geprobeerd had de advocaat te bellen. Gisteren vermoord aangetroffen. Had ze daarom de telefoon niet opgenomen? Katrine herinnerde zich niet wat ze had gezegd toen ze voor de laatste keer had gebeld, maar ze was kwaad geweest. Het was op de parkeerplaats voor het makelaarskantoor in Luleå.

'Omdat ze niet opbelde,' zei ze zachtjes, 'ik bedoelde er niets mee, ik was kwaad omdat ze nooit iets van zich liet horen.'

'Waar bent u op het moment?'

Waar? Spiernaakt in de hal op Rauhala, in het huis dat Helene Miele net had verkocht. Van waar ze zat kon ze het bed noch Michail zien. Haar kleren lagen nog bij de buitendeur, precies zoals ze er terechtgekomen waren. Ze wilde ernaartoe lopen om zich aan te kleden, maar kon zich niet verroeren.

'In Tornedalen,' zei ze, 'een dorp dat Kivikangas heet. Mijn moeder heeft hier een huis.'

Niets daarvan was strikt genomen gelogen.

'Ik zal u een aantal vragen stellen over de telefoon. Als het nodig is sturen we daarna een rechercheur langs, om het verhoor voort te zetten.'

'Waarom? Ik weet niets van Helene Miele.'

'Wie heb je in Sint-Petersburg ontmoet?'

Ze bespeurde een verandering in het ochtendlicht dat door de open slaapkamerdeur naar binnen viel. Geen geluiden. Was hij opgestaan? Weer in slaap gevallen? De angst was nu overal. Nam bezit van haar. Haar hart bonkte zo in haar borst dat ze het zelf kon zien trillen, ze werd duizelig en moest vooroverbuigen. Haar mond was droog. De woorden bleven in haar keel steken.

'Waarom vraag je dat?'

'Ben je er in opdracht van Helene Miele naartoe gegaan?'

'Ik zeg toch dat ik dat mens nog nooit heb ontmoet.'

Ze hoorde geen geluid uit de slaapkamer komen, luisterde hij? Toen besefte ze dat hij in dat geval niet kon verstaan wat ze zei.

'Weten jullie wanneer... het gebeurd is?' vroeg ze.

'We wachten op de autopsie, maar we schatten in dat ze er niet bijzonder lang heeft kunnen hangen.'

'Hangen?'

'Je bent drie dagen geleden teruggekeerd uit Sint-Petersburg, klopt dat?'

'Ik ben journalist, ik werk voor Sveriges Radio.'

Wat had dat er in godsnaam mee te maken?

'Niet meer, naar wat ik heb begrepen,' zei Fredrik Höijer. 'Geef alleen antwoord op de vraag.'

Katrine schraapte haar keel. Hadden ze met haar leidinggevenden gesproken? Ze probeerde haar stem zeker te laten klinken.

'Je kunt om te beginnen uitleggen waarom je mij deze vragen stelt.'

'Het advocatenbureau Averbach & Miele doet zaken met Rusland. Behoorlijk veel zaken, schijnt het.' Hij hield een korte pauze voordat hij verderging. 'Je zou kunnen zeggen dat ze als stroman hebben gefungeerd voor de Russische georganiseerde misdaad. Dat was niet nieuw voor ons, we hebben ze al een paar keer onder de loep genomen.'

'De Russische maffia?'

'We gebruiken dat woord liever niet. De maffia hoort thuis in de op familiebanden gebaseerde organisaties in Italië en de Russen organiseren zich niet op die manier. Maar geloof me als ik zeg dat het het veiligste voor je is om met ons te praten.'

Iets in zijn toon maakte haar bang, heel bang. Ze vermoedde dat dat ook precies zijn bedoeling was geweest.

'Wat bedoel je?'

Er klonken geluiden achter hem, getik op computers, een stem op de achtergrond die een dubbele espresso wilde. Een vloek van iemand die iets liet vallen.

'Het staat al op internet,' zei Fredrik Höijer, 'dus je kunt het zelf lezen.'

Hij vertelde het toch. En ze wou dat ze het niet had gevraagd.

Helene Miele was gevonden terwijl ze aan de ijzeren reling hing van haar dakterras aan de Engelbrektsgatan op Östermalm. Omdat ze alleen woonde op de bovenste verdieping van het gebouw, had niet een van de buren het lichaam opgemerkt, hoewel het duidelijk zichtbaar was. Daarom namen ze aan dat de moord 's nachts had plaatsgevonden. Het had de afgelopen vierentwintig uur namelijk gesneeuwd in Stockholm. Door de sneeuw hield iedereen zijn blik op de daken gericht om niet getroffen te worden door vallende brokken sneeuw en ijspegels, de nieuwe doodsangst in de stad, maar het lichaam van Helene Miele had niemand gezien. Het was uiteindelijk een haastig opgeroepen dakreiniger uit Servië geweest die het had ontdekt.

Daar hield het niet op. Katrine sloot haar ogen. Het leek de politieman plezier te doen om haar alle details mee te delen.

Helene Miele was naakt geweest. Allebei haar borsten waren kapotgesneden, hoogstwaarschijnlijk terwijl ze nog leefde, maar hij wilde niets met zekerheid zeggen voordat het autopsierapport er was. Haar benen waren op vier plekken gebroken, dat was een inschatting van de arts ter plekke. De armen op aanzienlijk meer plaatsen als je de vingers meetelde. Hij vertelde niet precies hoe ze haar gezicht hadden verminkt. Alleen dat ze het niet gedaan konden hebben om de identificatie te bemoeilijken, wat de reden geweest had kunnen zijn als ze er niet voor hadden gekozen om het lichaam duidelijk zichtbaar op haar huisadres achter te laten. Ze wilde er niet aan denken wat voor redenen er nog meer konden zijn.

De smaak van wijn en tartaar kwam in een zure variant omhoog. Toen ze opkeek stond Michail Lebedev volledig gekleed in de deuropening van de slaapkamer.

'Je contacten in Rusland?' galmde de agent in haar oor.

Katrine schraapte haar keel. Wreef met haar tong over haar gehemelte om speeksel in haar mond te krijgen zodat ze de woorden kon vormen en uit kon spreken.

'Ik was er alleen om in oude archieven te kijken,' zei ze. 'Mijn opa is terechtgesteld in Petrozavodsk, maar dat was zeventig jaar geleden.'

Een paar spieren vertrokken zich in het stenen gezicht van de Rus bij de naam van de stad. Weet hij wie ik ben, ging het door haar heen, speelt hij alleen maar een spelletje? Waar was hij gisternacht, gisterochtend, voordat hij mijn huis binnenstapte?

'Ik ga hier gauw weg,' zei ze en slikte, 'misschien vandaag al. Ik woon in Londen.'

'We weten waar je woont. Je hoort van ons.'

En de politieman hing op.

Katrine liet de telefoon zakken en zag het kippenvel op haar lichaam.

'Waar ging het over?' vroeg Michail Lebedev. Er zat niets in zijn blik wat verraadde waarmee ze de nacht hadden doorgebracht. Hij was leeg.

'Ik weet niet zeker...'

Ze legde haar armen over haar borst, haar schoot, moest haar naaktheid bedekken.

'Ik hoorde een naam. Helene Miele.'

'Ze is dood.'

Katrine wou dat ze de verandering in zijn gezicht niet had hoeven zien. De stappen die hij naar haar toe zette, de pijn toen hij het mobieltje uit haar hand rukte en het verborgen nummer opzocht.

'Wie heeft je gebeld?'

'De politie. In Stockholm. Ze hebben haar gisteren gevonden.'

'Waarom hebben ze jou gebeld?'

Hij zou moeten vragen hoe ze gestorven is, dacht Katrine. Hij zou moeten willen weten wat er is gebeurd.

'Door de deal met het huis die niet doorging, omdat ik op lijsten stond.' En ze bedacht dat de politie hem ook zou moeten bellen, hij had zaken met die vrouw gedaan, zij was de advocaat van Michail Lebedev, ze had een hoeve voor hem gekocht. *De Russische georganiseerde misdaad.* Ze vroeg zich af waar zijn telefoon was, ze had geen computer gezien, niets wat erop wees dat hij verbonden was met de buitenwereld.

Hij gooide het mobieltje op de ladekast en legde zijn hand achter in haar nek. Nog geen tien uur geleden had die aanraking haar gelukkig gemaakt.

'Hebben ze naar mij gevraagd?' vroeg hij.

'Waarom zouden ze naar jou vragen? Niemand weet dat ik je ken. Ik heb niet gezegd dat ik hier was.'

Hij sloeg haar een tijdje gade. Ik spreek de waarheid, dacht ze, niets van wat ik zeg is gelogen. Zijn blik drong dwars door haar heen, *wat ziet hij? Heeft hij geleerd om alles te doorzien wat een mens verbergt, weet hij dat ik het weet?* Het inzicht dat Michail Lebedev het kind van Hilma Jelena was, het kleinkind van Gunnar Pelttari, een soort erfgenaam van Rauhala, had glashelder geleken in de roes en verwarring van de nacht, maar nu wist ze het niet meer. Misschien was dat ook een leugen, iets wat ze had gedroomd. Ze moest hier weg voordat de politie doorhad dat ze loog over waar ze zich bevond.

'Ik moet me aankleden.' Ze haalde zijn hand weg, die nog steeds om haar nek lag, maar niet meer zo stevig. Hij hield haar niet tegen toen ze overeind kwam. Katrine liep naar haar spijkerbroek en haar onderbroek in het hoopje op de vloer.

Ze nam haar kleren mee in het krappe toilet. Liet koud water stromen, waste zich waar ze bij kon en droogde zich af met wc-papier, verwijderde alle sporen van hem.

Toen ze zich had aangekleed, liet ze het water nog steeds lopen. Voor als hij luisterde. Ze zat op de wc-bril die geen deksel had en pakte een van de medicijnverpakkingen uit de doos. Er was iets met de naam. Iets wat ze de vorige avond had gezien. Als ze de letters op het etiket toen even goed had bekeken als ze nu deed, had ze het misschien nooit zover laten komen, maar ze had ervan afgezien, gedacht dat ze het cyrillische alfabet toch niet begreep, *omdat je het niet wilde begrijpen en het niet wilde zien, omdat je hier wilde blijven, idioot.*

Ze had in Rusland geleerd om zich het beeld van een woord in te prenten zodat ze bij het juiste station uit kon stappen en een straatbordje kon herkennen, zodat ze niet helemaal hulpeloos was in een land waar ze niets kon lezen. Ze had geleerd dat er bijna altijd een logica was, een kleine gemene deler tussen de talen die ervoor zorgde dat ze met enige zekerheid een inschatting van de rest kon maken. De A was een A en de M was een M, net als de O hetzelfde was in het cyrillische alfabet, maar ze zag geen M in het begin van deze naam. Die begon duidelijk met een A.

Hij stond in het halletje toen ze naar buiten kwam, stond daar over de hoeve uit te kijken. Ze pakte haar jas.

'Ik moet gaan,' zei ze. 'Ik heb tegen de politie gezegd dat ik in mijn huis was. Ze zeiden dat ik bereikbaar moest blijven voor als ze nog meer vragen wilden stellen.'

'En wat antwoord je dan?'

Het licht kwam van achter hem zodat ze zijn gelaatsuitdrukking niet kon zien.

'Dat ik niets van Helene Miele weet.'

'Ik kan op hun lijsten staan,' zei hij. 'Ze kunnen vragen over mij stellen.'

Ze dwong zichzelf om hem recht in de ogen te kijken.

'Dan zeg ik de waarheid,' zei ze en ze slikte. 'Dat ik niet weet wie je bent.'

Ze deed de capuchon van haar jas om haar hoofd, liep snel voorbij de Haara's.

De wind kwam uit het noorden en zwiepte fijnkorrelige sneeuw in haar gezicht, die wervelde in het rond en leek nooit op de grond terecht te komen, opgesloten in een eeuwige dans.

Ze ademde lichter toen ze bij haar eigen huis kwam.

De deur zat op slot en ze moest kloppen tot ze Sofia door het raam naar buiten zag kijken. Het meisje deed in een joggingpak open, wallen onder haar ogen en ongekamd haar.

'Waar ben je geweest? Op Rauhala?'

'Vraag maar niet,' zei Katrine en ze gooide haar jas uit.

Sloot de deur weer van binnenuit.

'Maar wil je niet even koffie gaan zetten?' Ze liep rechtstreeks naar de slaapkamer en deed al haar kleren uit, trok haar andere spijkerbroek aan, die redelijk schoon was, en een zwarte trui. Daarna pakte ze haar laptop uit haar tas en zette die op het bureautje. In de kamer vulde Sofia de koffiepot met smeltwater uit de emmer. Ze had de kachel blijkbaar warm gehouden.

Katrine maakte verbinding met het mobiele netwerk, dat uitstekend werkte.

De moord op Helene Miele had de avondkranten bereikt in de tijd dat het haar had gekost om naar huis te lopen. De foto van de advocaat stond bovenaan. Bruut vermoord, volgens de ene krant, doodgemarteld volgens de andere. Ze had een blond pagekapsel, tweeënveertig jaar oud, gekleed in een elegant gesneden jasje. De foto was van de website van het advocatenbureau gehaald. Een professionele en koele vrouw bij wie geen haar verkeerd zat, ze had op de voorkant van tijdschriften kunnen staan als ondernemer van het jaar. Bekende advocaat, stond er, maar er bleek nergens uit waarom ze bekend was. Bedrijfsjurist, geboren in Uppsala, gescheiden. De voorzitter van de Orde van Advocaten betreurde wat er was gebeurd en zei dat de bedreigingen tegen advocaten een steeds groter probleem vormden. Er werd vermeld dat Helene Miele gespecialiseerd was in onroerendgoedzaken en de oprichting van buitenlandse bedrijven. In de *Expressen* schreven ze dat het advocatenbureau cliënten aan de overkant van de Oostzee had, maar niets over criminele banden. Ze hadden blijkbaar nog niet genoeg informatie om het vanuit die hoek te benaderen. Dat was maar een kwestie van tijd. De Russische maffia en een moord op een blonde Zweedse was een onweerstaanbare combinatie.

Een buurman vertelde hoe geschokt ze waren in het gebouw en wat een steun Helene Miele was geweest voor de eigenarenvereniging in verband met de bouwvergunning die ze aan hadden gevraagd voor balkons.

Ze hadden het moeten laten voor wat het was, dacht Katrine en ze typte Russische georganiseerde misdaad achter Mieles naam in het zoekvenster. Geen match met Miele, maar tweehonderdduizend resultaten op de rest van de woorden in de combinatie.

Ze hoorde dat het water kookte en liep de kamer in om een kop Nescafé te maken. Sofia zat aan de tafel en bladerde door de novellen van Gogol.

'Hoor jij niet op school te zijn?' vroeg Katrine terwijl ze brood en beleg uit de provisiekast pakte. De misselijkheid was er nog, maar het zou erger worden als ze niet at. 'Je kunt je hier niet eeuwig blijven verbergen.'

'Ik weet het.' Ze keek naar haar nagels. Afgebeten, afgebladderde zwarte nagellak. 'Ik zou met je mee kunnen gaan en dan zou ik een baan zoeken.'

Katrine schudde haar hoofd, was niet in staat om te antwoorden. Ze pakte haar boterhammen en liep terug naar Ingrids keurige bureautje, waar een Russische wapensmokkelaar in handboeien haar vanaf het scherm aanstaarde. Maar een van de tweehonderdduizend resultaten. De man werd 'de handelaar van de dood' genoemd en was in Bangkok opgepakt toen hij een wapendeal zou maken met een vertegenwoordiger van de FARC-guerrilla in Colombia. Luchtafweerraketten en vijfduizend kalasjnikovs zouden met een parachute boven het kamp van de guerrilla's in de jungle worden gedropt, maar de FARC-mannen bleken agenten van de Amerikaanse drugspolitie DEA te zijn. In Rusland werd hij gezien als een onschuldig aangeklaagde zakenman en hij had de volle steun van de regering.

Ze klikte doelloos verder tussen de resultaten zonder precies te weten wat ze zocht. Surfte langs nieuwe heroïneroutes van Afghanistan naar Russische oligarchen, van wie werd onderzocht of ze samenwerkten met de maffia wanneer ze de auto-industrie in Zweden of een voetbalteam in Groot-Brittannië op wilden kopen. De kranten hadden het bijna altijd over de maffia, een veel geschikter woord dan Russische georganiseerde misdaad, of 'Russisch sprekende', wat eigenlijk correcter was omdat de honderden criminele groepen hun wortels ook in andere voormalige Sovjetrepublieken hadden, waar ze beslag hadden gelegd op enorme rijkdommen na de val van het communisme. Criminele miljarden werden via fondsen en overgenomen banken naar Bulgarije, de Baltische staten, de Kaaimaneilanden, Aruba en Brazilië gesluisd, schoongewassen en rondgeschoven en omgezet in bedrijven en onroerend goed over de hele wereld.

Katrine liep de kamer in en vulde haar koffiebeker bij, dronk een glas gesmolten sneeuw en negeerde Sofia's pogingen om haar blik te vangen.

Onroerend goed, dacht ze. Een van Helene Mieles specialiteiten.

Ze zag de afgebladderde verf op de deur toen ze terugliep naar de computer. De splinters in de vloer. De oude ijzeren kachel. En de gedachte kwam op hetzelfde moment dat ze op de wankele stoel zakte en bijna omviel. Als geld geen rol speelde. Als het om vuil geld ging, waardeloos voordat het kon worden omgezet in iets anders. Dan was anderhalf miljoen niet veel, waarschijnlijk een habbekrats.

Ze sloot haar ogen. Opende ze weer en typte 'Russische georganiseerde misdaad Sint-Petersburg' in het zoekvenster.

De resultaten werden tot een tiende teruggebracht.

Een leider van de Tambov-liga in Sint-Petersburg was opgepakt aan de Costa del Sol. Hij werd er onder andere van verdacht dat hij een paar jaar geleden het elftal van Bayern München had omgekocht om de beslissende wedstrijd tegen Zenit Sint-Petersburg in de UEFA-cup te verliezen. Ze zocht naar recenter nieuws en kwam bij een Russisch krantenartikel dat bijna onleesbaar was in de automatische vertaling. Honderd gasten hadden de begrafenis bijgewoond van de vermoorde gangsterleider Dmitri Rykov in Sint-Petersburg. Er waren vertegenwoordigers van de Russische Doema, samen met enkele lokale politici uit de stad. De andere leiders van Rykovs organisatie ontbraken echter, waaruit werd geconcludeerd dat de groep versplinterd was. De moord, schreef de columnist van de krant, werd door sommige waarnemers gezien als de start van een nieuwe oorlog tussen criminele organisaties in Sint-Petersburg. De financiële crisis had ook de georganiseerde misdaad getroffen, die op zoek was naar nieuwe markten, en daardoor elkaars territoria binnendrong.

Als ze de onbeholpen tekst goed begreep.

Katrine staarde een poosje naar de grofkorrelige foto van mannen in donkere kostuums. Nieuwe markten, dacht ze. Ze zocht op de naam Dmitri Rykov en er kwamen een paar artikelen van Engelstalige kranten tevoorschijn. De moord had een zekere aandacht getrokken. Dmitri Rykov was bijna een legende, een van de laatste leiders van de oude stam, een *vor v zakone* die de omschakeling van de oude gangstergemeenschap in de Sovjet-Unie naar de moderne Russische economie had overleefd en een *avtoritet* was geworden, een autoriteit. Samen met de andere leider van de groep, Aleksej Sjaporin, had hij een organisatie opgebouwd, voor de val van de Sovjet-Unie, met de zwarte handel en daarna met lijfwachtenwerk en beveiligingsfirma's, stripclubs en verzekeringsbedrijven en oliehandel, bouwindustrie en banken en de controle over de belangrijkste havens van Sint-Petersburg tot aan de Barentszzee.

Er was een foto van Dmitri Rykov. Een corpulente oudere man die er eerder uitzag als een verzekeringsambtenaar dan als een Russische *vor*, maar aan de andere kant kon je niet zien of het kostuum de beruchte tatoeages verborg. Vor v zakone, dief binnen de wet, was het broederschap van dieven dat ontstaan was in de Sovjetgevangenissen tijdens Stalins heerschappij en dat een gemeenschap binnen de gemeenschap werd, waar de dievenwet het equivalent was van de familieband van de Italiaanse maffiaclans, datgene wat loyaliteit garandeerde. Maar er was nog een ander belangrijk verschil met Italië, las ze in een Amerikaans rapport. In Italië was de maffia voortgekomen uit een conflict met de staat, terwijl de georganiseerde misdaad in Rusland ontstaan was uit de zwarte handel in de Sovjettijd en zich verder ontwikkeld had in een alliantie met de staat. Toen het communisme instortte, stond de georganiseerde misdaad klaar om het over te nemen, voor altijd gelieerd met de staat op een manier die het onmogelijk maakte om ze te scheiden.

In de marge klikte ze de wet zelf tevoorschijn, die de dieven gezworen hadden te volgen. Ze las de eerste geboden.

Vory *may not have emotions ... Forsake his relatives: father, mother, brothers, sisters ... Not have a family of his own: no marriage, no children; this does not, however, preclude him from having an unlimited number of women.*

Een onbeperkt aantal vrouwen?

Ze hoorde zijn stem in haar hoofd, een misselijkmakende schaamte. Het antwoord op de eeuwige vraag: van wie ben jij? Van niemand, had hij gezegd. Zonder verdere verklaring. Alleen die twee woorden. Van niemand.

Maar hij had geen tatoeages. Geen letter was in zijn huid gekerfd. Als ze iets wist van mannen met wie ze de nacht had doorgebracht, was dat het wel. Misschien was het zelfs het enige wat ze wist.

Ze schrok toen ze het geluid van een motor hoorde, een auto passeerde iets te snel. Ze dacht dat ze Tomas Haara's blauwe Mazda herkende en haalde opgelucht adem. De hemel was betrokken.

Het volgende resultaat liet nog een foto van Dmitri Rykov zien, in gezelschap van zijn zakenpartner. Ze wist niet uit wat voor krant het kwam, alleen dat het ook vertaald was uit het Russisch. Katrine scrolde snel naar beneden en klikte het artikel weg. Het was toch onleesbaar. Er zat niets in dat verhaal waar ze wijzer van werd.

Ze stond op, zette de twee stappen tussen de bedden in de kamer en ging op de bedrand zitten. Zag Sofia naar binnen kijken en gaf een trap tegen de deur, die knarsend vijf centimeter dichtgleed en bleef steken.

Ik beeld het me in, dacht ze. Ik trek te vergaande conclusies. Helene Miele heeft een huis voor hem gekocht, dat is alles. Ze moet ook een aantal legale klanten hebben gehad. Misschien heeft ze alleen maar goede contacten met Rusland. En ze zag zijn gezicht voor zich. De diepbruine blik die kil was geworden, het gezicht dat uit steen gehouwen leek. Er ging een schok door haar heen.

De foto van Dmitri met zijn zakenpartner. Ze ging achter de computer zitten en zocht hem weer op. De andere man stond schuin achter Rykov op de foto. Half afgewend, ook hij in een kostuum. De foto was grofkorrelig en niet erg scherp, maar als ze haar ogen half dichtkneep werd hij helderder en ze zag de krachtige kaakpartij, de rechte neus, het hoekige, langwerpige gezicht.

Haar hart begon sneller te kloppen. Ze kon het niet zeker weten, de foto was te onduidelijk, misschien zag ze alleen maar wat ze dacht dat ze zag.

Aleksej Sjaporin heette de man. Samen met de vermoorde Rykov had hij de zaken in Sint-Petersburg geleid. In dit artikel stond niets over georganiseerde misdaad. Het ging over de aankoop van een hotelketen drie jaar geleden. Katrina klikte op de originele tekst in het Russisch. Staarde naar de naam. De naam die begon met een A in plaats van met een M. Het beeld van de andere letters die erna kwamen. Aleksej moest de meest voorkomende naam in Rusland zijn, dacht ze, misschien op Michail na. Miljoenen Russen heetten zo. En Tsjechen en Slowaken en Polen en Bulgaren.

Ze kopieerde de volledige naam zoals die er in het Russisch stond en googelde die, vertaalde en las. Een avtoritet binnen de georganiseerde misdaad in Sint-Petersburg... anders dan Rykov nooit tot gevangenisstraf veroordeeld... was onder verdenkingen van moord en belastingfraude uit gekomen en nog wat andere aanklachten die nooit tot een proces hadden geleid... een vertegenwoordiger van de nieuwe misdaad met Armani-kostuums en zijden dassen... De informatie bleef niet in haar hoofd hangen. Ze dacht aan de pantalon met knopen in plaats van een rits. Er waren nog twee foto's. Eén in een militair uniform van heel lang geleden. De andere was recenter en daarop stond Aleksej Sjaporin samen met twee andere mannen bij een opening. Recht van voren. Een gezicht dat geen enkele twijfel uitdrukte, een blik die haar doorboorde vanuit het troebele zwartwit. De muren kropen op haar af.

Katrine sloeg de laptop dicht en kwam overeind. Moest de kamer binnengaan en er compleet normaal uitzien voor Sofia, moest die politieman bellen, hoe heette hij ook alweer? Haar tas lag onder de keukentafel, ze trok hem tevoorschijn en zocht naar haar mobieltje, maar vond alleen de kleine digitale recorder die ze had gekocht om Anna Haara mee te interviewen. Haar jas had ze op de bank in de hal gegooid. Ze doorzocht al haar zakken, maar vond alleen papieren zakdoekjes en bonnen, twintig roebel en een pakje kauwgom.

'Denk je echt dat het na de dood gewoon ophoudt?' vroeg Sofia vanuit de kamer.

Katrine schrok, was bijna vergeten dat zij er ook nog was. Hoe had ze haar telefoon in godsnaam op Rauhala kunnen laten liggen? Het laatste beeld ervan: dat hij hem uit haar hand pakte en hem op de ladekast in de hal legde. Daar zou hij helaas moeten blijven liggen.

'Pak je spullen bij elkaar,' zei ze. 'Ik wil het huis afsluiten.'

Ze zette alle kleppen wijd open zodat de laatste gloed uit kon doven. Voelde Sofia's blik op zich terwijl ze haar kleren en boeken en tandenborstel in de koffer stopte. Trok de deur van de provisiekast open. Er waren nog steeds brood en boter en beleg en een paar bananen die bruin begonnen te worden. Ze pakte een biscuitje en kauwde erop terwijl ze de etenswaren in een plastic tas deed. Bleef met de kaaskorst in haar hand staan, kon niet beslissen of ze die moest bewaren of weggooien. Moest ze hem laten liggen voor de muizen, die het over zouden nemen als ze weg was?

'Ik begrijp niet hoe je kunt leven als je niet weet dat er hierna iets anders is,' zei Sofia.

Katrine draaide zich om. Zwarte, diepliggende ogen, *de dood, die in jullie oren schreeuwt als ik val*. Ze besefte dat het meisje nog steeds in het joggingpak rondliep waarin ze haar op zolder had gevonden.

'Ik geloof dat de mens in staat is zijn eigen leven vorm te geven,' zei ze en ze gooide de kaaskorst in de plastic tas. 'Je kunt niet rondlopen met het idee dat het later beter wordt. Het is zoals het is.' Ze voelde de morbide aandrang om te lachen. Zoals het is? De politie wilde haar verhoren over haar banden met de *Russische georganiseerde misdaad* en aan het eind van de weg verborg zich een man onder een valse identiteit die schuldig kon zijn aan moord en duizenden andere misdaden en waarschijnlijk bevonden zich er moleculen van hetzelfde bloed in hun aderen. Zou dat ontdekt worden bij een DNA-onderzoek?

Zouden ze echt vermoeden dat ze hier iets mee te maken had?

Het was absurd, het was volkomen krankzinnig, ze was niemand. Maar als ze erachter zouden komen met wie ze de nacht had doorgebracht? Wie hij echt was?

Ze liet zich op een stoel zakken.

Het had de politie niet veel tijd gekost om achter alles te komen wat er over haar te weten viel.

Alles was ergens geregistreerd, elke verhuizing, elke geldopname, elke beweging op internet. Als de nationale analyseafdeling van de rijksrecherche ingelogd was, wat ze zeker waren, dan konden ze niet alleen nagaan welke mobieltjes actief waren geweest in een bepaalde omgeving op een bepaald tijdstip, maar ook welke waren uitgezet. Als Averbach & Miele contact had met de Russische georganiseerde misdaad, dan hadden ze natuurlijk de namen die opdoken op de telefoonlijsten gecheckt bij de identiteitscontrole van het Arlanda-vliegveld, en daar waren haar paspoort en vingerafdrukken keurig opgeslagen bij haar vertrek naar Sint-Petersburg.

Heel even voelde ze begrip voor Lars-Eriks drang om alle vensterluiken dicht te spijkeren. Door niemand gezien te worden.

Misschien wisten ze al waar ze had gelogeerd in Rusland, met wie ze contact had gehad. De Zweedse politie had liaisonofficieren op strategische plaatsen in de wereld zitten, wat noodzakelijk was geworden door de criminele globalisering, en die hadden op hun beurt een directe lijn met de politie-instanties van het land om snel de informatie boven water te kunnen krijgen die ze nodig hadden. Interpol werd tegenwoordig steeds minder gebruikt, die werd gezien als traag en niet bijzonder effectief. Ze vroeg zich af of ze wisten dat ze contact had gehad met de veiligheidspolitie in Petrozavodsk. Ze probeerde zich te herinneren welke telefoongesprekken ze binnen de grenzen van Rusland had gevoerd. Ze schrok van Sofia's stem.

'Ik heb geld op de bank,' zei ze terwijl ze een paar gebruikte sokken in haar rugzak stopte. 'Ik zou mezelf wel redden. Ik zou je niet tot last zijn, dat beloof ik.'

Katrine stond op om de koffiepot buiten schoon te spoelen, maar liet hem staan. Die mocht verschimmelen.

'Luister nu naar me,' zei ze. 'Je moet naar je vader en moeder gaan. Je moet ze alles vertellen waar je mee rondloopt. Er zit niets anders op.'

Sofia wendde haar hoofd af en trok met haar hand aan haar haar, haalde haar hand niet door haar haar, maar trok er hard aan met gebalde vuisten, alsof ze zichzelf nog wat extra pijn wilde toebrengen. Alsof ze in de werkelijkheid wil blijven, dacht Katrine, al was dat misschien helemaal niet waar ze wil zijn.

'Je mag hier niet blijven als ik weg ben, hoor je dat? Ik ga de deur op slot doen en neem de sleutel mee en daarna bel ik de politie en vraag ze of ze willen controleren dat er niemand heeft ingebroken.'

Sofia zweeg.

Katrine liep terug naar de slaapkamer, de computer, de slaapzak. Haar spijkerbroek en onderbroek van gisteren lagen op een hoopje op de vloer. Daar mochten de muizen nesten in bouwen, ze aan flarden knagen. Ze zullen hem vinden, dacht ze. Wanneer de politie alle zaken van Helene Miele heeft doorgenomen, zullen ze op zoek gaan naar Michail Lebedev of Aleksej Sjaporin of welke naam hij ook gebruikt had toen hij de hoeve kocht, en de analytici zullen zijn vingerafdrukken vergelijken met God weet wat. Ze dacht weer aan het DNA. Stopte de spijkerbroek en de onderbroek in de koffer en sloeg het deksel dicht.

Als ze nu alleen maar dat stomme mobieltje had gehad. Ze hoopte dat niemand zou bellen, de politie of Alastair of haar broer. Zou hij opnemen? Opeens besefte ze dat Sofia haar telefoon de hele tijd uit moest hebben gehad, anders zou hij voortdurend zijn overgegaan.

'Heb jij batterijen in je mobieltje?' vroeg Katrine.

Sofia wees naar haar rugzak. Ze stond bij het raam, vlak bij de muur zodat ze van buitenaf niet te zien zou zijn. Alsof iemand naar binnen zou kunnen kijken. De vorst had weliswaar zijn grip op de ramen verloren toen het huis verwarmd werd, maar spinnenwebben en oud braadvet vormden nog steeds een troebel vlies tussen hen en de wereld.

Katrine haalde het mobieltje tevoorschijn en gaf het aan Sofie zodat zij haar pincode in kon tikken. Terwijl ze wachtte tot er een stortvloed van sms'jes en gemiste gesprekken los zou breken, pakte ze haar notitieblok en vond het nummer van de makelaar.

'Nee, Jerker Nyberg heeft vrij genomen tot Nieuwjaar.'

'Kan ik hem op zijn mobiel bereiken?'

'Ik denk het niet, hij is in het buitenland met zijn gezin.'

Slim van hem, dacht ze, ze had niet de fut om aan te dringen en liet de telefoon zakken, bladerde in het notitieboekje.

Er was een naam die ze op de muur van Thore Palo had gezien en had onthouden, omcirkeld met rode inkt in een soort stamboom.

Gudrun Petterson, Stockholm. Katrine had het nummer de vorige dag opgezocht, maar ze had niet gebeld, wist niet wat het voor zin zou hebben om met Lap-Eriks familie te kletsen over de verkoop van het huis.

Er was maar één Gudrun Petterson in Stockholm die met één s werd gespeld. Ze hoopte dat Thore Palo het goed had opgeschreven. De vrouw woonde aan de Henriksdalringen en nam op toen de de telefoon drie keer was overgegaan. Katrine stelde zich voor.

'Ik heb een huis in Kivikangas dat ik wil verkopen en ik hoorde dat u uw huis verkocht hebt aan iemand uit Rusland en ik vroeg me af wie dat is, misschien kennen ze nog meer mensen die hiernaartoe willen komen.'

Ze vertelde niet dat haar deal was afgeblazen. Dat deed er niet langer toe. Als Ante mensen uit wilde schelden en gerechtigheid wilde eisen, moest hij zelf maar bellen.

'Het is allemaal via de makelaar gegaan,' zei Gudrun Petterson. Katrine hoorde geen spoor van een dialect. Ze klonk net als Ingrid, dat keurige Zweeds. Misschien had ze nooit in Kivikangas gewoond. Misschien was haar moeder ook vertrokken toen ze zeventien was.

'Ik had begrepen dat het een advocatenfirma was,' zei Katrine.

'Nee, daar weet ik niets van.'

Ik had het ook niet geweten, dacht Katrine, als ik niet stiekem op de papieren van de makelaar had gekeken, als ik niet had gebeld en eigenwijs was geweest en mij als een idioot had gedragen.

'Maar het heeft echt helemaal niets met Rusland te maken,' zei Gudrun Petterson en het klonk alsof ze haar mond vertrok. 'Het was juist voor een goed doel. Dat vonden we nu net zo leuk, dat er uiteindelijk iets goeds met het huis gebeurde.'

'Wat was dat voor goed doel?'

'Een moment, dan zoek ik het op.'

Terwijl ze geritsel hoorde, kwamen er herinneringen boven, of stemmen liever gezegd. *Je hebt haar het zelf horen vertellen...* De stem van Anna Haara en die van Tomas op de achtergrond, ze herinnerde zich altijd stemmen, kon lange interviews maken en toch altijd weten naar welk moment in het gesprek ze terug moest spoelen om het eruit te knippen. *Gudrun... Dat hij spullen van Rauhala had verkocht... had honderdduizenden kronen opgespaard daarbinnen, en de familie kreeg niet eens de waarde van de hoeve.*

'Hier is het.' Gudrun las het voor. 'Het Fonds voor Bescherming en Steun aan Hart- en Longpatiënten. Ik weet niet of ze van plan zijn er een rusthuis van te maken. Dan zouden ze die oude bouwval af moeten breken.'

De vrouw praatte door, iets over hoe het in verval was geraakt, maar Katrine luisterde niet. Ze zocht in haar geheugen, een ander fonds, het fonds voor bescherming en steun, niet voor patiënten, maar voor anderen, wie ook alweer?

'Wie houdt dat fonds dan in stand?' vroeg ze. 'Er moet toch iemand verantwoordelijk voor zijn.'

'Ja, dat bedoel ik juist. Dat met Rusland heb je verkeerd begrepen. Hij heet Magnusson. Tage Magnusson.'

Katrine hoorde wat ze zei, maar de betekenis ervan drong niet tot haar door. Ze dacht aan fondsen. Het mobieltje werd zwaar als lood. *Het Fonds voor Bescherming en Steun aan Voormalige Medewerkers binnen de Staatsadministratie.*

'Neem me niet kwalijk,' zei ze, verbaasd dat haar stem het hield, 'maar mag ik vragen hoeveel jullie ervoor hebben gekregen?'

'Nee, dat kan ik echt niet zeggen. Dat is privé.'

Ze zou het toch wel te weten komen, gekocht en verkocht onroerend goed was openbare informatie. Als het er al toe deed.

'Was het alleen maar toeval,' zei ze, 'dat Lars-Erik Svanberg net op het moment overleed dat jullie wilden verkopen?'

Een pauze en de stem klonk nu ijzig.

'Wat wilt u eigenlijk?' zei Gudrun Petterson. 'Wie bent u?'

Katrine drukte het gesprek weg en hoopte dat Sofia een verborgen nummer had.

'Waar ging dat over?' vroeg Sofia. 'Wat voor goed doel?'

'Niets,' zei Katrine en ze gaf het mobieltje terug. De batterij was bijna leeg, nog maar één millimeter in het vakje op het scherm. Ze zou het toch niet meer gebruiken. Ze zou de politie niet bellen met Sofia Palo's mobieltje. Ze zouden uitzoeken van wie het nummer was, verborgen of niet. Wanneer Katrine hier ver vandaan was, zou ze contact met hen opnemen. Wanneer ze wist wat ze moest zeggen.

'Je mag het eten trouwens mee naar huis nemen,' zei ze en ze liep naar de zoldertrap.

Trok zichzelf aan de leuning omhoog, langs de stukke treden.

Boven was het onveranderlijk koud. Alleen een zwak vermoeden van warmte toen ze het hout van de muur aanraakte. In de zolderkamer liet ze zich op de bedbank vallen, moest ademen, alleen zijn. Ze sloeg de hellingshoek van de balken in haar geheugen op. De geur van de koude deken, al het verdriet en verlangen. Ze wilde nog een keer vanaf daar naar buiten kijken en kwam overeind, liep naar het raam en ademde ertegen, maar haar adem bevroor meteen tot nevel. Ze maakte het vensterhaakje los, dat ging verbazingwekkend gemakkelijk, en schoof het raam open. De dode wespen vielen op de grond. Ze zag kilometers van de rivier vanaf daar, bevond zich vlak onder de hemel. Een roofvogel gleed langs de strook bomen bij de oever, maakte een bocht en verdween uit het zicht. Als ze haar arm uitstrekte kon ze de takken van de hoogste berk aanraken, was het dezelfde boom, waren het dezelfde takken? Ik moet terug, dacht ze, dit moet hier blijven bestaan. Ze vroeg zich af hoe het er in de zomer uit zou zien. De rivier die vrij stroomde achter de bomen, het tere groen in juni wanneer Siri hierboven had gewacht, hoe mooi moest het zijn, ze kon de schoonheid en het verdriet tegelijkertijd voelen, dat dromen eeuwig konden bestaan.

Het geluid van motoren maakte een eind aan de vrede.

Ze hoorde dat ze dichterbij kwamen, het geluid nam toe, het duurde een seconde of twee voordat ze begreep hoe dichtbij ze waren. Niet op de weg maar ergens op het erf. Er klonk gebulder op de grond beneden, trok weg naar de andere kant van het huis, en weer terug. Er was een geluid achter haar.

Sofia stond in de deuropening.

'Ze zijn er,' zei ze.

'Wie?'

'Matti. En Pempi natuurlijk.'

Katrine keek naar buiten en zag de twee scooters, mannen in overalls en pilotenmutsen met fleecekleppen die hun halve gezicht verborgen, en ze zag dat Matti Palo de zijne af deed en zijn haar schudde. De andere jongen bleef op de scooter zitten als een kever op zijn rug, sprietige armen op een glimmend zwart omhulsel.

Sofia zette een stap de kamer in en pakte Katrines arm, haar blik was angstig.

'We doen niet open. Ze gaan vast zo weer weg.'

Er werd op de deur op de benedenverdieping gebonkt. Opnieuw gebonk. Bij elk geluid ging er een schok door Sofia. En Katrine besefte dat ze in het licht van de *Russische georganiseerde misdaad* bijna de kapotgeslagen jachthut was vergeten, ze had niet eens aan Thore Palo gedacht, want in het licht van de *Russische georganiseerde misdaad* verbleekte alles.

'Ben je bang voor je broer? Wat heeft hij gedaan?'

'Zo gaat het altijd,' zei ze zachtjes en ze drukte een vuist tegen haar mond, haar blik zwierf rond. 'Hij moet mij terug naar huis brengen. Dat heeft hij altijd gedaan.'

'Maar dat is niet het enige, toch?'

Geen antwoord.

'Waar had je opa het geweer van Lap-Erik vandaan?'

'Hoe moet ik dat weten?' Sofia ging dichter bij het raam staan, sloot het. 'Ze zeggen dat je er alleen op uit bent om rond te neuzen en ons in de krant neer te zetten als domme halve Finnen.'

'Dat is niet waar. Ik werk niet eens bij een krant. Zeggen Matti en Pempi dat?'

'Pempi ja, Pempi Vestola. Weet je dat hij deze midzomer geprobeerd heeft met me te vrijen, op het eilandje, hij was overal met zijn klotetong, Matti werd helemaal gek en heeft een rib van hem gebroken zodat hij naar het ziekenhuis in Kalix moest.'

Ze was buiten adem en liet zich op het bed zakken. Sloeg haar handen voor haar gezicht.

'Ik had nooit tegen Matti moeten zeggen dat ik ze gezien had.'

'Wat had je gezien?'

'Toen ze rond twaalven met de scooters kwamen.' Een smekende blik op Katrine. 'Het is niet zo erg, maar Matti zegt dat hij het verkeerd tegen de politie heeft gezegd en ze worden helemaal gek als je het verkeerd zegt. Het is niet zo dat ze hem ergens van verdenken, maar hij zou een aantekening kunnen krijgen en dan krijgt hij nooit een baan. Hierboven niet in elk geval. Nergens.'

'Bedoel je de avond waarop Lap-Erik werd vermoord? Maar je vader zei dat ze tegen negen uur kwamen.'

'Dat kunnen ze niet weten, ze waren niet thuis.'

O ja, ze waren naar de opera gegaan.

'Hebben ze ook gelogen over de Russische auto?' vroeg Katrine.

Er klonk gerammel toen er aan de deurknop werd gerukt op de benedenverdieping. Sofia kroop in elkaar.

'Hallo,' riep een mannenstem.

'Ze weten dat ik thuis ben,' zei Katrine. 'De auto staat er, er komt misschien nog rook uit de schoorsteen, het is belachelijk om ons hier te verbergen. Blijf jij maar boven als je dat wilt.'

Ze liep de trap af en draaide de sleutel om. Het volgende moment stond Matti Palo in de hal en keek de kamer in.

'Ik weet dat ze hier is. Waar is ze?'

'Wie?'

Hij had een wilde blik in zijn ogen.

'M'n zus, Sofia, waar zitten jullie in godsnaam over te kletsen?'

Hij vulde de hele hal. Het licht verdween toen de ander ook naar binnen stapte en de deur achter zich sloot. Hun lichamen leken onnatuurlijk groot door de scooteroveralls. Ze liep achteruit de kamer in, greep in een reflex haar tas van de keukentafel, voelde de dreiging toen Matti bukkend door de deuropening kwam en in de kamer stond. Hij liep er snel doorheen, keek in allebei de slaapkamers. Opende de deur van de provisiekast. Liet overal sneeuwsporen achter op de vloer. Katrine ging bij de secretaire staan, zocht bescherming bij de oude, overleden familieleden.

'Wat heeft ze gezegd?' vroeg hij en hij kneep zijn ogen dicht. 'Je weet toch dat ze niet helemaal goed bij haar hoofd is, ze zwetst alleen maar.'

'Bedoel je Sofia? Ze heeft niets gezegd, ze heeft me alleen haar gedichten laten lezen. Ze is geïnteresseerd in Londen.'

Gedichten over de dood, dacht ze en ze keek in Matti's wilde ogen. Vlak achter hem stond zijn vriend, Pempi Vestola, die de uitgang versperde en haar aanstaarde, en ze dacht: Sofia fantaseert niet, het is echt.

'Als ze iets van zich laat horen, zal ik zeggen dat jullie haar zoeken. Wat zal ik zeggen dat jullie van haar willen?'

'Wat heb jij daarmee te maken?' Matti zette een stap naar haar toe. 'Ik zoek mijn zus, ze is al dagenlang weg, je begrijpt ook wel dat mama ongerust is.' Dit kon doodnormaal lijken om te zeggen, maar de toon viel niet te miskennen, die trilde van ingehouden wanhoop, was ijs over kokende lava. 'Ik weet dat je weet waar ze is. Dat heb je aan mama ge-sms't.'

Het kraakte ergens boven haar hoofd. Houd je stil, dacht Katrine, niet bewegen.

'Schei toch uit,' zei ze, 'ik weet niet waar je zus is, het kan me eerlijk gezegd ook niets schelen.'

'Wat heb je tegen de politie gezegd? Je hebt met opa gepraat, wat heb je hem op de mouw gespeld?'

Katrine zette een stap opzij. Als de ander de kamer in kwam, zou de weg vrij kunnen zijn. Als ze tenminste niet snel waren. Waar ze zich ook in de kamer bevonden, ze zouden nooit meer dan twee stappen nodig hebben om bij haar te zijn. Schei toch uit, zei ze tegen zichzelf, het zijn nog maar jongens.

'Wat denk je dat ik hem op de mouw heb gespeld?' zei ze. 'Wat is er zo geheim dat je je eigen zus bedreigt?'

'Bedreigt, wat bedoel je verdomme?'

'De politie is onderweg hiernaartoe. Het is misschien beter als jullie weg zijn als ze komen.'

Ze zag iets donker worden in zijn blik en besefte dat ze dat niet had moeten zeggen, maar toen de uitbarsting kwam was het al te laat.

Hij stond voor haar en bracht zijn hand naar haar keel.

'Wat heb je verdomme tegen ze gezegd.'

Ze werd tegen de muur gedrukt en kon niet antwoorden, kon niets uitbrengen. Zwaaide en sloeg met haar armen maar raakte niets en kwam niet los, de greep om haar keel werd strakker en daarna greep hij haar bij haar armen en zat ze muurvast, het enige wat ze kon doen was schreeuwen, maar er kwam geen geluid uit haar keel en ze kreeg geen lucht meer.

'Wat heb je tegen de politie gezegd, *saatana vittu...*'

Toen werd ze plotseling losgelaten. Katrine begreep niet wat er gebeurde, alleen dat er weer lucht haar keel in stroomde en dat Matti veranderde in een hoopje op de vloer naast haar voeten. En ze staarde naar de man achter hem. Het was niet Pempi Vestola. Het was Michail Lebedev. Aleksej Sjaporin. Ze zag sterretjes. Hij hield iets vast. Een wapen. En ze maakte uit zijn opgeheven en licht gebogen arm op dat hij Matti Palo net met het pistool op zijn hoofd had geslagen, waardoor deze nu op de grond lag te kronkelen en probeerde te begrijpen wat er was gebeurd.

'Verdomme, wat...'

Katrine wreef over haar keel en zag in slow motion hoe de Rus zijn arm uitstak en liet zakken. Hij richtte het wapen op de jongen die op de grond lag.

'Nee,' fluisterde ze, 'niet schieten.'

Matti ging op zijn knieën zitten en wilde overeind komen toen hij de loop tegen zijn nek kreeg en zijn hoofd omdraaide. Hij staarde de Rus verlamd van angst aan.

'Wie ben jij verdomme?' zei hij.

Michail keek met een vragende blik naar Katrine.

'Hij vraagt wie je bent,' vertaalde ze.

De Rus gaf Matti Palo een trap in zijn zij. '*Podnimajsia suka i otvechaj!*'

Matti begon naar de deur te kruipen.

'*Get up*,' riep Michail. 'Zeg tegen die teef dat hij moet opstaan als een man.'

Katrine vertaalde het. Voegde eraan toe: 'Ik denk dat je maar beter kan doen wat hij zegt.' Vanuit haar ooghoek zag ze Pempi Vestola naar de pook achter zijn rug tasten terwijl hij zijn ogen op de deur gericht hield, klaar om op elk moment zijn kameraad in de steek te laten en naar zijn scooter te rennen.

Matti kwam op trillerige benen overeind. Hij keek niet naar de Rus, alleen naar haar.

'Zeg tegen hem dat je mijn zus kent. Ik bedoelde er niets mee, ik werd alleen kwaad. Dat begrijp je toch wel?'

Katrine vertaalde het mechanisch. Maar niets van wat ze zei, bracht Michail Lebedev ertoe het wapen te laten zakken.

'Ben je gewond?' vroeg hij zonder haar aan te kijken. Ze wilde de vraag net aan Matti stellen toen het tot haar doordrong dat zij antwoord moest geven.

'Nee,' zei ze, 'nee, ik ben niet gewond.'

Ze voelde dat haar benen haar niet veel langer meer konden dragen. Liet zich op een stoel zakken. Van daar had ze vrij zicht op de hal en ze keek in een paar bange ogen. Sofia stond tegen de muur aan gedrukt op de zoldertrap, met opengesperde ogen, wijd open mond. Ga weg, dacht Katrine en ze hoopte dat ze haar gedachten kon horen, ga weg nu het nog kan.

Sofia bleef staan.

'We wilden hem de schuld niet geven, zeg dat in godsnaam zodat hij het begrijpt.' Matti schreeuwde bijna, zijn stem was gespannen en hoog. 'Dat hadden we zomaar gezegd, dat van die Russen, wisten wij veel dat er hier een was.'

De Rus deed een stap naar hem toe, nog steeds met het wapen geheven. Katrine zag hoe Pempi Vestola zich zijwaarts in de richting van de deur bewoog om het daarna op een rennen te zetten. Een vuistslag die uit het niets kwam, en hij viel neer.

Michail Lebedev trok de pook uit zijn hand en gooide die weg.

'Zeg dat ze hun laarzen uit moeten trekken,' zei hij.

Matti verstond blijkbaar een beetje Engels, al kon hij geen woord zeggen, want hij trok zijn laarzen uit. Daarna boog hij zich over zijn vriend, die zich niet verroerde. 'Trek ze in godsnaam uit, Pempi, doe wat hij zegt.'

De Rus gaf hem een trap tegen zijn knie.

'Doe wat hij zegt, idioot,' zei Katrine. 'Trek je laarzen uit.'

Daarna hoorde ze het bekende geluid, al had ze het nooit in het echt gehoord. Een wapen dat werd ontgrendeld.

Gevolgd door geklater.

Ze keek op. Matti Palo had in zijn broek geplast. Zijn broek was verborgen onder de scooteroverall, maar ze zag hoe het langs zijn enkel stroomde en op de grond terechtkwam, tot er zich een poeltje had gevormd dat langzaam werd opgezogen door Siri Kankanranta's zelfgeweven vloerkleed.

Hij beefde en huilde en zijn benen hielden hem niet langer, hij viel op zijn knieën.

'We bedoelden er niets mee. We wilden alleen zien of er geld was, iedereen kletste erover dat hij geld had. Jezus, hij gebruikte het toch nergens voor.'

Michail wendde zich tot Katrine.

'Waar heeft hij het over?'

En ze keek naar Matti terwijl ze de eenvoudige vraag vertaalde, hoewel ze het antwoord al wist. Het graanhuis, Rauhala, die avond. De geruchten die de ronde deden dat er honderdduizenden kronen voor het grijpen lagen. De Russische auto waarnaar de politie in het hele gebied boven de poolcirkel had gezocht, en die nooit had bestaan.

'We wilden hem helemaal niet doden, maar hij werd helemaal gek, hij schreeuwde en zwaaide met het geweer, over God en de hel en de duivel, hij was buiten zinnen.'

En terwijl ze wat hij zei langzaam en samenhangend probeerde over te brengen in het Engels, zodat het begrijpelijk was en niet te snel zou gaan, terwijl Matti door bleef jammeren 'dat er niet eens geld was, we zullen zeggen dat er geen auto was, we doen alles als hij ons maar laat gaan...', stak ze haar hand in haar tas en zette de kleine digitale recorder aan. De Rus had al zijn aandacht op de twee mannen gericht en zag het niet.

'Heb je het over Lap-Erik?' vroeg ze in het Zweeds. 'Bedoel je zijn geld?'

'We wisten niet wat we moesten doen...' Zijn stem was verkrampt, hij kreeg de woorden nauwelijks uit zijn mond. 'We wilden alleen maar geld hebben, dat was het enige. Maar je moet begrijpen, ze zouden alles afpakken, de scooters, de thuisbio, er kwamen dreigbrieven... pa moest betalen en mama wist het niet eens... Wat moeten we in godsnaam doen als ze de scooters afpakken? En ze zeiden dat hij geld had.'

'Wie zei dat?'

'Iedereen. We waren niet van plan hem iets aan te doen. We wilden hem alleen bang maken...'

'Met een bijl?'

'*What are you talking about?*' Michail Lebedev richtte zich tot Katrine.

'De man die op jouw hoeve is vermoord.' Ze verbaasde zich erover hoe zeker ze klonk, bijna nonchalant. 'Het lijkt alsof deze jongens er iets van weten. Ze beweren dat er geen Rus bij betrokken was, in tegenstelling tot wat de politie eerder dacht.'

Hij knikte. Ongeïnteresseerd. Liet het wapen langs zijn zij zakken en wreef met zijn andere hand over zijn nek.

'Ik wil er alleen achter komen wat ze weten,' zei ze, 'dan kan de politie het oplossen. Zodat ze jou niet komen storen.'

Hij liet op geen enkele manier blijken wat hij dacht, maar het leek alsof hij iets ontspande.

'Wat gaat hij met ons doen?' jammerde Matti. 'Kan je er niet voor zorgen dat hij dat ding weglegt?'

'Dat kan,' zei Katrine onaangedaan, ze besefte dat ze toch de overhand had. Iemand hierbinnen was banger dan zij. 'Als je precies vertelt wat er die avond bij het graanhuis is gebeurd.'

'Het was zijn eigen schuld. Waarom moest hij in godsnaam zo schreeuwen?'

'Zijn jullie met de scooters vanaf de rivier gekomen?'

'We dachten dat die ouwe daarbinnen sliep. We skieden er bijna helemaal in zijn spoor naartoe. Maar hij kwam naar buiten met dat geweer en schreeuwde dat de straf voor de zonde onze zielen zou verzengen, hij was helemaal wild verdomme.'

'*Turpa kiinni*,' snauwde Pempi Vestola, die wakker was geworden. Hij ging op een knie zitten. 'Hou verdomme verder je kop.'

'Maar waarom zeiden ze dan ook dat hij daarbinnen stapels geld had? Als wij het niet hadden gedaan, had iemand anders...'

'En je opa?' vroeg Katrine.

'Ik heb hem verdomme niet doodgeschoten,' schreeuwde Matti meteen en hij zakte in elkaar op zijn knieën. 'Hij heeft het zelf gedaan.' Hij jammerde en huilde. 'Hij heeft het zelf gedaan.'

Katrine keek naar hem en geloofde hem. Matti Palo was niet langer in staat om te liegen. Zo moest het zijn. Thore had op de een of andere manier vermoed wat de waarheid was en hij was naar de jachthut geskied die zijn favoriete kleinkind mocht gebruiken en daar had hij het geweer gevonden, misschien ook de bijl, misschien nog meer dingen die ze hadden gestolen. De woede waardoor hij alles kort en klein had geslagen, de wanhoop. En daarna had hij het geweer meegenomen, had hij daar al besloten om de schuld op zich te nemen?

Ze zag vanuit haar ooghoek hoe Pempi overeind klauterde en naar de deuropening stormde.

Toen klonk het schot. Verbrijzelde de deurpost tussen de kamer en de hal. Daarna overal om haar heen geschreeuw, het was Matti die schreeuwde en bleef schreeuwen tot Aleksej Sjaporin hem een trap tegen zijn kin gaf en Katrine iets hoorde kraken en ze zag de blik in de ogen van de Rus. Ze kon zich niet bewegen. Dit is hem, dacht ze, dit is de echte Aleksej Sjaporin, de man die ik vannacht heb ontmoet was de andere, kan een mens zich in tweeën splitsen? Ze zag hem naar de hal lopen, waar Pempi Vestola Sofia had vastgegrepen en haar als een schild voor zich hield, ze trapte tegen zijn scheenbeen.

'Nee,' zei Katrine in het Engels, 'nee,' en ze kwam overeind en greep de Rus bij zijn arm. 'Niet schieten, *they're just kids, just kids*.'

Hij schudde haar van zich af en ze sloot haar ogen. Nu komt het. Maar het kwam niet. En ze dacht nog dat het niet klopte, want het zijn geen kinderen, ze zijn bijna vijfentwintig, ergens anders in de wereld zouden ze volwassen mannen zijn, huisvaders, krijgers, maar er kwam geen schot en ze deed haar ogen weer open.

Aleksej Sjaporin pakte Sofia met zijn vrije arm beet en trok haar eenvoudig uit Pempi's handen. Hij wees met het pistool naar het luik in de vloer.

'*What's in there?*'

'Een kelder,' zei Katrine met een trillende stem, 'een soort opslagruimte.'

'Maak het open.'

Ze boog naar de grond en trok het luik open, moest alle kracht gebruiken die ze nog overhad. Een vochtige damp sloeg haar tegemoet, een geur van verrotting en eeuwige duisternis.

'*In there.*' Hij greep de rug van Pempi Vestola's overall beet en sleepte hem naar het gat. Het laatste wat Katrine zag was zijn smekende blik terwijl hij afdaalde in het donker. De Rus hoefde het wapen alleen maar op Matti te richten en hij volgde meteen, kroop als een hond, het halflange haar samengeklit van het zweet. Het bloed dat uit zijn neus liep. Aleksej Sjaporin gaf hem een duw zodat hij de tree miste en het donker in stortte. Een doffe bons en een kreun toen hij neerkwam.

'Niet dichtdoen.' Pempi Vestola's stem klonk iel als die van een rat. '*Please, please, it's so cold down here.*'

Hij had dus toch Engelse les gehad, dacht Katrine.

Aleksej Sjaporin pakte het luik en liet het met een klap dichtvallen.

Sofia was op de grond gezakt en zat stilletjes te huilen. Katrine zette twee stappen naar haar toe en ging naast haar zitten, hield haar vast.

'Wie is zij?'

'Nog maar een meisje,' zei Katrine en ze keek hem recht in de ogen terwijl ze over Sofia's haar streek, 'ze is een beetje... *you know*, niemand luistert naar haar. Ze zegt niets, toch, je zegt hier niets over. Tegen niemand.'

Sofia schudde haar hoofd. Een nieuw gebaar met het wapen. Ze had al een tijdje geen klik gehoord.

'Ze kan daarin.'

Michail wees naar de tweede slaapkamer, die met het brede bed, en Katrine hielp haar overeind te komen.

'Wat gaat hij met ze doen?' fluisterde Sofia.

'Rustig maar, ik regel het wel. Ga hier nou maar naar binnen en doe de deur dicht.'

Sofia deed het.

De deur knarste toen hij werd dichtgetrokken.

Hij keek naar haar. De kou omhulde hen. De man midden in de kamer, zij bij de muur. Het vuur was allang uitgegaan en ze had er geen nieuwe houtblokken in gelegd omdat ze aan het pakken was en weg zou gaan, en de klep stond open. Waarom had ze zich niet gehaast? Hij hield nog steeds het pistool vast. Dat leek vastgegroeid te zijn aan zijn hand. Ze begreep de rust niet die ze voelde. Dat er niets was wat ze kon doen. Dat alles gauw voorbij zou zijn.

'Ik kwam eigenlijk om jou te zien,' zei hij.

Ze wilde glimlachen, wilde hem laten geloven dat alles goed was, hoe kon het goed zijn? Er was geen geluid te horen van de jongens onder de vloer. Ze kon niet glimlachen.

'Ik zeg niets,' zei ze zachtjes, zodat alleen hij het kon horen. 'Ik zeg niets over jou, over ons, ik zal dit aan niemand vertellen. Niemand mag er iets van weten.'

'En zij?'

Hij knikte naar de grond, naar de slaapkamer.

'Als we tegen ze zeggen dat ze moeten zwijgen, zwijgen ze,' zei ze. 'Ze kunnen zwijgen, dat leer je hier in deze streek. Je zei gisteren dat je wilde weten hoe het hier is, en zo is het. Je zwijgt en gaat verder en het is alsof het nooit is gebeurd.'

Hij stak zijn hand in zijn zak.

'Je was dit vergeten,' zei hij en hij hield haar mobiele telefoon omhoog. Hield hem in zijn hand, streelde er met zijn duim over.

'Dank je.'

Ze stak haar hand uit. Hij gaf hem niet aan haar. In plaats daarvan drukte hij op een toets en hield het mobieltje in de lucht zodat zij het scherm kon zien.

De foto van Hilma Jelena.

Het zilverwitte haar. Het licht in haar zwijgende gezicht.

Er was niets wat ze kon zeggen.

'Je hebt tegen me gelogen,' zei hij. 'Ik houd er niet van als mensen tegen me liegen. Het zou kunnen komen doordat ik uit Sint-Petersburg kom, ik ben opgegroeid met leugens.'

Ze kon nog steeds geen woord uitbrengen. Het schermpje doofde in zijn hand.

'Maar ik kom niet uit Sint-Petersburg,' ging hij verder en de kou in de kamer was in zijn stem gekropen, in zijn ogen. 'Dat was ook een leugen waarmee ze me hebben vetgemest. *A fucking lie*.'

Ze had hem nog niet eerder horen vloeken. Misschien was het Michail Lebedev die niet vloekte, die beleefd en welgemanierd praatte. De man voor haar was een ander en hij zette een stap naar haar toe en greep haar bij haar schouder.

'Hoe heb je haar gevonden? Wat moest je met die informatie? Voor wie werk je?'

'Voor niemand.' Ze kromp in elkaar tot een muis onder zijn hand, de woorden kwamen er hakkelend uit. 'Ik werk voor niemand. Ze is mijn tante. De zus van mijn moeder. Ik wist niet eens dat ze bestond.'

Ze huilde. Kon niet meer. Voelde de tranen komen, die stomme tranen. En hij hield op met haar door elkaar te schudden, maar bleef haar vasthouden.

Ze hoorde gedreun uit de kelder komen. Stilzitten, idioten. Wat wist hij? Dat ze had gelogen over de familieleden aan de muur, dat ze Hilma Jelena had opgezocht, maar misschien niet meer. Ze bad bij zichzelf dat het zo zou zijn.

'Ik vermoedde dat we familie van elkaar waren,' zei ze snotterend, 'maar ik wilde niet dat jij het zou weten.'

'Dus loog je.'

Ze sloeg haar blik neer. Er was altijd een manier. Een universele manier om jezelf vrij te pleiten, om terrein te winnen, om zelfs een man die was opgegroeid met leugens om de tuin te leiden.

'Omdat ik bang was dat je me dan niet meer wilde,' zei ze terwijl ze naar hem opkeek. 'Omdat ik... zo graag wilde dat het zou gebeuren, wat er tussen ons gebeurd is.'

'Hoe heb je haar gevonden?'

'Mag ik gaan zitten?'

Hij stopte langzaam het wapen in zijn zak, de opluchting toen het weg was. Ze schonk een glas water in en ging aan de keukentafel zitten.

'Ik zocht eigenlijk naar mijn grootvader,' begon ze. 'Ik wist niet wie je was toen je hier voor de eerste keer binnenkwam, ik was bang. Daarom zei ik niet dat het mijn familieleden waren.'

Ze knikte in de richting van de secretaire, de foto's aan de muur.

'Ik wist niet eens dat mijn moeder een halfzus had. Ze is geboren in Karelië, in Petrozavodsk, en haar vader was mijn grootvader, hij was ernaartoe gegaan omdat hij droomde van een ander leven, van een paradijs op aarde... maar dat werd het niet. Mijn oma is hier blijven wachten. Hij is nooit teruggekomen.'

Hij ging op de stoel tegenover haar zitten, leunde achterover en bekeek haar lang, draaide het mobieltje tussen zijn vingers rond.

'Hoe kwam je erachter waar ze was?'

Ze vertelde over de buren in het café aan de Oelitsa Voronezjkaja en het Gogolhuis in Poesjkin.

'Doe verdomme het luik open,' klonk het uit de kelder. Aleksej Sjaporin stampte op de grond tot het stil werd.

'Wie weten het nog meer?' vroeg hij.

'Van Hilma Jelena? Niemand.'

Hij pakte haar mobieltje weer op.

'Heb je deze foto aan iemand laten zien?'

Ze schudde haar hoofd. Hij bladerde verder. Ze had de telefoon in Londen gekocht, een Brits abonnement met Engelse commando's, hij vond *erase* en ze keek zwijgend toe hoe hij de foto's van Hilma Jelena wiste. Hij gaf haar het mobieltje.

'Hoe minder je je ervan herinnert hoe beter,' zei hij.

'Ik herinner me niets.'

Ze keek recht in zijn ogen. Niets, dacht ze, ik herinner me niets en ik weet niets, begrijp niets, ik ben niemand.

'Goed,' zei hij en hij kwam overeind.

Liep naar het kelderluik en schopte tegen het kleed dat ernaast lag. Bukte en tilde het luik op zodat er een kier van tien centimeter ontstond.

'Vertel ze hoe lang het duurt voordat je verhongert.'

Katrine schraapte haar keel.

'Negen dagen,' zei ze gehoorzaam.

'Luider zodat ze het kunnen horen.'

'Het duurt negen dagen voordat je verhongert.'

'Vertel ze dat dat met ze zal gebeuren als ze niet zweren dat ze nooit zullen vertellen wat er in dit huis is gebeurd. Zeg dat ze mij nooit gezien hebben.'

Ze vertaalde het.

'We hebben die kerel nooit gezien,' zei Matti Palo van diep uit de onderwereld.

'En die andere?'

'Ik ook niet,' kermde Pempi Vestola. 'Ik weet niets.'

'Zeg dat ik ze zal vinden, waar ze ook uithangen.'

Katrine zei het. Hij liet het kelderluik los, dat met een klap dichtsloeg.

'Neeee,' hoorde ze daarbeneden, maar het geluid verdween terwijl Aleksej Sjaporin zijn hand naar haar gezicht bracht. Nu ziet hij het, dacht ze, nu ziet hij in mijn ogen dat ik zijn echte naam weet, wie hij is.

'Ben je bang voor me?'

'Nee,' zei ze, 'waarom zou ik dat zijn? Je hebt me gered.'

Hij streelde zachtjes haar wang, legde zijn hand om haar nek. Ze huiverde, om alle redenen die er waren.

'Neem het meisje mee en rijd hier meteen vandaan,' zei hij. 'Onmiddellijk. En vergeet dat je me ooit gezien hebt, wie er ook naar vraagt. Hoor je dat? Wie er ook naar vraagt.'

Katrine kon alleen maar knikken en daarna was de hand om haar nek weg en ze keek naar de grond en daarom zag ze hem niet weggaan.

'Verdomme, ik ben mijn mobieltje vergeten!'

Sofia gooide het portier open op het moment dat Katrine achteruit de weg op wilde rijden.

'Laat het,' zei ze, maar Sofia was al onderweg.

Katrine sloeg met haar handen op het stuur, de auto draaide stationair, ze vloekte op achttienjarigen die dachten dat ze alle tijd van de wereld hadden. Alles was stil, onbegrijpelijk rustig. Ze wierp een blik in de achteruitkijkspiegel, langs de weg die om de hoek naar Rauhala verdween. Er was niets te zien tussen de bomen, geen man in een kostuum die terugkeerde, die spijt had dat hij hen had laten gaan. De zijspiegel aan de kant van de chauffeur werd gevuld door het huis, het stond er onveranderlijk. Ze had het onverklaarbare gevoel dat het vreedzame overbleef, het leven en de dood gingen ongemerkt voorbij. Alleen maar wind die langs de voorgevel streek en die beetje bij beetje grijzer maakte.

'Sorry,' zei Sofia en ze sprong weer in de auto, 'hij was van de tafel getrild, dus ik kon hem eerst niet vinden.'

En Katrine kon eindelijk schakelen en wegrijden. Ze keek niet meer in de achteruitkijkspiegel, reed alleen maar, veel te snel en met maar één gedachte in haar hoofd: weg hier.

'We moeten naar de politie in Haparanda,' zei ze. 'Ze moeten hiernaartoe komen om zich over je broer en zijn vriend te ontfermen.'

Sofia sperde haar ogen wijd open, staarde wild voor zich uit.

'Maar je hebt toch gehoord wat hij zei, die gek, hij zei dat we hier nooit een woord over mochten zeggen, je verstaat verdomme toch Engels?'

'Niet over hem, nee, maar de moord op Lap-Erik is een heel ander verhaal. Daar heeft hij niets mee te maken.'

Er dook een stopbord op dat met rode letters naar haar schreeuwde, ze stopte bij de wegsplitsing. Wie hield ze voor de gek? dacht ze terwijl er voor hen een paar auto's voorbijreden. Alles heeft met

Aleksej Sjaporin te maken. Alles gaat terug tot het moment dat Gunnar Pelttari besloot om zijn vader te beroven en naar de Sovjet-Unie te vertrekken, of was het begonnen toen zijn vader hem uit huis gooide? Het besluit van de Rus om terug te keren, de huizen die plotseling iets waard waren, alle gebeurtenissen waren met elkaar verbonden, tot aan de avond waarop Lars-Erik Svanberg stierf. En daar was het niet opgehouden, het ging door, met Thore Palo, met haarzelf.

Neem het meisje mee en rijd hiervandaan.

Katrine keek opzij naar Sofia, die onnatuurlijk rustig naast haar zat. Onopgemaakt na dagen zonder badkamer, het joggingpak dat naar tienerzweet rook. Wanneer zou ze instorten? Of was ze sterker dan ze leek?

De weg was eindelijk weer vrij en ze sloeg af naar rechts, het was een ongewenste omweg. Het erf voor het huis van de familie Palo was bijna helemaal leeg, alleen Matti's beschilderde oude Volvo Amazon stond er. Het was nog steeds middag, het was nog niet eens begonnen te schemeren. Eva-Lena en Åke waren nog op hun werk in Haparanda, plichtsgetrouw, hoewel alles om hen heen in elkaar stortte. Ze vroeg zich af wat ze eigenlijk wisten, wat ze vermoedden.

'Ga andere kleren aantrekken,' zei ze. 'En neem mee wat je nodig hebt, maar haast je.'

Sofia liep naar het huis, de rugzak slingerend in haar hand. Katrine zette de motor uit en haalde de digitale recorder uit haar tas, deed hem aan en fluisterde een gebed tot de goden van de techniek dat ze het geluid vast hadden gelegd. Ze zag het lichtje en het schermpje oplichten en daar was de knorrige stem van Anna Haara. *Ik luister altijd naar* Het Gedicht van de Dag... Verder, hoe lang had dat nepinterview eigenlijk geduurd? Nog steeds Anna Haara: *Het was iemand die uit was op zijn geld... En ze zijn vast ver weg...* Ze moest eens weten. En daar was de stem van Matti Palo, het was opgenomen. Haar hoofd zakte tegen de neksteun, lieve god, het was gelukt.

...wilden alleen maar geld hebben, dat was het enige. Maar je moet begrijpen, ze zouden alles afpakken...

Katrine zette hem uit. Vijf seconden van zijn stem, meer hoefde ze niet te weten. Ze hoefde het schot niet nog een keer te horen, wilde Aleksej Sjaporins stem niet horen toen hij ertussen kwam, ze zocht naar haar mobieltje.

Dat hij net in zijn hand had gehad, waarop het bewijs van Hilma Jelena's bestaan was gewist. Waarom was dat zo belangrijk? Een vijfenzeventigjarige vrouw die zwijgend over een park uit zat te kijken, waar zat de bedreiging in? De verwantschap, dat iemand conclusies kon trekken over wie hij werkelijk was? Had hij zijn moeder daarom verborgen in de donkerste hoek van een park, was het een zwakke plek, iets waar hij niet van kon vluchten, wat hij nooit achter zich kon laten? Of was het andersom? Beschermde hij Hilma Jelena? Tegen zichzelf of tegen iemand anders, wie?

Het kostte haar moeite om het algemene nummer van de politie in te toetsen. Ze vroeg om doorverbonden te worden met Anders Anttila. Haalde opgelucht adem toen ze uiteindelijk bij de voicemail uitkwam. Hoefde ze geen vragen te beantwoorden, niet op dit moment in elk geval. Alleen de concrete boodschap achter te laten: Mattias Palo en Per-Erik Vestola hebben bekend dat ze Lars-Erik Svanberg hebben doodgeslagen. Ze waren op zijn geld uit. Ze zaten in haar provisiekelder... (pauze, moeilijk uit te leggen)... omdat ze zelf naar beneden waren geklommen, misschien op zoek naar iets wat ze konden stelen, en zij had het luik dichtgedaan omdat ze zich bedreigd voelde.

Katrine liet het mobieltje zakken. Hopelijk luisterde de politie snel naar het bericht en bracht ze hen voor een schoner en formeler gerecht dan een keldergat.

Ze bedacht dat ze Eva-Lena Palo zou moeten bellen, maar juist op dat moment zag ze Sofia naar buiten komen met een reusachtige stoffen tas over haar schouder.

Een duizelingwekkende gedachte: zo oud was ik zelf toen ik wegging, maar Ingrid was een jaar jonger.

Sofia stapte in zonder iets te zeggen.

Ze reden de weg op en de laatste huizen van Kivikangas werden kleiner en kleiner, krompen in de achteruitkijkspiegel tot er niets meer te zien was, er waren geen heuvels en bijna geen bochten langs Weg 99, die de rivier in zuidelijke richting volgde.

'Heb je het de hele tijd geweten?' vroeg Katrine.

'Wat?'

'Over Lap-Erik. Je lijkt het zo licht op te vatten.'

Sofia keek naar buiten, weides, monumentale Tornedalse hoeves die voorbijgleden.

'Ik ga niets tegen de politie zeggen,' zei ze. 'Matti is een rotjoch, maar hij is mijn broer.'

'Dat is oké. Je hoeft misschien niet eens te getuigen. Het is waarschijnlijk genoeg als ik het doe.'

'Ken je die gek?' vroeg Sofia.

'Wie, de Rus?' Ze keek recht voor zich uit. 'Nee, niet echt.'

'Schei uit, je bent daar blijven slapen, wat hebben jullie eigenlijk gedaan? Dassen gestrikt?'

Katrine minderde vaart tot vijftig kilometer per uur door Kukkola, keek opzij naar haar passagier. Kon ze erop vertrouwen dat zij haar mond niet voorbij zou praten, het in een of ander gedicht schreef en op internet zette? En hoe ver was *hiervandaan*, hoeveel afstand was er nodig om weg van hem te komen?

'Het is nooit gebeurd,' zei ze zachtjes. 'Begrijp je dat?'

Sofia klemde de tas in haar armen.

'Oké.'

Drie hoeves met dezelfde silo's kwamen voorbij.

'Misschien heeft Matti het niet gedaan,' zei Sofia. 'Het kan net zo goed Pempi zijn geweest.'

Katrine schrok en kwam gevaarlijk dicht bij de sneeuwrand. Was dat zo? Ze kon het zich niet herinneren, ze was een en al concentratie en zenuwen en trillerige paniek geweest. Ze had geen moment aan Matti's bekentenis getwijfeld, maar had hij gezegd dat hij de bijl vasthield? Ze hoorde alles weer in haar hoofd, het moment waarop het schot viel en de eeuwigdurende stilte erna toen ze haar ogen sloot en in elkaar kromp en wachtte op het volgende schot. Maar de opname was de hele tijd doorgegaan. Ze besefte dat ze de recorder niet had uitgezet. Alles was er, zijn aanwezigheid, zijn vragen over Hilma Jelena. Alsof ze iets gemeen hadden, een vertrouwelijkheid. Alsof?

Ikea dook aan de linkerkant op en ze reden een rotonde op, misschien kwam het door de cirkelbeweging dat alles ronddraaide, of door de angst die haar had achterhaald, of door zijn stem, *vergeet dat je mij ooit hebt gezien, wie er ook naar vraagt, wie er ook naar vraagt*, want ze miste de afslag die rechtstreeks naar Haparanda ging, en de volgende met borden naar Suomi-Finland, waarlangs je ook bij de Strandgatan en het politiebureau kon komen, en daar was de weg die terug naar Kivikangas leidde, ze keek er niet naar. Nam de volgende afslag, sloeg rechts af zonder erbij na te denken.

Reed de inhaalstrook op en verhoogde de snelheid op de E4 naar het westen.

Hij tilde de koffer naar binnen en liet de zware houten deur dichtvallen.

Een paar seconden lang bleef hij in de stilte staan. Die rust, alsof de wereld zich terug had getrokken. Die duisternis.

Daarna sloeg de migraine weer toe, een mes dat in zijn nek werd gestoken en werd omgedraaid. Die idioot van een dokter! Rust, had hij gezegd, en twee tabletten bij het begin van elke aanval.

Er was geen rust.

Er bestond niet zoiets als bevrijding van pijn.

Hij tilde de koffer de trap op in de nauwe schuur, een soort opslagruimte die in gebruik was genomen als woning, klom op de tast naar boven, tree na tree van onbewerkt hout. Hier was de vorige eigenaar gestorven, vermoord met een bijl. Een familielid, had hij begrepen, net als de vrouw met wie hij de nacht had doorgebracht, ah... Hij kon die nacht nog steeds in zijn lid voelen bonzen, de laatste nacht voor Michail Lebedev, *Spi spokojno... dorogoj drug*.

Rust in vrede, dierbare kameraad.

Michail Lebedev had opgehouden te bestaan. Het paspoort was net als de eerdere al vernietigd, de man opgelost in het niets.

Hij had nog geen nieuwe identiteit aangenomen. Had het paspoort geopend, jawel het derde paspoort, en dezelfde foto gezien als in de vorige en geconstateerd dat de man die deze plek snel zou verlaten de slecht gekozen naam Severin Larionov droeg.

Hij had het paspoort in het buitenvak van de koffer gestopt.

Larionov! Waar hij ook naartoe ging, zouden mensen hem vragen of hij familie was van Igor Larionov, een van de grootste ijshockeyers aller tijden, en daardoor zouden ze zich hem des te beter herinneren.

Hij liep gebukt onder het schuine dak, trok de koffer naar de korte zijde van de zolder. Bereikte zijn positie en schoof het vensterluik open. Geen glas, alleen een gat in de muur. Hij had het luik vrijgemaakt toen hij op verkenning was, vlak voor de duisternis inviel, de plank losgetrokken die zat vastgespijkerd.

Hij keek naar buiten, zag de witte velden en de enige weg, die naar de hoeve leidde. Het gebouw leek hiervoor gemaakt, een vestingwerk dat zich achter de andere huizen verhief, waar niets hem kon ontgaan. Ongeveer vijfhonderd meter vrij zicht, dat was meer dan genoeg. In het hoofdgebouw brandde er verwelkomend licht achter de ramen, zwak licht, van een leeslamp, er kwam rook uit de schoorsteen alsof de heer des huizes daarbinnen zat met zijn cognac en avondlectuur, een illusie, een toneelstukje!

Ze zouden geen idee hebben wat hun overkwam voordat ze in de sneeuw zouden liggen.

Hij schoof het luik weer dicht, zodat er alleen een kleine opening overbleef. Haalde de tas uit de koffer. Zo licht, vergeleken bij wat ze in de oude tijd wogen, of was hij sterker geworden? Het wapen had nooit langs een röntgencamera kunnen komen, maar die waren er ook niet op de treinstations in Europa. Een kwestie van tijd, schatte hij en hij moest onwillekeurig aan de grenscontrole bij Shehyni-Medyka denken. Het gedrang, de onwelriekende lichamen die tegen hem aan stootten, en daarna de ontelbare bedden in de treincoupés, waar vreemdelingen er genoegen in schiepen om hem te storen.

Zijn handen vonden de onderdelen in de tas, haalden ze er één voor één uit. Zeven onderdelen. Acht met de geluiddemper.

Hij streelde de metalen en houten oppervlakken, legde ze in dezelfde volgorde als waarin ze lang geleden op de schoolbank voor hem hadden gelegen.

De duisternis was compact, als een doek voor zijn ogen, maar elke handeling stond in zijn geheugen gegrift.

In de zevende of achtste klas had het op het programma gestaan. Hij had een kreupele leraar gehad die droomde van gevechten in het Rode Leger en meisjes hoge cijfers gaf als hij ze bij hun borsten mocht grijpen. De jongens kregen een onvoldoende als ze hun haar niet kort genoeg hadden geknipt.

Zo had hij het ook geleerd. Hij herinnerde zich de roes, de macht van geperst metaal in zijn tienerhanden, al waren het materiaal en de constructie sindsdien verfijnd in de fabriek in Izjevsk.

Hij zette de grendel op de loop, die gleed er zonder weerstand in.
Drukte de pin dicht die de kolf vergrendelde.

Hij vroeg zich af of ze met zijn tweeën of met zijn drieën zouden komen. Hij twijfelde er niet aan dat ze onderweg waren.

Helene Miele was een advocaat die met de duivel zou dansen als hij genoeg betaalde, maar ze had niet de moed om Rodja Nasajev te weerstaan. Aleksej had ingelogd met de achtergelaten mobiele telefoon en over de moord gelezen. Hij herkende Nasajevs handelswijze in de afgesneden tepels en andere weinig fraaie details, net zoals hij wist dat de man nooit alleen kwam, hij was geboren in een Sovjetgevangenis, hij jaagde in roedels. Een man die niet in staat was om te veranderen en daardoor gedoemd was ten onder te gaan.

Dat Dima al die jaren zo'n medewerker had gehouden.

De trouwen, Aleksej Viktorovitsj, ik beloon degenen die lang bij me zijn gebleven, ze zijn mijn broers, zoals jij mijn broer bent, ik vergeet niet waar ik vandaan kom.

Zwijg, Dmitri Olegovitsj, en keer terug naar de moerasgronden waar je uit tevoorschijn bent gekomen.

Hij ontgrendelde en drukte af, daar was de klik, een leeg schot. Alles deed het zoals het moest.

Vergrendelde weer en zocht met zijn hand naar de geluiddemper.

Hij begreep niet hoe de ongeschoolde Rodja Nasajev het spoor had kunnen vinden. Het moest de liefdadigheid zijn die hem genekt had, of hij had hulp gekregen van hoger af.

Een plek waar niemand hem zou kunnen vinden, wat een naïef idee.

Zo'n plek bestond niet, een plek aan de andere kant van het heden en de leugens, die hij had gedacht te kunnen vinden in het archief in Petrozavodsk.

Het had hem kapitalen gekost om de informatie over zijn echte grootouders te krijgen – nadat hij gezorgd had dat Julia Morozova hem alles had verteld, in de dagen voor haar dood. De vrouw die hij baboesjka had genoemd, maar die geen grootmoeder was, die hem met leugens had gevoed vanaf de dag dat hij was geboren. Hij wist niet of zijn moeder ervan op de hoogte was dat ze eigenlijk het kind was van staatsvijanden, als iemand zich tenminste nog druk maakte over staatsvijanden, of ze wist welke geesten er in hun huis rondwaarden. Zweeg ze daarom? Aleksej had het haar gevraagd, maar zoals gewoonlijk geen antwoord gekregen en daarna had hij haar voor altijd achtergelaten in de verborgen delen van het Tsarenpark, in haar stille wereld.

Hij had twee adressen gevonden in het archief in Petrozavodsk: het ene was het geboorteadres van Gunnar Carlovitsj Pelttari. Het andere stond op de brieven die in het dossier waren opgenomen, liefdesbrieven van de man wiens resten in een bos lagen en die onzichtbaar was voor iedereen die ooit op zoek zou gaan naar Aleksej Sjaporin.

Het idee van een plek waar de geschiedenis niet bij kon, trok hem aan. Hij verlangde naar die zuiverheid.

Niemand zou notitie van hem nemen, en er zou niets bijzonders gebeuren.

Hij controleerde of het wapen vergrendeld was, altijd controleren, ook al zijn er maar seconden verstreken, voordat hij het magazijn pakte. Dertig patronen. Sloeg het in het geweer, moest stevig drukken. Trok eraan en constateerde dat het vastzat.

Hij voelde de migraine een beetje wegtrekken, het was een doffe band die rond zijn hoofd werd aangedraaid, maar de tijd van de scherpe messen was voorbij.

Hij was niet meer de man die hij was geweest. Hij had nog niet de gedaante aangenomen van de man die hij zou worden. Er konden, strikt genomen, vraagtekens bij worden gezet of hij op dit moment wel werkelijk bestond.

Hij richtte het wapen door het luik, op een punt vijftig meter verderop, vlak voor de weg de hoeve bereikte.

'Ik ben op weg naar huis,' zei Anders Anttila. 'En jouw huis is afgesloten en achtergelaten om vredig verder in verval te raken.'

'Wacht even.'

Katrine maakte een gebaar naar Sofia dat ze in de rij moest blijven staan en trok zich terug achter een glazen vitrine met Samisch kunsthandwerk. Ze waren met zeven minuten speelruimte in Kallax aangekomen en hadden nog twee stoelen op het laatste vliegtuig naar Stockholm kunnen krijgen.

'Hoe ging het?' vroeg ze zachtjes. 'Hebben ze bekend?'

'Nee, dat ging een beetje moeilijk,' zei Anttila, 'omdat we ze niet hebben gevonden.'

'Wat bedoel je? Kivikangas 26:1, dat het huis van de Kankanranta's wordt genoemd, het laatste huis voor de Haara's en daarna komt Rauhala...' Ze zag de seconden verder tikken op een van de schermen onder het dak, nog maar drieënhalve minuut en dan zouden ze Kivikangas verlaten. Ze wilde niet denken aan de kou daarbeneden, de paniek.

'Ja, we weten wel waar het is, maar het enige wat we in je kelder vonden was het skelet van een dode haas en drie blikjes vossenbessenjam uit 1972.'

Katrine kreeg het koud, zag zakenvrouwen in slow motion voorbijkomen met rolkoffers achter zich aan, een basketbalteam. Het laatste wat ze had gedaan voordat ze het huis verliet, was de secretaire zo schuiven dat hij met twee poten op het luik stond. Ze konden er niet uit zijn geklommen, dat was onmogelijk.

'Ik lieg niet,' zei ze, 'zij hebben het gedaan.'

'Nou ja, we zullen wel horen wat zij te zeggen hebben. Als we ze vinden.'

Ze sloot haar ogen. Het meubelstuk midden in de kamer, de donkere vlek waar Matti Palo zich niet had kunnen bedwingen, de urine die opgezogen was door de oude planken vloer. Katrine had de koffers gepakt en... Iemand heeft de secretaire weggeschoven, dacht ze, iemand heeft de sleutel gevonden, iemand had besloten om terug te komen. De rij naar de gate schoof langzaam op, de laatste oproep voor vlucht DY4040 naar Stockholm kon elk moment komen, straks zou ze zich op laten tillen naar de hemel, weg van deze aarde voor een uur en vijfentwintig minuten en daarna zouden ze weer landen en ze zou nooit ver genoeg weg kunnen komen.

'Hebben jullie gekeken of ze thuis waren?' vroeg ze.

'Ze zijn niet thuis. Ik echter wel, na een werkdag van elf uur.'

Ze hoorde de onregelmatige ademhaling van de politieman terwijl hij uit de auto stapte, het portier dat dichtsloeg.

'En mijn vrouw heeft al laten weten dat het eten koud wordt.'

Toen ze het gesprek beëindigden stond Katrine vlak voor de gate. Ze lieten hun legitimatiebewijs en hun boardingticket zien. Ze zag Sofia's dunne rug voor zich toen ze door de gang naar het vliegtuig liepen. Weer dat gevoel dat het meisje sterker was dan ze liet zien, ze dacht dat ze wist hoe het vanbinnen voelde: de bodemloze ruimte in je eigen lichaam en hoe benauwd alles daarbuiten was, hoe je in elkaar werd gedrukt en groeide, en alles deed pijn en niets klopte.

Ze legde een hand op Sofia's schouder, fluisterde in haar oor.

'Was je je mobieltje vergeten? Of had je dat gewoon verzonnen?'

Het meisje duwde de hand van haar schouder en liep door.

'Hoezo?'

'Wat heb je echt in mijn huis gedaan, toen je terugging om het te pakken?'

Sofia bleef in de slurf naar het vliegtuig staan, een koude wind blies omhoog door de kieren eronder. Ze draaide zich om en haar blik was zeker en rustig.

'Had ik ze daar dan gewoon moeten laten zitten, bedoel je? Als dieren in een kooi?'

De zwarte hond sprong over de sneeuwrand en gleed omlaag over de ijslaag die zich na de vorst van gisternacht gevormd had.

'Poker, kom hier.'

Tomas Haara riep nog een keer, sloeg met de riem tegen zijn been, zo had hij het zijn hond niet geleerd.

'Hier zei ik.'

Maar de hond had zijn poten weer onder controle en ging er in galop vandoor, het erf op, en verdween achter de zomerkeuken in de richting van de stal. Het gekras van zijn nagels over de ijslaag en daarna werd het stil. Geen rook uit de schoorsteen, niets wat erop wees dat de nieuwe eigenaar was opgestaan terwijl het al over achten was. Tomas tuurde tussen de huizen naar de zwarte haren en voelde zich een vreemdeling. Hij had dit rondje vrijwel elke dag van zijn volwassen leven gelopen, behalve toen hij in dienst zat en de zeldzame dagen wanneer hij griep had gehad. De honden waren natuurlijk veranderd, maar Rauhala was hetzelfde gebleven, zoals de berken en de rivier, zoals de geur in de wind die aankondigde dat de winter op zijn eind liep. Het waren dingen die zich om je heen bevonden zonder dat je er vraagtekens bij hoefde te zetten of erover na hoefde te denken. En dan trekt er een Rus in.

'Poker! Wat doe je, kom hier!'

Maar er was geen spoor van de hond te bekennen. Tomas liep verder langs de hoeve, voorbij het graanhuis. Was hij naar de rivier gegaan? Een haas waar hij achteraan zat? Toen zag hij dat de deur van de stal op een kier stond. Hij was daar toch niet naar binnen gegaan, die stomkop?

Als er niets was veranderd sinds de tijd dat hij er rondsloop en verstoppertje en andere spelletjes speelde, dan wist hij precies in welke staat de stal van Rauhala verkeerde. Er waren roestig landbouwgereedschap en zakken met oude troep, puntige mestvorken en vermolmde planken, spijkers die uitstaken. En twee jaar geleden was het dak ingestort, er was dus genoeg waar een domme bordercollie zich aan kon bezeren.

Hij zette een paar voorzichtige stappen op de ijslaag, die hield het. Hiernaartoe verhuizen vanuit Moermansk of Archangelsk konden ze blijkbaar, maar verdomme niet het erf vegen op de plek waar ze zich vestigden.

Het ergerde hem meer dan hij wilde toegeven. Niet dat ze hiernaartoe kwamen, want er waren meer mensen nodig in heel Norrbotten, en hij kende een paar kerels in Tornedalen die Russische vrouwen hadden gekocht. Dan moest je niet klagen als er ook een paar mannen kwamen, dat zou geslachtsdiscriminatie zijn.

Hij schrok toen Poker blafte vanuit de stal, en bleef blaffen.

Een rat of zo? Hij keerde zich om en keek naar het hoofdgebouw, maar afgezien van het feit dat de ramen ontdooid waren, zag het er even verlaten uit als altijd. Op dat moment viel het hem pas op dat er geen auto op het erf stond, geen rode 9000 met krassen in de lak en een kapotte handgreep aan de passagierskant. Tomas had zelf een paar maanden geleden bij Stig Björnfot een proefrit met de Saab gemaakt, maar hij vond dat de man er te veel voor vroeg.

Er was dus niemand thuis. Dat deed ook pijn aan zijn hart, hoewel hij zich had voorgenomen om het te vergeten. Hij vroeg zich af of ze samen weg waren gegaan.

Eén dag. Die Rus was maar één dag in Kivikangas voordat hij er een vrouw naartoe kreeg.

Tomas had haar die avond naar Rauhala zien gaan. Hij had haar er ook vandaan zien komen. De volgende ochtend.

Het meisje uit Stockholm, Katrine, aan wie hij zoveel had gedacht, over wie hij had liggen fantaseren en had nagedacht over wat hij tegen haar zou zeggen, voor wie hij de kachel had aangestoken en zijn best had gedaan, voor wie hij naar aanleidingen had gezocht om haar te kunnen helpen. Hij was dus een idioot, en zij was het soort vrouw dat nooit ergens tevreden mee zou zijn.

'Houd je muil,' schreeuwde hij naar de hond, die nog steeds blafte en lawaai maakte in de stal.

Hij liep naar de deur en trok hem open. Het licht viel naar binnen door de kieren in de muren en het gat in het dak, sneeuw was naar binnen gedreven en had zich vermengd met het stof.

Poker snuffelde rond bij een van de oude koeboxen.

'Wat heb je nu verdomme weer gevonden?' Tomas zette een schep weg en hurkte onder een paar planken die omlaagstaken vanaf het dak, lette goed op waar hij zijn voeten zette. De hond was onrustig als een net verloste teef, huilde en riep om aandacht, rende de box in en kwam weer naar buiten.

'Heb je een oude schoen gevonden, is dat het?'

En toen stond hij zelf in de box en zag het been dat bij de schoen hoorde. En wat de hond nog meer had gevonden: handen en armen en ogen die hem aanstaarden en het was compleet stil, zelfs de hond maakte geen geluid meer, en hij struikelde ervandaan, rende naar de deur maar stootte zijn hoofd tegen een oude balk, en hij hoorde de bons waarmee hij tegen de grond sloeg en boven hem opende zich het dak, en hij keek recht in de hemel.

Ze liep over het voetpad vanaf de pendeltrein toen het sms'je van Sofia Palo kwam.

Ben op Paddington Station. Is het beter om de Bakerloo Line of de Circle naar het hotel te nemen?

Het duizelde haar, een plotseling verlangen dat puur fysiek was. Ze bleef staan en tikte een antwoord.

Neem de Circle naar King's Cross en stap over op de Piccadilly Line naar Russell Square. Alles goed?

Ze zag de metrotrap voor zich, de wijk met de bruine muren in Bloomsbury waar je nog steeds goedkope kamers kon huren. De vreugde in haar lichaam, de roes, die eerste tijd van vrijheid en slecht betaalde rotbaantjes, vóór haar carrière, vóór Alastair, toen alles nog openlag. Ze vroeg zich af of Sofia dat nu voelde wanneer ze zich mee liet voeren in de metro, de vreemde geuren, de smaak van een ander leven.

Haar mobieltje ging weer, drie vrolijke smileys van Sofia.

Katrine maakte nog een keer de balans op, maar ze had geen spijt van haar besluit om niet mee terug te gaan naar Londen.

Het was klaar.

Er waren dingen die je nooit door de telefoon zou kunnen zeggen, maar ze had het toch gedaan.

Bovendien had Alastair ernaar gevraagd.

Hoe vaak had ze niet ja geantwoord op die vraag, hoewel het niet goed voelde en ze elke keer een beetje bang werd als hij werd gesteld.

En nu had ze dus nee gezegd, uiteindelijk.

Ik houd niet van je. Het spijt me, maar zo is het.

'Oké,' had Alastair geantwoord. 'Dan neem ik aan dat er verder niets meer te zeggen valt.'

En zodoende had ze ook niets over Michail Lebedev hoeven zeggen.

Ze liep langs een Thais restaurant, waar vroeger een snoepkiosk was geweest, en bleef staan bij de supermarkt ernaast.

Er hingen twee bijna identieke aanplakbiljetten van kranten.

MASSAMOORD IN TORNEDALEN stond er op het ene.

MASSAMOORD IN NORRBOTTEN op het andere.

Katrine staarde ernaar en kon niet denken. Er stond ook een foto bij. Ze slaagde erin haar voeten op te tillen om twee stappen dichterbij te komen. Er stond een hoeve op de foto, grijs tegen de witte sneeuw. Het was Rauhala. Er was geen twijfel aan dat het Rauhala was. Een onderschrift op het ene biljet: DRIE DODEN BIJ BLOEDERIGE SCHIETPARTIJ.

Matti Palo, ging het door haar hoofd, zijn vriend, ze zijn uit mijn kelder gekropen en naar Rauhala gegaan om met hem af te rekenen, of iets anders stompzinnigs, of had hij hen ernaartoe gebracht? Had Michail Lebedev hen in mijn huis doodgeschoten en ze mee naar de hoeve genomen? Ik heb ze daar achtergelaten. Het is mijn schuld en nu zijn ze dood.

Ze was niet in staat om de winkel binnen te gaan. Keek naar haar telefoon die ze nog steeds in haar hand had. Kijk op internet, zei ze tegen zichzelf, daar staat alles, je moet weten wat er gebeurd is. Doe het nu maar.

Op hetzelfde moment ging haar mobieltje. Ze schrok alsof ze een duw had gekregen. Hield het tegen haar oor en mompelde zachtjes hallo.

'Goed dat ik je te pakken heb gekregen. Je spreekt met Anttila.'

'Dag,' zei Katrine.

Ze staarde naar de aanplakbiljetten en probeerde een vraag te formuleren. Wie? Wat? Waarom?

De politie-inspecteur was haar voor.

'Wie was de Rus die in Rauhala was getrokken?'

'Heeft hij het gedaan?' vroeg ze zacht. 'Wie zijn er dood?'

'Je hebt de krantenkoppen dus gezien. Ben je in Londen?'

'Nee... onderweg naar mijn moeder.'

Ze kon horen dat Anders Anttila buiten de deur was, zijn stappen in de sneeuw, de ademhaling die wat zwaar was.

'We hebben zeven getuigen die zeggen dat jij onlangs een avond op Rauhala hebt doorgebracht.'

'Wie is de derde?' vroeg Katrine.

'Getuige?'

'Nee... van degenen die gedood zijn.'

Het bleef even stil.

'Dus je weet wie de andere twee zijn?'

'Zijn het Matti... Mattias Palo en...?' Ze kon zich plotseling de naam van de ander niet herinneren. Ze begon te lopen, moest weg van de aanplakbiljetten die in haar gezicht schreeuwden.

'Waarom denk je dat iemand hen neer zou willen schieten?' vroeg de politieman in haar oor.

'Je zei toch dat ze weg waren...'

'De jongens zijn nu thuis. Ze waren naar Lappträsk gereden, hadden een neef van Vestola opgezocht en iets te veel bier gedronken. Ze waren zo verstandig om de nacht daar door te brengen.'

Ze leven, dacht ze, maar ze kon er nog niets bij voelen.

'Maar wie zijn het dan? Op Rauhala?'

In de korte pauze die volgde dacht ze aan de buren, Anna Haara en Tomas, Promise! Was Promise teruggegaan om schoon te maken?

'Ja, het zal nu niet lang meer duren voor ze geïdentificeerd worden,' zei Anttila. 'Ze zijn als zwervende visitekaartjes, die kerels. Tot ze ophouden met zwerven dan.'

Ze hoorde wat hij zei, maar begreep het niet.

'Wat bedoel je?'

'Russen,' zei hij. 'Gevangenistatoeages. Het zijn pure naslagwerken voor wie de taal kent, al is het een behoorlijk ouderwetse encyclopedie volgens de rijksrecherche. De echt grote vissen zijn ermee opgehouden. Ze hebben er de voordelen van ingezien om op te gaan in de menigte in plaats van mensen de stuipen op het lijf te jagen.'

Ze zag het pistool, ze zag een man in het bed op Rauhala. Zijn naakte lichaam.

'Hadden ze allemaal tatoeages?'

'Ja, allemaal.'

'Weten jullie wie ze heeft doodgeschoten?'

'Ja, dat wilde ik net aan jou vragen. We hebben zoals gezegd een aantal getuigen die zeggen dat jij omging met de nieuwe eigenaar van de hoeve.'

'Het was maar een etentje,' zei ze en ze haalde diep adem. 'Tussen buren. We aten tartaar. Met ui.'

'En waar hebben jullie het over gehad, tussen buren?'

Ze slikte.

'Over literatuur,' zei ze. 'Over het leven in Kivikangas. Dat het belangrijk is van wie je bent.'

Slikte weer.

'Denken jullie dat hij ze heeft neergeschoten?'

'We hebben het hem niet kunnen vragen. Hij zat niet precies met de koffie klaar in de keuken te wachten.'

Vingerafdrukken, dacht ze, die zijn op Rauhala, in mijn huis, overal. Ze komen er ook wel achter wie hij is als ik het niet zeg. Hoe lang zouden ze blijven, de sporen van hem in mijn binnenste? Ze trok de mouwen van haar jas omlaag. Er zat daar een blauwe plek van zijn handen.

'Wie het ook was, hij moet een goede geluiddemper hebben gehad, want ook deze keer heeft niemand iets gehoord.' Anders Anttila zuchtte. 'Vijfentwintig procent van het geluid van dit type schoten dringt altijd door. Dat is genoeg om te kunnen horen als je een wandeling maakt, maar blijkbaar niet genoeg om iemand wakker te maken.'

'Hij zei dat hij universitair docent was,' zei Katrine. 'Zijn naam was Michail Lebedev.' Ze drukte de vingertoppen van haar ene hand tegen haar slaap, kwam zo dicht bij de waarheid als ze durfde. In haar herinnering zou hij altijd zo heten, als ze in haar slaap ijlde zou dat de naam zijn die ze uitsprak.

'Hij zei dat hij uit Sint-Petersburg kwam, sprak goed Engels. Was lang, had bruine ogen.'

Wat nog meer? Was bijzonder geïnteresseerd in Gogol? Had grove handen, kon ze zijn handen beschrijven?

'Volgens de koopakte heeft een fonds de hoeve gekocht,' zei Anttila. 'Het Fonds voor Bescherming en Steun aan Hart- en Longpatiënten. Dat hadden ze nodig gehad, die mannen in de stal, hartpatiënten kon je ze zeker noemen, een heleboel gaten in hun longen. De technische recherche heeft een paar kogels gevonden die dwars door de muur van het hoofdgebouw zijn gegaan, holle punt, 5.62 millimeter.'

'Wat betekent dat?'

'Kalasjnikov, waarschijnlijk AKM of AK-74, het kunnen meerdere modellen zijn. De kogels zijn in de jaren zeventig ontwikkeld door de Russen om de effectiviteit bij zachte doelen te verbeteren. Na de val van het Warschaupact werden ze vervangen door de zogenaamde NAVO-munitie, kaliber 5.56. Universitair docent, zei je?'

'Weten jullie waar hij naartoe is gegaan?'

'We hebben de auto gevonden, op een parkeerplaats in Haparanda. Hij kan naar Finland zijn gegaan, of de bus hebben genomen naar Luleå. Onder andere.'

Was ze opgelucht? Hij zou overal op kunnen duiken, zou ze ooit ophouden met over haar schouder te kijken? Katrine sloeg een pad in dat langs het hek van een kinderdagverblijf liep. Ze moest helder denken. Ze zag gazons die er bruin bij lagen. Een klein groepje gele narcissen er middenin.

'Dit soort fondsen waren volgens de deskundigen gebruikelijk in de vroege Russische gangstereconomie, om geld wit te wassen en smeergeld te betalen,' zei Anttila.

'Maar stond er niet een andere naam op de overdracht, een Zweedse?'

'Tage Magnusson. Heeft op postadressen gewoond sinds hij achttien jaar geleden uit het Beckomberga Ziekenhuis werd ontslagen, hij is waarschijnlijk dood.'

Dode zielen, dacht ze. Ze kopen dode zielen, kopen identiteiten die verdwijnen, of doodgaan.

'De makelaar,' zei ze, 'Jerker Nyberg in Luleå, hebben jullie met hem gepraat?'

'Is naar Thailand gereisd, volgens de firma, maar het adres dat hij heeft opgegeven bestaat niet. Het interessante in deze samenhang is de advocaat die heeft bemiddeld bij de aankoop, Helene Miele. Ze werd een paar dagen geleden vermoord aangetroffen. Ik geloof dat Fredrik Höijer uit Stockholm daarover contact met je heeft opgenomen.'

'Ja, dat klopt.'

Katrine naderde de woongroep voor dementen, die een eindje achter het kinderdagverblijf lag, opgetrokken op de weg waarlangs ze altijd naar school liep. Houten gebouwen in warme pasteltinten. Daarbinnen zat haar moeder in een mooie, lichte kamer. Kon ze daar niet gewoon naartoe gaan, naast haar gaan zitten en haar hand vasthouden?

'Mattias Palo laat trouwens weten dat hij geen aangifte tegen je zal doen,' zei Anttila.

'Aangifte? Tegen mij? Waarvoor?'

'Hij zegt dat dat geschifte wijf uit Stockholm hen met een pook heeft bedreigd en hen de kelder in heeft gejaagd.' De politie-inspecteur grinnikte. Was er iets grappigs aan? Katrine voelde ook een lichte trek rond haar mond, ondanks alles was ze onder de indruk van hun leugen.

'Maar ze weten niets van de moord op Svanberg,' ging Anttila verder.

'Natuurlijk proberen ze... Hebben jullie de jachthut onderzocht?'

'Ik heb een van onze mannen gedwongen er op de scooter naartoe te gaan en je had gelijk. Het lijkt erop dat er is ingebroken.'

'Er is niet ingebroken, Thore Palo heeft er de boel kort en klein geslagen.'

'En al het eventuele bewijs uit de weg geruimd.'

Katrine ging op een bankje zitten dat er gelukkig stond, een klein groepje buitenmeubilair waarop de oudjes het voorjaar konden begroeten. Ze dacht aan de opname, de bekentenis.

De avond ervoor had ze op het balkon in Västerby naar de fragmenten geluisterd. Zou het deugen als bewijsmateriaal? Als ze het downloadde in haar computer en Michail Lebedev eruit knipte. Hoeveel seconden zou het duren voordat de analytici zich afvroegen waarom de opname gemanipuleerd was? Ze had zelfs de mogelijkheid overwogen om een reportage te maken. Dan kon ze zoveel knippen als ze wilde, dingen toevoegen en weglaten, haar eigen invalshoeken kiezen en verwijzen naar bronbescherming.

En als het uitkwam? De volgende dag of de volgende week of over tien jaar? Dat de journalist de aanwezigheid van een Russische gangster had verzwegen, dat ze er met haar bloed, met haar hele wezen in verwikkeld was geweest?

Haar vingers hadden lang op de kleine toetsen gerust, de commando's waren zo eenvoudig. Wissen? En dan spijt krijgen? Het enige deleten wat ze nog had van de man die zich Michail Lebedev noemde?

Ten slotte had ze het aandenken achter in een bureaula verborgen, in de kamer die haar kinderkamer was geweest, die zij en Ante al die jaren hadden gedeeld.

'We beschouwen de moord als politioneel opgelost.'

'En wat betekent dat?' vroeg Katrine. 'In deze samenhang dan?'

'We weten dat ze het hebben gedaan, maar we kunnen ze er niet voor oppakken. Nu niet in elk geval.' De politie-inspecteur zuchtte diep. 'Ze hebben zich economisch flink in de penarie gewerkt. Er is beslag op hun spullen gelegd, het gaat om een hoop sms-leningen en daarna heeft Åke, de vader, borg gestaan voor een grotere lening om alles in orde te maken en het huis verpand, maar dat geld is ook weg. Ze vinden dat ze niets zijn als ze de spullen niet hebben die alle anderen hebben, een auto en een scooter en speakers en een iPhone, is het de vijfde of de zesde nu?'

'Alle anderen hebben het niet.'

'We houden ze in de gaten. Als we ze nu niet pakken, pakken we ze de volgende keer dat ze iets doen. Het zijn gewone jongens, ze zullen uiteindelijk hun mond niet kunnen houden.'

Katrine voelde iets ontspannen vanbinnen, en daarna leegte. En de volgende gedachte: hoe lang zouden ze eigenlijk kunnen zwijgen, tachtig jaar?

'En Thore Palo,' zei ze, 'wordt hij vrijgepleit, of zal iedereen denken dat hij het gedaan heeft?'

Anders Anttila wachtte even voordat hij antwoord gaf.

'Het was zijn keuze,' zei hij ten slotte, verbeten. 'Zwijgen en sterven, liever dat dan dat de waarheid uitkwam.'

Ze zag dat de deuren van de woongroep opengingen. En oude man duwde een nog oudere vrouw in een rolstoel naar buiten, gewikkeld in dekens.

'Dan kan ik nu misschien mijn moeder gaan bezoeken,' zei ze.

'Een moment nog.'

Ze hoorde geritsel aan de andere kant van de lijn, misschien bladerde hij in een notitieblok, frunnikte op een iPad. Katrine vroeg zich af hoeveel er over haar in zou staan.

'Volgens de politie van Stockholm heb je onlangs een reis naar Rusland gemaakt.'

'Petrozavodsk,' zei ze. 'Ik zocht naar een familielid dat is terechtgesteld in de Stalintijd.'

'En je hebt een paar dagen doorgebracht in Sint-Petersburg, wat deed je daar?'

Ja, wat deed ze daar. *Hoe minder je je hiervan herinnert hoe beter...* Wat had ze er in godsnaam gedaan?

'Vooral toeristische dingen. Ik logeerde in Hotel Dostojevski... ben naar Poesjkin gereisd om het zomerpaleis te bekijken dat Peter de Grote voor Katarina I heeft laten bouwen... Ik interesseer me een beetje voor de architectuur van de barok.'

Katrine drukte haar knokkels tegen haar voorhoofd en hoopte dat ze het goed had geraden: dat het de barok was en niet een ander tijdperk. Waarom loog ze over zoiets idioots?

'En de rococo,' voegde ze er voor de zekerheid aan toe.

'Dus je hebt die Michail Lebedev niet ontmoet?'

'Nee, ik had hem nooit eerder gezien.'

'Onze getuigen,' ging Anttila verder, 'zeggen dat je de nacht op Rauhala hebt doorgebracht en er pas de volgende ochtend vandaan ging, klopt dat?'

'Nee,' zei Katrine en ze slikte.

'Zeven getuigen.'

Ze dacht bliksemsnel na, herinnerde zich de terugweg. Ze was niemand tegengekomen.

'Dorpsgeroddel,' zei ze. 'Je weet hoe het gaat, een vrouw komt naar het dorp... enzovoort.'

'Is er nog iets wat je me over die man kunt vertellen?'

'Nee,' zei ze, 'er is verder niets.'

Haar moeder keek haar met een verwarde blik in haar ogen aan.

'Ik ben het. Katrine.'

Ingrid gaf haar een klopje op haar hand. Katrine keek in haar ogen en die waren helder, ze had het gevoel dat ze herkend werd. Het ging iets beter met haar moeder, ze kreeg eten en verzorging en antidepressiva, misschien deed het haar ook goed dat ze niet meer van de ene kamer naar de andere hoefde te gaan.

Ze sloot de deur achter zich.

Ante en Gunilla hadden twee fauteuils, het salontafeltje en de ladekast, een paar schilderijen en lampen uit het appartement gebracht. Het was er gezellig, en tegelijkertijd kreeg ze de indruk dat Ingrids wereld gekrompen was tot deze voorwerpen, een kamer van negentien vierkante meter.

Katrine ging zitten en pakte haar hand.

'Mama,' zei ze, 'zal ik je een geheim vertellen dat je tegen niemand mag zeggen?'

En toen begon ze te vertellen.

Ze probeerde in Ingrids ogen te zien wat er gebeurde wanneer ze vertelde dat ze een zus had. Fronste ze, flikkerde er iets op? Herinnerde ze zich iets van gisteren, zou ze het verhaal herkennen als ze het morgen weer hoorde? Katrine vond zelf dat het als een sprookje begon te klinken, het had zelfs een melodie gekregen. Ze wist niet wat er tot haar doordrong, en wat alleen maar een gevoel was, omdat haar moeder genoot van haar stem, van de woorden, van het feit dat haar dochter naast haar zat.

'En ze lijkt op je, al heeft ze langer haar en een kuiltje in haar kin. En het park waaraan ze woont is het park van de Russische tsaren geweest. Alles begon eigenlijk met je vader...'

Pas toen de ziekenverzorgster op de deur klopte en zei dat het tijd voor het eten was, stond ze op.

Omhelsde haar moeder en fluisterde in haar oor, al was dat waarschijnlijk niet nodig.

'Maar vertel het tegen niemand.'

Woord van dank

Er is in mijn familie werkelijk een levenslot dat aan dat van Gunnar Pelttari doet denken.

Hij heette Nils Bucht en reisde in de jaren dertig van Karungi in Tornedalen naar Sovjet-Karelië. Hij keerde nooit terug.

Deze geschiedenis is een bron van inspiratie en een stuwende kracht geweest om de roman te schrijven, maar daar houden de overeenkomsten op.

Dit is een roman. Niet een van de personages bestaat echt, de plaatsen zijn geïncorporeerd en veranderd en Kivikangas staat niet op de kaart. Dit is mijn fantasie over wat er gebeurd zou kunnen zijn, net zoals het beeld van Tornedalen alleen dat van mij is.

Maar ik had het niet in elkaar kunnen zetten zonder hulp.

Dus gaat mijn diepe dank uit naar Stina Bucht, die mijn steun is geweest bij de research, geholpen heeft met plaatsen, contacten en het Meänkieli, en voor me uit geploeterd is naar diverse onbewoonde huizen. Dank aan Eva Karlsson, Thore Bucht, Doris Bucht en alle anderen van de familie Bucht die hun herinneringen, hun taal en af en toe hun huis met me hebben gedeeld. Een bijzondere dank aan Ebba Helmerson, die met al haar bekwaamheid heeft meegelezen. Zonder jullie was het boek oneindig veel minder geworden.

Er zijn nog meer mensen die bedankt moeten worden:

Carl-Uno Hanno, de grondlegger van het Folkrörelsernas Arkiv in Luleå, die er uiteindelijk in geslaagd is de weinige Sovjet-emigranten die het hebben overleefd aan het praten te krijgen, en ervoor gezorgd heeft dat hun verhalen behouden zijn gebleven.

Kaa Eneberg, journalist, die verder heeft gegraven in hun levensverhalen en die openbaar heeft gemaakt in de reportageboeken *Tvingade till tystnad* en *Förnekelsens barn*.

Oksana Abramova, universitair docent en tolk in Petrozavodsk, die me ook naar plekken waar het moeilijk was heeft vergezeld.

Victor Paaso van de organisatie Memorial in Karelië, die zijn ervaringen heeft gedeeld met het opgraven van de slachtoffers uit de Stalintijd.

De voormalige chef van de inlichtingendienst van de rijksrecherche, voor werkmethoden en gesprekken over de Russische georganiseerde misdaad.

Sergej Malasjenko, voor wandelingen door Poesjkin en de Chroesjtsjovwijk. Gunnar Johansson en Anatoli Maltsev voor de lokalisatie van het huis in Sint-Petersburg en Irina Axelsson voor Russische uitdrukkingen en Sovjet-Russische schoolherinneringen.

Lasse Pesula voor kennis over de boerenleenbank en Hasse Alatalo voor inzichten in de grammatica van het Meänkieli.

Gunnel Senbom, omdat ik je huis nog een keer mocht lenen.

Ola Backe, politie-inspecteur in Haparanda, voor feiten en discussies over het lokale politiewerk.

Kent Arringe, wapeninstructeur bij de politie van Örebro, voor de kunst om een kalasjnikov in elkaar te zetten.

Johanna Loisel van het forensisch instituut in Umeå, voor creatieve hulp met moordmethoden, autopsieroutines en de ontdooiing van lichamen.

Veel dank ook aan Sveriges Författarfond en de provinciale raad van Norrbottens Län, voor stipendia die mij geholpen hebben om de reizen en de research te financieren. Dat kost nogal wat.

De beste uitgeverij, Lind & Co, ik zal jullie nooit verlaten, Kristoffer Lind en Annika Legàth Fagerström, Kajsa Willén en alle anderen, Niklas Lindblad die het Zweedse omslag heeft gemaakt, Lena Stjernström en iedereen bij Grand Agency, dat mijn romans op duizelingwekkende tochten door de wereld stuurt.

En als laatste, maar zeker niet als minste, Liza Marklund, die er de hele weg bij is geweest, dank je omdat je je om elk detail bekommert, voor je goede ideeën en glasheldere kritiek, dank je omdat je er altijd voor me bent.